Termite liebt den Ort, an den seine Schwester Lark ihn täglich bringt. Wilde Minze wächst in dem stillgelegten Tunnel, Schafe grasen neben dem Eingang. Termite kann nicht laufen und nicht sprechen, ist ganz auf fremde Hilfe angewiesen. Dennoch verstehen er und Lark sich blind, auf wundersame Weise. In einem Tunnel ist auch Termites Vater umgekommen, fern der Heimat, im Koreakrieg von 1950. Doch was geschah mit Lola, der schönen rothaarigen Mutter der beiden?
Jayne Anne Phillips' meisterhafter Roman erzählt auf melodiöse, magische Weise von den Geheimnissen einer Familie aus der amerikanischen Provinz, deren Leben vom Träumen und Scheitern geprägt ist.

Jayne Anne Phillips, 1952 geboren, gilt als eine der wichtigsten amerikanischen Gegenwartsautorinnen und wurde vielfach ausgezeichnet, u.a. mit einem Academy Award in Literature. Sie lebt in Cambridge, Massachusetts, und arbeitet als Professorin an der Rutgers-Newark University of New Jersey. Ebenfalls bei BvT erschienen: *Mutterkind* (2003), *Das himmlische Tier* (2009) und *Maschinenträume* (2009).

JAYNE ANNE PHILLIPS
GLASMONDMANN

ROMAN

Aus dem Amerikanischen von
Barbara Schaden

Berliner Taschenbuch Verlag

Januar 2011
BvT Berliner Taschenbuch Verlags GmbH, Berlin

Die Originalausgabe erschien 2009 unter dem Titel
Lark and Termite
bei Alfred A. Knopf, New York
Für die deutsche Ausgabe

Umschlaggestaltung: Rothfos & Gabler, Hamburg,
unter Verwendung einer Fotografie von © Plainpicture
Fotografien des Tunnels bei No Gun Ri © Robert Nilsen
Druck und Bindung: Clays Ltd, St Ives Plc
Printed in Great Britain
ISBN 978-3-8333-0705-8

www.berlinverlage.de

für Elie (1974–2005),
für Audrey (Boulder, 1975)
und für Cho,
den Jungen, der im Tunnel bei No Gun Ri
geboren wurde und starb,
Juli 1950

»GIs haben aus dem ursprünglichen Begriff *han'guk saram*, was ›koreanisch‹ bedeutet, den spöttischen Slangausdruck *gook* gemacht, der dann abfällig auf alle Asiaten angewandt wurde, auch in späteren, nicht erklärten Kriegen.«

ROBERT DVORCHAK, *Battle for Korea*

»Denn keine Schlacht wird jemals gewonnen, sagte er. Sie werden nicht einmal geschlagen. Das Schlachtfeld enthüllt dem Menschen lediglich seine Dummheit und Verzweiflung, und der Sieg ist nur eine Illusion von Philosophen und Toren.«

WILLIAM FAULKNER, *Schall und Wahn*

»Is your mouth a little weak
When you open it to speak,
are you smart?«

LORENZ HART / RICHARD RODGERS
»My Funny Valentine« aus dem Musical *Babes In Arms*, 1936

26. JULI

27. JULI

28. JULI

26. JULI

NÖRDLICHE PROVINZ CHUNGCHONG, SÜDKOREA

26. Juli 1950

Unteroffizier Robert Leavitt
24. Infanteriedivision

Im Dezember '49 hatte er sich nach dem besetzten Japan eingeschifft; das Baby, was immer es werden mochte, war ein in Lolas Geschlecht eingepflanzter Same, ein Klumpen von der Größe eines Steißknochens. *Willst du mich heiraten? Wirst du deiner Mutter sagen, wen du heiratest?* Seiner Mutter wäre es egal, sagte er, seine Mutter sei tot, er wolle eine Frau, die herumgekommen sei, sie wolle er, habe sie gefunden und werde sie nie wieder hergeben, niemals, wirklich nicht, höre sie ihn überhaupt? *Ich hör dich, ich hör dir zu.* Mutter, darf ich, bemuttere mich. *Hat dich zu früh verlassen, oder? Hat dich mir gelassen.* Aber jetzt ist er fort von Lola, fort für Monate; das Baby ist in ihr, gepolstert und rein, abgeschieden. Der Winter auf dem Stützpunkt in Tokio war wie ein Bürojob in Uniform, das ganze besetzte Japan war eine amerikanische Kolonie mit eigenen Clubs und Bars. Tokio wirkte künstlich, weich, wie eine Filmkulisse. Als Colonel MacDowell im Rahmen seines Lieblingsprojekts, das er »Language Immersion Seoul« nannte: »Sprachbad Seoul«, ausgewählte Soldaten einlud, Koreanisch zu lernen, sagte Leavitt ja zu einer kaum nennenswerten Beförderung und einem Dienstwechsel. Im April war er in Korea, einer von sechzig LIS-Männern, die innerhalb der Korean Military Advisory Group untergebracht waren. Die KMAG war ein Relikt: ein paar hundert Offiziere und ihre Unterstützungstruppe aus Mannschaften und Lakaien. Sie hatten nichts anderes zu tun, als an Ort und Stelle auszuharren, ein vorgebliches Symbol der Bereitschaft, das über ebenfalls weitgehend symbolische ROK-Truppen, Soldaten der Republik Korea, wachte. Leavitt stellte sich vor, wie sich das Baby in seinem warmen Nest bewegte, das er nicht spüren noch berühren konnte, während auch das amerikanische Militär in einem zweigeteilten Land seine winzige Faust ballte; aber an demselben Junimorgen, an dem Nordkorea einmarschierte, löste sich der isolierte Außenposten der KMAG auf. Die vier Wochen nahezu ununterbrochenen Gefechts seither sind ein Tagundnachteinerlei, das in Leavitts Gehirn eingesickert ist. Kampf und das Chaos des Rückzugs haben den Geschmack seines Speichels und den Geruch seines Schweißes verändert, aber jetzt ist Ende Juli, und Ende Juli ist Lolas Termin. Jede Stunde, jeden Moment. Wäre das Baby schon auf der Welt, würde ein Armeetelegramm Leavitt womöglich wochenlang über die gefurchten Felder und Lehmstraßen dieses verflucht ungeordneten Rückzugs folgen. Er wird kein Telegramm brauchen, sagt er sich. Lolas Stimme schwebt unaufgefordert ganz in der Nähe, es ist, als stünde sie im Krieg an seiner Seite. Egal, wie laut der Geschützlärm der Artillerie ist, wie laut sein Herz hämmert, er hört sie. Worte, die sie sagte, als er sie noch nah bei sich hatte. *Du hast deine Mutter gefunden, weil sie es so wollte. All die Jahre hat ihr Asthma die Luft aus diesem kleinen Laden abgesaugt, während dein Vater in der Tür stand. Sie wollte, dass du rauskommst.*

Er marschiert weiter. Kurz vor Mittag an diesem höllisch heißen Tag treibt Lolas Stimme ihn an. Zwei oder drei geleerte Dörfer der unmittelbaren Umgebung bilden Leavitts Kommando: »Evakuierung« von Flüchtlingen, deren undokumentierter Exodus im Gleichschritt mit dem amerikanischen Rückzug verläuft. Diese doppelten

Bahngleise, die nach Westen, nach Hwanggan, führen, sind ein Geschenk des Himmels, geben einer ansonsten panischen Flucht und Wirrnis Ziel und Richtung. Die Ersatzmänner unter Leavitts Befehl sind grüne Rekruten von den Besatzungstruppen in Japan, die per Schiff und Zug zur Verstärkung der belagerten amerikanischen Truppen eilends herbeigeschafft wurden. Die meisten haben nie einen Kampf erlebt oder Artilleriefeuer gehört. Ungeschliffene Soldaten sind sie, wurden beim ersten Tageslicht in eine ländliche Gegend versetzt, die in einem anderen Jahrhundert lebt. Gewehrfeuer unterbricht die Dunkelheit vor und hinter ihnen; sie haben die Begriffe »Kreisfront« und »Guerillakrieg« gehört; sie sind schlaflos und schreckhaft und haben auch allen Grund, sich zu fürchten. Viele von ihnen werden tot sein, bevor Leavitt ihnen irgendwas beibringen kann. Den Koreanern in seiner Obhut hat er nichts beizubringen, die drängende Menge von Zwei- oder Dreihundert verengt und dehnt sich zu einer marschierenden Kolonne, kaum hat Leavitt seinen Zug angewiesen, die Leute von der Straße fort- und auf den Bahndamm zu lenken. Hier ist es einfacher, es schafft eine Illusion von Kontrolle, aber es ist keine Evakuierung möglich, ganz gewiss nicht unter der Regie von Amerikanern. Keine nummerierten Han'gul-Unterschriften in jemandes Logbuch. Kein Logbuch. In Südkorea ist alles verstopft oder defekt. Ausrüstung und Geräte, die sie hastig von amerikanischen Stützpunkten in Japan herüberschicken, werden dauernd verlegt, Truppenbewegungen durch Flüchtlinge, die von den Kampfhandlungen fortströmen, unerträglich verlangsamt. Die Bewohner zahlloser südkoreanischer Dörfer fliehen hinter den spärlichen Widerstand, den amerikanische Truppen zu bieten haben, und lassen ihre Hütten aus Lehm und Flechtwerk leer, die Kochstellen im Freien noch warm zurück. Die Berichte sind widersprüchlich: chinesische Yaks oder amerikanische F-60 nahmen die Gegend vergangene Nacht im Vorgriff auf Truppenbewegungen unter Beschuss. Von wochenlangem Regen durchweichte Strohdächer schwelen, wenn sie in Brand gesteckt werden, nass und qualmend. Rauch verschleiert die Luft wie Seelen in wehender Schwebe, eine Absage an die beharrliche Forderung des Krieges, alles müsse ständig weiterziehen.

Die Hitze ist dicht, dick, und die Reisfelder bei Tagesanbruch sind ein hellgrünes Leuchten, erfüllt von dem ekelhaften Geruch, den sie Nachtdung nennen. Aufgetürmter Abraum aus ungezählten Dorflatrinen, in Eimer und Kübel und auf leckende Ochsenkarren geschaufelt, düngt die Erde, damit sie Ernte um Ernte abwirft, bis die Felder selbst Nacht sind. Gereift und dunkel wie jedes vergorene Geheimnis gibt der schwammige Grund unter den Füßen nach. Der Boden atmet. Immer noch zu lang aufgehaltene Verwesung, denkt Leavitt. Er marschiert weiter. Lola spricht mit ihm. *Nichts ist vergeudet, nichts ist Abfall. Du denkst, du müsstest nicht genau das wissen, was du weißt? Wie viele in deinem Alter blasen das Horn, wie du's kannst, und rücken dann in Friedenszeiten ein? Du wolltest doch unbedingt raus aus Philly.* Philly ist weit fort. Die Dörfer hier sind Feldlager aus einer Zeit vor den Radios und Jeeps, vor Trompeten und Jazz und englischen Wörtern. Dürre, argwöhnische Hunde verschlingen jeden zu Boden gefallenen Fitzel der Innereien geschlachteter Hühner, Enten und Fische, während die Frauen die Feuerstellen versorgen und Säuglinge im Stoff-*podaegi* auf Mädchenrücken reiten. Ältere Babys stolpern über das Stückchen Land vor jeder Behausung und hocken sich nieder, wie es ihnen passt, und erleichtern sich, denn ihre Hosen sind ausgeschnitten, so dass die Hinterbacken auf den Boden plumpsen wie eine gespaltene Frucht. Jetzt werden diese Babys, die in der Hitze ganz still sind, auf den Arm genommen. Lola sagt Sätze vom Anfang, als könnten sie noch mal von vorn anfangen. *Du kennst mich jetzt, oder? Sag ja. Flüstere.* Sie ist sein privates Phantom, ein neben ihm schwebender Rauch. Der Krieg macht sie alle zu Geistern. Fünfzig Jahre, hundert Jahre, und sie werden immer noch hier sein: eine letzte Dunstspur, die sich entlang einem doppelten Gleisbett nahe einem springenden Bach vorwärtsbewegt, die Südkoreaner in ihren weißen Gewändern, die GIs in schlammverkrustetem Khaki.

Seit Osan denkt Leavitt über den Krieg nicht hinaus. Osan war am 5. Juli; Leavitt weiß, dass es ein Mittwoch war – am Morgen vor dem Angriff schrieb er Datum und Tag auf einen Brief an Lola. Achtundvierzig Stunden später schloss sich Leavitt, einer von drei Überlebenden aus seiner Gruppe, einem anderen Zug an. Dann einem dritten und einem vierten und stieg immer höher im Rang, denn seine Vorgesetzten fielen und wurden nicht ersetzt. Jetzt kommandiert er selbst einen Zug und sieht, dass der Krieg nie zu Ende geht, alles ist ein einziger Krieg, ungeachtet der Akteure und Schauplätze, ein Krieg, der Jahre oder Monate schläft, dann plötzlich ausbricht und sein loderndes Haupt hebt und sieht: Regime sind verändert, eine Topografie verwandelt, Waffen neu gegossen. Die Rotchinesen und die NKVA sind nur die jüngsten Aggressoren, die sich wie eine Todesflut über Korea ergießen. Leavitt stellt sich tausende Kriegstote vor, die den eigenen Tod nicht glauben und immer weiter sterben und sterben, auf denselben Schneisen umstrittenen Lands. Die amerikanischen Soldaten marschieren vorwärts durch drückende Luft und tun ihre Ahnungen als undeutliche Witterung, als Dunstschleier, als die eigenen zerrütteten Nerven ab, doch Leavitt spürt die Toten wie Rauch sich aus der geschlitzten Erde emporkräuseln und auf demselben Boden dahingehen wie die Lebenden. Jeder Amerikaner, der in Osan und Chochiwon, am Fluss Kum gestanden hat, sollte tot sein. Die meisten sind tot. Korea wird stranguliert von Gespenstern, die nie nach Hause gelangen werden. Die Koreaner selbst sind Gespenster, unterwegs mit ihren Bündeln und Körben, ihren Kindern, ihren Alten.

Sogar ihre Schritte klingen gespenstisch. Auf die Bahngleise umgeleitet, erzeugen sie mit schlapfenden Sandalen auf den schlammigen Schwellen einen dumpfen Takt. Wenigstens sind sie abseits der Straße – oder dem, was man Straße nennen kann. Die Amerikaner queren Feldwege, die sie verbreitert und auf denen sie Lastwagen und Leichen gesät haben. Alle Straßen führen hierher, zu diesen doppelten Gleisen, zu Lola und von ihr fort.

Nachdem sie verheiratet waren, hatten sie Tage in ihrem Zimmer verbracht, bis er fortmusste, und sich mehr und mehr Zeit genommen, während sie ihnen zerrann. Er schob das Bett an die Wand und legte die Matratze auf den Boden. Dort wachten und schliefen sie auf einem stabilen Kontinent, dessen Stille sie nie verriet, umkreisten einander wie die zwei Zeiger einer Uhr, die in ständigem umlaufendem Alarm waren. Wenn sie weinte, war sie beinahe teilnahmslos und ihr Gesicht nass und still, als könnte oder wollte sie keinem Schluchzen nachgeben. Nie hatte er eine Frau gekannt, die weinte wie sie – als hätte sie vergessen, dass sie je ein Kind war. Sie hielt ihn mit ihren seidigen Händen, das Gesicht nur Zentimeter von seinem entfernt, und atmete durch geöffnete Lippen in seinen Mund hinein, und wenn sie lächelte, zogen sich zarte Linien um ihre Augenwinkel. In fünf Jahren, sagte sie, werde sie allmählich so alt aussehen, wie sie sei. Gut, sagte er, dann bin ich bereit. Sie sind jetzt länger getrennt, als sie zusammen waren, und er spürt, dass er die zwölf Jahre zwischen ihnen mehr als wettgemacht hat. Er kann sie jetzt schützen, auch vor ihr, vor ihm. *Du hast sie gefunden, auf dem Fußboden, oder? Jahrelang ist sie immer mehr dahingeschwunden, und schließlich war sie ganz fort. Du bist hier, lass sie los.* Atmend marschiert er weiter. Der Tod, hatte er gedacht, schwemmt Luft in japsenden Zügen aus, in der fischähnlichen, tonlosen Quälerei des asthmatischen Keuchens seiner Mutter. Der Tod war klein damals, wie das Klicken eines ausgeschalteten Lichts, ein aus dem Heizkörper entweichender Hauch. Hier nicht. Hier erhebt sich der Tod aus dem Boden wie ein *basso continuo*, unermesslich, unerbittlich.

Die Vergangenheit, an die er sich erinnert, Lola, seine Dienstzeit in den Staaten, Japan, sogar Seoul vor dem Einmarsch, scheint in einer mit ihm nicht vollständig verbundenen Nebendimension stattgefunden zu haben, und das Trugbild, in dem er als Kind in Philly lebte, ist überhaupt abgetrennt. Die Wohnhäuser und Ladenfassaden, der glänzende Beton und Asphalt, die Maschendrahtzäune, die pulsierende Gegenden säumten, Meilen von der Freiheitsglocke entfernt, sind ein Traum, der ihm nichts mehr sagt. Vor den Frisörläden schraubten sich im morgendlichen Krawall die weißen und roten Streifen in endlosen Spiralen um den Stab, der ihr Gewerbezeichen war, und jeder Feinkostladen, jede Weinschänke hofierte die Lotterieboten, die hinten am Tisch Zigaretten rauchten und Kaffee tranken. Schimmernd im rosigen Bronzelicht eines Spätsommernachmittags standen verbeulte Mülltonnen am Randstein Wache. Die ganze Nacht hindurch blinkten Neonschilder PIZZA in Grellrosa und BILLARD in Lindgrün, und aus den Bars quoll Rauch, getragen von Jukeboxfetzen. Am Schabbatmorgen spielte er Stickball, Murmeln, Basketball mit den italienischen Kindern und war der Neid seiner jüdischen Freunde, denn seine Eltern waren nicht religiös.

Von Mittag an arbeitete er im Lebensmittelladen seines Alten; sie hausten in der beengten Wohnung über dem Geschäft. An jedem Schultag, drei Stunden nach dem Unterricht, arbeitete Leavitt für den Alten. Seine Mutter hatte unter der Ladentheke ein Regal für seine Bücher ausgeräumt und einen Drehstuhl mit Lehne aufgetrieben: Hier sollte er sitzen und seine Hausaufgaben machen, wenn der Alte nicht da war. Er war oft nicht da. Meistens lebte er anderswo, und wenn er da war, tobte und trank er. Sie war diejenige, die dafür sorgte, dass der Laden lief. Es lief auch das Radio, ständig, ein leises Dudeln von Benny Goodman, Nelson Riddle. Sie war begeistert von dieser Traumzeitmusik aus Tanzsalons und Protzclubs, die sie niemals zu sehen bekäme. Leavitt lernte Klarinette im Schulorchester, dann spielte er ein ramponiertes Kornett, bis sie einem Junkiemusiker im Tausch gegen Lebensmittel und Eiskrem eine Trompete abhandelte. Üb du nur, Bobby, sagte sie. Klingt schön, versicherte sie. Nachdem sie neben dem geliebten Eisschrank des Alten auf dem Boden zusammengebrochen und gestorben war, weigerte sich Leavitt, den Raum noch einmal zu betreten. Sechzehn war er und benutzte, bis er auszog, den separaten Wohnungseingang und die schmale Treppe am Laden vorbei. Der Alte wechselte bald die Schlösser aus, und Leavitt wohnte bei Freunden oder Mädchen. Zwei Jahre später, 1945, beendete er die Highschool ohne Anwesenheit eines Angehörigen. Drei Jahre lang fuhr er tagsüber den Lieferwagen eines Spirituosengroßhändlers und spielte abends mit der einen oder anderen Band in Bars und Clubs, fast ein Jahr lang war er bei einer weißen Jazzband engagiert, die in feudalen Lokalen und in Anzügen auftrat. Aber lieber spielte er in den schwarzen Clubs, wo er mehr lernte und weniger verdiente, und die Profis nannten ihn freundschaftlich Whitey. Er war gut genug, um immer wieder Gigs aufzutreiben, aber letztlich gab es keinen Grund, in Philly zu bleiben.

An einem kalten Novembertag im Jahr '48 hatte er die spontane Idee, sich zur Armee zu melden, und die schickte ihn drei Tage später mit einem Bus in den Süden; die Grundausbildung nahm er so ernst, dass man ihn noch sieben Monate in Fort Knox behielt, wo er den Ausbildern assistierte. Fort Knox bezeichnete sich als »Heimat des Panzers«, doch Leavitt stellte fest, dass ihn das Panzerfahren nicht interessierte. Die Panzer waren finster, schwer, drückend eng, die Männer quetschten sich in einem mechanisierten Loch aneinander und atmeten die verbrauchte Luft der anderen. Die Panzerbesatzungen liebten die mächtigen Rohre und hielten sich für unverwundbar, doch Leavitt wollte fort, wollte zur Infanterie, wo er mit eigenen Sinnen sehen und hören und sich bewegen konnte. Gut in Form war er gekommen, nun aber trainierte er zwanghaft, machte sich die Army-Hierarchie und das Zeremoniell der Befehlskette zu eigen, trieb sich an, um bei jedem Drill zur Elite zu gehören. Dies alles war ihm Schutz, Überleben, seine persönliche Unverwundbarkeit: Schaffte er es, perfekt in Form zu sein, erhöhte er seine Aussichten, während seine Gedanken frei waren, und die notwendige Privatsphäre, auf die er Wert legte, war garantiert. Nachts lag er im Stockbett oben und übte, die Trompete an den Lippen, das vertraute Mundstück befühlend, lautlos seine Fingersätze, während ringsum Männer schnarchten.

Am ersten Wochenende nach Abschluss der Grundausbildung besuchte er Onslows Club im nahen Louisville. Der Club bot Schnaps, Musik, Mädchen, die über dem Laden wohnten und ohne viel Aufhebens ihre Gunst verkauften. Nicht Lola. Sie hatte drei Zimmer im obersten Stock und verkaufte sich niemandem. Onslow spielte anständig Klavier mit einem verlässlichen, bodenständigen Schlagzeuger, während Lola Standards und Blues sang. Er war alt genug, um Lolas Vater zu sein und mehr als das, arthritisch, ein »Ruheständler« mit Stock und schlimmen Knien, einstmals starken Armen, einem mächtigen Brustkasten und schinkenähnlichen Pranken, die sich mit unglaublicher Leichtigkeit über die Tasten des bestgestimmten Steinway-Flügels in ganz Louisville bewegten. Am zweiten Abend hatte Leavitt sein Horn dabei und spielte mit. Nach dem dritten Set sagte Onslow, sie sollten eine feste Einrichtung daraus machen. Bezahlen wollte er Leavitt in Gratisgetränken und Essen, auch Mädchen, falls er wollte. Leavitt wollte nicht; er wollte Lola. Als sie fertig war, folgte er ihr ungebeten die Treppe hinauf, ganz auf sie eingestimmt, vollkommen sicher. Die Geräusche aus dem Club unter ihnen hämmerten in den Wänden, während sie über ihm die enge Treppe emporstieg, Hüften und Schenkel ein durchscheinendes Oval in ihrem hellen Futteralrock. Eine langsame, losgelöste Gestalt in der nahezu vollständigen Dunkelheit, drehte sie sich auf den Stufen um und hielt inne, um zu ihm hinunterzublicken. Leavitt sieht jetzt in seinem zerstückelten Schlaf oder im Augenhintergrund ihren Umriss, leuchtend, asexuell, wie ein Licht, das ihm entgegenflackert. Er wird das Gefühl nicht los, dass sie zu sehen, sie zu begehren, im Club hinter ihr zu spielen, tage- und nächtelang in ihrer Wohnung, die seine Wohnung wurde, mit ihr zu schlafen eine Übung fürs Überleben war. Damals wie heute bewegte er sich in etwas, das er nicht ganz haben, erreichen, ergreifen konnte, bis ihr Körper es ihm überließ, wie Flammen, die er in eine Dunkelheit spie. Sie war leuchtender Boden, den er pflügte und besäte, um den er sich abrackerte, den er verlor. Sie fanden einander in blendenden, erschütternden Augenblicken, die ihn aufrissen. *Willst du das wirklich? Das bin nicht ich. Das bist du, der mich findet, als wäre ich deine letzte Chance.* Er marschiert an der Seite der Koreaner, berührt den Dienstrevolver, der in einem eng anliegenden Holster um seine Taille geschnallt ist. Er kann seine Gedanken nicht kontrollieren. Im Gehen malt er sich aus, wie er ein letztes Mal mit Lola zusammen ist und, noch in ihr, sie beide erschießt, ekstatisch, verzweifelt entschlossen, bei ihr zu bleiben, nicht hier zu sterben. Er stellt sich ein weiß explodierendes orgasmisches Nichts vor und denkt gleich darauf an ihren Körper, wie er jetzt aussehen und sich anfühlen muss, prall geschwollen, so kurz vor der Geburt. *Ich gehe hoch und rund umher, straff gespannt wie eine Trommel voll Wasser. Ich weiß, dass es ein Junge ist – er dreht sich herum wie ein Fisch, und er sieht und hört an deiner Stelle jeden Laut, jeden Gedanken, den ich nicht aufgeschrieben habe.* Er denkt an das in ihrer Dunkelheit eingeschlossene Baby, und es reißt ihn fort von ihnen, saugt ihn ein in einen Raum hinter seinen Augen, wo sein Gehirn die Zeit misst und das Blut in seinen Ohren rauscht.

Vorsichtig zieht er mit seinem Stamm weiter. Er ist ein Flüchtling im eigenen Leben, ohne Angehörige und Besitz. Wie die Koreaner trägt er alles, was er hat, am Leib. Er denkt an diese Bauern – alte Männer, Frauen, Kinder –, die sich, ohne andere Waffen als die seinen und die der Jungen unter seinem Befehl, über exponiertes Gelände bewegen, und er packt sein Gewehr fester. Die flachen grünen Reisfelder liegen jetzt hinter ihnen. Grüne und braune Hügel in naher Ferne vereinigen sich wie eine Landschaft aus Lenden und Schenkeln, aus der Ferne glatt wirkend, unter den Füßen aber steil und mit rötlichem Schlamm schraffiert. In Bauerntracht hatte die NKVA in Chonan die amerikanischen Streitkräfte umzingelt, und das Kommando wechselte zweimal in einer einzigen Nacht. Leavitt erkämpfte sich allein den Rückweg über kahle runde Hügel genau wie diese: Wege und ausgetretene Pfade, zwischen Wasserläufen und Krüppelkiefern und Unterholz – nirgends ein Halt, nirgends ein Versteck. Was von seiner versprengten Begleitung noch übrig war – umherstreifende Gruppen aus je drei oder vier Mann, die auf einem immer wieder von Sperrfeuer und Heckenschützen und ständigen NKVA-Überfällen unterbrochenen Rückzug waren –, brauchte vier Tage, um zu den eigenen Leuten zu finden. Am letzten Tag war er mit Tompkins zusammengetroffen.

»Ein-Minuten-Test«, hatte Tompkins auf Koreanisch wiederholt, »wo sind die beschissenen ROKs?« Taejon war gefallen. Achtzigtausend Soldaten der Republik Korea hatten kurzerhand die Uniformen ausgezogen und sich aus dem Staub gemacht, um sich, weiß gekleidet, dem Flüchtlingsstrom in Richtung Süden anzuschließen. Ungezählte amerikanische Jungs hätten es nicht anders gemacht, wenn ihnen weiße Kleidung einen Schutz geboten hätte. Stattdessen flohen sie, solang sie noch gehen konnten, und ließen M-1 und Browning Automatics, die zum Tragen zu schwer waren, zurück. »Babys«, sagte Tompkins. »Der weiße Mann braucht Waffen. Jetzt wird das Kommando sie schleunigst wieder zurückschicken, damit sie ihre verdammten Gewehre holen, und dann kann sich jeder, der noch nicht hin ist, eingraben lassen.«

Kaum von Bord des Transportschiffs aus den Staaten gegangen, hatte sich Leavitt als Musiker verpflichtet, um im Offiziersclub in Tokio Swing zu spielen. Tanzmusik und Standards, Heimat fern der Heimat. Der Club war ein quaderförmiger Betonblock, genannt die

Streichholzschachtel, mit Deckenventilatoren und in der Mitte einem Podium für die Band. An diesem ersten Abend spielten er und Tompkins als Ersatz für Musiker, die ihren Auslandseinsatz abgeschlossen hatten und heimgekehrt waren. Tompkins war Schlagzeuger; er pflegte jedermann sofort mitzuteilen, dass er Seminole sei; ob irgendein Blödmann vielleicht was dagegen habe. Er war ein Schrank mit Adlernase, einer Nase, mit der er leicht als jüdisch hätte durchgehen können, wären nicht der kantige Kiefer, die schweren Lider über den fast schwarzen Augen, die breiten Gesichtsknochen gewesen. Leavitt verstand seinen Namen nicht gleich; nach dem ersten Set fragte er, wieso zum Teufel Tompkins' Mutter ihn Irving genannt habe, wenn er doch Seminole sei. »Meine Mutter war Seminolin«, sagte Tompkins, »und mein Vater ein dämlicher weißer Koloss namens *Ervin*. Also Specialist 4th Class *Ervin* Tompkins, Belle Glade, Florida: im Inland, nahe dem Okeechobee-See. Dort hat es massenhaft Seminolen mit Weißennamen. Was ist mit dir, Philly-Knabe, hat dein Alter Irving geheißen? Findet er's gut, dass sein Junge Jazz spielt?«

»Meyer heißt er«, sagte Leavitt, »und nein, ich hab ihn schon länger nicht gesehen.«

»Aha«, antwortete Tompkins. »Klingt so, als hättest du mit diesem Horn da die Kohle zum Leben zusammengekratzt. Wie alt bist du, zweiundzwanzig, dreiundzwanzig? Immerhin vier, fünf Jahre älter als die meisten hier.« Tompkins war fast dreißig, ein alter Mann; er hatte den Zweiten Weltkrieg verpasst, weil er in Kissemmee einsaß. Fahrlässige Tötung, keine Vorstrafen. Als er herauskam, waren die Musiker, mit denen er in West Palm und Boca gespielt hatte, in Europa gefallen oder weitergezogen. Dem Anwerber schien es nichts auszumachen, dass Tompkins im Knast gewesen war, weil er einen betrunkenen Gegner zu fest geschlagen hatte. Die Friedensarmee, fand Tompkins, war eine bessere Einnahmequelle als Gräbenausheben, und deshalb war er hier, in einer Besatzungsmacht aus Kindern in

Uniform. »Wir beide sind Seniorpartner«, sagte er. »Die meisten Knaben hier sind so rotznasig und weich, dass in Hialeah keiner ihr Geld nähme.«

Wenn man Tompkins reden hörte, war Florida voller Städte, die nach Frauen benannt waren: Hialeah, Sanibel, Kissemmee, Belle Glade. Märchennamen für Märchenorte. Korea war kein Märchen. Nach Chonan waren er und Tompkins nur nachts unterwegs und versteckten sich tagsüber, wenn die NKVA marschierte. Als sie östlich von Taejon auf den Pulk des Rückzugs stießen, befahl man ihnen, auf Ersatz zu warten. Was von der 24. übrig ist, zieht jetzt im hellen Tageslicht weiter, sichtbar wie die Flöhe auf einem Welpenbauch, und mit exponierten Flanken: auf dem flachen, niedrigen Land kinderleicht zu umzingeln. Sie richteten, mit nichts als Bazookas und 4,2-Mörsern gegen die chinesischen Panzer, in einem Meer von Flüchtlingen in Bewegung Außenstellungen gegen den Feind ein.

MacDowell ist tot, beim Fall von Seoul hat ihn ein Schuss in die Brust getroffen, doch die 6. ROK-Division, die er beriet, hatte das Vorrücken auf Chunchon zwischen zahlreichen Guerillaeinfällen verteidigt. Die 6. war kampfbereit und hielt drei Tage lang aus, bis angrenzende Einheiten an beiden Flanken zusammenbrachen und flohen und ihnen keine Wahl ließen als den Rückzug. Leavitt vermutet, dass die meisten befehlshabenden Offiziere, die in dieser Serie verheerender Feindbegegnungen kämpften, tot sind; wer weiß, ob MacDowell mit seiner Erfindung des »Sprachbads Seoul« ihr Leben verlängert oder aber sie dem Untergang geweiht hat? Die Armeeführung hätte die 24. ohnehin innerhalb von Tagen nach dem Einmarsch herübergeholt. Leavitt und Tompkins wären so orientierungslos, dumm-arrogant und panisch wie alle anderen in Korea gelandet.

Aber als relativ alte Hasen rücken sie in einem angespannten Schrecken vor, der eher Wut als Angst ist. Nicht so dumm. Die ersten

Monate im Land mit LIS waren eine Verlängerung der Illusion, nach der die KMAG funktionierte: der Illusion, man habe Zeit. Zeit, damit eine erste Gruppe von sechzig Offizieren und Mannschaften rein phonetisch Koreanisch lernen kann, während sie »bei landwirtschaftlichen Projekten mithilft«; Zeit, um die Streitkräfte minimal zu verstärken, ohne Politiker zu beunruhigen, die froh sind, ein erfolgreiches amerikanisches Militär, das eine Rückkehr ins Zivilleben schließlich verdient hat, zu demobilisieren. »Language Immersion Seoul« hat Leavitts Glauben an Sprache und Laute als die einzige Natur der Wirklichkeit – vor allem hier – nur vertieft; alles Übrige in Korea schien Halluzination, die gewaltige Darlegung einer komplett fremden Geschichte. Sechs Ausbilder, gestellt von der Republik Südkorea, drillten die LIS-Männer sechs Stunden täglich, sechs Tage in der Woche, zehn Männer pro Klasse, mit vervielfältigten Texten über koreanische Bräuche und Geschichte, Tonbandgeräten, genau festgelegten Rezitationen von Han'gul-Wendungen und -Antworten, die sie in lateinische Buchstaben transkribiert hatten. Tägliche Ein-Minuten-Tests dienten zur Beurteilung der exakten Tonhöhen. Wochenendurlaub erhielten sie aufgrund ihrer Ergebnisse bei den zweimal pro Sitzung durchgeführten Tests; im Nachhinein schienen sie ihnen besonders idiotisch und doch lebenswichtig. Die schmächtigen, zart gebauten koreanischen Ausbilder waren höflich und entgegenkommend, außer bei Drills und Tests: Dann verrieten sie einen Druck und eine Frustration, die ansteckend waren. Leavitt vernahm den Hass und das Misstrauen, das Unbehagen, den Groll in ihrem Tonfall als Warnung und Wissen. Sie waren wütend und ihr Land schutzlos; bezahlen würde jeder. Die Bedeutung war nebensächlich; die wahre Aussage der Wörter lag im Klang als solchem. Leavitt stanzte Antwortsätze in gleitenden Nasaltönen, die präzise und nonverbal waren wie Tonleitern. Nachts entschlüsselte er harmlose Wendungen über scharfes Essen oder die Umrechnung von Meilen in Kilometer und war sich bewusst, dass die KMAG nichts wusste.

Oder die KMAG wusste davon, konnte aber nichts tun. Sie betreuten einen Vulkan. Die koreanischen Ausbilder standen kampfbereit wie kleine Hähne und brüllten. *Igot chungeso toenayo?* Welchen der folgenden Gegenstände hast du? Was sie vermittelten, war eine instinktive verinnerlichte Spannung, die Leavitt jetzt als Furcht erkannte.

Offiziell waren die neu importierten Soldaten Verstärkungstruppen; nachmittags bearbeiteten sie Befehle und Bedarfsanforderungen, besorgten Nachschub fürs Kasino. Leavitt und Tompkins wurden bei ihrem so genannten landwirtschaftlichen Projekt als Partner zusammengespannt; sie fuhren mit einem Lieferwagen zum Hafen, um Fisch und Gemüse zu besorgen, frisch geschlachtetes Fleisch, *maekju*-Bier und einen Reiswodka namens *soju*, der einem den Kopf abreißen konnte. Tompkins fühlte sich wohl in Seoul. Botengänge nahm er zum Anlass, um Clubs, Bars und Bordelle in Augenschein zu nehmen; er mochte das einheimische Essen – Sushi und gegrillte *kalbi tchim*, den scharfen *tchigae*-Eintopf. Dieses Essen ist gesund, pflegte er Leavitt zu belehren. Hast du je einen dicken Koreaner gesehen? Fällt dir auf, wie sie mit siebzig immer noch faltenlos sind? Du bist aber kein Koreaner, antwortete Leavitt darauf, auch wenn du noch so viel *kimch'i* isst. Tompkins jedoch bestand darauf, dass sie abends in der Kaserne *ssanghwa*-Tee tranken; die bitteren Kräuter schärften die Konzentration, behauptete er. Bei den Tests schnitten sie immer am besten ab; in den Nächten, in denen sie in der Kaserne festsaßen, übten sie Scat-Gesang mit koreanischen Wendungen, so wie sie im Match Club Swing improvisiert hatten. In Tokio hatten sie Offizieren zugesehen, die mit ihren kunstvoll frisierten japanischen Begleiterinnen Jitterbug getanzt hatten. Die Frauen waren kindgroße Mädchen mit aufgesteckten Frisuren und futteralartigen Kimonos. Mit hundert Haken und Ösen schlossen sie ihr Gewand seitlich bis zum Kinn: Vielleicht kaufte ihnen ein verheirateter Offizier, der auf seinen Einsatz wartete, ein Häuschen, eine Wohnung in der Nähe des Stützpunkts. Tompkins spottete über sie: »Fick den Weißen, und der Weiße scheißt auf dich.«

»Als wärst du nicht weiß«, bemerkte Leavitt.

»So weiß, wie du weiß bist, Judenknabe. Kein echter Floridianer bezeichnet mich als weiß. So wenig wie dich. Wir haben beide gewusst, was kämpfen heißt, bevor wir zu irgendeiner Armee gingen.« Tompkins lächelte. »In Korea sitzen die alten Knaben auch wieder nur mit dem Arsch auf einem Pulverfass.«

»Tja, aber dein Seminolenarsch sitzt ebenfalls drauf.«

»So isses«, sagte Tompkins leise. »Ich brauch eben dauernd eine verdammte Tracht Prügel.«

In diesen Wochen in Seoul vor dem Krieg behauptete Tompkins gern, er würde von den koreanischen Huren gevögelt, nicht umgekehrt. Jeden Tag gegen vier oder fünf sagte er: »Mir wär's nach einem Ausflug. Willst du drüber reden?«

Leavitts Standardantwort war: »Wir können drüber reden.«

»Du hübscher Kanake«, sagte Tompkins dann. »Teufel noch mal, kein Jude hat Haare wie du.« Er griff in Leavitts stramme blonde Locken und hielt sie fest.

Der Papa-san in dem Etablissement, das Tompkins frequentierte, wirkte stets hocherfreut, sie zu begrüßen. »*Chonbul, chonbul*«, grinste er, Vorauskasse, auch wenn Tompkins noch so vehement darauf bestand, dass die Mädchen *ssage haejuseyo*, es billiger machten. »Ihr große *minam* Amerikaner«, sagte er und gestikulierte mit einem ausgestreckten Zeigefinger, »ihr Nummer-eins-Männer.«

Tompkins forderte stets eine volle Stunde. Leavitt folgte ihm die Treppe hinauf und nahm das angrenzende Zimmer. Die Wände waren aus Papier, im wahrsten Sinn: papierne Wandschirme vom Boden bis zur Decke, die einen Raum in zwei zellenartige Kabinen verwandelten, jede mit einem Bett, einem Waschbecken, einem Stuhl, einem Tisch mit Kerosinlampe. Wenn Tompkins aufstand oder sich umdrehte oder niederlegte, eine Partnerin und dann eine andere auf Armeslänge über sich emporhob wie ein Haustier oder Kleinkind, huschten Schatten wie von einem Riesen mit seinen Kindern über die Wände. Leavitt schloss die Augen und erlaubte einem Engel, vor ihm niederzuknien. Nie drang er in sie ein: An dieser kleinen Treue hielt er mit religiösem Ernst fest, wie an einem seiner Zaubersprüche, und genoss einfach die Kontrolle, die Spannung, die Hitze. Die Frauen lachten ihn aus und hauchten ihm Küsschen zu und balancierten nackt über ihm, um ihn in Versuchung zu führen. Es spielte keine Rolle, welche Frau, welches Mädchen es war. Auf Koreanisch teilte er ihr mit, was sie tun, wie sie tanzen sollte, schweißfeucht in dem kleinen Raum – nicht so, wie sie es in den Bars tat, sondern wie sie im Dorf getanzt hatte, ein langsames zeremonielles Tanzen, das Ritual und Folklore war. Sie kamen alle vom Dorf, waren vor Jahren gekommen oder vor Kurzem, alle Frauen und Mädchen. Ein Mädchen, das in Seoul aufgewachsen war, protestierte vielleicht und behauptete, diese Tänze nicht zu kennen, aber er ließ nicht locker: Bestimmt habe ihre Mutter sie ihr beigebracht, sagte er, als sie noch eine Mutter hatte. Und dann tanzte auch sie, wie alle anderen, langsam, ein Gebet ohne Worte, ein sich bewegender Umriss im Nachmittags- oder Abendlicht. Die schwanenähnliche Drehung der Arme, die Beugung der gewölbten Füße, es war immer dasselbe. Wenn die letzte Bewegungsfolge endete, krümmte sie den Rücken, und der Oberkörper verharrte reglos. Manchmal weinte sie, und Leavitt bat sie dann, sich niederzulegen, ihm, der im Stuhl saß, zugewandt, und sich anzufassen, bis die Tränen versiegten oder sich in Seufzer und geflüstertes Stöhnen verwandelten. Der einzige Sex, auf den sie reagierten, war, wenn sie es selbst taten, und anscheinend hielten sie Leavitt für so sonderbar oder harmlos, dass sie gelegentlich seine Anwesenheit vergaßen; vielleicht überreichten sie ihm ihre Intimität auch als Geschenk. Trotzdem – wenn die Vorführung echt genug wirkte und die Zeit beinahe um war, stoppte er sie, so erregt, dass er zitterte, und zog sie an sich. Am Ende war sie ihm mit dem Mund behilflich, während sie beide lauschten, wie Tompkins wieder und wieder in das jüngste, zierlichste Mädchen stieß, das er auftreiben konnte. Er nannte sie seinen Glücksstern. Leavitt hörte ihn laut ausrufen, fast weinend vor grenzenloser Verehrung, sie anflehen, streicheln, in den Himmel loben. Tompkins bezahlte seine Favoritin und ihre Freundinnen hinter dem Rücken des Papa-san mit *sonmul* und *tambae*, mit Geschenken und Zigaretten, und in der zweiten Woche warteten schon zwei oder drei Jüngste. An manchen Abenden gingen sie alle mit Tompkins; das verlangten sie anscheinend vom Papa-san als ein ihnen zustehendes Recht, wenn das Geschäft schleppend war.

Anschließend sagte Tompkins regelmäßig, er fühle sich schuldig, aber von den Älteren bekomme man ja den Tripper. »Eng und streng, so gehört sich's«, sagte er.

In einem hat Tompkins allerdings Recht: Er lebt immer noch, kein Haar wurde ihm gekrümmt. Auch Leavitt ist unversehrt; sie haben beide verdammtes Glück, sagt Tompkins, verzaubert sind sie, *voodoo san*, aber es war Tompkins' Voodoo. Leavitt spürt tief in den Eingeweiden eine wunde Ahnung, als wäre es nur eine Frage der Zeit, bis irgendein weicher Kern in ihm die harten, schnellen Reflexe verrät, auf die er so perfekt trainiert ist. Tompkins spielt Krieg, als wäre es ein obszöner Sport. Ich bin gar nicht wirklich da, flüsterte er oft, doch MacDowell hatte sie beide ausgesucht, sie in Geheimnisse eingeweiht, die explodierten.

MacDowells Idee war vielleicht gar nicht schlecht, denkt Leavitt. Hätte die KMAG zwei Jahre früher etliche tausend Infanteristen anstelle der über den Tokioter Stab angeworbenen sechzig ins Land geholt und alle in MacDowells LIS-Programm aufgenommen, so hätte die NKVA das Land vielleicht nicht so schnell überrollt, wären ihre Panzerkonvois nicht so widerstandslos die einzige asphaltierte Straße herabgekommen. Die Kaiserliche Straße nannten die Koreaner die alte königliche Landstraße von Pjöngjang nach Seoul, aber damals war Frieden und die Straße leer, der Stab gestand Colonel MacDowell sein kleines Hobby gern zu. Jetzt fragt sich Leavitt, wie viele LIS-Männer noch nicht tot oder gefangen sind. Den wenigen, die noch übrig sind, liegt es umso ferner, eine geliehene, nur in Bruchstücken verstandene Sprache zu benutzen. Gerüchte werden in Sprachen weitergetragen und bearbeitet, die einander ein Rätsel sind. Fast ein Rätsel. Leavitt versteht einen Teil dessen, was er hört, bis er nicht mehr zuhört und sich stattdessen darauf konzentriert, die Koreaner an einen sicheren Ort zu bringen.

Tagelang strömender Regen ist anschwellender Hitze gewichen; der Schlamm dampft förmlich und saugt alles ein, was mit ihm in Berührung kommt. Amerikanische Truppen und Material kämpfen sich nordwärts, auf die Front zu, während die Front unaufhaltsam nach Süden vorrückt. Die NKVA bedrängt sie hart; wie eine elektrische Spannung erfüllt die Gefahr die schwüle Feuchte. Leavitt und Tompkins, beauftragt mit dem Flüchtlingsproblem, befehligen zwei in die Länge gedehnte Züge: Sie sollen die Evakuierung von Dörfern, die dem Krieg im Weg liegen, unterstützen und steuern und die Straße von Ochsenkarren und fliehenden Bauern freihalten, ihr wichtigeres Ziel aber ist es, bei Einbruch der Nacht wieder zu ihrer Kompanie zu stoßen, Verteidigungsposten einzurichten, den Rückzug zu sichern. Ihre jüngst eingetroffene Verstärkung zieht sich entlang einer beweglichen menschlichen Grenze auseinander; an das leichte Besatzungsleben gewohnte Jungs brennen darauf, anzugreifen und den Rückzug anzutreten. Leavitt kann sie bloß antreiben und zurückpfeifen, wo er sie im Blick hat.

In einem Bachbett jenseits des Bahndamms fließt ein spärliches Rinnsal; die Koreaner scheinen es für Trinkwasser zu halten, doch Leavitt verbietet ihnen, stehen zu bleiben. *Gaesok kaseyo!* Weitergehen. Artillerielärm dringt ihm ans Ohr, während er mit zusammengekniffenen Augen die Gleise entlangspäht. Das Land wird tiefer; weiter vorn laufen die Gleise über eine breite Bahnunterführung, bestehend aus zwei identischen Tunnelröhren, die einen Bach und eine unbefestigte Straße überspannen. Dort wird er die Kolonne anhalten, trinken und in der Kühle der Brücke rasten lassen, Funkbefehl. Das Funkgerät hat Tompkins. In der Regel bleiben sie in Sichtweite zueinander, aber die neuen Soldaten sind so ahnungslos, dass Leavitt die Vorhut und Tompkins die Nachhut bildet, wie Mama und Papa, falls sie beschossen werden sollten. Die Flüchtlinge bewegen sich in fast völligem Schweigen vorwärts; im Gleichschritt folgen sie den Gleisen durch schlammiges, regengesättigtes Land. In weiter Ferne steigen die Gebirgsausläufer bewaldet und grün vor einem breiten Horizont an, der so undurchdringlich ist, dass er in den Himmel gemalt wirkt. Das Land ist drückend, uralt, beherrschend, bebaut in kleinen Parzellen, Leihgaben für karge Existenzen, die nur knapp ihr Auskommen erwirtschaften. Existenzen, die jetzt in Bewegung sind, kurze Lidschläge. Ganze Dörfer entleert, auf dem Weg irgendwohin, verängstigte Dorfbevölkerungen, importierte Armeen – nichts davon zählt. Generationen politischer Feindseligkeit und aufeinanderfolgender ausländischer Besatzungen sind wie vorüberziehendes Wetter, und die Kolosse der Berge sehen zu. Die NVKA kontrolliert diese Berge, diesen Himmel. Leavitt hat seinen Männern eingeschärft, zusammenzubleiben, die Reihen geschlossen zu halten. Jetzt ruft er den auseinanderlaufenden Zug mit schrillen, gut kalkulierten Pfiffen zusammen, und im Geist begleiten ihn Lolas Worte, private Laute, weich vor Dunkelheit. *Baby? Bist du müde? Komm her, Baby.* Er ist jenseits aller Müdigkeit. Es gibt kein Müde mehr, nur eine aufs Äußerste angespannte, alarmbereite, von wachsamer Furcht und kaum gezügelter Wut genährte Erschöpfung. Unter andauerndem Druck, in panischen oder langsamen Rückzug abgedrängt, sind sie hoffnungslos unterlegen und kaum unterstützt – es wird nichts helfen. Sie sind wie Hände, die den brechenden Damm zusammenhalten wollen. In seinem Bauch schlingen sich Angst und Wut ineinander wie ein Yin-Yang-Aal, glitschig und fischähnlich, aber unbestimmt menschlich in ihrem stumpfen, kreisförmigen Bohren, ein ewiges Um-und-um-Drehen und keine Rast. Dies allein, die Erschöpfung, und der Schlamm, die Hitze – das teilt er mit den Koreanern auf den Gleisen. In den letzten zwei Wochen wurde Korea von *changma*-Regenfällen heimgesucht. Der flüssige Schlamm hat sich zu einem warmen, nachgiebigen Lehm gefestigt, und es geht das Gerücht, dass hinter ihnen Panzer anrücken. Wiederholt wurden die amerikanischen Truppen von feindlichen Guerillas infiltriert, die sich, in bäuerlichem Weiß getarnt, unter die Flüchtlingsströme mischten. Unmöglich zu erkennen.

Leavitts schrille, mit gespitzten Lippen erzeugte Signale (*einen Kuss für mein Babe*) zerreißen die öde, getaktete Bewegung auf den hölzernen Schwellen der Bahngleise. Das ist zwar leichter, als sich durch Schlamm zu kämpfen, aber die Notwendigkeit, jeden Schritt genau zu bemessen, ist, wie sich zeigt, zu viel für die Alten und manche Frauen, die sich mit Säuglingen und Bündeln abquälen. Sie sind auf den Schotter neben den doppelten Gleisen ausgewichen, wo sie in langsamerem Tempo weitertrotten. Leavitt lässt sie; er kann es sich nicht leisten, auf beiden Seiten der Kolonne Männer zur Überwachung abzustellen, kann nicht an beiden Flanken vor eingeschleusten Guerillas auf der Hut sein – falls sie tatsächlich existieren. Für den Fall eines Angriffs, auch durch Heckenschützen, will er alle seine Männer dort haben, wo er sie sehen kann. Die neuen Ersatzleute sind, fürchtet er, so unerfahren, dass sie, wenn sie kopfscheu werden, sich am Ende noch gegenseitig abschießen. Rhythmisch, regelmäßig, im Takt, teils um seine Leute zu beruhigen, ruft er den Koreanern zu: *ppalli*. Schnell. *Kapshida*. Weiter. Die Flüchtlinge müssen nicht angetrieben werden; es ist *ihr* Bürgerkrieg, ihre Häuser und ihr Land gehen verloren – er ist nichts weiter als ein Begleiter. Kein Retter in Sicht. Gerettet wird später, versichert das US-Kommando Leavitt, Tompkins und allen, die den letzten Monat überlebt haben, um jetzt Soldaten zu führen, die gerade mal die Grundausbildung hinter sich haben. Leavitts heiser tonale Schreie *ttok paro! ijjokuro!* dienen als Trommelbegleitung zu anderen Bildern, die ihm deutlich und scharf, über einen schrecklichen Abgrund der Zeit und Dimension hinweg, in Erinnerung sind. In einer anderen Welt, an einem amerikanischen Morgen, der ihm abhandenkam, flüstert Lola in ihrem gemeinsamen Zimmer über dem Club Satzfetzen in frische Laken. *Mein schöner blonder Jude, mein Pennsylvania-Junge.* Sie liebte es, die Unterarme unter ihn zu schieben, als wäre er ihr Kind, und sein Geschlecht in den Mund zu nehmen, ihn zu trinken. Überall sind ihre Lippen, ihre Zunge, sie neckt ihn mit den Zähnen, beißt ihn, zart erst, dann fester. Ihre Worte vor einem Jahr, die Sex und Gesang waren, diese Worte benutzt er jetzt, um seine Füße zum Gehen zu zwingen, gespannt und zornig genug zu bleiben, um zu überleben und seine Leute zu quälen wie der skrupellose, eilbeförderte Verheizer, der er geworden ist.

Diese misslingende Polizeiaktion ist nur dem Namen nach UN. Die Amerikaner, die total überrumpelt waren, als im Juni der Norden den Süden überfiel, kriechen herum, die Ärsche zum Trocknen aufgehängt. Ironischerweise haben die drei Monate im »Sprachbad Seoul« vor dem Einmarsch aus Leavitt einen der besser akklimatisierten Zugführer der 24. gemacht. LIS war ein Pilotprogramm, das MacDowell auszuweiten gehofft hatte. Ungeachtet etwaiger Beziehungen zum Geheimdienst, sagte MacDowell, werde mehr Militärpersonal, das zu »sozialer Interaktion« fähig sei, auf jeden Fall hilfreich sein, wenn die Spannungen sich aufschaukelten und Nordkorea sein rotchinesisch inspiriertes Getue weitertrieb. Das war vermutlich Schwachsinn. Soweit Leavitt wusste, war der amerikanische Geheimdienst nie in Korea aktiv. Geheimdienstleute halten sich raus, essen besser, kleiden sich in Zivil und scheitern.

Natürlich wurden manche, die am LIS beteiligt waren, in Erwägung gezogen und unauffällig ausgeforscht. An diesem ersten Tag in Seoul hatten sie eine Akte auf dem Schreibtisch: Leavitts Highschool-Zeugnis, die Auszeichnung für die beste Lateinnote der Stadt, das Stipendium für das College, das er aus Trotz gegen seinen Alten ablehnte, Akteneinträge aus Fort Knox. Man hatte Auskünfte eingeholt.

»Musiker«, hatte Colonel MacDowell mit einer Kopfbewegung zu Leavitt gesagt.

Das viermonatige Sprachbad in Seoul war MacDowells Idee. Er hatte persönlich in der Besatzungstruppe in Tokio die Kandidaten ausgesucht und jeden Einzelnen am ersten Tag mit einer kurzen Erklärung Colonel Wright vorgestellt. MacDowell selbst sprach ein koreanisches Kauderwelsch, von Leavitt und den anderen aber erwartete er sich mehr.

»Tonale Vertrautheit«, erklärte er über Wrights Schreibtisch hinweg. »Großartiges Gehör für Tonhöhen.«

Wright nickte, knapp, geschäftsmäßig. »Ihr Instrument, Soldat?«

»Trompete, Sir«, antwortete Leavitt.

MacDowell klopfte Leavitt auf die Schulter wie ein jovialer Fan. »Habe den Jungen hier im Match Club in Tokio gehört. Grad mal einen Monat da und schon in einer Band. Hab ihn mir am ersten Abend gekrallt.«

»Ist mir zu Ohren gekommen«, antwortete Colonel Wright, als wären die Sessions im Match Club berühmt. »Stehen Sie bequem, Corporal.« An MacDowell gewandt, fragte er: »Holen Sie die ganze Gruppe rüber, Mac?«

»Hab's angeboten. Leavitt und ein anderer Soldat – Trommler, glaube ich – nahmen an. Tompkins, oder, Leavitt?«

»Tompkins, Sir.« An Tompkins war nichts Tonales – als Musiker war er nur Instinkt, Kraft, Ausdauer –, aber wahrscheinlich, dachte Leavitt, stand das Experiment »Language Immersion Seoul« jedermann offen, den MacDowell hereinholen wollte. Er hatte auch einen Aufruf an mathematisch Begabte gerichtet.

»Sie werden es gut machen, Sie beide«, sagte MacDowell, »und es würde mich nicht wundern, wenn Sie auch hier eine Band auf die Beine stellen – einige der Jungs sind Musiker.« Die südkoreanischen Ausbilder, erklärte er weiter, seien bereits dabei, für Studenten, die eine »vorbildliche Eignung« bewiesen, einen anspruchsvolleren Lehrgang auszuarbeiten.

Während er dort in Wrights Büro in der KMAG stand, gab sich Leavitt der Fantasie hin, wie er für den Rest seines Einsatzes Koreanisch parlierte und Jazz spielte, aber es zeigte sich, dass es nicht nur Getue war, was die Nordkoreaner im Sinn hatten. Der Einmarsch war ein breit angelegter, in Kaesong generalgeprobter Hinterhalt. Jetzt hat Leavitt die dumpfe Überzeugung, dass Korea der Anfang eines Endes ist, das Hiroshima und Nagasaki nur simuliert hatten.

Zusätzlich zu ihren Federzeichnungen, von ihm und von den Hausdächern vor dem Fenster, hatte Lola die Wand neben ihrem Schreibtisch mit Bildern aus Zeitschriften behängt. Eines war ein ganzseitiges Farbfoto eines Atompilzes aus *Life*, und darunter stand: *Unheimlich: die Todesblüte. Die größte, heißeste Blüte, in der je ein Mensch gestorben ist.* In dir sterben, flüsterte er, in dir. Viele ihrer aufgehängten Zeichnungen waren Fassaden von Gebäuden oder Brücken in der Stadt in West Virginia, aus der sie fortgegangen war und die sie nie wiedersehen wollte. Fassaden. Umriss einer gestrüppbewachsenen Insel in einem Fluss, steinerne Brückenbögen. Ladenschilder: *Murphy's Fünf- und Zehn-Cent-Kaufhaus* in verschnörkelten und kühnen Buchstaben, wie sie vielleicht ein Zirkus für seinen Namenszug verwenden würde. Während er, Aufseher über diese überstürzte Flucht, die Bahngleise in der Provinz Chungchong entlanggeht, stellt er sich die Bilder vor, die er von Lolas Bett aus gesehen hat. Ihre Zeichnungen waren nie in Farbe. Sondern grobkörnig, mit Bleistift Nr. zwei, die Schattierungen von Fastschwarz bis Silber, die Linien tief in das Hadernpapier eingedrückt, dessen oberste Schicht beinahe abgeschabt war. An manchen Kontraststellen schien das leer gebliebene Weiß im Dunkeln zu leuchten.

Seine Erinnerungsversuche sind ein Spiel, das er während des endlosen Tages treibt, auch nachts, wenn er nicht Wachdienst hat und Schlaf nie Schlaf ist. Schafft er es, die Bilder richtig unterzubringen, sie an den Wänden zu finden, kann er vielleicht das Zimmer selbst zurückholen, sich dort niederlegen und auf sie warten.

Er legt sich nicht nieder, nie. Er schläft im Sitzen, nur angelehnt, um jederzeit aufspringen zu können. Die amerikanischen Truppen sind, ganz ohne Mitwirkung des Geheimdienstes, in siebzehn Tagen siebzig Meilen zurückgedrängt worden; sie stehen, halten sich und fallen, noch stärker dezimiert, zurück. Korea hat seine Maske abgelegt und Leavitts Kopf mit Bildern, Geräuschen, Wörtern gefüllt, mit Wörtern, die er schon gehört hat und ganz unbekannten; mit Signalen, deren sich überschneidende Linien auf Geisterfrequenzen durch ihn hindurchgehen. *Du bist der Beste, Babe, der Einzige – da, genau da, Babe? Baby? Baby?* Bei der Erinnerung an Lolas Stimme spannt sich Leavitt im Gehen an. Er horcht auf *Baby* oder *Bobby* oder *Schatz* oder *Babe* oder einfach *ja*: ein pulsierendes, rasch wiederholtes Wort. Ihr hauchender, fragender Tonfall bei jedem Stoß war ein Zeichen, dass sie fast so weit war. Laute, die keine Worte mehr waren, bedeuteten, dass er loslassen, zu denken aufhören, hart zustoßen konnte, genau dorthin, wohin sie ihn geführt hatte. Keine Frau, mit der er je zusammen gewesen war, reagierte so stark, so unmissverständlich. Bei ihr war der Krampf der Muskeln ein tiefes inneres Zucken, das seinen eigenen zerfetzenden Orgasmus auslöste. Wenn er nachher still dalag, schweißüberströmt, unfähig, die Hüften, den Kopf zu heben, konnte er die Finger in ihr bewegen und mit ihrem Empfinden spielen, als wäre es etwas, das er beherrschte.

In der Woche, in der sie ihm von dem Baby erzählte, der Woche, bevor er sich einschiffte, dachten sie noch, er wäre ein Jahr fort, leistete seinen Militärdienst im besetzten Japan ab. Dann käme er zurück zu ihr, dem Baby. Auch nach seiner Ankunft in Korea hatte er noch gehofft, sein Sonderstatus im LIS könnte ihm zu einem Urlaub verhelfen, wenn das Baby auf der Welt war. Lola hatte vor, den richtigen Leuten klarzumachen, sie sei in derart übler Verfassung, dass es ratsam sei, ihrem Mann Urlaub zu geben. Sie konnte sehr überzeugend sein, und der alte Onslow hatte Beziehungen; in Onslow County, im Flachland von Kentucky, wusch eine Hand die andere. Onslow gehörte einer ehemals hoch angesehenen Familie aus Louisville an, sein Familienname zierte das Kreisgericht, und im nahe gelegenen Fort Knox, einen Steinwurf den Highway 31 hinunter, erfüllte sein Club ein klares Bedürfnis. Onslow kannte Leute und war mit der Hälfte der Stadtverwaltung verwandt; Lola brauchte er, damit sie dafür sorgte, dass seine Mädchen sauber und vernünftig blieben, während er Sex für Soldaten als Nebenerwerb betrieb. Den hohen Tieren am Stützpunkt hatte er zahllose Gefallen getan, hatte Schlamassel von Soldaten vertuscht, war ihren Eigenheiten mit Verständnis begegnet. Unverhoffte Glücksfälle teilte er mit Lola, als wäre sie eine Angehörige oder seine Geschäftspartnerin, vielleicht auch nur, um ihr Schweigen zu erkaufen. Lola war unberechenbar – sie stand unter niemandes, auch nicht unter Onslows Fuchtel. Er schien Lolas Wahl zu billigen – wahrscheinlich sah er Leavitt als einen, der sie bei Laune hielt, bevor er bequemerweise nach Übersee verschwand. Bis zu ihrer Trauung, zwei Wochen vor Leavitts Abreise, ahnte er nicht, dass sie Pläne hatten. Und selbst dann schien er anzunehmen, dass Leavitt vielleicht nicht wieder auftauchte, dass er fern von Fort Knox und den Komplikationen einer Ehe mit einer Frau wie Lola wieder zur Besinnung käme. Das Baby war ein Beweis des Gegenteils: Leavitt war in ihr lebendig. Sie hatte bereits mit einem Doktor geredet, der im Club verkehrte; er würde beschwören, dass sie nach den Strapazen der Geburt so gut wie tot sei. Die Army würde Bobby einen Noturlaub zugestehen; er würde danach noch ein paar Monate im Ausland ableisten, dann wäre sein Einsatz vorbei, und sie würden gemeinsam entscheiden, ob er beim Militär blieb oder ausmusterte.

Jetzt war das alles lächerlich, ihre Pläne und Intrigen. Von Korea kam keiner mehr weg, in Jahren nicht. Die »spezialisierten« Soldaten von Language Immersion Seoul führen Züge an und evakuieren Dörfer, brüllen Befehle und Anweisungen. Panische Südkoreaner richten schnelle, komplizierte Redeströme an Leavitt, die er vor dem Hintergrund von Artillerielärm und Flucht nicht verstehen kann. *Ihae mot haeyo*, wiederholt er. Ich verstehe nicht. *Ijjokuro*: Hier entlang. Schnell. Nein: *naeil. Chigum*: jetzt.

Den ganzen Monat hat er in der Brusttasche seines stinkenden Kampfanzugs, in einem Zigarettenpäckchen mit Zellophanhülle zum Schutz vor Regen, einen Schnappschuss von Lola bei sich getragen: Lola in der Hängematte, die sie in der Loggia im zweiten Stock vor ihrem Zimmer aufgehängt hatten. Sogar in Schwarz-Weiß sieht ihr dunkelrotes Haar rot aus, und ihre Augen wirken blau, die reizenden Fältchen um die Augenwinkel ein wenig tiefer. Sie hat eine Hand auf ihren gerundeten Bauch gelegt, ihr Lächeln ist träge und süß, als wäre sie im Begriff, ihm ein Glas ihres Minztees einzuschenken, dem sie einen kleinen Schuss Rum beifügt. An diesem Morgen, als der Zug überstürzt aufbrach, die neuen Ersatzleute vor Nervosität stolperten, vermisste Leavitt das sorgfältig flachgestrichene Zigarettenpäckchen mit Lolas Bild. Das Bild zu verlieren bringt Unglück. Auf die Rückseite hatte sie »im achten Monat« geschrieben. Es kann jetzt jeden Tag so weit sein. Es könnte in diesem Augenblick passieren. Vielleicht hat es angefangen. Sie habe den Schnaps aufgegeben, schrieb sie, und sogar die Zigaretten, ob das nicht unglaublich sei? An den Wochenenden trat sie noch auf, saß sittsam drapiert in dem Seidenkimono, den er ihr aus Tokio geschickt hatte, hinter dem Piano. Am Ende des Sets streifte sie ihn ab und erhob sich in einem Kleid, das so schlicht geschnitten war wie ein gewöhnlicher Pulli, aber schwarz und paillettenbesetzt und sich eng um ihre Brüste und ihre gewölbte Vorderseite schmiegte, und ihre Gestalt löste jedes Mal stürmischen Applaus aus. Das war Lola –

nie diejenige, für die man sie hielt. Sie begeisterte Scharen von Jungs, für die sie tabu war. Warum hatte sie ihn an diesem Abend mitkommen lassen, nachdem sie angeblich schon seit Jahren mit den Männern fertig war – schließlich hatte sie ihre Mädchen, die sie liebten, und Heerscharen von Verehrern, die sie abwehren musste. Es war etwas an der Art deiner Aufmerksamkeit, hatte sie geantwortet, und außerdem bist du ein echter Musiker. Zwei schmale Treppenläufe bis zu ihrem Zimmer, jeder dämmrige Absatz eine Krümmung tiefer hinein in die Stille, bis sie ebenso gut ins All hätten hinaustreten können.

In Louisville sei jetzt der Teufel los, schrieb sie, es sei voll von grünen Fort-Knox-Rekruten und frisch gestählten Jungs aus der Grundausbildung, die versessen darauf seien, diesen läppischen Krieg in die Luft zu jagen. Genug, sie wolle fort, sobald er zurückkäme. Florida, hatte sie geschrieben, Coral Gables. Die Stadt hatte sie nur nach dem Namen ausgesucht und aufgrund ihrer Lage direkt am Meer. Sie würden erst ein bescheidenes Häuschen kaufen, dann was Größeres. Eine kleine Pension betreiben, schrieb sie in ihren Briefen, ein Gästehaus. Es gebe immer Urlauber, die was Günstiges suchten, und Großstadttouristen, die von der Kälte genug hätten. Sie spare so viel wie möglich. *Ich kann eine solide Frau sein, falls man mich nicht wegen Verführung eines Minderjährigen aus der Stadt schmeißt.* Er war nicht minderjährig. Er war zweiundzwanzig, als sie heirateten; sie vierunddreißig. Jesus, war sie wild nach ihm, mit der Gier eines Mannes. Er ist froh über das Baby; er hat ihr seinen Stempel aufgedrückt, sein Revier abgesteckt, bis er zurückkommt und wieder Anspruch auf sie erheben kann. Er stellt sie sich mit anderen Männern vor, in einer Vergangenheit, in der er sie noch nicht kannte, und verdrängt Bilder aus seinem Kopf. Er hat nie gefragt, wie sie es angestellt hat, mit einem wie Onslow klarzukommen. Lola hat eine Vergangenheit und ein Kind, eine Tochter, die bei ihrer Schwester in West Virginia lebt. Die Schwester führt ein Restaurant, zahlt eine

Hypothek für ihr Haus ab. Noreen, sagte Lola, sei die Starke, sie lasse sich von keinem was vormachen. Es sei besser so. Leavitt stellt sich eine ultratüchtige Frau vor, Typ Schullehrerin, nett genug, um Lolas Tochter aufzuziehen, obwohl sie Sängerinnen und Bars und Garnisonsstädte missbilligt, Lola missbilligt, kein Zweifel. Lola schickt jeden Monat Geld und hat ein Bild an ihren Spiegel gesteckt: ein Schulfoto im Format einer größeren Briefmarke. Ein mageres Kind, ernst und blass, wie Lola, aber ohne das kastanienrote Haar, eine Handvoll Sommersprossen über die Wangenknochen hingestreut. Wie die Tochter hieß, verriet Lola nicht, nicht mal ihm. *Ich hab sie nach einem Vogel benannt. Vielleicht wächst sie unversehrt auf und fliegt davon.* In ihrer Schublade hatte sie weitere kleine, zusammengeheftete Bilder von ihr, eines aus jedem Jahr, seitdem die Tochter drei war und zu ihrer Tante zog. Lola zeigte sie ihm nie, betrachtete sie nie, steckte nur das jeweils neueste dorthin, wo sie es jedes Mal sah, wenn sie sich selbst ansah.

Als er nach dem Vater des Mädchens fragte, gab Lola keine Antwort. Aber wer zum Teufel sei er, habe sie ihn auch so geliebt, wie sie beide es tun, in ihrem Zimmer, ihrem Bett? Um Gottes willen, nein. Er war ein Träumer, sagte sie, sie musste ihn förmlich an der Hand führen, wie einen Bruder. Erfüllte seinen Zweck und kehrte dorthin zurück, wo er herkam, zum Glück war sie ihn los. »Ach, ihr Bergwäldler«, sagte Leavitt und fasste sie an, »vögelt den eigenen Bruder und denkt euch nix dabei.«

»Na klar«, sagte sie. »Und bei mir ist ein Bein kürzer als das andere, und niemand in West Virginia hat je auf flachem Boden gestanden oder Schuhe an.«

»Niemand ist dein Bruder«, sagte er. Er schob sie unter sich, sah sie an, fuhr ihr mit der Zunge über die Augen, den Haaransatz entlang. »Niemand, denk dran.«

»Du bist mein Bruder«, antwortete sie, atmend. »Du bist der Erste und der Letzte. Nach dir kommt keiner mehr.«

Er glaubte ihr. Er fragte nicht, ob Coral Gables eine Wiedervereinigungsfantasie sei, getrennte Fraktionen, die am Meeresstrand zusammenkommen. Tompkins sagte, Coral Gables sei eine Küstenstadt nicht weit von Miami, in der Nähe von Hialeah, wo die Pferde liefen. Falls Leavitt je wieder von Korea fortkommt, hätte er nichts gegen eine Tochter. In Florida würde er auch ihren Namen erfahren.

Die ländlichen Dörfchen hier sind Abspaltungen voneinander, Lehmstraßendörfer aus windigen Holzhäusern. Leavitt hat die fast gleichen Namen der heute evakuierten Dörfer in lateinischen Buchstaben in sein schmutziges, handflächengroßes Notizbuch eingetragen: *Chu Gok Ri, No Gun Ri, Im Ke Ri.* Keine Kanalisation, kein Strom. Was trugen die Flüchtlinge in diesen Bündeln auf dem Rücken, dem Kopf, was rafften sie zusammen, als die Soldaten auftauchten und sie auf- und davonscheuchten, bevor die Nordkoreaner durch ihre Dörfer fegten? Nach Informationen des Geheimdienstes brachten manche von ihnen Geschütze und Mörser zu nordkoreanischen Einheiten. Wenn das stimmt, dachte Leavitt, dann waren es von Nordkorea eingeschleuste Agenten. Er hatte Gespräche zwischen Südkoreanern mitgehört und genug verstanden, um zu wissen, dass die meisten den Norden hassten. Ganze Dörfer leerten sich bei der Nachricht, die NKVA sei auf dem Vormarsch; die Nordkoreaner galten als blutrünstige Marionetten der Rotchinesen, und ihre Bereitschaft, Zivilisten zu metzeln, war legendär. Den noch übrig gebliebenen südkoreanischen Einheiten konnte man die wenigen nordkoreanischen Gefangenen, die sie gemacht hatten, nicht anvertrauen – sie erschossen sie kurzerhand. Trotzdem profitierten beide Seiten von der Unfähigkeit der Amerikaner, Nord und Süd auseinanderzuhalten, wenn die Leute nicht uniformiert waren. Leavitt nimmt seinen Helm ab und wischt sich im Gehen den Schweiß von der Stirn. *Ijjokuro*, ruft er den Koreanern zu, hier entlang.

Leavitt dreht sich um und hält nach Tompkins Ausschau, der weit hinter ihm ist. In der Hölle, sagt Tompkins, werden sie wiedervereint. Leavitt fragt sich jetzt, ob sie wohl gemeinsam sterben sollen. Oder ob Tompkins überleben wird und derjenige ist, der ihn findet. Er hat ihm Lolas Adresse und einen Brief an sie aufgenötigt; Tompkins bat ihn um keinen solchen Gefallen. Außer meiner Mutter gibt es niemanden, sagte er, und diese vorausgeplanten Benachrichtigungen bringen sowieso Unglück. Der Tod ist tot, keine gute Methode, um hier wieder rauszukommen. Aber rauskommen müssen sie, es ist das Einzige. »Halt deinen Arsch in Sichtweite«, pflegt Tompkins zu sagen, »ich hol dich raus.« Er würde Leavitts Arsch überall erkennen, sagte er, und rausziehen, was davon übrig ist, oder selber dabei draufgehen. Dann zwinkerte er. »Wär dir nach einem Ausflug?«, fragte er. Wo waren die Mädchen aus Tompkins' Lieblingsbordell jetzt? Tot oder auf der Flucht. Auf der Flucht, sagte Tompkins, *sie* sind rausgekommen. Kein Zweifel, die Mädchen waren schon weit im Süden und warteten, dass Tompkins zu ihnen stieß. Aber das ging nicht, noch nicht. »Ach, sie war eine Wucht«, schwelgte er traurig in Erinnerung an seine Favoritin, »mein Glücksstern.«

An diesem Morgen bei Tagesanbruch war Tompkins sehr sachlich gewesen. »Eindeutig«, psalmodierte er, »heute müssen wir raus. Willst du drüber reden?«

Ohne die Miene zu verziehen, kam Leavitt mit seiner Standardantwort: »Wir können drüber reden.« Wie ein Zauberspruch, ein festgelegter Dialog.

»Keine Widerrede«, beharrte Tompkins. »Raus mit uns. Heute ist der Tag.«

Die doppelte Bahnunterführung ist jetzt näher. Leavitt sieht, dass die Tunnelröhren leicht gekrümmt und ziemlich tief sind; von seinem Standort aus sieht man das andere Ende nicht. In schwarzem Schatten führt die Lehmstraße durch die eine Röhre, der Bach durch die andere. Sie sind aus Stein oder Beton, bunkerähnlich, gewölbt, wie zwei eingesunkene, leicht achsenverschobene Augen. Er wird die Koreaner so lange wie möglich auf den Gleisen halten und sie dann die Grasböschung des Bahndamms hinunterführen, damit sie im Schatten der Röhren rasten können, während aus Tompkins' Funkgerät Befehle kommen. Sie werden den Flüchtlingen raten, auf eigene Faust nach Süden weiterzugehen, die Männer dann wieder zusammenbringen, die Wahrscheinlichkeit verringern, dass die Züge stranden oder abgeschnitten werden.

»*Towajuseyo!*« Eine junge Frau, die mit einem schon recht großen Kind auf dem Rücken belastet ist, hat sich vor Leavitt aufgepflanzt und versperrt ihm den Weg. Unerwartet und erschreckend füllt sie sein Gesichtsfeld aus. »*Towajuseyo!*«, sagt sie noch einmal und wiederholt es: »*Towajuseyo!*« Hilf mir. Bitte hilf.

Nein, keine Bitte: Es ist eine Forderung. Einen Moment lang fragt er sich, ob er sie kennt, ob sie eines der Mädchen aus Seoul ist. Hat sie für ihn getanzt, während er sich abseits hielt, sich von ihr fernhielt, bis ihr wieder einfiel, wer sie war? Aber nein, diese ist ein Dorfmädchen, schön, zierlich wie die meisten von ihnen, gekleidet in der üblichen weißen Tracht, ein echtes Landmädchen, das in Seoul nie gewesen ist. Sie ist die Inkarnation dieser rituellen Tänze, die selbst die Huren nie vergessen, und sie ist zornig, unerschrocken. Sie sieht so wütend aus, wie Leavitt sich fühlt, wie wohl sie alle sich fühlen, weil sie einfach weggehen und alles zurücklassen müssen, alles verlieren. Fieberhaft gestikuliert sie zu den Eisenbahnschienen. Eine alte Frau ist hingefallen, vielleicht auch zusammengebrochen. »*Halmoni*«, sagt sie, »*halmoni!*« Nicht ihre Mutter. Es ist das Wort für Großmutter oder Großtante. Sie hastet zu ihr zurück und steht über ihr, blickt zu Leavitt herüber, fleht ihn zornig an, als wäre es seine Aufgabe, nur ihr zu helfen. Diese junge Frau hat das Dorf nie zuvor verlassen. Sie hat nichts vergessen und ist ingrimmig sie selbst: Sie ist die Wächterin des Kindes, die Beschützerin der alten Frau, und sie steht da mit gespreizten Beinen, einen Arm als Barriere ausgestreckt, um die alte Frau abzuschirmen. Die Menge in Weiß – sie alle, all diese Bauern, tragen Weiß – teilt sich, kaum behindert, in zwei Ströme und geht weiter. Sie, voller Wut, dass sie Hilfe braucht, zornig auf sich selbst, starrt Leavitt wild an. Sie kann nicht gleichzeitig den Jungen auf dem Rücken tragen und der alten Frau aufhelfen, aber den Jungen wird sie nicht absetzen, nicht hier, nicht mal für einen Moment.

Überwachen, nicht selbst eingreifen. Das sind seine Anweisungen, und erst vor ein paar Stunden, als dieses Wagnis begann, hat er sie seinen Männern weitergegeben. Wo ist dieser verfluchte Tompkins? Er hat das Funkgerät. Leavitt blickt nach links und entdeckt Tompkins dreißig Meter weiter hinten. Leavitts Pfiff zerreißt die Luft; er signalisiert dem Zug, zur Flüchtlingskolonne aufzuschließen; sie sollten doch links der Gleise bleiben, wo sie einander sehen können. Alle immer in Bewegung halten.

Leavitt sieht die alte Frau an, die junge. Die junge steht unbeugsam, starrt ihn an, wartet, hält das Kind. Dieses Kind neigt den Kopf in einem seltsamen Winkel. Zu alt, um getragen zu werden, anscheinend ist es verkrüppelt, schwer von Begriff, irgendwas. Leavitt nickt dem Mädchen zu, *ja*, und Furcht erfasst ihn. Etwas Drohendes nähert sich, etwas, das sie alle verletzen, fortreißen wird. Ist sie es? Jemand in der Menge? Unwahrscheinlich, dass ein eingeschleuster Guerilla hier angreift, es sei denn, die Menge ist komplett unterwandert. Guerillas sind in der Regel Einzelgänger, sammeln sich in den Gebirgsausläufern, nähern sich von hinten den vorrückenden amerikanischen Truppen, die groß genug sind, dass die Mühe sich lohnt. Die Koreanerin zwingt Leavitt mit ihrem Blick zu sich. Ihre Augen brennen sich in ihn ein, ihr vollkommen ovales Gesicht ist fast durchscheinend. Sie könnte die Mutter des Jungen sein oder seine Schwester, wer kann das sagen, die Frauen hier sehen alle so jung aus, bis sie mit einem Schlag uralt sind. Leavitt tritt einen Schritt zurück, um in der langen Reihe nach seinen Männern Ausschau zu halten, schwankenden Gestalten in Kampfanzügen, dann watet er rasch hinein in die Menge. Wie auf ein Signal hin streckt die Koreanerin die Arme aus, vertraut ihm die Last des Kindes an und beugt sich dann zu der Alten hinunter. Kräftiger, als sie aussieht, hilft sie ihr auf die Beine und setzt sich, die alte Verwandte halb schleppend, wieder in Bewegung, als bestünde kein Zweifel, dass Leavitt ihr folgt. Er tut es auch fast, dann aber streckt er die Hand nach ihrer Schulter aus. *Kujjokuro*, schreit er; zur Seite, geh zur Seite, raus aus dem Strom der Menge. Die Beine des Jungen umschlingen Leavitts Taille; er verschiebt den Karabiner auf eine Schulter und setzt sich den Jungen auf die Hüfte. *Bikyuh*, sagt er ruhig, raus.

Das Mädchen braucht keine weitere Anweisung, hält sich dicht hinter Leavitt und treibt die Alte an. Der Junge wiegt nichts. Er wird acht, neun sein. Der Griff seiner dünnen Arme ist fest, sein Oberkörper wirkt vollständig angespannt. Er bewegt den Kopf, lauscht, die Ohrmuschel emporgewandt. Nur Zentimeter trennen ihre Gesichter. Leavitt blickt in die erstaunlichen, fast spiegelnden Augen: Die obsidianfarbene Iris treibt in einer blassblauen Milch, die Pupillen sind hinter blauen Kataraktklecksen verschwunden. Der Junge ist blind. Deshalb also wollte ihn seine Mutter oder Schwester nicht absetzen. Die wolkige Trübung in seinen Augen scheint kaum merklich zu pulsieren oder sich zu weiten; er *blickt*, mit absoluter Aufmerksamkeit, er scheint an Leavitt vorbei oder in ihn hineinzusehen. Langsam ist er nicht, oder es ist das falsche Wort; er scheint übernatürlich wachsam. Leavitt fällt es schwer, den Blick abzuwenden, aber er zwingt sich dazu und schiebt sich schneller zwischen den Leuten hindurch. Er spürt die hektische Hand der jungen Frau im Kreuz und verlangsamt sein Tempo gerade so viel, dass er sich ihrem mühseligen Vorankommen mit der alten Frau anpasst. »Mir nach«, ruft er ihr auf Koreanisch zu, »bleib bei mir.« Während er sich rasch durch die Menge zwängt, spürt er den kleinen Körper des Jungen erstarren, und seine Befürchtungen schwellen zu einem beinahe hörbaren Laut an; im Geist vernimmt er den klaren hohen Ton einer angeschlagenen, hochgehaltenen Stimmgabel. Es ist diese Form der Konzentration, die rein und unbeteiligt ist und so ausschließlich, dass daneben nichts existiert. Auf einmal begreift er, und jetzt hört auch er, was der Junge hört. Flugzeuge. Ein Dröhnen am Himmel, das rasch näher kommt. Es gibt keinen Ausweg. Die Flüchtlinge stapfen verbissen weiter. Vollkommen exponiert, eine weiße Kolonne, die sich wie in Formation bewegt, und die Bombardierung beginnt.

WINFIELD, WEST VIRGINIA

26. Juli 1959

Lark

Ich schiebe den Sessel unter den Baum im Garten, dann trägt Nonie ihn hinaus. Der Baum ist inzwischen schon ganz voller Samen, überall hängen die Schoten herunter. Bald fliegen wieder die Samen durch die Luft, und Nonie kriegt Heuschnupfen und wird darauf bestehen, dass die Fenster geschlossen bleiben, um die weißen Wolken abzuhalten. Dann wird Termite die ganze Zeit draußen im Sessel sitzen wollen und endlos mit mir schimpfen, falls ich versuche, ihn im Haus zu behalten, damit ich bügeln oder Geschirr spülen kann. Ob Regen oder Sonnenschein, er will immer draußen sein, vor allem am frühen Morgen. »Okay, raus mit dir«, sagt Nonie dann, und noch ehe sie ihn absetzt, fängt er mit seinen leisen, zufriedenen Lauten an. Sie hat ihre weiße Arbeitskleidung an, weil sie auf dem Weg zu Charlies Restaurant ist, und hält Termite weit von sich, damit er ihr nicht mit seinen langen Zehennägeln eine Laufmasche oder mit den Fingern, die nach dem Frühstück immer marmeladeverschmiert sind, einen Fleck auf den Rock macht.

»So, Termite.« Nonie setzt ihn mit untergeschlagenen Beinen in den Sessel. Das ist seine übliche Position – jedem anderen würden die Beine einschlafen, wenn er den ganzen Tag so dasitzt. »Du hast ja ein Auge auf ihn, Lark«, sagt Nonie zu mir. »Gib ihm Limonade, wenn es wärmer wird. Du kannst das Radio ins Küchenfenster stellen. Dann hört er es auch von hier aus.« Nonie setzt Termite im Sessel zurecht. »Hol ihm doch eins seiner Bänder von drinnen. Ich muss gehen. Charlie reißt mir den Kopf ab.«

Draußen auf dem Gartenweg hupt es. Auch Termite stößt ein Trompeten aus und versucht, wie die Hupe zu klingen. »Das ist Elise«, sagt Nonie. »Bitte vergiss nicht, das Geschirr zu spülen, und wisch ihm die Hände ab.« Sie geht schon über den Rasen davon, aber Termite ist draußen im Freien und nimmt ihr nicht übel, dass sie geht. Elise winkt mir aus ihrem Ford heraus zu; sie ist eine kleine Gestalt in der grellen Spiegelung auf der Fensterscheibe. Im nächsten Moment knirscht der Kies, und die beiden brausen davon, als hätten sie was Wichtiges vor.

»Termite«, sage ich zu ihm, und er wiederholt es. Er kriegt den Ton immer richtig hin, ohne die Wörter zu sagen. Seine Laute sind wie ein Lied mit einem einzigen Ton, und der Tag ist still und stumpf. Es ist sieben Uhr morgens, und hier und dort bewegt sich ein Lufthauch, schubweise, es ist wie nicht ernst gemeint, wie wenn sich etwas so langsam füllt, dass es niemandem auffällt. Wir haben eins dieser Glasfläschchen mit blauem Wasser drin an der Küchenwand hängen, und wenn ein Gewitter in der Luft liegt, steigt das Wasser. Jetzt ist es ganz oben – das ist wie ein Test: Man kann abwarten und feststellen, ob das Ding funktioniert, oder ob es so billig ist, dass es nichts taugt. »Termite«, sage ich zu ihm, »ich stell dir das Radio ein. Keine Sorge.« Er braucht etwas, dem er zuhören kann. Er bewegt die Finger, wie er es immer macht, die Hände in der Luft: Erst strecken sich alle Finger, dann krümmen sie sich, jeder mit einer eigenen Bewegung, schnell oder zögernd. Er sieht seine Finger nie an, aber ich bin sicher, er macht das aus einem bestimmten Grund, als könnte er was damit hören oder erfahren. Charlie sagt, er ist einfach ein Spastiker, das ist eine spastische Bewegung; Nonie sagt, er zappelt herum, zappelt mit allem, was er hat, weil er ja sonst nichts zustande bringt. Seine Finger sind dauernd in Bewegung, es sei denn, wir geben ihm was zu halten; das hält er dann so fest, dass wir es ihm wieder entwinden müssen. Nonie sagt, das tut er einfach aus Sturheit. Ich glaube aber, wenn er was hält, ruhen seine Finger sich aus. Er will eben nicht ständig was hören.

Mein Nachthemd ist so dünn, dass ich eigentlich nicht hier draußen rumstehen sollte, aber es ist auch egal. Die Häuser auf beiden Seiten des Gartenwegs haben vom ersten Stock aus so gut wie alles voneinander gesehen. Hier hinten zwischen den Gärten kommt niemand vorbei, außer den Leuten, die hier wohnen, und die parken ihre Autos auf den Kieszufahrten, die vom Weg zu den Häusern abzweigen. Wir haben zwar kein Auto, aber die anderen haben welche, die Tuccis sogar drei – zwei fahren, eines nicht. Jetzt ist Frühsommer, und genau in der Mitte des Gartenwegs wächst ein plüschiger Grasstreifen. Als Kinder gingen wir – Joey und Solly und Zeke und ich – im Sommer immer barfuß auf diesem Gras, wenn wir uns gegenseitig besuchten. Ich zog Termite im Handkarren hinter mir her, und die Räder passten perfekt in die schmalen Fahrrinnen des Wegs. Nick Tucci nennt seine Jungs immer noch Gangster und ist stolz, dass sie so fix und so zäh sind. Nonie hält er zugute, dass sie die einzige Mutter ist, an die seine Kinder sich aus der Zeit, als wir alle klein waren, wirklich noch erinnern.

Heute ist Sonntag. Nick Tucci wird seinen Rasenmäher über den Grasstreifen auf dem Gartenweg schieben, um das Unkraut niederzuhalten. Das tut er erst, wenn es schon dämmert und er von seiner Wochenendzusatzschicht in der Fabrik heimkommt und gegessen und Bier getrunken hat, und dann riecht das Gras, wie wenn man einen scharfkantigen grünen Halm aufschlitzt. Ich werde Termite hinausbringen. Er liebt das Geräusch dieses Rasenmähers und horcht danach, einmal auf dem Hinweg, dann auf dem Rückweg. Er gibt ein leises Brummen von sich, wie aneinandergereihte *Rs*, und bei den ganzen anderen Geräuschen – Ventilatoren in Fenstern, laufenden Radios – muss er genau die Ohren spitzen, er sitzt dann ganz still, und ich gebe ihm meine Sandalen zu halten. Er blickt zur Seite, wie er es immer macht, seine Hände passen in meine Schuhe. Seine Augen stehen still, und er lauscht. Wenn ich hinter seinem Sessel stehe, spüre ich ebenfalls das Messer des Rasenmähers; ich spüre es tief unten in mir sich drehen und rollen, und es macht ein Gewirbel und einen Schnitt.

Die Sonntage scheinen mir lang wie ein Jahr. Sonntags gehe ich nicht den Kanawha Hill zu Barkers Sekretärinnenschule in der Main Street hinauf. Ich bin mit dem zweiten Semester – Maschinenschreiben und Grundlagen – fast fertig, aber weil ich Klassenbeste bin, lässt mich Miss Barker in Steno bei den Mädchen im zweiten Jahr sitzen. Miss Barker ist nicht jung. Sie hat nie geheiratet, wohnt im Haus ihres verstorbenen Vaters und hat die Schule von ihm übernommen, als er vor etwa zehn Jahren am Herzinfarkt starb. Die Schule ist über dem Billigladen, im ersten Stock des langgestreckten Gebäudes mit dem langen roten Schild, auf dem in Goldbuchstaben *Murphy's Fünf- und Zehn-Cent-Kaufhaus* steht. Es ist ein uraltes Schild, sagt Nonie, das gab es schon, als sie und meine Mutter Kinder waren, nur nahm das Kaufhaus damals beide Stockwerke ein. Seither hat Barkers Sekretärinnenschule den großen oberen Raum mit Resopalschreibtischen gefüllt, jeder mit einem herausziehbaren Fach, in dem wir unsere Maschinenschreibbücher aufbewahren (Augen nach rechts, kein Blick auf die Tastatur. Augen nach rechts ...). Wir müssen pünktlich sein, denn die Übungen sind zeitlich festgelegt, und wir schalten alle gleichzeitig unsere Maschinen ein: Das gibt erst einen Ruck, dann folgt ein Poltern, als würde der ganze Raum von einer Welle erfasst, und dann summt es. Die Schreibmaschinen summen alle auf einem einzigen Ton: Es ist ein Ton, den Termite sicher zustande brächte, aber was würde er aus dem Geräusch einer ganzen tippenden Klasse machen? Bei den praktischen Übungen arbeiten wir alle im selben Tempo. Wir sind wie ein Chor, und das Klappern der Tasten klingt gemessen, alle im Takt. Danach, wenn es um die persönliche Bestzeit geht, schreiben wir auf Geschwindigkeit, und da ist das Tempo verschieden. Dann bersten die Maschinen vor Lärm und stolpern über sich selber. Oben bei den großen Fenstern ist auf der Hälfte des Raums eine abgesenkte Zwischendecke mit langen Neonröhren eingezogen. Der obere Teil der Fenster verschwindet in dieser Decke, und ich hasse sie und sitze deswegen hinten. Die Schule hat mit der Decke nach der Hälfte wieder aufgehört, als klar war, dass das Geld für eine Klimaanlage fehlt; also wurden große Ventilatoren angeschafft, die auf Rädern fahren wie Termites Sessel. Miss Barker schaltet die Ventilatoren ein, und wir müssen alle Kopftücher aufsetzen, damit unsere Haare nicht herumfliegen. Bei dem Lärm und der Luftbewegung stelle ich mir vor, dass ich hoch über der Stadt bin und über die Häuser und Bäume und den Fluss und die Brücken dahinrase, und solange ich tippe, kann ich nicht abstürzen.

Zu Termite sage ich: »Jetzt wird es noch nicht regnen. Bestimmt mäht er den Weg. Allerdings werden wir keine Sterne sehen, der Tag wird heiß und weiß, und dann wird der weiße Himmel grau. Und sehr spät am Abend kriegen wir dieses mächtige Gewitter, von dem alle reden.«

Mächtige Gewitter von dem alle reden, antwortet mir Termite in Lauten wie meine Worte.

»Genau«, sage ich. »Aber du wirst es dir vom Fenster aus ansehen müssen. Glaub ja nicht, dass du hier draußen im Regen sitzen wirst, während es ringsum blitzt und donnert.«

Darauf sagt er nichts. Vielleicht denkt er sich, wie toll das wäre, Wind und Regen, ein wirklich prasselnder Regen, nicht dieser leise Sommerregen, in dem wir ihn manchmal draußen sein lassen. Er liebt Bewegung, liebt es, wenn er was auf der Haut spürt. Dann ist er ganz lebendig. Nonie sagt, ich unterstelle ihm Gedanken, vielleicht denkt er ja gar nichts. Vielleicht muss er auch gar nicht denken, antworte ich. Bilde du dir bloß nicht so viel über ihn ein, das nicht stimmt, sagt sie dann.

Aber wer weiß denn, was bei ihm stimmt.

Als Baby war Termite wirklich hübsch. Die Leute beugten sich über ihn und fingen zu gurren an, wenn wir ihn im großen Kinderwagen spazieren schoben. Seine Stirn war ziemlich breit, und er hatte blonde Locken und diese blauen Augen, die sich mehr bewegen als normal, als beobachtete er irgendwas, das wir nicht sehen. Er war für sein Alter so klein, dass Nonie ihn eine Milbe nannte, dann nannte sie ihn eine Termite, denn schon damals bewegte er seine Finger wie Fühler und betastete die Luft. Ich glaube, er lebt in seinem Körper wie eine Termite in einer Wand.

Ich weiß noch, wie Termite zu uns kam. Nonie ist sein Vormund und seine Tante, ich aber bin seine Schwester. In gewisser Weise gehört er mehr mir als irgendwem anders. Er wird noch länger dir gehören, sagt Nonie dann. Nonie ist nicht alt, aber sie redet mit mir immer über die Zeit, wenn sie einmal nicht mehr da ist. Dabei sieht sie so stark aus, wie ein Block oder Quader, stark in den Schultern und im Rücken und in ihren breiten Hüften, sogar in den Beinen und den blauen Venen, die sie mit ihren Strümpfen kaschiert. Deine Mutter hat ihn nicht gebracht, hat Nonie mir gesagt, jemand hat ihn an ihrer Stelle gebracht. Nicht sein Vater. Nonie sagt, Termites Vater war nur ein Jahr mit meiner Mutter verheiratet. Er war ein Kind, sagt Nonie, dreiundzwanzig, als meine Mutter fünfunddreißig war, und diese Scheißkerle haben ihn drüben in Korea gelassen. Haben nicht mal seine Leiche zurückgeholt und hielten die Zeremonie rund um eine zusammengefaltete Flagge ab. Nonie sagt, das war falsch und wird nie richtig sein. Wie Termite aber hierherkam, weiß ich nicht, denn Nonie schickte mich genau in der Woche ins Jugendlager der Pfarrei. Ich war zehn und hatte im Jugendlager Geburtstag, und als ich wieder heimkam, war Termite da. Er war ein knappes Jahr alt, konnte aber nicht ohne Hilfe sitzen, Nonie hatte ihm ein Babybett und Kleider und einen Hochstuhl mit Kissen und Gurten besorgt, und sie hatte amtliche Papiere. Eine Geburtsurkunde bekam sie allerdings nie, deswegen feiern wir den Tag, an dem er zu uns kam, als seinen Geburtstag, aber ich mache ihm einen Geburtstag, wann immer es mir passt.

»Heute könnte ein Geburtstag sein«, sage ich. »Einer mit einem blauen Kuchen, der innen gelb ist und nach Zitrone schmeckt. So magst du ihn doch, mit Schlagsahne in der Mitte, zur Feier des bevorstehenden Gewitters, Nick Tucci kriegt auch ein Stück zu seinem Eistee heute Abend, und ich helfe dir, die Kerzen draufzustecken. Du kommst mit mir rein, während ich den Teig rühre, und kannst das Radio festhalten. Und du kannst an den Knöpfen drehen, okay?«

Knöpfen drehen okay. Ich kann beinahe für ihn antworten. Aber ich tu's nicht. Und er tut es auch nicht, denn er will nicht ins Haus. Ich spüre, wie er stillhält; er will hier sitzen bleiben. Er hebt die Hand ans Gesicht, an die Stirn, als hielte er einen der blauen Plastikstreifen, die Nonie seine Bänder nennt: Das ist es, was er will. »Es geht aber kein Wind, Termite, kein Luftzug und gar nichts«, sage ich. Er bläst mit den Lippen, kleine kurze Seufzer.

Also ziehe ich seinen Sessel ein Stück vom Gartenweg zurück, gehe ins Haus und hole ihm das Band, einen Streifen von einer blauen Plastikhülle aus der chemischen Reinigung, vielleicht zehn Zentimeter breit und sechzig lang. Das ist nicht lang genug, dass er sich damit strangulieren könnte, und wir passen ja sowieso auf ihn auf. Ich wickle ihm das Band zweimal um die Hand, und er hält es sich mit gekrümmten Fingern an die Stirn. »Ich zieh mich an, und dann räume ich die Küche auf«, sage ich. »Aber wenn ich den Kuchen mache, musst du mit reinkommen, okay?«

Er wirft mir einen Blick von der Seite zu. Das heißt, er ist einverstanden, aber er denkt über das Blau nach, diesen Streifen Raum, den er bewegen kann.

»Du läutest, wenn du was brauchst, gut?«, sage ich.

Die Klingel an seinem Sessel war meine Idee. Es ist eigentlich eine Empfangsglocke für eine Hotelrezeption, flach, und er kann mit dem Handgelenk auf den Knubbel drücken. Diese Glocke war ursprünglich auf einem Stück Metall mit Löchern festgeschraubt, vielleicht damit sie niemand stiehlt oder damit sie nicht verloren geht. Vor Jahren habe ich sie mit dickem Zwirn an Termites Armlehne festgenäht. Seine Glocke hat einen hohen, hübschen Klang, keinen hässlichen. Er läutet zweimal, wenn er aufs Klo muss, oder ganz oft, wenn irgendwas nicht stimmt, und manchmal auch nur ein einziges Mal, ein kleines gelegentliches *ping* in der Stille, wie ein Gedanke.

»Termite«, sage ich, »ich geh wieder rein.«

Wieder rein wieder rein wieder rein, höre ich ihn, als ich davongehe, und jetzt wird er lautlos sein wie ein Atmender, still, solange ich ihn lasse.

Ich stehe am Spülbecken in der Küche, von wo aus ich ihn sehen kann, stecke den Stöpsel hinein und lasse das Wasser so heiß einlaufen, wie es geht. Der Geruch von Hitze steigt mir ins Gesicht. Das Geschirr sinkt in den Schaum, und ich beobachte Termite. Sein Sessel ist ein wenig zur Seite gedreht, und ich sehe, wie er gegen seinen Plastikstreifen bläst und bläst und bläst, ganz sacht. Das bisschen Luft, das durch den Garten weht, erfasst das Band auf ganzer Länge und setzt es in Bewegung. Termite liebt das Blau dieses Materials, und er schaut gern hindurch. Er bläst sich den Streifen aus dem Gesicht und beobachtet die Bewegung, das Plastik berührt ihn kaum, und er bläst es wieder fort. Das macht er dreißig Minuten, eine ganze Stunde lang, bis man ihm den Streifen wegnimmt. In meinen Träumen tut er es tagelang, jahrelang, wie ein Zeitmesser, wie eine Uhr. So zeichne ich ihn, skizziere ihn flüchtig mit Bleistift in mein Notizbuch. Den Kopf aufrecht, wie er dann immer dasitzt, das Handgelenk erhoben, Blau mit seinem Atem bewegend.

Die Nachbarn, die aus einem Fenster im ersten Stock schauen, sehen einen Jungen in einem Sessel auf der anderen Seite des Gartenwegs. Sie wissen, wie er heißt und wer er ist. Sie kennen Noreen und wissen, dass sie seit fast zwanzig Jahren bei Charlie Fitzgibbon arbeitet und zusammen mit ihm das Restaurant führt, während Gladdy Fitzgibbon die Eigentümerin von allem ist und das Geld austeilt. Dass Nonie allein Kinder großzieht, die nicht ihre sind, weil es Charlie nie fertiggebracht hat, seiner Mutter zu sagen, dass sie ihn gern haben kann, weil er nie weggegangen ist und sich eine andere Arbeit gesucht hat, um eine zweifach geschiedene Frau mit einer Tochter zu heiraten und einem zweiten Kind, das nicht geht und nicht spricht.

Nonie ist wie meine Mutter. Wenn sie mich jemandem vorstellt, sagt sie: »Das ist meine Tochter Lark.«

Nonie würde uns auf jeden Fall aufziehen, egal, ob Charlie je das Richtige tut oder nicht. Ich weiß auch gar nicht, ob sie das überhaupt noch will. Ich finde nur, dass Nonie ein Teil dieses Restaurants gehören sollte, so viel, wie sie dort schuftet. Charlie kocht und kümmert sich um die Küche und Nonie macht alles andere, das war immer so, seitdem sie sich von ihrem zweiten Mann getrennt hat und hierher zurückkam. Sie kam zurück, und da war Charlie, genau wie sie ihn zurückgelassen hatte, lebte immer noch bei seiner Mutter und ging zur Messe, und sie fielen sofort in ihre alten Gewohnheiten zurück, und Gladdy ebenfalls. Nur dass die Fitzgibbons nach der Wirtschaftskrise so gut wie nichts mehr hatten. Als Nonie zurückkam, hatten sie gerade noch ihr Haus und das Geschäft halten können. Sie hätten das Restaurant aufgeben müssen, hätte es Nonie nicht für sie gerettet, indem sie die Buchhaltung machte, sich um den Einkauf kümmerte und eigenhändig die Gäste bediente.

Nonie kann praktisch alles, aber sie sagt, sie macht nichts, womit man auf dieser Welt Geld verdient.

Mit Geschirrspülen verdient man auch kein Geld, aber zu Hause, wenn ich allein bin, mach ich's ganz gern. Ich bin es so gewöhnt, mit Termite zusammen zu sein, dass es genauso ist, als wäre ich allein. Er ist wie ein Summen, das immer summt, so dass überall, wo ich bin, alle Kanten abgerundet und weich sind. Und wenn ich die Teller im Wasser versenke, sehe ich nicht mal hin, sondern blicke immer durchs Fenster, zu ihm. Er setzt mit seinem Atem dieses durchsichtige blaue Band in Bewegung, lässt es mit gespitzten Lippen vor seinen Augen langsame Wellen werfen. Zieht Luft aus der Luft in dieser reglosen Hitze. Sieht, falls er sieht, die Welt durch Blau. Oder spürt nur, wie das Blau ihn berührt und dann wieder in die Höhe fliegt. Ich kann die Luft an seinen geöffneten Lippen hören. Ich höre auch die Klimaanlage unten im Restaurant. Im Moment ist die Frühstücksstoßzeit, Nonie nimmt Bestellungen auf, und das Lokal ist schon ganz voll und heiß, alle Tische und Barhocker sind besetzt, und der riesige Kasten über der Tür erzeugt seinen gleichbleibenden Lärm. »Das System« nennt es Charlie. Später, am Nachmittag, wenn fast alle gegangen sind und Nonie sich fertig macht, um nach Hause zu gehen, verhakt sich das System und röchelt, als könnte es nicht mehr richtig atmen, es klingt wie ein *sip-sip-sip*. Verwundet. Nonie geht, wenn sie fürs Abendessen decken und das System vor sich hin seufzt. Charlie wollte, dass ich nach dem Schulabschluss die Abendschicht übernehme, aber Nonie sagte, ich schließe nicht die Highschool ab, um mit siebzehn Kellnerin zu werden. Noch nicht mal siebzehn, fügte sie hinzu. Mit der Schule war ich früh fertig, weil sie mich schon früh hingeschickt hat. Spricht nichts dagegen, sagte sie, ich konnte schon lesen, und die Schule musste ebenso interessant sein, wie den ganzen Tag mit einem Stapel Kinderbücher auf einem Barhocker bei Charlie zu sitzen. Sie sagt, ich brauche keinen Job. Termite ist mein Job und Barkers Sekretärinnenschule, wenn sie abends zu Hause bei Termite sein kann. Es geht darum, eine Verbesserung zu schaffen, sagt Nonie, eine Zukunft zu haben. Ich blicke hinüber zu Termite und dem Gartenweg hinter seinem Sessel und finde es komisch, dass dieser Streifen durchsichtiges Blau, den er sich vors Gesicht hält, genauso aussieht, wie ich mir eine künftige Welt vorstelle – sacht wehend, von Anfang bis Ende in Bewegung, ins Weite führend.

Ich lasse ihn noch ein paar Minuten sitzen. Nonie findet es merkwürdig, wie zufrieden ich damit bin, ihn machen zu lassen, und das, sagt sie, ist verdammt gut, denn das Leben ist lang.

Mir kommt das Leben gewaltig vor, aber ich bin nicht sicher, ob es lang ist. Ich schrubbe Haferflocken von den harten gebogenen Rändern der Frühstücksschalen, und das Leben erscheint mir breit und flach wie ein Sandstrand, der in eine Wüste übergeht, Meilen um Meilen. Wie Bilder von Australien, die ich mal gesehen habe, mit einem saphirblauen Himmel, der herabdrückt, und Wasser am einen Bildrand. Dieser Rand, das ist die Stelle, wo sich alles plötzlich ändert. Vielleicht sieht man den Rand auf sich zukommen, kann aber nicht sagen, wie nah oder fern er ist, wie schnell er näher kommt. Ich spüre ihn kommen. Wie ein Geräusch, wie einen Wind, wie einen Zug in weiter Ferne.

Früher war ich anders. Ich weiß nicht, was ich dachte. Jedenfalls war ich ständig beschäftigt, als hätte ich vor, für immer zwölf zu bleiben. Schon jetzt Termites Mutter, oder eine seiner Mütter, Klassenbeste, ich kochte und putzte wie eine Hausfrau, kümmerte mich um meine Sammlungen, als sparte ich für irgendwas. Ich sammelte Muscheln, was nicht so einfach war, denn ich bin nie am Meer gewesen. Und kleine Flakons, puppengroß, mit Gesichtern oder Ortsnamen oder aufgemalten Szenen. Wahrscheinlich fing ich mit dieser Sammlung an, weil Termite den seinen so gern hatte – dieses winzige Mondfläschchen, das, sagt Nonie, in seiner Tasche war, als sie ihn zum allerersten Mal im Arm hatte. Sie sagt, sein Flakon diente als Parfumfläschchen und muss einmal einen Korken gehabt haben; das Parfum gibt es natürlich längst nicht mehr. Meine größte Sammlung sind farbige Postkarten von Hauptstraßen, jede ein paar Cent wert, die ich bei Ramschverkäufen erstanden oder in der Stadt, in der Postkartenkiste von Topsy Turvy gefunden habe, zwei oder drei aus jedem Staat: Ich habe eine Wand meines Zimmers damit beklebt. Diese Wand hat Nick Tucci gebaut; sie hat mein Zimmer in zwei Hälften geteilt, damit Termite einen eigenen Raum bekam. Ich wollte einen Türbogen zwischen uns, keine Tür, und Nick hat mir auf der anderen Seite einen ebenso großen Durchgang zum Wohnzimmer gestaltet. Offene Bögen in zwei Wänden, keine Türen. Ich kann Termite die ganze Zeit sehen und hören. Die Muscheln, die ich gesammelt habe, waren für ihn. Weil es ihm so gefällt, wenn ich ihm eine ans Ohr halte.

Jetzt habe ich das Gefühl, dass alle meine Sammlungen einfach nur herumliegen. Es sind Sachen, die ich mal haben wollte, und ich weiß gar nicht mehr, warum.

Ich ziehe den Stöpsel aus dem Spülbecken. Das Wasser strudelt in einem seifigen Trichter durch den Abfluss, und ich wünschte, ich könnte darin stehen, während alles um mich näher und immer näher rückt. So fühlt es sich an, wenn jemand starrt. Die Leute starren einen an, als wäre man Essen auf einem Teller, und man spürt, wie stark sie was wollen. Mich starren sie auf eine Weise an, auf beharrliche Weise, Termite aber starren sie nur kurz an und wenden gleich den Blick ab. Termite starrt nie. Weil er es nicht kann, würde Nonie sagen, was ist daran rätselhaft. Es stimmt, dass seine Augen sich bewegen, weil seine Muskeln still sind und nicht arbeiten, aber ich glaube, er weiß, dass er nichts wollen kann, jedenfalls nicht stark, nicht so stark wie andere Leute. Er macht es auf andere Weise. Gar nichts macht er, würde Nonie sagen. Aber ich glaube ihr nicht.

Er tut ihr mehr weh als mir. Deswegen redet sie so.

Ich wische das Becken aus und spüle mir die Hände ab. Es ist Zeit, Termite hereinzuholen. Diese Streunerkatze sitzt wieder vor seinem Sessel und beobachtet das flatternde blaue Band. Diese Katze ist mir unheimlich. Wirklich, sie sitzt einfach nur da, starrt ihn an mit ihren gelben Augen, und manchmal duckt sie sich flach auf den Boden. Ich sehe diese Katze am Rangierbahnhof, wenn ich mit Termite hinfahre, damit er die Züge sehen kann. Schon seit Jahren treffe ich sie. Diese streunenden Katzen schleichen auf eigene Faust herum und sind immer allein. Immer tief geduckt, wahrscheinlich aus Angst vor den Hundemeuten. Die Katzen fressen Ratten, erzähle ich Termite, und die Hunde fressen die Katzen, genau wie in *Drei Blinde Mäuse*. Dann macht er die ersten Zeilen der Strophe in Lauten nach und will überhaupt nicht mehr damit aufhören. Er erinnert sich an die Rhythmen von Liedern und Versen, so wie er nicht Wörter erkennt, sondern Laute. Er braucht keine Wörter. Er braucht seinen Streifen Blau und den Klangraum unter der Eisenbahnbrücke am Fluss. Er muss den Fluss sehen, während der Zug über ihn hinwegdonnert. Er braucht den Rangierbahnhof.

Er liebt es, sich in seinem Karren hinziehen zu lassen, wenn die Sonne auf den Schienen glitzert. Die Gleise laufen in alle Richtungen, und die Züge kreischen und heulen und fahren so langsam an, dass wir mit ihnen Schritt halten können. Aus dieser Nähe blendet der Lärm alles andere aus, er lässt den Boden erbeben. Termite setzt sich aufrechter hin und wird ganz still. Er liebt Vibrationen, die so stark sind, dass sie in ihn eindringen. Er ist so rein, dass ihn der Lärm mehr ausfüllt, als es mir je passieren könnte, mehr als ich ausgefüllt bin, während ich rennend den Karren ziehe. Nachher, wenn ich keuchend auf den Fersen sitze und mich an die sandigen Räder lehne, fühle ich mich klatschnass, durchtränkt, fortgespült, und der Zug donnert immer noch in einem allmählichen Verklingen, das sich von uns fortdehnt und nur eine wilde Linie zurücklässt. Der Rangierbahnhof ist zwei Querstraßen weiter im Westen, so dass wir jeden Morgen die Güterzüge auf dem Bahnübergang hören, und Termite macht mir sehr deutlich klar, wie falsch es ist, dass er nicht kriegt, was er will. Er sagt nichts, benutzt nur seine Ellenbogen, um sich ein bisschen aufrechter hinzusetzen und sich der Sonne zuzuwenden, dann legt er den Kopf zur Seite, und sein Ohr ist eine offene Schale. Hier: der 6-Uhr-52-Zug. Ich kurble das Fenster einen Spalt weiter auf, damit wir das vorübersausende Geheul hören, sein Verstummen und den Hohlraum, den es zurücklässt. Selbst aus weiter Ferne verursacht es eine Stille in der Luft, die es aufgerissen hat. Es fließt hindurch.

Ich lasse ihn einen Moment. Ich lasse ihn noch einen Moment.

Nonie findet blauen Kuchen ekelhaft, sie sagt, das sieht aus wie etwas Altes, Verdorbenes, nicht mehr Essbares; dabei ist er leicht und köstlich und mit Anis gewürzt. Aber Termite mag ihn, er mag auch rosa Kuchen, der nach Mandeln schmeckt, und am meisten mag er es, wenn ich den Teig in verschiedene Schüsseln fülle, die er in der Armbeuge hält, während ich mich über ihn beuge und rühre. Ich sage ihm, wie schnell ein paar Tropfen Farbe, so konzentriert, dass sie fast schwarz aussieht, in der Teigmischung landen und sie pastellig tönen. Ich mache drei dünne Schichten, hellblau und rosa und gelb, stelle drei Formen ins Rohr und schließe die Ofentür schnell wieder, um nicht noch zusätzliche Hitze zu erzeugen.

»Heiß wie im Hades ist es heute«, sage ich zu Termite und verschiebe seinen Sessel, damit er den schwachen Luftzug vom Fenster abbekommt. Das Radiokabel reicht noch, und er dreht mit dem Handgelenk am Knopf, langsam oder schnell, wie ein Safeknacker, als hätten die Laute, das Rauschen, die Stimmfetzen irgendeine Bedeutung.

»Versuch nicht, auf Radio mit mir zu reden«, sage ich, aber er tut es trotzdem. Solang er den Apparat hält, wird er versuchen, ihn zum Sprechen zu bringen. Ich nehme ihm das Radio vom Schoß und stelle es auf die Theke zurück, beuge mich zu ihm nieder und reiche ihm eine Schüssel mit Glasur. Ich halte das Fläschchen Blau in Termites Hand, und wir lassen genau drei Tropfen hineinfallen. Diese Marshmallow-Glasur, »die Göttliche«, wie man sie nennt, bildet

Gipfel und eine süße Kruste wie Meringen. Meine ist wie gezuckerte Luft, die im Mund zerschmilzt. Nonie sagt, ich bin eine fabelhafte Köchin. Ich könnte einen Beruf daraus machen, meint sie, aber nicht bei Charlie oder in einem Laden wie seinem. Bei dieser Hitze kann Eiweiß leicht schlecht werden, und ich drehe den Kühlschrank höher, um die Glasur im untersten Fach kühl zu halten. Wir werden den Kuchen heute essen, an diesem Geburtstag, und Nick Tucci wird seinen Kindern was davon mitbringen. Diesen Jungs macht sonst niemand einen Kuchen. Rattenjungen nennt Nonie Nicks Kinder, als wäre sie enttäuscht von ihnen. Sogar Verbrecher lieben Kuchen, antworte ich darauf. Sieh zu, dass du nicht mehr für sie machst als nur Kuchen, sagt Nonie. Dann wird sie wieder sagen, dass sie nicht von gestern ist, als würde mich je irgendwer belästigen. Passiert nicht, sage ich. Sie schauen nur.

Es stimmt. Es ist wirklich so, als käme ein Strahl aus meinen Augen, der die Leute zurückweichen lässt. Jetzt, wo ich älter bin, habe ich einen leeren Raum rund um mich, den ich früher nicht hatte. Ich frage mich, ob das wie eine Zukunft ist oder ein Ort, an dem eine Zukunft stattfinden wird.

Blassblaue Göttlichkeit – das klingt wie ein Abendkleid oder ein Planet. Blaue Kuchenglasur sieht wirklich seltsam aus, wie Essen vom Mars, es sei denn, ich behalte ein bisschen Weiß zurück, um auf das Blau ein Gitter zu machen oder Girlanden oder Blumen. Ein verzierter Kuchen sieht wie Spielzeug aus, und die Leute wollen ihn unbedingt. Ich stelle die Glasuren kühl und halte das Gesicht in den Kühlschrank, vor das dampfende Eisfach ganz oben. Der Schweiß auf meiner Oberlippe trocknet mit einem plötzlichen Prickeln, und in dem Moment höre ich jemanden an der Tür. Es läutet auf eine Weise, die wirklich neu ist.

Gut oder schlecht?, denke ich.

Termite wird still.

»Wer mag *das* denn sein?«, sage ich laut, wie eine Zauberformel.

Als wären wir in einer Fernsehsendung über eine bezaubernde Mutter und ihr Kind. Wir haben keinen Fernseher. Diese Geräusche mag Termite nicht. Früher, in diesen vielen Sommern, hatte Joey zu Hause immer den Fernseher laufen, und Termite wollte partout nicht ins Haus der Tuccis. Er wollte in Bewegung sein oder unten am Fluss, in der Kühle unter der Brücke. Es gibt zwei Brücken, an beiden Enden der Stadt, beide überspannen den Fluss; die stachelige – nichts als Metallstreben und Geratter – ist für die Autos und die steinerne für die Züge, sie ist breit genug für vier Gleise nebeneinander. Einmal waren alle vier in Gebrauch, sagt Nonie. Jetzt werden nur zwei instand gehalten, aber zwei Bögen der Eisenbahnbrücke stehen immer noch genauso breit im Fluss, und zwei weitere hangeln sich hinaus ans Ufer. Die Tunnelröhre darunter ist noch immer so lang und schattig und tief. Früher führte eine Straße hindurch, aber die ist jetzt ruiniert, nur noch Erde, Moos und Unkraut. Aber im Sommer ist es dort kühl, und die Gleise führen darüber hinweg den Hang hinauf zum Rangierbahnhof. Termite mag den Tunnel am liebsten. Die Echos.

Es läutet wieder, zweimal. Jemand gibt nicht auf.

Ich schiebe Termites Sessel an der Essnische vorbei ins Wohnzimmer. Dort stelle ich ihn neben dem Klavier ab und spähe durch das Fenster in der Haustür. Ich sehe jemanden. Braunes Jackett und Hose – bei der Hitze. Krawatte und Hemd mit geknöpftem Kragen. Brille. Ich öffne die Tür, und vor mir steht ein Mann, der seinen Aktenkoffer in einer Weise im Arm hält, als wollte er ihn mir überreichen. Kein alter Mann. Dicke Brillengläser, die seine Augen vergrößern. Eulenaugen. Seitlich gescheiteltes weißblondes Haar unter dem Hut. Ein Fedora, wie ein Bankangestellter.

»Na, hallo«, sagt er. »Ich hoffe, es ist nicht zu früh, um vorbeizuschauen. Ich hatte gehofft, ich könnte mit –« Er blickt auf die Papiere, die auf seinem Aktenkoffer liegen.

»Meine Mutter ist nicht da«, sage ich.

»– mit Ihrer Tante. Hier steht: Ihre Tante. Sie müssen Lark sein. Hübscher Name. Lerche.«

»Sie sind vom Sozialdienst«, sage ich.

Er nickt. »Eigentlich wohne ich zwei Straßen weiter, vor einer Woche eingezogen. Ich war auf dem Weg zur Arbeit und dachte, ich schau mal vorbei.« Er lächelt auf eine nervöse Art.

»Ich wusste nicht, dass der Sozialdienst auch am Sonntag arbeitet.«

Eine Minute lang starrt er ausdruckslos. »Oh«, sagt er, »nun. Ich bin neu und muss mich in vieles erst einarbeiten. Ich komme und gehe. Das ist ein Vorteil in diesen Kleinstädten. Alles weniger förmlich. Und man kann zu Fuß zur Arbeit gehen. Ich jedenfalls. Wahrscheinlich gehen Sie auch zu Fuß zur Highschool?«

»Ich gehe nicht zur Highschool. Ich mache einen Sekretärinnenkurs.« Ich habe die Hand an der Tür und schiebe sie ein kleines Stück zu.

Er tritt näher und späht über meine Schulter hinweg auf Termite in seinem Sessel. »Und das ist Ihr Bruder? Termite. Ein Spitzname, schätze ich. Wie heißt er wirklich?«

»Terence«, lüge ich. Anscheinend fange ich bei solchen Leuten immer sehr schnell zu lügen an. Sogar, wenn ich gar nicht muss.

»Ich heiße übrigens Robert Stamble.« Er streckt mir unter dem Aktenkoffer die Hand entgegen.

Stamble, Stammel, denke ich. Und von dem Augenblick an ist er in meiner Vorstellung Stammel, Stotter, Taumel, ein Stolperer. Jetzt finde ich, er sollte lieber gehen. Er denkt, er meint es gut, und hat keine Ahnung. Ich kann es ihm anriechen wie einen Fingerzeig, wie den Old-Spice-Geruch seines Rasierwassers. Ich hasse diesen Geruch. Dads tragen ihn in Dadville. Ich mustere ihn genauer und sehe, dass er nicht mal alt genug ist, um einen brauchbaren Dad abzugeben. Er ist hellrosa wie die Lidränder von Kaninchen und blauäugig hinter seinen dicken Brillengläsern. Versteckt sich in seinem Anzug.

»Nonie ist nicht da«, sage ich, »und sie sagt, der Scheck, den wir vom Sozialdienst kriegen, ist nicht hoch genug, als dass man sich deswegen eine Predigt anhören oder sonst wie behelligen lassen müsste. Wenn Sie einen Hausbesuch planen, sollten Sie einen Termin mit ihr vereinbaren.«

»Wissen Sie«, sagt er, »wir sind sehr für die häusliche Pflege, wo immer das möglich ist, und wir wollen Sie unterstützen. Vielleicht gibt es Möglichkeiten, wie wir helfen können. Krankengymnastik. Sachmittel. Ein Rollstuhl.«

»Ich mache selbst Krankengymnastik mit ihm«, sage ich. »Eine Schwester in der Klinik hat es mir beigebracht. Und er hat schon einen Rollstuhl, einen großen, schweren. Wir haben ihn im Wandschrank stehen. Er mag ihn nicht, aber wir benutzen ihn, wenn er zur Untersuchung muss.«

Stamble fummelt herum, klappt seinen Aktenkoffer auf, kramt in Papieren. »Ach ja.«

»Es ist einer der Stühle, die Alderson dem Bezirk vermacht hat«, teile ich ihm mit.

Alderson ist das staatliche Krankenhaus in der Nachbarstadt, das schließen musste. Die verrücktesten Irren wurden anderswohin verfrachtet, und die anderen, die nur Platz wegnahmen, hat man entlassen.

»Natürlich.« Stamble sieht mich wieder an.

»Der Sozialdienst hat den Rollstuhl geschickt, als es hieß, er muss in die Sonderschule.«

Stamble lässt nicht locker. »Trotzdem – fänden Sie es nicht leichter als –«

Ich verstehe. Er hat gesehen, wie ich Termite im Karren hinter mir herziehe. Das tue ich fast jeden Tag. Der Karren ist tief und sicher, mit hohen Seitenwänden aus Holzbrettern, und so lang, dass ich Termites Beine ausstrecken kann. Es ist ein alter Handkarren von der Art, mit der man früher Eis geholt hat oder Kohle. Er stand hier im Keller, als Nonie einzog, und sie sagt, das Ding ist wahrscheinlich älter als sie. »Termite mag den Rollstuhl nicht«, wiederhole ich.

Stamble nickt. »Er ist ein Kind. Er sollte einen kleineren Stuhl haben, einen, der für seine Größe passt. Etwas Portables wäre leichter für Sie.«

»Portabel?« Ich komme ins Grübeln. Das Bild eines Schiffs kommt mir in den Sinn, Termite an Bord. Auf den Wellen tanzend. Ich beobachte ihn durch ein Fenster, das so klein ist wie ein Teller. Ein Bullauge. In einer hübschen Kleinstadt am Meer gehen wir an Land, und Stamble blinzelt, blinzelt, blinzelt. Eine Minute lang denke ich, er nimmt mich auf den Arm mit seinem tragbaren Rollstuhl, vielleicht ist er auch einfach nervös. Wo haben sie den bloß her?

Er fängt schon wieder an. »Kindgerecht. Nicht so schwer. Manche lassen sich zusammenklappen. Kann man leichter im Auto oder so verstauen.«

»Wir haben kein Auto«, teile ich ihm mit. Ich trete einen Schritt zurück. »Jedenfalls kann er schon seinen jetzigen Rollstuhl nicht leiden.«

»Vielleicht muss er sich ja erst dran gewöhnen, ganz allmählich natürlich. Hat er was gegen die ärztlichen Untersuchungen?«

»Nein, eigentlich nicht. Würde ich nicht sagen.«

»Wenn er nämlich einen Rollstuhl nur mit etwas in Verbindung bringt, das er nicht mag, dann könnten Sie das ändern, indem Sie was mit ihm unternehmen, das er gern mag – im Rollstuhl.«

Ich wechsle von einem Bein aufs andere, so dass er mir nicht mehr über die Schulter schauen kann. Termite ist wirklich ganz still. Wenn er so genau weiß, wann er still sein muss, dann weiß ich nicht, wie die Leute behaupten können, er kapiert nichts. »Mag sein«, sage ich, »aber ich habe jetzt leider keine Zeit mehr. Ich habe einen Kuchen im Rohr.« Zentimeterweise schiebe ich die Tür aufs Schloss zu.

»Heißer Tag, um Kuchen zu backen«, sagt er. »Hat jemand Geburtstag?«

Ich nicke und lächle durch den schmalen Türschlitz, der noch offen ist. »Sie können Noreen anrufen«, sage ich. »Wenn Sie mit ihr reden wollen.« Ich schließe die Tür. Der Knauf dreht sich in meiner Hand, und ich höre den Schnapper einrasten.

»War schön, Sie kennenzulernen«, höre ich Stamble draußen sagen. »Bitte lassen Sie es mich wissen, wenn Sie was brauchen. Ich werde sehen, was sich wegen eines geeigneteren Rollstuhls machen lässt.« Dann höre ich, wie sich seine Schritte entfernen.

Termite hat den Kopf zur Seite gedreht und das Ohr mir zugewandt, und er rührt sich nicht. Ich gehe durch den Raum auf ihn zu, um ihn in die Küche zurückzuschieben, und in dem Moment rieche ich den Kuchen – es riecht zuckrig und geröstet, mit braunem Rand. »Oh nein«, sage ich, ziehe ihn gerade so weit zurück, um das Rohr aufzukriegen, und packe mit den Topflappen die Backformen. Die drei Kuchenböden sind oben ein bisschen zu dunkel, aber es ist noch nicht schlimm.

Ich zeige ihm einen. »Ist noch in Ordnung«, sage ich, »ein ganz kleines bisschen angebrannt, aber nicht so, dass man's schmeckt.«

Mans schmeckt, sagt Termite, *mans schmeckt*.

»Keine Sorge«, antworte ich.

Nonie

Rechtschaffenen Herzens marschierten die Sozialdienstleute geradewegs in mein Wohnzimmer. Termite war drei oder vier. Einstufung, sagten sie, Versorgung. Vielleicht eine Operation, damit er aus diesem Sessel rauskommt. Gute Idee, sagte ich. Dann kann er aus eigener Kraft auf die Straße hinauskrabbeln und sich überfahren lassen oder hinunter zum Rangierbahnhof und hinfallen und sich wehtun oder das Gift essen, das sie den streunenden Hunden hinlegen. Soll ich mir jetzt darum Sorgen machen müssen? Oder werden sie mir jemanden zur Verfügung stellen, der rund um die Uhr auf ihn aufpasst? Nein. Werden sie ihn zum Rangierbahnhof runterbringen, damit er die Züge sehen kann, nach denen er den ganzen Tag horcht? Werden sie ihn davon abhalten, sich vor einen Zug zu werfen? Und werden sie die Spielplatzkinder davon abhalten, Steine nach ihm zu werfen, wenn sie ihn allein erwischen? Werden sie ihm erklären, warum diese Kinder so gemein sind, warum sie ihn schlechter behandeln als ein Tier? Nein. Die Ärzte in Cleveland sagten: Versprechen können wir nichts. Das glaubte ich ihnen sogar. Eine diagnostische Untersuchung, sagten sie, um das Ausmaß der Schädigung festzustellen. Dann machten sie Tests, entschieden gegen »weitere Traumatisierungen«, rieten mir, ihn mit nach Hause zu nehmen. Minimaler Hydrozephalus, sagten sie, geringfügiger Wasserkopf, und Beeinträchtigung des Sehvermögens. Unmöglich zu sagen, was er je wissen oder verstehen kann. Und sein Rückenmark hat sich nicht richtig geschlossen; das heißt, er wird nie gehen können. Die Sozialarbeiterin drückte ihr Bedauern aus. Sie sagte, wir könnten Hilfe für behinderte Kinder beantragen, aber die sei nicht besonders hoch, oder ein Heim suchen, falls ich es nicht schaffte. Hilfe für behinderte Kinder – was für eine Hilfe? Während der ganzen Zeit, die sie redete, saß er da in seinem Sessel, von seinen Kissen überragt, die größer waren als er selber, und bemühte sich, den Kopf aufrecht zu halten. Die Augen stark seitwärts verdreht und schaute, schaute, wie er es immer tut.

Lark wird gleich wieder loslegen, dass er keine Sonderschulen mag, dass er den Bus nicht mag, dass er hier sein will. Vielleicht willst du, dass ich meinen Job kündige, sage ich, damit ich ihn jede Minute beaufsichtigen kann. Und damit wir nicht wegen der Hypothek und deinen Schulgebühren auf der Straße stehen, willst du vielleicht meine Arbeit bei Charlie übernehmen. Mach nur, geh zwei Jahre vor deinem Diplom von Barker weg, gib die Schule auf und verdien das Geld, das wir brauchen. Du könntest es bestimmt so gut wie ich mit diesen scheußlichen Füßen, die ich habe, und wir wären fein raus. Was ich ihr klarzumachen versuche, ist: Wer wird sich um ihn kümmern, wenn ich einmal nicht mehr da bin und du nichts anderes hast als einen Job bei Charlie?

Um irgendwas zu verbessern, hat sie nur eine Möglichkeit – sie muss dieses Diplom machen und eine gute Sekretärinnenstelle finden, das sage ich ihr schon seit Jahren. Dieser Junge hat keine Ahnung, wo er ist, aber mit Sicherheit würde er sich wundern, wenn er unten am Rangierbahnhof mit einem Stock verprügelt wird, wie sie's mit diesen streunenden Hunden machen, kaum erwischen sie mal einen abseits des Rudels. Er ist ganz zufrieden in seinem Sessel, seitdem ich ihn zum ersten Mal reingesetzt habe, und er hat keine Schmerzen in diesen Beinen. Ich bin froh, dass die Ärzte ihn in Ruhe lassen. Nachdem er noch nicht mal aus diesem Haus rausgekommen ist, außer hin und wieder zum Fluss oder die Hauptstraße rauf und runter, wie käme er sich wohl in einem Krankenhaus vor, wo sie alles Mögliche mit ihm anstellen und ihm wehtun? Wer sagt denn, dass er rumlaufen will? Wer sagt, dass ihm was abgeht? Was ist denn so großartig daran, auf dieser Erde herumzulaufen, das soll mir mal jemand sagen. Bringt der Sozialdienst das in Ordnung, schafft er einen Platz, an dem ein Junge wie er herumlaufen kann?

Charlie sieht es mir an, wenn ich wieder mal anfange, darüber nachzudenken. Er steht mit dem Rücken zu mir und putzt den Grill, aber dann blickt er zu mir herüber. »Alles in Ordnung, Noreen?«

Die Luft, scheint mir, ist kaum zu atmen, sogar im Restaurant. Die Hitze stemmt sich direkt gegen das große Fenster, und die Klimaanlage über der Tür japst. »Vielleicht stimmt es ja, dass morgen ein Unwetter kommt«, antworte ich. »Ich spür's in den Gelenken.«

»Ja, sie sagen, es soll einen fürchterlichen Sturm und einen Temperatursturz von mehr als zwanzig Grad geben. Und strömenden

Regen, zwei, drei Tage lang, schon ab heute Abend. Die halbe Stadt soll unter Wasser stehen. Wenn sie sich irren, wird das ganze Chili, das ich heute gemacht habe, jede Menge Platz in der Tiefkühltruhe brauchen. Aber wenn es zu regnen anfängt, haben wir hier die Leute vom städtischen Hilfsdienst, vielleicht auch die vom staatlichen, wenn sie dazugeholt werden. Noreen, möchtest du früher nach Hause?«

»Ja, ist wohl besser. Der Fluss wird bald übertreten. Wenn es ein größeres Unwetter ist, wird der Gartenweg überschwemmt. Hatten wir ja alles schon.«

»Das kommt davon, wenn man drüben im Überschwemmungsgebiet wohnt«, kommentiert Charlie. »Soll ich dich heimfahren?«

»Dann ist ja niemand mehr hier. Nein, ich gehe zu Fuß. Mir ist nach Gehen, es sei denn, Elise ist nach Fahren? Elise, hast du Pause?«

Sie nickt. »Hab ich, und ich gehe erst in diesen Laden zurück, wenn eine volle Stunde um ist. Meine idiotische Aushilfe ist heute zu spät gekommen und steht in meiner Schuld.«

Charlie ist dafür. »Gut. Wieso kommt ihr nicht alle heute Abend zum Essen her? Ihr seid meine Ehrengäste, und ich bediene.«

»Nicht heute. Ich nehme ein bisschen Chili mit und das restliche Buttermilchhuhn. Trotz deiner Fehler, Charlie, bist du kein schlechter Koch. Wahrscheinlich ist es das, was mich bei der Stange hält. Also, ich muss gehen.«

Charlie streckt die Hand aus und berührt das Zifferblatt der Uhr, die er mir geschenkt hat. Es ist eine solide, doch zierliche Uhr, genauso breit wie sein mächtiger Zeigefinger. Drückend und streichelnd zugleich, bewegt er das Armband an meinem Handgelenk. Er war mit mir beim Juwelier, um es genau anpassen zu lassen, damit es sich verschieben lässt, aber nicht herunterrutscht. »Stimmt, es ist Sonntag. Du erwartest natürlich Nick, den Gärtner, den Mann für alle Fälle. Sonntags mäht er, ja? Wirklich voller Anteilnahme, dieser Nick, muss man schon sagen.« Charlie wirft, auf eine Verbündete hoffend, einen Blick zu Elise hinüber, aber Elise schaut entschlossen durch die Fensterscheibe auf die Main Street hinaus.

»Tja, nachdem du ja nie Zeit hast, wüsste ich nicht, was ich all die Jahre ohne ihn angefangen hätte. Nick ist wie mein Bruder.«

»Ich hab nicht gesagt, dass er an *dir* Anteil nimmt.«

»Ach. Du meinst, er interessiert sich für Lark? Also, Nick ist zwar nicht blind, aber er ist auch nicht blöd. Das ist wieder Charlie der Aufpasser.« An Elise gewandt, frage ich: »Was kann ich dafür, dass ich ihn mag?«

Sie zuckt mit den Achseln, als wäre es eine echte Frage.

Charlie lässt nicht locker. »Ich sag's dir nicht zum ersten Mal. Sie sind alle an Lark interessiert. Diese Tucci-Knaben, und Nick ist einer von ihnen, haben es schon bei einer Menge Mädchen und Frauen probiert, die in der Stadt noch zu haben sind. Nenn mich ruhig Aufpasser. Sie sind wie Familie und auch wieder nicht, und sie sitzen dir praktisch auf der Pelle, schon die ganzen Jahre. Bei diesen Jungen und dem Alter, in dem sie sind, ist das gefährlicher Boden.«

»Es ist alles gefährlicher Boden. Zeig mir irgendeinen Boden in der Umgebung, der nicht gefährlich ist.«

An der Theke räuspert sich Elise und nickt zum Fenster hinüber. Wie nicht anders zu erwarten, naht Gladdy, mit ihrem Sommerhut. Wie sie mit raschem Schritt auf und nieder wippt, wirkt sie wie ein Spatz mit einem Teller auf dem Kopf. »Na gut«, sage ich zu Charlie, »ich schweige.«

Die Tür öffnet sich, und das Glockengebimmel lässt mich an Termite denken. Noch ein Geräusch, das nicht sagen kann, was es bedeutet.

»Tag, Gladdy«, sagt Elise. »Ist es Ihnen heute heiß genug draußen?«

Gladdy verschnauft einen Moment und antwortet nicht gleich. Gelegentlich kann ich verstehen, warum Charlie sie erträgt, warum wir alle einander ertragen, was mich selbst überrascht. Aber Gladdy schafft es wie immer, jeden Anflug von Sentimentalität im Keim zu ersticken.

»Es ist genau richtig so«, sagt sie. »Hitze ist mir lieber. Offene Fenster und Zugluft, das ist alles, was es braucht. Bestimmt nicht diese teure Klimaanlage, die höllisch laut ist und von der man Bronchitis bekommt.«

Elise zündet sich eine Zigarette an. »Haben Sie Bronchitis?«

Gladdy ignoriert sie, wedelt aber mit der Hand vor dem Gesicht, wie um Fliegen zu verscheuchen. Sie tritt einen Schritt zurück und mustert Charlie. »Es ist mir schon wieder aufgefallen, Charlie. Wenn ich auf der Straße vorbeigehe, sehe ich, dass sich in diesem großen Fenster die Glasscheibe bewegt. Wie oft hab ich dir schon gesagt, dass sie nachgedichtet werden muss. Bestimmt wird sie demnächst mitten entzweibrechen.«

Er lächelt sie an. »Es ist nicht das Glas, Mutter. Du selber bist es, du bewegst die Welt.«

»Sehr witzig. Wir haben aber nicht Hunderte von Dollar, um diese Scheibe zu ersetzen. Vielleicht sogar tausend Dollar.«

»Sie hat Recht«, sage ich zu Charlie, der unter dem pfeifenden Atem der Klimaanlage steht. »Wir haben keine tausend Dollar.«

»Und das hat seine Gründe«, faucht Gladdy.

Im nächsten Moment bin ich durch die Tür, und selbst jetzt, am späten Nachmittag, brandet mir die Hitze entgegen wie eine Welle. Ich blicke durchs Fenster zurück und sehe Elise ihre Zigarette ausdrücken und aufstehen, um mir zu folgen. Auf ihn eintschilpend, zerrt Gladdy ihren Sohn nach hinten in die Küche.

Als ich bei Elises blauem Ford angelangt bin, hat sie mich eingeholt und sperrt die Beifahrertür auf, wir reißen die beiden schweren Türen auf und kurbeln die Fenster herunter.

»Wart noch«, sagt Elise.

Sie ist der Meinung, dass Autos bei Hitze gelüftet werden müssen, weil diverse Chemikalien in den Sitzen und Fußmatten und der gepolsterten Decke gesundheitsschädlich sind, wenn in einem Auto die Luft heiß und abgestanden ist. Also stehen wir da und lehnen uns an die Türen. Vielleicht hat sie ja Recht. Ich spüre die heiße Luft aus dem Wagen quellen wie unsichtbaren Schaum.

»Tja«, sage ich, »wenigstens unterhalten wir dich.«

»Das ist wahr.« Sie hebt ihre gemalten Brauen. »Gladdy sagte noch, dass ihr das lederne Uhrenarmband immer gut genug war. Witzig – man muss sich wirklich nie Sorgen machen, man könnte womöglich zu brutal zu ihm sein: Das erledigt immer alles schon Gladdy.«

»Es geht doch nichts über wahre Liebe«, sage ich. »Wir beide, wir müssen uns damit abfinden, dass das Leben im Allgemeinen hart zu uns ist.«

»Wir dürfen uns nicht beschweren«, sagt Elise und lächelt. »Weißt du, wie spät es ist, Noreen?«

»Ja und nein«, antworte ich. Das ist keine ernst gemeinte Frage, sondern ein Seitenhieb auf Gladdy, den sie gern und häufig anbringt, um in einer Wunde zu stochern. Meine Uhr hat nämlich Charlies Großmutter gehört, der Mutter seines Vaters, und die schenkte sie Charlie, als er zwölf war, kurz vor ihrem Tod – sie betete ihn an und konnte Gladdy nie leiden, was für sie spricht. Gladdy wiederum erträgt es nicht, dass Charlie mir ein Fitzgibbon-Erbstück geschenkt hat. Bei einem Juwelier in Bellington ließ er dieses flexible Uhrenarmband aus Platin machen und sagt, es war jeden Cent wert. Die Diamanten in Smaragdschliff neben dem rechtwinkligen Zifferblatt sind klein, aber vollkommen. Wächter über unsere Zeit nennt er sie. Ich werde ihn allerdings erst heiraten, wenn Gladdy tot ist, und ich lasse auch nicht zu, dass er zu uns zieht. Charlie sagt, wir machen es in meinem Tempo, ich entscheide. Er liebt die Uhr, und er ist entzückt, dass ich sie trage. Im Dunkeln leuchtet das Perlmuttzifferblatt ganz zart, und an den Tagen, an denen Lark in der Sekretärinnenschule ist, schaut er, wenn er abends in meinem Bett liegt, nach der Zeit. Er kommt herüber und badet Termite, bringt ihn ins Bett, schaltet das Radio an. Charlie stellt immer einen Klassiksender ein, damit Termite sich nicht über Worte aufregt. Termite liebt Musik ohne Worte; von Musik umgeben schläft er ein. Dann haben Charlie und ich Zeit. Die gute Stunde, sagt Charlie. Er schließt seine große Hand fest und warm um die Uhr und mein Handgelenk, als hätte er sie für mich aufbewahrt, und das stimmt ja auch. So viele Jahre. Ich stehe hier mit Elise, und etwas rührt sich und zuckt bei der Erinnerung an seine Hand in mir. Ich war ja schon verheiratet, zwei Mal, aber das war anders. Wir beide haben immer noch Lust aufeinander, wir sind eingespielt, es funktioniert alles. Bevor Lark heimkommt, ist er auf und davon. Wir verheimlichen nichts; trotzdem ist es unsere Privatsache, und so will ich es.

Elise wirft mir einen Blick zu. »Ich glaube wirklich, dass ich dich direkt zu mir nach Hause fahre, Noreen, auf ein kaltes Bier. Du scheinst eins zu brauchen, und zu Hause kriegst du's nicht. Ich finde, du könntest deine Regeln ein bisschen lockern. Wie lang ist es jetzt her, seitdem du von deinem Zweiten geschieden bist, diesem hochfliegenden Alkoholiker? Siebzehn Jahre?«

»Billy Onslows Trinkerei war eigentlich das Geringste«, sage ich. »Aber ich mach ihm keinen Vorwurf. Er ist viele Jahre für mich eingesprungen und hat auf Lola aufgepasst.« Ich stelle die Tasche mit dem Essen auf dem Gehsteig ab. Elise wird sich noch eine Zigarette anzünden müssen.

Sie kichert in sich hinein und schüttelt den Kopf. »Arme Lola, so lang schon weg und immer noch die Achillesferse der ganzen Familie. Irgendwie hat sie doch gekriegt, was sie wollte. Ist aus dem Schneider und zieht trotzdem immer noch die Fäden.«

»Es gibt keine Fäden«, sage ich zu Elise. »Nur das, was passiert ist.«

»Da ist Lark«, sagt Elise, »und da ist Termite.«

Sie bietet mir eine Zigarette an, und ich nehme sie. Rauchend stehend wir da und passen uns der Hitze an.

Charlie sagt, wie sonderbar es doch ist, dass ich so schnell hier abgehauen bin, ohne ihn, nur um Jahre später, nach allem, was passiert ist, wieder zurückzukommen, sogar noch näher an den Bahngleisen und dem Fluss und den windigen Häusern des Polnischen Viertels. Tja, ein Haus an einem Grasweg zwei Straßen vom Rangierbahnhof war eben das, was ich mir leisten konnte, und damit hatte ich sogar noch Glück. Gladdy fand natürlich, dass ich nichts Besseres verdient hatte. Als ich neunzehn war und Charlies Vater starb, hatte sie eine erstklassige Ausrede, um Charlie alles zu übergeben. Der Ehemann, den sie ins Grab gebracht hatte, war weg, und der Sohn erbte alles, Gladdy inklusive. Deine erste Pflicht ist das Geschäft, sagte sie. Jetzt, wo dein Vater nicht mehr ist, könnten wir alles verlieren. Dass du eine wie sie kennst, wird dir noch leidtun. Mach bloß keinen Fehler fürs Leben draus. Denk an deine Religion, schärfte sie ihm ein. Und was soll ich sagen – er gehorchte. Er ist katholisch bis ins Mark, bei Gladdy hingegen ist alles nur Schau. Was ist, wenn Noreen konvertiert, sagte er gern, nur um seine Mutter erbleichen zu sehen. Charlie wusste zwar, dass mir nichts ferner lag, als katholisch zu werden, aber er ahnte nicht, dass ich mich von ihm trennen würde.

In den zwei Jahren nach der Highschool arbeitete ich ganztags in Murphys Kaufhaus, wurde zur Etagendame befördert, lernte Buchhaltung. Ich hatte Geld gespart und wollte Charlie heiraten, andernfalls … Wir müssen warten, sagte er. Wie lang, fragte ich. Gladdy lebt ewig. Er nannte mich gefühllos – sein Vater war einen Monat zuvor ziemlich plötzlich gestorben –, aber ich war wild entschlossen. Entweder Gladdy oder ich; er musste sich entscheiden. Sie ist meine Mutter, sagte er immer wieder, als wäre sie damit heilig. Nicht für mich. Ich hatte mich und Lola mehr oder weniger allein großgezogen. Wir waren ohne Bemutterung klargekommen, und ich fand es an der Zeit, dass es Charlie ebenfalls lernte. Ich kannte ein Mädchen, das eine Cousine in Atlanta hatte, also packte ich zwei Koffer und verließ mit dem Bus die Stadt. Lola flehte mich an, nicht zu fahren, dann flehte sie mich an, sie mitzunehmen. Ich bin hier aufgewachsen, sagte ich, du wirst dasselbe tun müssen. Und komm bloß nicht auf die Idee, mir nachzufahren, bevor du mit der Highschool fertig bist.

Ich habe sie alle sitzen lassen. Drei Tage und Nächte war ich mit Bussen unterwegs, hab mir in verdreckten Klos das Gesicht gewaschen, bin in Busbahnhöfen über schlafende Familien hinweggestiegen. Das war 1929, schwere Zeiten, aber ich fühlte mich frei und war Charlie fast dankbar. Die Cousine vermietete mir ein Zimmer, und ich fand eine Stelle als Schaufensterdekorateurin in Lowman's Department Store in Atlanta, dann als Kellnerin im Restaurant des Kaufhauses, einem Riesenladen, in dem es immer von Kaufhauskunden und Geschäftsleuten wimmelte. Ich lernte einen Versicherungsagenten kennen, der fast jeden Tag zum Mittag- und Abendessen kam und in meinem Bereich saß. Seine Frau war ein Jahr zuvor gestorben, seine kleinen Söhne zehn Jahre früher, an Diphtherie, beide in derselben Woche. Es ist nicht zu spät, dachte ich, ich heirate ihn und schenke ihm Kinder. Wir wohnen in seinem Backsteinhaus mit der schwebenden Freitreppe und bekommen Babys. Aber daraus wurde nichts. Die Ärzte sagten mir, es würde nie was werden. Charlies sorgfältige Planung, sein Beichten und Beten – alles umsonst: Ich lachte, bis ich zu weinen anfing, und das waren die letzten Tränen, die ich darüber vergoss, bis heute. Unfruchtbar, sagte man damals. Mag sein, aber unfruchtbarer Boden ist starker, klarer Boden.

Den Ehemann verließ ich nach vier Jahren. Er hatte eine nette Frau in seinem Alter kennengelernt, und ich gab ihnen meinen Segen. Es war ihm genug Schlimmes passiert, und ich wollte nicht noch länger dazuzählen. Ich hätte ihm über eine schwierige Zeit hinweggeholfen, sagte er und zahlte mir für ein Jahr die Miete meiner neuen Wohnung. Die Wirtschaftskrise ging allmählich zu Ende. Ich packte meine Kleider zusammen und zog aus, ich bekam sogar meine frühere

Stelle im Restaurant wieder. Eine Menge Geschäfte machten dicht, aber Lowman's hielt sich. In Europa war Krieg. Die Stadt schien wieder lebendig, nervös und rastlos; im Restaurant herrschte Hochkonjunktur, neues Personal wurde eingestellt. Dann kreuzte Charlie auf, er hatte Lola draußen im Auto sitzen. Sie sei durchgeknallt, sagte er. Ich war ihre Schwester. Was tun wir? Das sagte er ganz selbstverständlich – als wären wir eine Familie. Und das waren wir ja auch.

Gladdy wäre zufrieden gewesen, wenn Charlie ein nettes katholisches Mädchen nach Hause gebracht und geheiratet hätte, das dann alles tut, was Gladdy sagt. Er hat es nicht getan – um ihr eins auszuwischen, oder um sich selber eins auszuwischen. Lola schrieb mir einmal im Monat, und ich schrieb zurück. Als unser Vater starb, schickte ich Blumen. Als unsere Mutter krank wurde, schickte ich Geld, aber ich ging nicht zurück, nicht mal zu ihrer Beerdigung. Ein paar Tage danach brannte das Haus ab. Die Leute sagten, Lola habe ein brennendes Streichholz auf den Zeitungsstapel neben dem Ofen geworfen, und die enorme Hitzeentwicklung sei nicht anders zu erklären, als dass sie vorher offensichtlich mit Kerosin von Zimmer zu Zimmer gegangen war. Noch während die Sirenen heulten, stand sie mit gepacktem Koffer vor Charlies Theke. Ich hätte mich von meinem Mann getrennt, sagte sie, und sie könne ihn zu mir bringen. Er fragte nach dem Feuer, und sie sagte, es sei die einzige Möglichkeit gewesen, den Geruch des Krankenbetts, überhaupt aller Betten, loszuwerden. Charlie war klar, dass er sie besser aus der Stadt fortschaffte, solange noch alles beschäftigt war. Damals arbeitete Gladdy noch selbst im Restaurant. Charlie sagte ihr ausnahmsweise einmal, dass er wegmusste. Er setzte Lola ins Auto und fuhr los und schlief zwischendurch am Straßenrand, wenn es nicht anders ging. Lowman's war ein ganzer Block, damals ein Wahrzeichen von Atlanta und leicht zu finden, das Restaurant nahm ein Drittel des Erdgeschosses ein. Und da war Charlie, saß an einem Tisch am Fenster, von wo aus er sein Auto mit Lola darin im Auge hatte.

Ich war die pflichtbewusste Gattin eines Versicherungsagenten gewesen, hatte Erwartungen erfüllt und nachher im Bett *Collier's* gelesen, aber ich war ja noch jung, neunundzwanzig. Nach so vielen Jahren plötzlich wieder vor Charlie zu stehen war, als würde die Tür eines Hochofens geöffnet. Nie werde ich den Ausdruck seines Gesichts und seiner dunklen Augen vergessen, als ich mit meiner Kellnerinnenuniform und der roten Chiffonschürze auf ihn zuging. Wir wussten es nicht, aber was wir in dem Moment sahen, war, abgesehen von der Schürze und einer weiteren größeren Unterbrechung, unser restliches Leben. Er zog mich an sich und hielt mich fest, und wir blickten hinaus auf die Straße zu Lola, die umrahmt vom Fenster des schwarzen Wagens zu uns hersah. Sie wusste, dass sie etwas zuwege gebracht hatte, das mir nie gelungen wäre: dass er jetzt hier stand. Keine Sorge, sagte ich zu Charlie. Sie hat bekommen, was sie wollte, sie läuft jetzt nicht fort.

Meine Schicht endete eine Stunde später, und ich nahm sie beide mit in meine Wohnung. Lola schlief auf dem Sofa ein, bevor ich Essen kochen konnte. Charlie und ich riegelten die Schlafzimmertür ab, aber das hätten wir uns sparen können, denn sie schlief drei Tage durch. Charlie fuhr mich zu meinen Schichten bei Lowman's und suchte Arbeit, aber schließlich war es Lola, die eine Stelle für ihn fand, nämlich als Rausschmeißer bei Onslow's, einem Club, der sie als Zigarettenmädchen und Backup-Sängerin einstellte. Sie hatte Notenblätter im Koffer und ein perlenbesticktes Kleid, wie sie es aus den Illustrierten kannte. Die irische Mafia machte große Geschäfte, ebenso die Italiener mit ihren Ginkneipen. Billy Onslow hielt es mit beiden, und er besaß Etablissements in Atlanta und Louisville. Er war damals ein großer Fisch, ein Schrank von einem Musiker, der in einem Mantel aus Haifischhaut herumlief und überall die Finger drin hatte. Später erfuhr ich, dass er vor allem am zwischenstaatlichen Schnapstransport und an Edelcallgirls verdiente, damals aber dachte ich, wunderbar, er kann für Lola Klavier spielen. Denn nicht lange, nachdem sie dort angefangen hatte, musste seine Primadonna ins Krankenhaus, weil ihr Freund, ein Schläger, ihr den Kiefer gebrochen hatte, und Lola sprang ein. Von da an sang sie nicht mehr Begleitung, sondern probte nachmittags, wie ein Profi. Sie liebte Atlanta, sie kaufte Klamotten, sie wollte, dass Charlie und ich mit ihr in eine größere Wohnung zogen, und ich dachte ernsthaft darüber nach. Unser Leben verlief so, dass ich meine Abendschicht bei Lowman's beendete und gegen zehn im Club war, wo ich in einem Etuikleid aus kremfarbener Seide im Publikum saß, während Charlie an der Tür stand. Vor Lolas Set kam Billy Onslow vorbei und saß eine Weile bei mir, immer sehr höflich, galant geradezu, wie um dem Personal zu demonstrieren, dass ich sein Gast sei, und den Männern, dass sie sich von mir fernzuhalten hätten. Er war dreißig Jahre älter als Lola, aber völlig anders als mein mittelalter Exmann – natürlich hatte Billy Onslow niemals Versicherungen verkauft. Ich versuchte den Eindruck zu erwecken, als passte ich auf Lola auf. Das hörte er sich eine Weile an, aber eines Abends sah er mich scharf an. »Bei Talenten mische ich mich ja sonst nicht ein«, sagte er, »aber was Ihre Schwester betrifft …«

Genau in dem Moment entstand ein Aufruhr im Club – Onslows Kundschaft war, könnte man sagen, extravagant –, und er stand auf, um nach dem Rechten zu sehen. Er konnte Verschiedenes gemeint haben, sagte ich mir. Dass er ihr Liebhaber war oder gewesen war. Oder dass er ihr Liebhaber war und sie noch andere hatte. Oder, schlimmer, dass sie mit den Vergnügungen experimentierte, die sich die Musiker gönnten: Koks, Speed oder Stoff. Drogenkonsum zu Entspannungszwecken ignorierte Onslow, wie ich von Charlie wusste, denn er konnte ihn schwerlich verhindern, und schließlich war er selber nicht abgeneigt, aber er stellte nie jemanden ein, der offensichtlich süchtig war. Vielleicht hatte er auch nur sagen wollen, dass sowieso niemand auf Lola aufpassen konnte, dass allein der Gedanke lächerlich war, dass ich lächerlich war, eine perlenbehängte Lowman-Kellnerin. Ja, dachte ich, das war es. Ich war lächerlich.

Sechs Monate lebten wir jetzt zusammen, Lola in ihrem behelfsmäßigen Zimmer, Charlie und ich in unserem, kamen und gingen gemeinsam oder getrennt, die kleine Familie, die Lola endlich zustande gebracht hatte. Nie erwähnten wir Winfield oder Gladdy oder das Restaurant, wir waren einfach zusammen, und eines Tages fragte ich mich plötzlich, wieso Charlie nie von Heirat sprach. Oder warum ich es nicht erwähnt hatte, ja, warum es mir nicht mal in den Sinn gekommen war. Warum Lola auf dieser Couch hinter dem Paravent, den sie aufgestellt hatte, gar so fest schlief, während der Wandschrank in dem einen Schlafzimmer von ihren Kleidern und Dessous überquoll. Von ihrem ersten Gehalt hatte sie mir eine neue große Flasche von meinem Parfum gekauft, weil sie so viel davon verbraucht hatte. Vor demselben Toilettentisch, nur zu verschiedenen Tageszeiten, kämmten wir uns das Haar, legten Make-up auf, berührten mit dem Kristallstöpsel derselben Parfumflasche Kehle, Hals und Schultern. Charlie roch nach uns beiden. Ebenso die Bettwäsche. Hier im Club, in Lolas Garderobe, gab es ein Bett, eine Chiffonniere, ein kleines Waschbecken. Charlie und sie hatten dieselben Arbeitszeiten, als gehörte das zu Charlies Job, während sie zu Hause nur die kleine Schwester war.

Ich saß an der Bar, und vor mir sah ich Lolas jüngeres Gesicht im dunklen Schlafzimmer unseres Hauses in Winfield, das sie abgefackelt hatte, ihre Augen so nah wie die Bettkante, Charlie in mir, während wir uns mit schwindenden Sinnen auf die Novene zuarbeiteten, die wir perfektioniert hatten. Gut, hatte ich damals gedacht, schau uns zu, ich hör nicht auf, ich lass mir das nicht von dir wegnehmen. Ich verschloss die Augen vor ihr, so wie ich sie auch jetzt verschloss. Es war Mitternacht in Atlanta. Billy Onslow lehnte an der anderen Seite des großen Raums an der Wand und beobachtete mich. Es war mir klar, dass er mit von der Partie war, mit mir, mit uns. Er hatte mir immer Achtung entgegengebracht, war immer liebenswürdig gewesen: In seinen Augen war ich anständig und fleißig. Dasselbe Bild hatte er von sich, so erstaunlich es klingen mag, trotz seines diskreten Alkoholismus und anderer Süchte. Mit voller Absicht hatte er mir seine Information aufgetischt, um mich auf seine Seite zu ziehen und die Karten neu zu mischen. Billy war ein Meister darin, anderen in die Karten zu schauen, ehe sie selber wussten, was sie in der Hand hatten. Er sah sehr genau, wann ich zu begreifen begann und wie lang es brauchen würde, bis der Groschen gefallen war; er wartete einfach ab. Ich blickte zu ihm hinüber, und er kam auf mich zu. Seine feuchten Haselnussaugen schimmerten wie Glas. Mein Kleid lag heiß auf meinen Schenkeln, und jede Perle der Halskette, auf die ich so lange gespart hatte, brannte auf meiner Haut wie ein glühender Streichholzkopf. Er spürte mich bereits in seinen Händen. Er war der einzige Mann, der mich erwählte und Lola zurückwies, wenn er sie hätte haben können. Später, auch nachdem ich mich schon von ihm getrennt hatte, kümmerte er sich um Lola, als ich es nicht mehr konnte.

Es ist lang her, dass ich dieses Kleid und diese Perlen trug.

Billy wohnte über dem Club. An dem Abend ging ich mit ihm hinauf. Ich erinnere mich an diese Stunden in Räumen voller samtiger Möbel und Kleiderständer mit den protzigen Kostümen, die seine Tänzerinnen trugen, an seine Aktenschränke und Papierstapel und an sein Bett, das groß genug für vier war. Er verstand viel, Billy Onslow, er konnte einfühlsam sein, und er nutzte meine Gefühle, um uns beide zu überraschen. Ich schlief nicht, und am nächsten Tag, als Lola bei der Probe war, kehrte ich in unsere Wohnung zurück und forderte Charlie auf, auszuziehen. Ich kann nicht beschreiben, in welchem Zustand ich war. Charlie war mein gewesen seit der Zeit, als ich ein Kind war. Ich dachte, er habe sich für mich entschieden, sei mir wiedergegeben worden, aber das Feuer, das ihn hergeführt hatte, das hatte Lola gelegt. Und dass er blieb, hatte sie bewirkt, durch Verführung oder Verwirrung. Er war am Boden zerstört, weil ich wusste, was er getan hatte und immer wieder tat – erst mein Wissen darum erlaubte ihm, damit aufzuhören. Ich schickte ihn nicht aus der Stadt fort. Er ging freiwillig ins Exil, kehrte zurück nach Winfield und in seine Lieblingssohn-Routine, ohne sich auch nur von Lola zu verabschieden.

Wenn ich jetzt Bilanz ziehe, sage ich mir, ich habe Charlie und Elise und Nick. Ohne ihre Hilfe hätte ich diese Kinder nicht aufziehen können. Es hat Zeit gebraucht, um zu ihm zurückzukehren, aber ich liebe Charlie auch nach mehr als dreißig Jahren, und ich bin froh, ein eigenes Haus zu haben, weit fort von seinem Drama mit Gladdy. An Lola denke ich nur noch selten. Bis auf die Fragen, die Lark früher gestellt hat und jetzt nicht mehr stellt, ist es aus und vorbei, es ist zu Ende. Wie Elise sagt: Da ist Lark und da ist Termite. Diese Kinder haben mit Lola nichts zu tun, außer dass sie über sie zu mir kamen. Das eine steht fest auf seinen zwei Füßen, seitdem es mir gerade mal bis zum Ellenbogen reichte, und das andere ist zufrieden mit einem zehn Zentimeter breiten, einen Meter langen Streifen von einer blauen Reinigungshülle.

Termite

Er sieht durch das Blau, und es geht weg, er sieht durch das Blau, und es geht wieder weg. Er atmet, bläst einfach hoch. Das Blau bewegt sich, aber nicht sehr, das Blau bewegt sich und bleibt blau und bewegt sich. Er kann in den Himmel sehen, wo keine Gestalten sind. Die Gestalten, die sich rund um ihn bewegen, sind groß, stoßen zusammen und verschmelzen und trennen sich wieder. Sie sind die warme Berührung dessen, was er in seiner Nähe hört und riecht, derjenigen, die ihn anfassen und halten und hochheben und herumtragen, die sagen, diese Locken verfilzen so schnell, wisch ihm die Hände ab, Lark, na komm, Termite. Er singt zurück, um sie von sich fernzuhalten oder herbeizuholen. Das ist alles, was er sagt, er wird nicht reden und reden. Lark beugt sich über ihn, und ihr Haar fällt seinen Hals, seine Schultern entlang; in einem dunklen Vorhang, der fällt und fällt, bewegt sich ihr Haar und atmet über seinen Rücken und seine Brust. Ihr Haar riecht nach Blumen, die verwelkt sind, wie die Handvoll Rosenblätter, die er gehalten hat, bis sie weich und feucht waren. Lark benennt die Blumen, und er sagt die Laute, aber die Laute sind nicht die Blumen. Die Blume ist die Gestalt, die so nahe ist, dass er sie still genug sieht, um sie betrachten zu können, genauso blau, lang und hoch, jede Flammenzunge mit einem einzelnen dunklen Auge. Dann bewegt sich die Gestalt, und die Blume ist zu nah oder zu weit. Die Gestalt verwandelt sich in ihre Farben, aber er spürt, dass Lark damit sein Gesicht, seine Lippen berührt wie mit einem federleichten Stück Samt. Die Blume bewegt sich und verschwimmt und verwischt, er wendet den Blick ab, um ihr Verschwinden zu stoppen. Bilder, die ihn berühren, bewegen und verändern sich, sie heben und drehen sich, lösen ihre Ränder auf und zerfließen ineinander. Ihre Farben zerfallen und sind nie lang genug still, dass er sie sehen kann, still halten nur die Bilder in ihm. Ihre Grautöne sind scharf und klar und lassen ihn alles sehen, flach wie die Buchseiten, die ihm Lark vor die Augen hält. Die Bücher sind Farben, die fließen und glänzen, aber die Bilder in ihm bleiben und verschwimmen nie. Vielleicht bergen sie eine oder zwei Farben, leuchtende Farben, die aus dem Grau schimmern wie Juwelen. Er sieht sie, wenn die Geräusche des Eisenbahnzugs oder das Prasseln des Regens in ihm und überall rings um ihn fliegen. Die Bilder bewegen sich, enthüllen sich, als würde langsam ein Vorhang gehoben, bewegen sich, wie Larks Haar sich bewegen mag, teilen sich und gleiten zur Seite, bis der Anblick still und vollständig ist. Die Bilder erzählen ihre Geschichte, die sich immer und immer wiederholt und in ihm bleibt, bis es zu Ende ist. Er sieht sie, ohne sich darum zu bemühen. Lark sieht immer alles so, egal, wo sie hingehen. In seinen bewegten Farben, seinem verschwimmenden Dunkel könnte sie niemals mit solcher Sicherheit gehen oder so schnell rennen. Dafür kann sie nicht hören, was er hört. Er lauscht angestrengt, um es zu erkennen. Sie weiß nie, was kommt, und er kann nicht sagen und sagen.

Lark gibt ihm den Glasmondmann, der nach Seife riecht. In dem Loch hinter dem Gesicht steckt ein süßer Geruch fest, den niemand abwaschen kann. Larks Finger sind lang und glatt. Sie kommen und gehen.

Lark sagt, fühl mal dein weiches blaues Hemd, willst du das anziehen? Sie sagt, halt den Stift, er ist grün, wie Gras grün ist. Sie sagt, hör dem Radio zu, auch wenn es nicht so laut ist, wie du's gern hast. Sie sagt, iss deinen Toast, solang er heiß ist, und gibt ihm dicken, warmen, buttrigen Toast in die Hand und hat blaue Marmelade auf dem Messer wie der Koch mit dem Hund in der Küche. Das Messer fährt hin und her über die Teller. Der Tisch enthält das Plätschern und Klirren und Klappern, während Nonie schnell und hart in ihren weißen Schuhen in die Küche kommt und wieder geht. Ihre Beine rascheln bei jedem Schritt, und er spürt ihr Schreiten von Zimmer zu Zimmer zu Zimmer. Egal, wo sie ist, er hört sie und legt den Kopf auf den Tisch, um das Geräusch allein, ohne all die anderen Geräusche, durch das Holz zu hören. Aber sie hebt ihn auf, einen starken Arm um seine Brust und den anderen um den Sitz unter ihm geschlungen, den sie seinen Thron nennt. Sie bewegen sich schnell, stapfen dumpf über den Fußboden hinaus durch die Tür auf die Erde, wo das Geräusch hohl und tief wird.

Die Verandatür schlägt zu.

Zwischen den kleinen Häusern treibt eine plötzliche Morgenluft niedrig über dem Boden dahin wie duftender, verdunstender Nebel, ein kühles Bad aus Tau und Schatten und feuchtem Geißblatt. Er schnappt nach Luft und hört das scharfe Gras unter ihnen seine faserigen Wurzeln bewegen. Lark hat seinen Sessel gebracht, aber er beugt sich weit in Nonies Armen zurück, um in den undurchdringlichen weißen Himmel zu schauen und schauen. In Fetzen und Schwaden wird die Hitze herabkommen und in Bruchstücke zerfallen, bis sie sich in geraffte Falten legt und drückt und drückt, um den Fluss still zu halten. Hoch oben wälzt und wendet sich die Hitze wie ein großes Tier, das sich aufzurappeln versucht. Schon die ganze Zeit kann er Elises Auto hören, das mit seinen großen Rädern immer näher rollt, bis es dröhnend in den Gartenweg einbiegt, aber Nonie setzt ihn in seinen Sessel. Mit ihren zwei breiten Händen streicht sie ihm das Haar zurück, während der Wagen in den schmalen Fahrrinnen des Gartenwegs heranholpert, kleine Steinchen zu einem Geratter und Geknatter zerstieben lässt und laut trompetet. Er ruft und ruft und will mit, aber Nonie geht. Hinter dem Motorengeräusch hört er, wie das Auto ihr Gewicht aufnimmt, ein Seufzen, dann schlägt die Tür zu. Der Wagen donnert über die Steine davon bis auf den glatten Straßenbelag und fährt, fährt, ist weg. Wo der Wagen war, ist eine Gestalt in der Luft zurückgeblieben, er spürt sie eine Weile stillhalten, ehe sie sich aufzulösen beginnt. Langsam kehrt die Luft zurück. Das Gras beginnt mit kleinen Lauten. *Der Boden unter den Rädern läuft hart und weich. Lark zieht ihn im Karren zu den Eisenbahnzügen, und der Rangierbahnhof schweigt. Jeder angehaltene Zug ist ein tiefes, stilles Gewicht. Im Graben plätschert Wasser, die Hunde trinken daraus. Sie schnappen mit dem Kiefer in der Hitze, und Lark wirft Steine nach ihnen, um sie zu verscheuchen. Sie lassen ihre Schatten über Unkraut und aufgerissenes Pflaster huschen und traben hangaufwärts zur Verladestelle, wo sie schleichen und schauen. Lark gibt ihm sein Band zu halten. Sie weiß, welcher Zug rasseln und rumpeln und zurückstoßen wird, bevor er laut kracht. Er bläst gegen das Band, setzt das Blau in Bewegung, und der Zug fährt an. Lark ist stark und geschwind und zieht den Karren schnell, rennt neben dem Dröhnen her, das rattert und kreischt und dahinsaust. Ein dunkles Brausen breitet sich aus und bewegt sich und umfängt sie beide, rauscht in ihnen und wühlt sich tief in den Raum, fährt donnernd davon und stößt sie zurück und zurück. Die Güterwagen fahren schneller, bewegen ihre massigen Gestalten und werfen Blitze. Die geschlossenen Türen funkeln, und die offenen sind bewegte Löcher, dunkel im röhrenden Lärm. Lark rennt näher, schneller, und das Getöse beginnt die Gestalt zu erschaffen, lang und tief wie das Fließen des Flusses, eine runde, weite Erschütterung. Das Bild in ihm öffnet sich in Grautönen, näher und schärfer, bis jede stille Linie und Kurve ein eigenes blasses Geräusch hat und die Linien und Gestalten sich drehen und bewegen können. Er lässt das Blau los, um zu reden und zu sagen, und der Zug nimmt und nimmt es und verschwindet, laut pfeifend und plärrend, zwischen den Bäumen. Der Zug kreischt, und der schmale, scharfe Rauch ist eine Schramme, die flüstert und fällt und über die Eisenbahnbrücke weht, über den Fluss und weiter.*

Lark hört zu rennen auf und lässt sich zu Boden fallen. Sie lehnt am Karren, und ihr Atmen bewegt die Holzlatten. Er lauscht, bis sie still ist. Die heißen Schienen summen, und jedes in den Karren geworfene Rußteilchen ist ein kleiner Felsfunke. Die kleinen Steine sind warm.

Termite, sagt Lark, ich stell dir das Radio an. Keine Sorge.

Hier ist dein Band, sagt Lark.

Sie wickelt ihm das Blau um das Handgelenk. Er hebt es sich ans Gesicht, knapp über den Augen, aber er schaut nicht.

Mäht er den Weg, sagt Lark. Mächtige Gewitter, von dem alle reden.

Er wartet. Bald geht sie. Sie sagt, glaub ja nicht, dass du hier draußen im Regen sitzen wirst, während es ringsum blitzt und donnert.

Er hält still und lauscht. Weiter unten am Weg, wo der Kies auf die Straße trifft, hört er die rote Katze auf ihren zottigen Pfoten dahinpfoten. Weiter unten am Weg, gegenüber dem Haus der Tuccis, schleicht die zottige rote Katze vorsichtig dahin und schrammt mit dem Bauch über die Steine unter dem Flieder. Dann wartet die

Katze, bis Lark fort ist. Die Katze wartet geduckt und lange, wo niemand sie sieht, und das Brummen in ihrem Bauch wird tiefer. Die Katze weiß, dass Lark einen Stock wirft oder eine Handvoll Kies, der wie nadelscharfer Regen landet.

Termite, sagt Lark.

Ihr Gesicht kommt dem seinen ganz nahe, ihre Augen sind vor seinen Augen. Larks braune Augen sind aufgewühlt wie der Fluss, wenn er trüb vom Regen ist. Sie weiß, dass er sehen kann, wenn sie sehr nahe ist, aber er schaut jetzt nicht, er versucht es nicht, er will nicht, dass sie bleibt.

Sie sagt, du läutest, wenn du was brauchst, gut?

Er will die Eisenbahn hören. In weiter Ferne ist das Läuten der Zugglocke lang und weit und dunkel wie der Schatten unter der Bahnbrücke. Die Brücke führt über den Fluss, und die Züge fließen darüberhin. Er will das Donnern spüren. *Auf dem Weg zum Fluss ziehen ihn Lark und die Tuccis im Handkarren durch den Rangierbahnhof, zwischen den polnischen Jungen und dem Wassergraben. Die Jungen haben mit ihren Stöcken ein knurrendes Etwas im Graben gefangen, und Lark sagt, sie sind schlimmer als die Hunde, treiben ein Wesen ums andere in die Enge, schlagen und prügeln, bis ein Hund wie eine Katze und ein Koch in der Küche mit Messer klingt. Joey und Solly kämpfen gegen die Jungen, und Zeke bleibt im Karren. Lark hat nie Angst. Joey und Solly wälzen sich boxend und ächzend mit den polnischen Jungen aus der Lumber Street im Staub, und Zeke wirft Steine von hinten.*

Zeke, halt Termite fest. Jetzt geht's noch geschwinder.

Und sie rasen noch schneller ins Kühle hinein, wo die gewölbten Tunnelwände pelzig sind. Die Blätter bewegen sich auf den Felsen auf und nieder, und der Efeu ist Schatten an der Krümmung über ihnen. Kein Himmel, es ist ein Steinhimmel, Termite, deswegen ist er grau. Der Fluss neben ihnen ist das einzige Geräusch, bis Joey und Solly mit gellendem Geschrei aus dem Gebüsch hervorbrechen.

Also hast du eine blutige Lippe, kein Grund zu kreischen wie eine

Todesfee. Schau, Termite, ein Kratzer auf seiner Brust, der wie ein Stern aussieht. Solly, wasch dich im Wasser und zieh dein Hemd wieder an. Wenn Noreen das sieht, weiß sie, dass ihr gerauft habt. Ist dir kalt, Termite? Schau, wir machen ein Feuer auf der Erde, wo kein Gestrüpp in Brand geraten kann. Zeke, wenn du nichts verrätst von Feuern und Raufereien, kriegst du Marshmallows. Joey muss nur ein paar Stöckchen anspitzen, er liebt ja sein Messer so sehr.

Termite, schau, wie hoch das Feuer züngelt, siehst du wie warm?

Egal, ob es regnet, der Fluss ist voller Regen. Wir könnten auf dem Fluss durch ganz Winfield fahren, vorbei an Parkersburg nach Sophia und Shady Spring, vorbei an Pulaski und Mount Airy. Wir könnten mit dem Zug nach Charleston fahren, direkt bis Charlotte und Jacksonville, bis nach Florida, Termite, ans Meer. Wie unsere Muscheln, die ich dir immer zeige, wie das Wasserrauschen darin, alles flach ausgebreitet auf vielen, vielen Meilen, größer als ein Land, größer als die Luft, die du durch dein blaues Band ansiehst. Nonie schneidet Bänder aus den blauen Plastikhüllen, die ihre Uniformen schützen, immer drei in einer. Manchmal hängen ihre Uniformen in Elises Auto in der Sonne, und das Blau ist warm. Nonie arbeitet bei Charlie und geht nicht zum Fluss. Sie sagt, der Rangierbahnhof ist jetzt beinahe stillgelegt und kein Ort für Kinder. Aber es sind keine Jungen mehr im Rangierbahnhof, keine Geräusche im Graben, nur leere Eisenbahnzüge, die nach Süden fahren, und hin und wieder ein Mann in einem Güterwagen, der Flaschen hinauswirft. Nicht nach dir, Termite, Landstreicher fahren auf Zügen mit, und manchmal machen sie Hausputz. Lark zieht ihn dicht neben die leeren Güterwagen auf den überwachsenen Abstellgleisen und lässt ihn vom Karren aus die harten breiten Seiten der Waggons fühlen. Blöcke der Stille verschieben sich hinter den mächtigen Türen, zu groß, um sich umzudrehen oder niederzulegen, sitzen sie darin fest. Die Wände der Eisenwaggons sind körnig von Rost und sogar am Morgen warm von gestauter Hitze. Termite spürt das tiefe stählerne Brummen in den Fingerspitzen, ein trunkenes Vibrieren wie hunderte betäubter Insekten, die sich, von der Wärme geweckt, zu rühren beginnen. Die Waggons aber rühren sich nicht; sie sind heiß und kalt und Tag und Nacht, und er hält still, um sie zu hören. Lark sagt, früher gab es hier Kohlenwagen, lange, an der Verladevorrichtung aufgefüllte Tiefladewaggons, aber seit der Schließung der Bergwerke braucht sie keiner mehr. Die hölzernen Güterwagen atmen, sagt sie. Sie beförderten Tiere und hatten schmale Schlitze hoch oben, für Rinder und Schweine zu hoch, um hinauszuschauen. Ein lauter Wind pfiff hindurch und kühlte Geflügel in Käfigen, die so winzig waren, dass die Hühner sich nicht rühren konnten und deshalb einschliefen. Das ist lang her. Jetzt stehen die Güterwaggons nur wartend herum oder fahren leer in größere Städte. Ununterbrochen fließen die Frachten hindurch, und Lark zieht ihn weit zurück, damit er zuschauen kann. Einmal ist eine aus einem Zug geworfene Flasche vor seinen Füßen zerklirrt, ein kurzes Geräusch wie Glocken im großen Lärm. Ein gemeiner Säufer, sagt Lark, nicht wie die meisten anderen alten Männer, die im Zug fahren und trinken. Sie tun uns nichts, sagt Lark. Böse und wild sind nur die Züge, die ihre ratternde Musik grölen, um den Boden beben zu lassen, die den Fluss überqueren und aus der Stadt fortfahren, fort und fort. Nachts klingen die langen, tiefen Pfiffe wie windige Schreie, feucht von Tau und Dunkelheit. Nonie weiß nicht, sie hört nicht. Sie kommt heim und zieht die Schuhe aus und sagt, sie gäbe alles dafür. *In der Sonderschule sagt ihm die Lehrerin, er soll still halten. Sie hält seine Hände fest geschlossen und sagt, er soll zur Musik mit dem Kopf nicken. Der Bauer schickt den Jockel aus. Sie schnallt in dem Stuhl mit Rädern die Riemen über seiner Vorderseite und Brust fest.*

So. Jetzt hast du's schön und sicher und sitzt so aufrecht, wie es geht.

Das Grammofon schrammt das Lied herunter, und das Lied kommt zum Ende.

So, das war das erste Mal.

Sie spielt es noch einmal ab. Es ist Larks Lied nicht ihr Lied. Er bewegt ein Handgelenk, um die Glocke am Sessel zu läuten, aber da ist keine Glocke, und das ist nicht sein Sessel. Der Bus kommt erst lange nach Mittag, um ihn heimzuholen. Er mag den Bus und seinen großen Lärm, auch wenn er der Einzige ist, den der Fahrer die Stufen hinaufträgt. Der Fahrer gurtet ihn an seinen Sitz, und er kann den Kopf aus dem Fenster halten. Schritte stampfen schwer, als die anderen Kinder einsteigen und die Stimmen auf und nieder schwirren. Der Fahrer lässt den Motor an und sagt, Ruhe jetzt, ruhig!, und der Sonderbus wird ganz still. Jetzt kann das lange tiefe Brummen des Busses beginnen und das Schrummen und Schütteln. Der ganze Boden bebt wie ein Tier unter dem Fell, und das Geräusch ist warm und tief und fließt durch das vibrierende Gestell seines Sitzes und den silbernen Fensterrahmen in ihn ein. Der Bus hält an Bahnübergängen und schüttelt sich, dann schwingen die großen Türen an ihren riesigen Scharnieren auf. Das ist ein Zischen und Flappen wie Metallflügel, die sich klatschend öffnen und wieder schließen. Er sitzt still, um alles auf einmal zu spüren, atmet, wenn der Bus atmet. Der Bus ist eine lange harte Gestalt wie die Tunnelröhre unter der Eisenbahnbrücke, aber der Bus ist von der Schule. Der Bus fährt zu der Schule und kommt von der Schule, in der die Frau seine Hände festhält.

Hast du diesmal genau zugehört? Jetzt werden wir klatschen.

Sie greift nach ihm, und er weicht zurück. Die Lichter an der Decke sind Röhren und flackern, wenn er blinzelt. Sie packt seine Hände fest und zieht sein Gesicht zu sich heran. Sie riecht hart und sauber, aber da ist auch noch ein anderer Geruch, klein und kraus und krümelig in ihrem Mund, wo ihre Worte herauskommen.

Ich bin hier vor dir, siehst du? Schau mich an. Leute? Ich brauche einen Helfer. Du, bitte hilf mir. Stell dich hinter ihn und halt seinen Kopf so, dass er nicht ausweichen kann. Mit beiden Händen. Sacht, aber fest.

Die Musik geht wieder los, und die Hände neben seinen Augen sind fett und feucht, sein Kopf wird in der Spalte einer kissenartigen weißen Brust festgehalten. Er kann sich nicht rühren, und sein Atem geht rasch und hart. Er greift in die Luft, versucht sich zu befreien, seine Finger bewegen sich schnell. Die Lehrerin hält seine Arme fest und bewegt sie ruckartig, einmal, zweimal, dreimal, und patscht seine Hände zusammen. Das Geräusch sticht und schneidet, und sie packt ihn noch fester und zählt. Seine Finger rasen und sein Herz hämmert, und er hört das dumpfe alarmierte Pochen eines Herzschlags an seinem Hinterkopf. Ein Klagelaut entweicht ihm, ein Laut, der sie fortstoßen soll, und er geht in diesen Laut. Dann sind kalte Tücher auf seinem Kopf und um seine stechenden Handgelenke, und sein Stuhl wird ans Fenster geschoben. Die Grammofonnadel hüpft und hüpft in der Luft.

Stärker, als er aussieht. Lasst ihn still sitzen, wenn er will. Lasst ihn sitzen.

Die zerschmetterte Luft umwirbelt ihn, und die Riemen des Stuhls erlauben ihm, sich gerade so weit vorzubeugen, dass er mit der Stirn das Fenster berühren kann. Durch das narbige Glas tauchen Farben und Formen empor. Die gelbe Form des Busses sitzt wie ein laibförmiger Tupfen auf pulsierendem schwarzem Asphalt. Das Schwarz neigt sich als schräges Quadrat zu ihm her, und die heiße Teerfläche brodelt in der Hitze, es ist ein Jammern tief in seinem Kopf wie ein Insekt unter einer Nadel. Er atmet Larks Namen in sich hinein, wo nur sie ihn hören kann, und die harte schwarze Gestalt legt sich wieder hin. Jetzt hält er still und wartet, dass der Bus sich in Bewegung setzt.

Termite, sagt Lark.

Ich geh wieder rein, sagt Lark.

Die zottige Katze schleppt ihren Bauch über die Stelle, wo das Gras kurz ist und die Steine scharfkantig, unter dem Flieder ohne Blüten. Der Blütengeruch ist fort, und das Weiß fällt von den Bäumen. Samen, sagt Lark, kleine Samen mit Gleitschirmen, mit denen sie fliegen können, Termite, sie fliegen alle in deine Haare, und sie fährt ihm mit den Fingern durch die Haare und sagt, wie lang und wie hübsch. Er will das Gras lang und stark haben, will tönendes Geflüster, wenn es sich bewegt, aber die Mähmaschine schneidet es ab. Sie schneidet und schneidet wie ein jaulendes Messer. Er hört die schneidende Maschine und riecht das Gras, das sich überallhin ergießt, die grüne Farbe so scharf und feucht, dass sie ausrinnt und rinnt. Die Maschine schneidet alles ab, und Nick Tucci folgt der Maschine, schneidet und schneidet, während die rote Katze leise knurrt und mit ihrem weichen Bauch über die scharfkantigen Steine schrammt. Tief unter dem Flieder, wo niemand sie sieht, wartet die rote Katze, dass der Lärm aufhört.

NÖRDLICHE PROVINZ CHUNGCHONG, SÜDKOREA

26. Juli 1950

Unteroffizier Robert Leavitt
24. Infanteriedivision

Hier seid ihr sicher. Leavitt steuert auf den Tunnel zu und denkt die Worte genau in dem Augenblick, in dem er die Flugzeuge hört, aber er ist am Rand der Menge, hält den Jungen in einem angewinkelten Arm, als der Himmel aufreißt. Auf Englisch und fehlerlosem Koreanisch schreit er ihnen zu, sie sollen zu den Tunnelröhren laufen, unter der Eisenbahnbrücke Schutz suchen, aber bei dem Lärm der Salven, die ringsum einschlagen, hört ihn niemand. Es sind drei Flugzeuge, oder vier, amerikanische F-60-Kampfjets, die bei ihrer ersten niedrig geflogenen Offensive Frauen und alte Männer mit Kindern im Arm in geraden Reihen niedermähen. Der Tieffliegerangriff erwischt sie in einem Todesraster, das so akkurat ist wie ein Schachbrett, und die Kolonne aus hunderten Menschen stiebt auseinander. Seine Männer, die links der Koreaner eine Reihe bilden, haben die größten Chancen; die meisten rennen von den Gleisen fort, einige aber stürzen sich in den Graben des Bachbetts auf der anderen Seite. Die vom Druck der Menge Eingeschlossenen sterben als Erste; sie sterben auf den Gleisen und dem Schotter, sie sterben im Bach. Andere drücken sich im flachen Wasser an die Uferböschung, bis die Flugzeuge abdrehen, um in einem Bogen zu einem zweiten

Angriff anzusetzen. Die Unbehinderten, meist Männer, fliehen über die Felder auf die fernen Gebirgsausläufer zu. Diejenigen mit Kindern und die Frauen – fast alle Frauen haben Kinder, eines oder zwei oder drei, manche auch ein Baby im Arm – folgen Leavitt, hasten auf die schützende doppelte Bahnunterführung direkt vor ihnen zu. Die Kinder schreien. Leavitt rennt mit ihnen. Er hat sein Gewehr von sich geworfen und hält die junge Frau, hat sie einfach hochgerissen; er hat sie im einen Arm und den Jungen im anderen; sie presst die alte Frau an sich, zerrt sie hinter sich her; Leavitt trägt sie alle. Sie erreichen die Deckung des Tunnels in dem Moment, als die Flugzeuge abermals das Feuer eröffnen, einen letzten Angriff fliegen, ehe sie abziehen. Mit dem Rücken zum Eingang der Röhre, sie gegen die von allen Seiten hereindrängende Menge abschirmend, setzt er die junge Frau ab und blickt ihr ins Gesicht. Sie ist nicht verletzt; sie alle sind unversehrt. Sie sind in Sicherheit; er kann sie hier zurücklassen. Im Lärm des Tumults und Wehklagens sind sie still. Immer mehr Flüchtlinge strömen hinter ihnen herein, stoßend und schreiend, blutend. Die junge Frau erwidert seinen Blick, reglos, mit fassungslosen, geweiteten Augen.

»Hier seid ihr sicher«, sagt Leavitt auf Koreanisch, »duckt euch, geht tiefer hinein.« Gestikulierend dirigiert er das Mädchen, die Schwester. Es muss die Schwester sein, ihr Becken ist nicht breiter als Leavitts zwei Hände. Er überreicht ihr den Jungen und will beide hinter der alten Frau herschieben, das Mädchen aber steht da wie angewurzelt. Instinktiv beschirmt er sie mit seiner breitbeinigen Gestalt und wiederholt den Befehl. Er muss zu seinen Männern zurück, feststellen, wer übrig ist, Tompkins und das Funkgerät finden. Die Armeeführung ist unorganisiert und die Kommunikation mangelhaft; die kämpfenden Truppen könnten den Tieffliegerangriff als Beweis deuten, dass der Flüchtlingszug infiltriert ist. Leavitt weiß, dass es ein weiterer verdammter Fehler aufgrund von unprofessioneller Konfusion war, und er ist fuchsteufelswild, er dreht sich um, denn er will Tompkins und das Funkgerät finden, er ist im Begriff, sich umzudrehen.

Als er getroffen wird, fällt er wie in Ehrfurcht auf die Knie, er spürt nicht, dass er das Mädchen mitreißt, als er sich nach vorn wirft, um sie mit seinem Körper zu schützen. Im Fallen wirft sie das Kind von sich; Leavitt sieht den Jungen sich in einem langsamen, gefederten Schwebeflug von ihnen entfernen, spürt aber nur das abgehackte Zucken des eigenen Körpers, als die Kugeln einschlagen. Flammen schießen ihm durch die Beine und Hüften wie Messerstiche und entladen sich in einer gewaltigen Explosion. Sie haben ihn von hinten angeschossen, diese Vollidioten, seine eigenen Leute oder die schreckhaften Versprengten, die sich weiter hinten im Zweihundert-Meter-Abstand voneinander in Erdlöchern eingegraben haben. In Panik, kopfscheu vom Lärm, in verhängnisvoller Fehldeutung der von den Betonwänden des Tunnels abprallenden Querschläger des eigenen Gewehrfeuers, haben sie ihn mit Kugeln durchsiebt, die verfluchten Narren, die ahnungslosen Grünschnäbel. Tompkins hat das Funkgerät. Der verdammte Tompkins, vierundzwanzig Stunden am Tag ist er voll aufgedreht, als wäre der Krieg eine Kneipenrauferei, und wo ist er jetzt? *Feuer einstellen! Dies ist kein Feind! Wiederhole. Dies ist kein Feind!* Die Worte sickern in ihn ein wie eine Interferenz, Tompkins' wütende Stimme speit sie rasch und scharf durch seinen Kopf. Ringsum sind Geschrei, Gebrüll, anschwellendes Klagen, eine Klangmauer.

Abrupt fällt ein Rollladen herab. Geräusche schwächen sich ab und weichen zurück. Was spielt es für eine Rolle und warum. Wie ein geladener Gast sinkt er tief in sich hinein, fort von der Welt, es durchrinnt ihn wie Wasser. Farben zucken an ihm vorbei, als sähe er sie wirklich, aber sie können nicht real sein, diese Farben, sie sind zu strahlend und pulsierend, stülpen sich ineinander und trennen sich wieder, wie sich teilende Zellen. Vom eigenen Herzen angetrieben, rast er durch sie hindurch. Er träumt und ist doch ganz und gar wach.

Wenn das der Tod ist, dieses leuchtende Abgleiten, diese hohe, zarte Musik, die er als reine Schwingung wahrnimmt, dieses Hinabstürzen und Treiben in Wind und Stille, dann ist er nicht so schlimm. Sie hatten solche Angst und Wut, diese Armeen von Jungen und Männern: Könnten die hohen Offiziere dies nur einfangen und den Truppen einen Vorgeschmack geben, hätten sie massenhaft Helden. Er bewegt sich vorwärts, wirft einen flüchtigen Blick in seine verworrene Vergangenheit zwischen zersplitterten Resten Gegenwart, alles durcheinander, als wäre alles gleich wichtig und lebendig. Nichts ist nebensächlich; alles ist sinnlich, gleichzeitig. Wärme flutet seine Brust, und er sieht seine Mutter auf dem Fußboden des Ladens in Philly, ihre Augen starr und leer, bevor er sie schließt. Er berührt das Gesicht seiner Mutter, sieht aber die Koreanerin, die ihn ansieht, die auf ihn wartet inmitten der Menge auf den Gleisen. Der blicklose Junge auf ihrem Rücken neigt den Kopf, lauscht zum Himmel hinauf. *Mutter, darf ich, bemuttere mich.* Worte, die er zu Lola sagte, als sie versuchte, ihre Autorität auszuspielen, die ältere Frau zu sein, die riet und führte, die es mochte, wenn er fragte, wie er sie anfassen sollte. Er wusste es schon und fasste sie an. Ihre Augen, während sie ihn beobachtete, blau, tränenglänzend. Die dunklen, fast schwarzen Augen der Koreanerin, die ihn ins Gewühl des Flüchtlingszugs zwingen, damit sie ihm den Jungen übergeben kann. Die Bilder verzerren sich, trennen sich von ihrer Bedeutung wie Puzzleteile mit intensiven Farben. Die Farben lösen sich, verschmelzen zu strahlendem Glanz, ziehen ihn zwischen Lichtsplitter, die so zart sind wie Regen. Er fliegt in heller Stille. Das Licht wird weißer und heißer, unerträglich heiß.

Im nächsten Moment ist er in dieser Tunnelröhre wie ein vom Lastwagen geworfenes Paket, er friert und schwitzt. Hitze und Licht sind nur in seinem Kopf, und der Schmerz verlagert sich, gähnt, klafft weit auf und schnappt nach ihm wie ein Maul. Es ertönen vereinzelte Gewehrschüsse. Amerikanische Soldaten feuern sporadisch, damit alle in Deckung bleiben, nicht die Flucht ergreifen oder nach den Verwundeten suchen, als wären die Flüchtlinge eine feindliche Truppe, die sich wieder zu sammeln versucht. Die Soldaten sind panisch oder konfus, und ein Kommando gibt es nicht. Leavitt hält still; der Schmerz ist eine Brandmauer, die einzustürzen droht. Er muss in die Wirbelsäule getroffen worden sein; anders ist nicht zu erklären, weshalb er zerfetzt ist, aber die Tiefe des Schmerzes nicht spürt, solange er sich nicht bewegt. Er greift nach unten, erleichtert, dass seine Hände nicht taub sind, ertastet den durchweichten, glitschigen Stoff seiner Hose. Es fühlt sich an wie nasse Sandsäcke. Er tastet nach seinem Dienstrevolver und stößt auf das leere Holster. Fieberhaft sucht er nach der harten stumpfen Schnauze der Waffe und findet sie unter seinem toten Schenkel; er hat sie in den Fingern, als der Schmerz hervorbricht.

Er glaubt zu schreien, aber wer schreit, sind die Frauen, die Kinder. Er ist wieder draußen mit dem Jungen, und der Himmel ist voller Lärm, ein mehrstimmiges Aufjaulen von Motoren, es hält auf sie zu. Es sind vier Flugzeuge, jetzt ist er sich sicher, er sieht sie deutlich. Die roten Leuchtspuren der Bordkanonen schießen in Bögen herab, elektrisch knisternd wie Comicbilder, während er mit mächtigen Schritten, die Koreanerin und ihren Bruder rechts und links im Arm, auf den Tunneleingang zustrebt. Das geschieht nicht wirklich, das weiß er, er durchlebt es nur noch einmal, um es zu überprüfen; er ist in einer veränderten Version des Geschehenen, in seiner eigenen schwankenden Erinnerung. *Hier seid ihr sicher, duckt euch, geht tiefer hinein.* Wie ein Echo hört er die Worte, als ihn der sengende Blick der Koreanerin trifft. Er gibt ihr den Jungen zurück und drängt sie weiter, tiefer hinein. Hinter ihnen klafft, scheinbar endlos, das gewölbte steinerne Maul der Tunnelröhre, und wieder gestikuliert er zu dem Mädchen hin, der Schwester, sein Arm breitet sich aus: Geht dort hinein, duckt euch an die Tunnelwände. Hat er das gesagt? Es stimmte. Bei verirrten Schüssen ist es in Wandnähe sicherer. Die Szene wiederholt sich in seinem Kopf: Er gibt ihr den Jungen, schiebt beide hinter der alten Frau her in den Tunnel. Nach dem letzten Bild, wie er sie hineindrängt, kommt er nicht weiter. Er hat sie dorthin gebracht, um sie dann sich selbst zu überlassen; ein Irrtum. Er muss irgendwie wieder hinauskommen, und er muss sie mitnehmen. Er war nach vorn gefallen; offenbar hat ihn unterdessen jemand bewegt, denn er liegt auf dem Rücken wie ein Insekt, das zu unbeholfen ist, um sich zu bewegen. Er hört das Mädchen sprechen, hektisch auf ihn einflüstern. Sie ist neben ihm, sie sagt, er soll still halten, warten, aber auch sie irrt sich. Sie müssen jetzt raus. Der Schmerz pocht. Raus: Das Wort hämmert im Takt mit seinem Puls. Er muss das Mädchen überreden, ihm zu helfen. Er muss nachdenken, aber er kann nicht abwarten oder still halten. Er spürt, wie er gleitet, fällt.

Lolas Umarmung nimmt ihn auf. Ihre Berührung umschlingt ihn von allen Seiten, dunkel und weit wie ein Fluss, in dem sie sich bewegen. Es ist eine vertraute Fantasie: Vor allem nachts malt er sich aus, wie er bei ihr ist. Jetzt muss er sich nichts ausmalen. Der Tunnel verschwindet, und er vergisst, dass er verwundet ist, vergisst, dass er unbedingt überleben, bei Bewusstsein bleiben muss, wie wenig Zeit noch ist. Jetzt ist Nacht, flüstert er Lola zu. Er berührt sie, er hat es nach Hause geschafft, und dann ist es ein Sextraum, es wirbelt ihn bis zu dem Augenblick, als sie schwanger wurde, es öffnet sich wie ein Strudel, der sie beide vollständig in sie hineinzieht. Hier ist es warm, hier ist er geborgen. Sie wusste es, sagte sie, vom ersten Moment an. Schwanger sein, das sei mit nichts vergleichbar. Man ist nicht so richtig müde, nicht krank oder nervös; es ist ein kribbeliges, unverkennbares Gefühl. Scharf auf einen Punkt gerichtet, in totaler Übereinstimmung, wie wenn du eine Phrase in einem Song genau richtig getroffen hast, und sie breitet sich durch deine Kehle aus, schwebt von dir fort über die Lichter hinweg in Gesichter im Dunkeln, die du nicht sehen kannst, Gesichter, deren Augen du über dich wandern spürst. Wie eine Einheit in Alarmbereitschaft, sagte er, und sie lachte. Ja, ganz genau. Bereit, wartend. Perfekt?, hatte er gefragt. Nein, Perfektion spielt keine Rolle, darum geht es nicht. Unvermeidlich? Offensichtlich, sagte sie, verdammter Schuljunge. Zum Teufel, sagte er. Selbstverständlich, versicherte sie ihm, nach dem Dienst, der G. I. Bill wird dich zu ihm schicken und ich ebenfalls. Echt?, fragte er im Scherz. Sie wendet sich in tiefstem Schweigen von ihm ab, als hätte er die falsche Frage gestellt; sie verschwindet in einer Stille, die alle Geräusche verschluckt.

Er wartet, zwingt sie zurück zu sich, sein Atem geht flach, und als er sie wieder unter sich, neben sich spürt, ist ihr Bauch riesig und straff. Das Bett steht auf einer Wiese, aber es sind schattige Bäume über ihnen, durch das Laub fallen Sonnenflecken; die Bäume sind eigens gewachsen, um sie zu schützen und zu verbergen. Sie beide sind nackt und duften wie frisch gebadete Kinder, und sie legt sich zurück, um ihm zu zeigen, wie dick sie geworden ist, wie gebärbereit, und streicht mit den Händen über den harten, aufgetriebenen Hügel ihrer Schwangerschaft. Er spürt das Baby sich bewegen, entdeckt eine runde Ausbuchtung eines Kopfes oder Hinterteils unter ihrer gespannten Haut, einen Widerstand unter ihrem lichtgesprenkelten Bauch. Am Fuß des Bettes dreht sich, wie von einer Strömung herbeigetrieben, ein gelber Krug mit Sommerblumen langsam um die eigene Achse. Das Blau der Blumen tropft auf das Gras, und ihm wird klar, dass die Wiese unter Wasser steht. Neben ihnen schwimmt, trotz ihres Gewichts, Lolas massive Holzkiste mit ihrem Lenox-Silber. Onslows Mädchen hatten zusammengelegt, um ihnen ein Hochzeitsgeschenk zu überreichen, das einer hoffnungsvollen Debütantin würdig war: ein versilbertes Besteck für acht Personen. Lola greift vorsichtig mit einer Hand hinüber und öffnet die kleine Truhe, um ihm die Löffel und Messer in ihren ausgekleideten Einsätzen zu zeigen, das Vorlegebesteck in Samthüllen. Sie hatten ihr außerdem eine Kollektion Parfums geschenkt, kleine verkorkte Flakons in einem Kästchen mit einem Diagramm des Sonnensystems. Die kleinen Porzellanfläschchen treiben jetzt einzeln dahin, jedes trägt eine Planetenfarbe und ein Gesicht: Venus in Rosa, ein bleicher Neptun, ein fröhlich gelber Mond. Lola lässt sie fortschwimmen, es ist ihr egal. Es war so schwierig, ihn zu erreichen, sagt sie, und sie haben doch nicht viel Zeit. Das Bett setzt sich jetzt in Bewegung. Sie legt sich wieder zurück, und er umschlingt sie, hält sie fest und spürt das Baby, das sich unmöglich umdrehen, ja kaum bewegen kann, von innen her drücken. Wasser steigt über das Gras, und die Bäume senken ihre belaubten, pulsierenden Äste; sie seufzen, ächzen, plagen sich. Er legt die Hände auf Lola. Das sind Kontraktionen. Sie hat Wehen, und sie schreit auf, und der durchdringende Schrei reißt ihn von ihr fort.

Er ist allein. Es war sein Schrei, seine Stimme. Der Revolver ist in seiner Hand. Er umklammert ihn fest, aber er weiß, dass er ohnmächtig war. Zeit ist vergangen. Stunden. Er blickt in das umgekehrte Gesicht der Koreanerin über ihm, in das Gesicht des Jungen auf ihrem Rücken. Sie hat bis zum Einbruch der Dunkelheit gewartet, und jetzt berührt sie ihn, bewegt ihn, zerrt ihn tiefer hinein in den Tunnel. Der Junge, flach auf ihren Rücken gepresst, als sie sich über Leavitt beugt, umklammert mit ineinander verschränkten Armen von hinten ihren Hals. Ihre Hände sind in Leavitts Achselhöhlen, und ihr langes schwarzes Haar hat sich gelöst und streift seinen Hals, umschließt ihrer beider Gesichter wie ein wehender Vorhang, der über den Boden schleift. Durch diesen Vorhang sieht er sie, ihre Augen sind schreckensweit. Sie keucht vor Anstrengung. Er ist totes Gewicht. Nein, sagt er, *anyo*, und noch einmal, lauter, *animnidda*. Sie schleppt ihn unendlich langsam, ist kaum in der Lage, ihn zu bewegen. Das weiße Hemd des Jungen, denkt er. Zieh dem Kind das weiße Hemd aus und zerreiß es, mach eine Fahne draus. Such dir irgendwas, an dem du sie befestigen kannst, und geh beim ersten Tageslicht zum Tunneleingang. Beim Anblick eines amerikanischen Soldaten mit einer Kapitulationsfahne stellen sie das Feuer ein und schicken Hilfe. Wer noch lebt, wird rauskommen, aber nur, wenn es bald passiert. Er packt seinen Revolver fester, stopft ihn in den Hosenbund seines Kampfanzugs, unter das Hemd.

Er versucht klar zu denken. Als die Flugzeuge das Feuer eröffneten, war Tompkins viel weiter hinten. Er war bestimmt nicht auf die Tunnel zugelaufen, dafür war nicht genug Zeit; vielleicht war er zum Graben des Bachbetts gerannt und hatte sich dort niedergeworfen, ins Funkgerät gebrüllt. Er muss den Tieffliegerangriff überlebt haben; Leavitt hat ihn doch gehört, wie er den Befehl gab, das Feuer einzustellen, *dies ist kein Feind*, hat ihn über den ohrenbetäubenden Krach des Angriffs hinweg brüllen hören ... Aber das kann nicht sein. Wenn ein solcher Befehl erfolgt war, dann hatten die Flieger ihn ignoriert, denn sie waren ja einen zweiten Angriff geflogen. Sie feuerten noch einmal, während die Flüchtlinge hinter Leavitt in den Tunnel stürzten, sie bombardierten die Überlebenden des ersten Angriffs. Tompkins war zu weit hinter ihm, um zu sehen, wie sich Leavitt wegen des Mädchens unter die Menge mischte, wie er auf den Tunnel zurannte, aber der Tunnel war hier, und die Flüchtlinge waren darin. Allerdings könnte Tompkins sich denken, dass Leavitt bei ihnen war, vielleicht jemandem geholfen hatte und getroffen worden war, als Soldaten ihre Maschinengewehre auf fliehende Zivilisten leerten. Panische Kinder mit Waffen in der Hand tun schreckliche Dinge; aber wenn Tompkins lebte und bei Bewusstsein war, würde er nach Leavitt suchen. Tief geduckt, zerrt die Koreanerin ihn langsam weiter. Er versucht seinen Atem zu beruhigen, seinen Verstand zu beschwichtigen, damit er mit ihr reden kann.

Er verliert den Überblick. Sieht die Flüchtlinge neben ihm hergehen, vor dem Luftangriff. Spürt Lola bei ihnen, ihm ganz nah. Er will sie nicht hier haben, während sie beschossen werden, und versucht, sich sie beide an einem anderen Ort, in einer anderen Zeit vorzustellen, in einer Zukunft, aber sie gleiten zurück in ihre Umarmung. Vor dem Baby, vor dem Krieg waren sie unter dem langsam sich drehenden Deckenventilator ihres Schlafzimmers auf dem Weg in ihren Körper, als könnten sie nie mehr anderswohin gelangen.

Im endlosen Rückzugsgefecht hatte er sich eingeredet, Lola sei sein Schutz. Er hatte sich diese und jene Zeit ins Gedächtnis geholt, war mit ihr spazieren gegangen, hatte in ihrer winzigen Küche gekocht, mit ihr im Bett gelegen. Das Geräusch ihres gemeinsamen Atmens war der Takt der verrinnenden Zeit, beschleunigte oder verlangsamte ein Aufbranden von Erregung, die zu empfinden er oft zu müde war, so dass er ihr im Geist zusah wie einer Geschichte. An diese Geschichte klammert er sich jetzt und erwacht darin, Lolas Schenkel auf dem Bett um ihn geschlungen, der Rauch ihrer Zigarette kräuselt sich über ihnen empor. Es ist erstaunlich, wie real ihm alles erscheint: das Behagen, das er empfindet, die Seligkeit. Ihre Skizzen an der Wand sind Zeichnungen von ihm. Die Linie einer Schulter, ein Torso, Lenden. Sein Hinterkopf. Seine Hand auf einer Bierflasche, das dunkle Glas beschlagen vom Tiefkühlraum unten im Club. Nie sein Gesicht. Es sei zu schön zum Zeichnen, sagte sie, jedenfalls für sie, das nächste Mädchen, das er finde, werde sein Gesicht zeichnen. Sie zeichnete vorwiegend Formen, Teile von Gegenständen oder Strukturen, als sähe sie nie etwas im Ganzen an. Dieselben Bilder immer wieder, wie um sie richtig zu verstehen. Gemeißelte Steine in einer Mauer oder einem Bogen, der Mörtel zwischen den Steinen. Sich kreuzende Gleise in einem Rangierbahnhof. Kleinstädtische Beschilderung: *Murphy's Fünf- und Zehn-Cent-Kaufhaus*. Leavitt hört Schreibmaschinen, Dutzende Schreibmaschinen. Ihre Tasten klappern schneller und schneller wie abgehackter, auf die Explosion zusteuernder Artillerielärm.

Die Zeichnungen und Wände lösen sich auf. Er sieht das koreanische Mädchen, das ihn aus der marschierenden Menge der Flüchtlinge heraus, durch Staub und wimmernde Hitze und das Geräusch synkopierter Schritte auf Bahngleisen ansieht, sich ihn einprägt. Sie weiß alles, sieht die zerhackten Bilder seiner Gedanken sich um und durch ihn bewegen und wischt sie fort. In dem gleißenden Moment seines kurzen Zögerns, ehe er auf sie zuging, bohrt sich ihr Blick durch ihn hindurch. Er steht wieder vor ihr auf dem Schotter zwischen den Schienen, und sie reicht ihm den Jungen. Das Kind ist in seinen Armen. Die Zeit zerplatzt und überschwemmt ihn warm und dickflüssig wie Blut, aber von perlweißer Farbe, klar, nach nassem, zertretenem Gras riechend. Er hört Lola, ihre raue Stimme fremd, anhaltend, kuhartig: das mächtige Muhen eines Tiers. Sie ist in den Wehen, und sie ist allein und ruft nach ihm.

Dieser Laut und die Erkenntnis zwingen ihn ins Bewusstsein zurück und sind im selben Moment verschwunden. Er sieht nur noch das Mädchen, das durch dunkles Haar auf ihn herabblickt. Ihr Gesicht ist sehr nahe. Ihr Blick, aufmerksam, angstvoll, konzentriert, huscht von ihm fort. Es müssen zweihundert, dreihundert Flüchtlinge sein, die sich im Tunnel zusammendrängen; überall sind Leiber, reglose, gleichgültige, sich verbergende, sterbende. Vorsichtig, ohne ein Wort, zerrt sie ihn zwischen ihnen hindurch. Er sieht das vogelähnliche Gesicht des Jungen über ihrer Schulter, seitwärts gewandt, lauschend. Im Dämmerlicht haben seine milchigen Augen eine bläuliche Färbung angenommen, und er späht beklommen zum Tunneleingang. Warte, sagt Leavitt auf Koreanisch. Das Mädchen erstarrt, schürzt die Lippen, um ihn zum Schweigen zu bringen. Aber Leavitt muss mit ihr reden, er muss ihr etwas begreiflich machen: Die NKVA ist nahe, sonst hätten die Flugzeuge keine namenlose weiße Flüchtlingskolonne bombardiert; wenn die amerikanischen Truppen überzeugt sind, dass sich unter den Überlebenden eingeschleuste Guerillas befinden, werden sie die Koreaner nicht herauslassen, solange das Gefecht im Gang ist. Sie sitzen hier in der Falle, und die meisten Verwundeten werden sterben. Geht der Rückzug weiter und brechen die Nordkoreaner durch, werden sie alle Überlebenden, die sie finden, töten. Dafür zu sorgen, dass er lebendig gesehen wird, ist ihre einzige Chance.

Sewojuseyo, sagt er zu dem Mädchen. Halt hier an. Er versucht seine Füße in den Boden zu stemmen, kann sie aber nicht bewegen. *Ro kapshida*, weist er sie an. Geh zum Eingang.

Sie sieht ihn verständnislos an, ihre dunklen Augen blicken über ihn hinweg zur Tunnelöffnung, der Richtung, aus der die Schüsse kamen. Sie tut alles, um zu verhindern, dass noch einmal auf ihn geschossen wird; sie denkt, er ist nicht bei Sinnen.

Er muss förmlicher sprechen, keine Befehle bellen, die sie als Fieberwahn deuten könnte. Ihr klarmachen, dass er weiß, wo er ist und mit wem. *Mian hamnida*, sagt er, *chamkanman kidaryo*. Er entschuldigt sich für sein unhöfliches Verhalten. Er bittet sie, einen Moment zu warten.

Ne, flüstert sie endlich, ja. *Ne, ne*, wiederholt sie und geht nun ihrerseits auf ihn ein.

Ja heißt auf Koreanisch *ne* und klingt wie *no*, und das war es. Er spürt wieder, wie sie gemeinsam nach vorn in den Tunnel fallen, und versucht seinen fliegenden Atem zu beruhigen. Ja, warten wir. Die amerikanischen Flugzeuge sind unhöflich, die einmarschierenden Nordkoreaner sind unhöflich, der Krieg ist unhöflich, und so zu sterben ist ganz außergewöhnlich unhöflich. Er darf nicht lachen, er darf nicht den Eindruck erwecken, als sei er nicht bei Verstand.

Naeryojuseyo, sagt er idiotischerweise. Es ist die Wendung, die sie gelernt haben, um sich mit Busfahrern in Seoul zu verständigen: Bitte lass mich hier raus.

Langsam zieht sie ihn weiter. Er versucht sich mit den Ellenbogen dagegenzustemmen, sich mit Armen und Schultern zur Wehr zu setzen, und der Schmerz schießt mit derartiger Hitze durch ihn, dass vor seinen Augen alles weiß wird. Er schreit auf, und sie hält inne. Er spürt, wie sie den Jungen neben ihm absetzt, sich auf seiner anderen Seite niederkauert, dem Jungen befiehlt, sich zu ducken und sich nicht von der Stelle zu rühren.

Shhh, flüstert sie, *shipshiyo*. Bitte. Still. Ihre Hände tasten über Leavitts Gesicht, berühren seine Schläfen. Sie spreizt ihre dünnen Finger über seinem Mund. Um ihn atmen zu lassen, aber das Schreien zu stoppen.

Er will ihr sagen, dass er schreien *muss*, auf Englisch, am Eingang, wo die Soldaten, die mit ihren Gewehren auf die Tunnelröhre zielen, ihn hören können, aber sie tut ja nur das, was er ihr befohlen hat. Unmittelbar bevor seine eigenen Leute auf ihn schossen, sagte er, sie sollten sich ducken, tiefer hineingehen. Nicht sterben wie die anderen auf den Gleisen, im Graben, im Bach.

Chamkanman kidaryo, flüstert er. Wart einen Moment.

Aber es lässt sich nicht abwenden. Der Tod ist hier überall, unveränderlich, nicht weiter bemerkenswert. Leavitt spürt ihn, er ist bei ihnen im Tunnel, bewegt sich in der Luft ringsum und in weiterer Ferne, in den Wäldern und Heiligtümern und Tempeln, er hängt schweigend zwischen den eigenartigen Nadelbäumen und ihrem ausladenden, gestuften Geäst. Chungchongbuk-do: landumschlossene, ländlichste Provinz Koreas; die riesigen Eiben und Sandelholzbäume hier riechen würzig, und entlang den Pfaden und Feldwegen wuchert Roseneibisch. Auf Spähgang sagte Tompkins einmal, dies sei Schamanenland. Kein weißer Mann weit und breit. Zweitausend Jahre vor allem Verkündigungsgequassel brachte eine Bärin Tan'gun auf die Welt, den menschlichen König. Geisterposten stehen an Wegscheiden, um das Böse zu bannen und die Seelen der Toten zu geleiten. Auf dem Land glauben die Menschen, dass ein Tod durch Gewalt oder fern der Heimat die Seele zwingt, nach Hause zu reisen, und deshalb werden die bescheidensten, abgelegensten Dörfchen wieder und wieder aufgebaut, selbst wenn die Hauswände aus Stroh und Lehm sind. Die Lebenden lassen den Toten Hinweise zurück. Geister werden nicht gefürchtet. Es gibt keine Geister. Die gebräuchlichste koreanische Grußformel ist eine Frage: *Bist du im Frieden?* Die Soldaten, denkt Leavitt, die Angreifer und die ausländischen Beschützer, werden Geister, sie fliegen durch die Zeit, über die Meere, und es leitet sie nichts als Absicht und Not.

Das Mädchen liegt neben ihm, einen Arm über ihn gelegt, um den Jungen zu berühren. Sie wartet.

Leavitt sieht sie an. Mit dem grünen Geruch nach Bäumen und Erde dringt das letzte Tageslicht in den Tunnel. *Kilul irossumnidda*, sagt er zu ihr. Ich bin verloren.

Anyo, antwortet sie, nein. Noch ein kleines bisschen.

Er denkt darüber nach, ob er ihr den Revolver geben soll. Er kann sich nicht konzentrieren, kann sie nicht beschützen. Die Farben, die er gesehen hat, das Stürzen, das Schwingen, die Geschwindigkeit und das Dahintreiben, das Denken, dann Sehen, das sind vielleicht nur letzte Zuckungen des Gehirns, wenn es den Geist aufgibt. Er konzentriert sich auf das Mädchen. Er spürt sie neben sich, die harte, schlanke Linie ihres vor Energie gespannten Körpers. Er sieht ihr ins Gesicht. Ihre Wimpern sind kurz und dicht, das Weiß ihrer Augen sehr weiß, die schwarze Iris in der Mandelform ihrer Lider so vollkommen, dass sie wie ein Juwel aussieht. Ihr Blick huscht und schimmert. Sie denkt, sie kann ihn und den Jungen fortbringen, am Leben erhalten, bis sie hinauskönnen.

In dem Moment scheint sie einen Entschluss zu fassen. Sie sieht ihn eindringlich an. Beinahe förmlich richtet sie sich ein wenig über ihm auf und neigt den Kopf zu ihm.

Sugo hashyosumnidda, flüstert sie.

Das Koreanische kennt vielfältige Möglichkeiten, sich zu bedanken, abhängig von der Person des Dankesbezeugers und der Qualität der Geste. Es gibt auch eine Art, danke zu sagen, wenn einem jemand über alle Erwartungen hinaus geholfen hat.

Sie denkt, er hat sie und ihre Angehörigen gerettet. Das ist der Grund, weshalb sie ihn nicht allein lässt.

Und sie greift über ihn hinweg zu dem Jungen, um auszudrücken, dass ihre Geste auch ihn einschließt. Sacht dreht sie den Kopf des Jungen, so dass sein blinder Blick auf Leavitts Gesicht fällt. Das ungleichmäßige Blau seiner Pupillen ist undurchdringlich, wolkig, ohne Tiefe, doch das Blau wirkt wie von innen her still erleuchtet. Das Blau wankt nie. Was sieht er dahinter. Schatten. Geräusche. Leavitt fragt nicht, doch der Junge senkt den Kopf wie zu einer Antwort.

Ihae hamnida, sagt Leavitt. Ich verstehe.

Ringsum schwindet das Licht. Draußen vor dem Tunnel springen die Gewehre an. Vereinzeltes Knallen von Maschinenwaffen, Warnschüsse. Sie schießen an den Eingängen vorbei, damit sich keiner herauswagt. Rasch und geräuschlos zieht sich das Mädchen den Jungen auf den Rücken. Sie beugt sich über Leavitt, und ohne ihn aus den Augen zu lassen, macht sie sich wieder daran, ihn zu ziehen, tiefer hinein ins Dunkel. Hinter ihr sieht er die auf den Kopf gestellte Krümmung der Tunnelröhre schimmern, als hätte sich ein Widerschein oder eine Lichttäuschung davorgeschoben.

WINFIELD, WEST VIRGINIA

26. Juli 1959

Lark

Ich verziere den Kuchen mit drei blassen Farben, die im Licht des Kühlschranks leuchten. In der Kälte bekommt die Glasur genau die richtige Konsistenz. Nach dem Abendessen sagt Nonie, ich soll die Plastikgartenstühle holen, die wir im Schuppen stapeln, wo sie sauber bleiben, und ich stelle sie neben Termites Sessel. Ich habe auch einen kleinen runden Plastiktisch, den ich dazustelle, für die Getränke. Nick hat den Weg gemäht. Er zieht sein Arbeitshemd aus und wäscht sich wie immer an unserem Gartenwasserhahn.

»Endlich Cocktailzeit«, sagt er. Er zieht das Hemd wieder an, auf dem die nasse Haut feuchte Flecken hinterlässt, dann kämmt er sich mit den Fingern sein dickes dunkles Haar zurück. In kleinen Bächen rinnt das Wasser auf seinen Kragen.

»Komm, setz dich her, mach's dir bequem, Nick. Möchtest du einen Eistee?« Nonie kommt in ihrem Hauskleid heraus. Sie nimmt die Schürze ab und faltet sie zu immer kleineren Vierecken zusammen, wie eine private Flagge, eine eigene kleine Zeremonie.

»Jesus, ist das alles, was du heute Abend auftischst?«, fragt Nick Tucci. »Wie ein Hund schufte ich auf dieser Weide hier, und du gibst mir *Tee*?«

Es ist ein Scherz. Der zweite Ehemann hat Nonie davon kuriert, jemals Schnaps im Haus zu haben. Nick kennt die Geschichte. »Ich habe einen Kuchen gebacken«, sage ich. »Einen Geburtstagskuchen. In einer Minute hol ich ihn.«

»Schon wieder Geburtstag? Das ist der zweite diesen Monat. Glückspilz.« Er legt Termite die flache Hand auf den Kopf. »Na, wie geht's dir, Junior?«

Termite gibt Nick Tucci nie eine Antwort, er wird nur leise und hält still, als hielte er ihn für einen Teil der Mähmaschine oder für einen Träger des Mähgeräuschs. Vielleicht ist es in Nicks Hand, wie eine Schwingung, die Termite wahrnimmt. Vielleicht bewahrt sie die Schwingung in sich.

»Der Junior sollte sich mit mir verbünden«, sagt Nick Tucci. »Wir Männer müssen zusammenhalten.«

Nick weigert sich, Termite mit seinem Namen anzureden. Er sagt, so heißen Insekten, Ameisen, das ist doch kein Name für ein Kind, einen Jungen; dabei ist er der Einzige, der nie darauf wartet, dass Termite eine Antwort gibt. Allerdings hat er Termites Sessel gebaut. Wir hatten diesen Polstersessel mit Armlehnen, in dem Termite so gern saß wie in einem Nest, und eines Tages drehte Nick ihn um, so dass die Unterseite fremdartig und nackt zum Vorschein kam. Er entfernte die windigen Holzstummel, die er als Beine hatte, und schraubte silberne Räder dran: stark genug, sagte er, für Karren, die Klaviere und Kühlschränke transportieren. Ganz bestimmt stark genug für dieses zierliche Kind. Nick ist so praktisch begabt, sagt Nonie. Charlie hingegen kann nicht mal ein Spülbecken oder ein Lampenkabel reparieren. Im Restaurant macht Nonie das alles, aber hier, zu Hause, hilft ihr Nick. Zum Beispiel hat er auch einen Griff an der Rückenlehne von Termites Sessel befestigt, damit wir ihn bequem schieben können, und er hat eine aus Treppenauftritten zusammengesetzte Holzrampe gebaut, die von der Hintertür über die Schwelle und die eine Stufe in den Garten führt.

Termite war damals noch kleiner; als er diesen Sessel zu lieben begann, war er so klein, dass seine Füße nicht bis zur Kante des Sitzpolsters reichten. Seine Beine waren immer gekrümmt, aber wir setzten ihn so, dass sie vor ihm lagen. Erst später begann er zu jammern und Geräusche zu machen, bis wir die Beine unter ihn schoben, als wollte er sie nicht mehr sehen, nachdem ihm klar geworden war, was sie sind.

Nick setzt sich jetzt ebenfalls hin, Nonie ihm gegenüber, und er fixiert sie mit einem Blick. »Noreen«, sagt er, »ich bin vierundvierzig Jahre alt.«

Nonie schenkt drei Gläser Tee ein. »Ein Jungspund«, antwortet sie. »Großer Gott, bis fünfzig darfst du dich nicht beklagen, und als Mann nicht mal dann.«

»Ich habe diese Bande wilder Teenager, die ständig in der Gegend rumzieht. Jetzt haben sie insgesamt drei Schrottkisten, und ich weiß nie, wo sie stecken.«

»Wer sagt, dass du das wissen musst? Du bist selber reichlich rumgezogen, Nick. Das weißt du vielleicht nicht mehr, aber alle anderen wissen es durchaus.«

»Yeah«, sagt er. »Ziehe immer noch rum. Den ganzen Tag füttere ich den Einwickler, und dieses kalte Bier wird jeden Abend kälter.«

Ich denke an Nick und den Einwickler: Vor dem steht er zwischen zwei Transportbändern und wuchtet Ballen hin und her. Das Werk, in dem er arbeitet, stellt Geschäftsformulare her, und der Einwickler ist eine riesige Maschine, die ein paar tausend Blätter zu einem Paket stapelt und für den Versand in Plastik wickelt und verschweißt. Ballen rein, Ballen raus, sagt Nick Tucci, dafür ist er auf der Welt.

»Ich könnte mich reinlegen in dieses Bier«, fügt er hinzu. »Bin bald zu durstig zum Leben.«

»So durstig wirst du bestimmt nicht«, sagt Nonie.

Termite sagt exakt dasselbe wie sie, nur ohne Worte, und er fängt an sich zu bewegen.

»Was will er denn«, sagt Nonie. »Lark, hol ihm ein Plastikglas und seinen Strohhalm. Und auch dieses kleine Dingsbums, das er so liebt. Er ist wirklich verrückt nach dem Ding.«

»Ich hol auch den Kuchen«, sage ich.

Während ich in der Küche bin, sehe ich sie durchs Fenster, und ich höre sie. Sie reden weiter, als könnte ich sie nicht hören, als bildeten sie sich ein, sie hätten mich in ein anderes Land geschickt.

»Was hast du mit ihr vor, Noreen«, fragt Nick Tucci.

»Was meinst du? Sie hat das erste Jahr Sekretärinnenschule hinter sich. Damit hat sie was in der Hand, das ist viel mehr als ihr Abschlusszeugnis dieser Highschool, die Zeke die Hälfte der Zeit schwänzt. Für die guten Noten, die sie immer hatte, bekam sie ein kleines Stipendium. Barker-Absolventinnen können sogar Anwaltssekretärinnen werden, wenn sie die ganzen drei Jahre machen. Das letzte Jahr ist mit ausbildungsbegleitender Praxis. Vielleicht kommt sie bei einem der Anwälte in der Stadt unter.«

»Sie ist jetzt eine Frau, Noreen, und sie hat nicht mal ein Schlafzimmer mit Tür. Soll sie einfach drei Jahre hier sitzen, tagsüber auf den Junior aufpassen und abends tippen?«

»Was soll sie denn deiner Meinung nach tun, Nick«, höre ich Nonie sagen. »Vielleicht mit einem deiner Jungs rumziehen?«

Ich suche nach Termites Dingsbums, dem kleinen Fläschchen, das er so liebt. Wohin ist dieses alte Ding wieder verschwunden? Es ist winzig, passt genau in meine Hand. Hellgelbes Porzellan, leicht zu verlieren in einem Spülbecken voller Geschirr. Er will nicht, dass ich es spüle oder ihm wegnehme, aber er hält es so oft in der Hand, dass ich es sauber haben möchte. Das runde Mondgesicht vorn kneift die Augen zusammen und lächelt und ist voller Ein- und Ausbuchtungen. Vielleicht ist das der Grund, weshalb Termite es so gern hält.

»Jesus, Noreen«, sagt Nick. »Irgendwann wird irgendjemand hier zwischen unseren Gärten vorfahren und ihr die Tür aufhalten, damit sie reinspringt. Ist dir das nicht klar?«

Ich muss alles Geschirr umschichten, bis ich den Flakon finde; er ist so winzig, dass er zwischen den dünnen Gummistäben des Abtropfständers in das Becken darunter fällt. Ich halte ihn in der Hand, wasche und trockne das Gesicht. Ich kann sie draußen hören, ganz ausgezeichnet kann ich sie hören.

»Ach!«, antwortet Nonie. »Und du meinst, sie wird einfach reinspringen und Termite hier sitzen lassen.« Einen Moment lang herrscht Stille. »Du erinnerst dich an Lola, und ich ebenfalls«, sagt Nonie, »aber Lark ist völlig anders.«

Nick sagt nichts darauf, und Termite ist ebenfalls still. Kein Wunder, dass ich glaube, er versteht manches, was so gesagt wird. Ich höre die Glocke an seinem Sessel. Er drückt mit dem Handgelenk darauf, nur ein kleiner, flüchtiger Laut, einmal und zweimal und dreimal.

Bin gleich da, sage ich zu ihm, aber ich sage es innerlich, tonlos. Dabei ertappe ich mich jetzt öfter, als wäre ich überzeugt, dass er mich hören kann. Hier ist sein Plastikbecher mit Strohhalm, und der Henkel des Mondfläschchens passt genau um meinen kleinen Finger, wie ein Ring. Ich stecke den versilberten Tortenheber ein, den ich letzte Woche in einer der Kisten, die Nonie im Keller aufbewahrt, gefunden habe.

Das Tablett mit dem Rand rings herum ist gut geeignet, um Sachen zu tragen. Die Kante verhindert, dass etwas herunterrutscht, ist dabei aber niedrig genug, damit der Kuchen zwischen den Tellern und Löffeln immer noch hübsch aussieht. Die Leute sollten immer etwas Hübsches auf sie zukommen sehen. Auf diese Weise haben sie Zeit, um etwas zu wollen, das sie auch kriegen können. Ich komme gern mit einem vollen Tablett aus der Tür. Nonie blickt zu mir herüber, Nick ebenfalls. Auch Termite dreht sich zu mir, als spürte er, wie sie schauen, und dann steht Nick auf und kommt her, um mir die Tür aufzuhalten. Beschwingt und erfreut zwinkert er mir zu. Einen Moment lang sehe ich, wie ähnlich er seinen Jungs ist, jung in den Augen wie sie, und wie seine Jungs vielleicht aussehen werden, wenn sie älter sind und so breit werden wie Nick. Ich bin sicher, es braucht einen Mann von Nicks Format, um den Einwickler zu bedienen. Daran ist ein Hebelarm, den ein Mensch zeitlich genau im Rhythmus betätigt, und Nick repariert den Einwickler auch und hält ihn am Laufen. Er ist so riesig wie zwei nebeneinander geparkte Autos. Nick sagt, er macht einen Krach wie ein Flugzeugmotor, der alle dreißig Sekunden mal kurz innehält und *peng!* brüllt. Ein Mann *muss* sein Format haben, um diesen Hebel zu bedienen und den Lärm auszuhalten und im Takt die Ballen zu stemmen, als wäre er ein Teil der Maschine. Nicks Jungs sind alle lang und dünn und bewegen sich geschmeidig wie Hunde. Sie haben Halsmuskeln wie straff gespannte Seile, als wären sie ständig verkrampft oder sprungbereit, und harte halbmondförmige Pakete unter den Brustwarzen. Kaum ist Frühling, arbeiten Joey und Solly und Zeke in Nicks Garten an ihren Autos. Sie laufen ohne Hemd herum, und die Hosen hängen ihnen tief auf den Hüften. Man sieht den perfekten Verlauf der Wirbelsäule, wenn sie sich schlank und weiß vorbeugen und bis zum Brustkorb im Motor verschwinden. Sie waren immer so hart und sehnig, schon als kleine Kinder. Ich kann mir nicht vorstellen, dass Nicks Jungen je so groß und breit wie Nick werden, wie ein Ringer, und sich so schwer bewegen wie er jetzt, als er auf mich zukommt. Ich spüre direkt seine Schritte auf dem Steinweg in meinen nackten Fußsohlen. Dann ist er bei mir und macht eine scherzhafte Verbeugung, ehe er mir das Tablett abnimmt. Ich bin inzwischen größer als Nonie, und Nicks dunkle Augen sind auf derselben Höhe wie meine. Auf seinen Unterarmen wächst ein dunkler, gelockter Pelz. Ich wende den Blick ab, wenn Nick zu nahe kommt. Er ist wie ein verschwommener Fleck am Rand meines Gesichtsfelds.

»Lark, das ist einfach zu viel«, sagt er.

»Es ist bloß ein Kuchen«, sage ich.

»Ja, es ist ein Kuchen«, sagt Nonie und schüttelt den Kopf über Nick.

»Aber sieh dir das mal an, Noreen. Kleine weiße Girlanden auf der Glasur, und die Girlanden sind geflochten! Wie macht sie das?« Mit einer Kopfbewegung zu Termite sagt er: »Du warst doch dabei, Junior. Wie macht sie das?«

»Spritztüte mit Spezialzubehör«, sage ich. »Gourmet-Backset. Hab ich zu *meinem* Geburtstag gekriegt.«

»Genau das meine ich«, sagt Nick. »Du wünschst dir zum Geburtstag irgendwelche ausgefallenen Kochgeräte. Meine Gangster wollen neue Vergaser, damit sie noch schneller fahren können und im Nachbarcounty im Knast landen und ihr Alter kommt und sie auf Kaution rausholt.« Er geht mir mit dem Tablett in den Händen voraus, und ich folge seinem massigen Rücken. »Joeys neueste Idee ist es, in irgendeine Sondereinsatztruppe bei den Marines einzutreten. Werkslieferungen ausfahren ist ihm nicht gut genug, er will die Welt sehen. Zeke schafft die zehnte Klasse nicht, aber er hat sich ein Auto zusammengeflickt, damit er selber vom Kittchen nach Hause fahren kann – mit gerade mal sechzehn und Lernführerschein. Und Saul. Hat die Highschool abgeschlossen und will jetzt ein Motorrad.«

»Und du sollst es kaufen?«, fragt Nonie.

Saul ist der Mittlere, und mit seinen grünen Augen, dem dichten hellen Haar und dieser dunklen Haut, die er von Nick hat, der Wolfsähnlichste. Solly war von der ersten Klasse an mit mir in der Schule drüben in der Lumber Street. Aber als er neun oder zehn war, haben sie ihn wegen zu vielem Schwänzen einmal nicht versetzt. Den Abschluss hat er schließlich ein Jahr nach mir gemacht, obwohl er ein Jahr älter ist. Ihre Mutter ging fort, bevor an Schule überhaupt nur zu denken war – Zeke fing gerade an zu laufen. Nick Tucci kaufte die Lebensmittel ein und Nonie kümmerte sich um die Jungs. Abends machte sie Essen für uns alle, und wenn Nick von der

Arbeit heimkam, schickte sie uns hinüber. Sie fuhr mit seinem Auto zur Abendschicht ins Restaurant, dann sperrte sie ab, kam gegen elf Uhr nach Hause und trug mich über den Gartenweg von Nicks Haus in mein eigenes Bett. Sie sagt, ich hätte mich kein einziges Mal gerührt, aber ich erinnere mich noch genau, wie sich nachts in den Bäumen über mir das Laub im Wind regte. Früher, vor langer Zeit, standen Bäume entlang dem Gartenweg. Als Termite zu uns kam, blieb Elise abends bei uns, wenn Nicks Kinder heimgegangen waren. Nonie ging zur Arbeit, und Solly kam später wieder rüber. Bei uns ist es anscheinend interessanter als das Fernsehen bei euch drüben, sagte Elise dann, interessanter als Jack Benny. Wenn wir nicht Hausarbeiten machten, ließ sie uns »helfen«: Dann fuhren wir mit dem Kehrer durchs Haus, legten Wäsche zusammen, unterhielten Termite. Elise brachte einen Radiowecker mit, den sie für S&H-Rabattmarken bekommen hatte, und sie brachte uns Tanzschritte und Kartenspiele bei. Solly spielte Rommé mit ihr, während ich Termite vorlas, oder Elise brachte mit, was sie hören wollte. *Vom Winde verweht. Klein Dorrit.* Oder die Zeitschrift *Die gute Hausfrau*: »Ist diese Ehe noch zu retten?« Elise sagte, ich sei besser als das Radio, besser als alle Serien.

Als ich elf war, übernahm Elise den Mini-Mart gegenüber von Charlies Restaurant. Von da an passte ich selber auf Termite auf. Er war ja klein. Ich konnte es so gut wie jeder andere. Solly kam trotzdem rüber. Ich kenne Solly so gut wie meine Bücherregale und jede Zimmerecke im Haus. Solly hatte immer so etwas wie eine wilde Ruhe an sich. Sie hängt in der Luft wie ein Geruch.

»Solly braucht von mir gar nichts«, sagt Nick jetzt. Wir haben unsere kleine Insel erreicht, und er stellt den Kuchen auf dem runden Tisch ab. »Er hat das ganze Jahr unten bei Texaco vollgetankt und repariert. Jemand hat das Ding auf einem Tieflader vorgefahren, und jetzt bildet Solly sich ein, er muss es haben.«

»Von müssen kann keine Rede sein«, sagt Nonie. »Er lebt bei dir, und du bist sein Vater, und du kannst ihm sagen, dass er es nicht kriegt.«

»Klar«, sagt Nick, »und dann seh ich ihn ganz schnell von hinten. Er ist praktisch ohne einen Finger zu rühren durch die Highschool gekommen. Ich will, dass er arbeitet, Geld spart, vielleicht nächstes Jahr aufs College geht.«

»Er hatte gute Noten«, sage ich, »Solly ist schlau. Er sollte wirklich aufs College gehen. Könnte er nicht irgendwo Football spielen?«

»Sag du's ihm.« Nick sieht mich an. »Das meine ich ernst.«

»Das ist nicht ihre Sache«, antwortet Nonie. Dann sagt sie: »Sie ist diejenige, die aufs College sollte.«

Es gibt aber kein College, das einigermaßen in der Nähe ist. Und Abendkurse gibt es auch nicht. »Setz dich, Nick.« Ich verteile die Teller, reiche jedem eine Serviette, drücke Termite sein Mondfläschchen in die Hand. Er hält es im Schoß, streicht mit dem Handgelenk über die Grimasse eines Gesichts, das nur aus Runzeln und dicken Backen besteht, als wäre kein Gesicht, nicht mal ein Porzellangesicht, zu klein, um zu blinzeln oder zu seufzen. Immer wieder streicht Termite mit dem Handgelenk über die höckerige Oberfläche, als hätte er das Ding nicht erst heute Morgen zuletzt gehalten. Ich nehme den Tortenheber in die Hand, eine glänzende Platte in Form eines Kuchenstücks mit verziertem Griff und Wellenschliffkante. Aufbewahrt wird er in einer eigenen Samthülle, die verhindert, dass das Silber schwarz wird; ich entdecke nur einen Anflug von Trübung auf der Platte, einen kleinen Schatten, den ich mit dem Daumen berühre. Wenn das die Sachen von meiner Mutter sind, warum sind sie dann hier? In meiner Vorstellung war sie immer in Bewegung, immer irgendwohin unterwegs, hinter ihr zog eine Landschaft vorbei. Jetzt, nachdem ich tatsächlich etwas von ihren Geheimnissen genommen habe, denke ich an einen grünen Rasen, der sie umgibt, oder an eine Küstenlinie, an der sie verschwand, sogar eine Gasse, in der es passiert ist. Eine dunkle, heruntergekommene Gasse voller Asche und Müll. Nein. Lieber eine Gasse wie unser Gartenweg – Gras, weißer Kies, Sommerabend. Ich sehe, dass Nonie den Tortenheber in meiner Hand bemerkt, aber sie sagt nichts. »Ich schneide den Kuchen«, sage ich, »wenn alles freundlicherweise Platz nimmt.«

Termite wirft mir sein kleines halbes Lächeln zu und fängt an zu reden. *Platz nimm. Platz nimm.*

»Manchmal klingt er wie ein Vogel«, sagt Nick.

Nimm Platz, sage ich zu ihm, wenn wir im Keller sind, um uns abzukühlen, und auf der alten Couch sitzen, bei der die Sprungfedern bis auf den kalten Betonboden hängen. Es ist die Couch, die Charlie jahrelang im Büro seines Restaurants stehen hatte, einem engen Raum hinter der Küche, in dem Nonie die Buchhaltung macht. Es ist eine ziemlich große Couch, lang und breit. In diesem Sommer wurde mir klar, wozu sie höchstwahrscheinlich benutzt wurde, wenn ich, noch als Kind, bei Nick übernachtete, Solly zusammengerollt neben mir. In diesem Sommer habe ich auch angefangen, Nonies Kisten zu durchstöbern. So zu tun, als wüsste ich nichts, ist eine Lüge, die ich ihr nicht mehr auftischen mag. An einem der heißen Nachmittage, als ich mit Termite dort unten war, fiel mir auf, wie diese Kisten gestapelt waren, so schön ordentlich aufgeschichtet, als stünden sie schon sehr lange dort unten. Termite sitzt auf der kaputten Couch, und ich lege ihm ein Brotbrett auf die Knie, damit er die großen Farbkreiden verwenden kann, die er so liebt. Hat er erst mal damit angefangen, bewegt er die Arme auf und nieder, hin und her, zeichnet weite Bögen in einer Farbe quer über eine aufgefaltete Zeitung, während ich in mein Notizbuch zeichne. Er blickt nie auf das, was er tut, aber ich sehe zu, wie seine Farbe dunkler wird. Meistens zeichne ich ihn. Im leeren Raum. Ohne Sessel, ohne Gartenweg. Einmal drehte ich das Radio so laut auf, wie Termite es mag. Es lief »Heartbreak Hotel«, und ich blickte zu den Kisten hinüber. *Well since your baby left you. You've got a tale to tell.* Die Kisten hatten immer in dieser Ecke gestanden, manchmal lag anderes Zeug darauf. Sie waren groß, alle von derselben Größe, wie von einer Umzugsfirma, eine stabile, staubige Wand, vier Kisten lang und drei breit, wirklich solide und schwer in Bewegung zu versetzen, alle Kisten mit Klebeband verschlossen und nie geöffnet, in einer fremden Handschrift an Nonie adressiert. Ich wischte den Staub ab und las den Absender: Spedition Bekins, Miami, Florida. Ich beschloss, es langsam anzugehen. Ich weiß, dass die Sachen in der Kiste, die ich durchforstet habe, nie Nonie gehört haben. Silberbesteck in einer eigenen, mit Samt ausgeschlagenen Kiste, jedem Stück ist hinten in winziger Schrift *Lenox* eingeprägt, wie ein Kode. Porzellangeschirr, ein Service für acht Personen mit Blumenmuster und Goldrand, ordentlich und professionell mit Papier und Karton verpackt. Aber keine Bilder, keine Dokumente, keine Unterlagen, die mir mehr verraten, als ich sowieso weiß.

»Irgendwie musikalisch«, sagt Nick. »Ein Vogel, der sich selbst seinen Reim macht.«

»Oder auch nicht«, sagt Nonie.

»Termite kann fast alles imitieren«, sage ich. »In seiner Version klingt es einfach mehr wie Musik. Laute anstelle von Worten.«

Nonie beugt sich vor, um Termite mit seinem Löffel zu helfen. Er kann Dinge halten, die größer als ein Löffel sind – seinen Becher, dicke Farbkreiden, Toast, Schokoriegel. Er hält seine blauen Plastikstreifen, weil wir sie ihm ums Handgelenk wickeln. Manchmal benutzt er einen hölzernen Servierlöffel mit dickem Stiel. Normale Löffel und Gabeln sind zu dünn und zu hart. Wir wissen genau, wie wir ihn füttern müssen: schnell und zielsicher beide Mundwinkel berühren. Nonie sieht ihn jetzt an. »Aber immerhin erzählst du nie Lügen, oder, Termite«, sagt sie.

»Nein«, antworte ich, »nie.«

Es ist wirklich so. Termite kann nur die Wahrheit sagen. Aber ich weiß, was sie meint: dass sie sich wünscht, sehnlichst wünscht, er könnte mehr sagen als nur den Klang dessen wiedergeben, was er zuletzt gehört hat. Ich rede mir ein, dass er mehr denkt, vor und zurück, meilenweit.

»Guter Kuchen«, sagt Nick. »Und dieser kalte Tee ist was mächtig Feines an so einem Abend. Heute steht die Luft. Schwer wie Blei. Dieses Gewitter kommt bestimmt. Morgen, sagen sie. Die ganze Woche Regen. Vielleicht putzt es den Fluss ein bisschen aus. Ich mag ihn gar nicht, wenn er so eine braune Drecksbrühe ist.«

»Lieber Gott, Nick!« Nonie lacht. »Der Fluss war doch immer braun.«

»Durchaus nicht, Noreen. Vor Jahren war er sauberer. Man konnte bis zum Grund sehen. Im Dunkeln war er olivgrün. Das weiß ich noch.«

»Und tagsüber war er ...« Jetzt zieht sie ihn auf.

»Saphirblau«, falle ich ein. »Er war saphirblau. Ein helles Steinblau.«

Nick Tucci wirft mir einen Blick zu, dann nickt er. »Eine Wucht war das«, sagt er. »Dort unter der Eisenbahnbrücke zu stehen und aufs Wasser zu schauen. Mann, dieser blaue Fluss.«

Wir lachen, und Termite zieht die Schultern hoch und wirft den Kopf zurück, um in den violetten Himmel hinaufzublicken, als wäre der Fluss irgendwo dort oben. *Dieser blaue Fluss.* Er sagt es mit hohen, leisen Tönen, und der Himmel über uns, so zerschlagen und tief, wie er aussieht, könnte wirklich ein Fluss sein. Ich greife zu ihm hinüber und kippe sein Kinn nach vorn. Sein Kopf ist schwer, seine Halsmuskeln sind nicht besonders stark. Er wirft den Kopf sofort wieder nach hinten.

»Eigensinnig ist er, was, Junior«, sagt Nick Tucci. »Zeig's ihnen nur, Junior.«

»Lass ihn, Lark.« Nonies Augen werden feucht, wenn sie heftig lacht. »Er sondiert etwas. Mein Gott, dieser Himmel sieht aus, als könnte er herunterfallen. Heute ist Vollmond, aber bei solchen Wolken kriegen wir natürlich nichts davon mit.«

Termites Nasenflügel bewegen sich, beben so sacht wie die Kiemen eines atmenden Fisches, und ich höre ihn wittern, als trinke er die Luft. Ich frage mich, ob er die Wolken überhaupt sieht oder stattdessen die Farbe spürt, oder ob er denkt, das Wort »Fluss« ist wie ein Himmel, und deshalb hinaufschaut. Warum sollte er so denken. Weil es stimmt. Er könnte denken, der Himmel ist wie ein Fluss, der nicht aufhört. Nonie würde sagen, er reagiert einfach auf uns, auf unser Gelächter, unser Rufen, irgendwas. Sie würde sagen, ich unterstelle ihm Gedanken. Auf einmal fallen mir die Kerzen ein. »Kein großartiger Geburtstag, Termite, oder? Ich hab die Kerzen vergessen.«

»Du brauchst doch nicht jedes Mal Kerzen, Lark. Bei den vielen Geburtstagen, die du ihm machst!« Nonie kramt in den Taschen der Schürze, die sie abgenommen hat. In der Arbeit trägt sie nur blaue Schürzen.

»Ich hab's ihm irgendwie versprochen«, sage ich. »Zu spät.« Aber Termite kippt den Kopf wieder nach vorn und wirft mir seinen Seitenblick zu.

»Nicht zu spät. Der größte Teil des Kuchens ist noch da, und hier sind noch ein paar übrig gebliebene Kerzen. Im Restaurant hat heute jemand mit einem Stück von Charlies Zitronentorte gefeiert.« Nonie hat eine halb zerquetschte Schachtel mit diesen kleinen dünnen Kerzen, wie sie in Bäckereien verschenkt werden, aus der Tasche gezogen.

»Torte mit Kerzen, das passt doch nicht«, sagt Nick Tucci. Es sind nur noch drei Kerzen da, aber er beugt sich vor und steckt sie in den Kuchen. »Neun müssten es sein, stimmt's? Jede Kerze zählt für drei Jahre, Junior, also müssen die Flammen extrahoch sein.« Er zündet sie mit seinem Feuerzeug an, dann steht er auf, nimmt die Platte in beide Hände und hält sie vor Termite hin. Nonie und ich stehen ebenfalls auf und stellen uns neben Nick, so nahe, dass unsere

Gesichter einander berühren. Wir lassen die Kerzen eine Weile brennen, dann blasen wir, ganz langsam, gemeinsam mit Termite. Die Flämmchen flackern, wie es sich gehört, und verlöschen genau richtig, alle auf einmal.

»Ausgezeichnet«, sagt Nick Tucci. »Ein Zeitlupen-Ausblasen.«

»So, Nick«, sagt Nonie, »ich wette, deine Jungs hätten nichts gegen ein Stück von diesem Kuchen. Zwischen Motorrädern und diesem heimlichen Soldatenkram ist Larks Göttlichkeitsglasur genau das, was sie brauchen. Wie ein Gebet in Zuckerwatte. Du bist so eine tolle Bäckerin, Lark. Gäbe es nur jemanden, der dir ein Restaurant kauft.« Sie zuckt die Achseln. »Larks Kuchen«, sagt sie zu Nick, »sind das, womit Charlie aufwarten würde, wenn er wirklich was vom Kuchenbacken verstünde, oder von der Konditorei …«

»Charlie ist bloß ein Schnellimbisskoch«, sagt Nick in ernstem Ton. »Mit Kuchen und Torten braucht er gar nicht erst anzufangen.« Nick mag Charlie nicht besonders. Ich glaube, er hegt einen brüderlichen Groll.

»Es bleibt ihm sowieso nichts anderes übrig«, fällt ihm Nonie ins Wort. »Lark arbeitet nicht für ihn, und ich denke gar nicht daran, zusätzlich zu allem anderen, was ich für das Restaurant tue, auch noch zu backen.« Sie wirft einen Blick auf die Uhr, die Armbanduhr, die ihr Charlie vor einem Jahr geschenkt hat, zu ihrem gemeinsamen »Jahrestag«. Die Uhr hat ein Platinarmband und ein kleines quadratisches, beidseitig mit Diamanten besetztes Zifferblatt und hat mal Charlies Großmutter gehört. Er hat eine Menge Geld investiert, hat das Uhrwerk erneuern und ein flexibles Armband aus Platin anbringen lassen. Platin ist teurer als Gold, sagt Nonie. Die Uhr ist wasserdicht, und sie nimmt sie praktisch nie ab. Diese kleinen Diamanten fangen das Licht ein wie der Ring, den sie nie von ihm bekam. Gladdy war wütend über Charlies Verschwendungssucht. Ließ sich fast eine Woche lang nicht im Restaurant blicken. Ein unverhoffter Nebeneffekt, sagte Nonie. »Zeit, das Café zusammenzupacken«, sagt sie jetzt. Sie legt Termite die Hand in den Nacken, glättet seine Locken. »Ich muss ihm bald die Haare schneiden. Diese Locken verfilzen so schnell.«

Wir räumen auf. Nonie fängt mit dem Geschirr an. Nick Tucci trägt die Stühle fort. Termite hält sich seinen Mond an den Mund und erzeugt Geräusche in den Flaschenhals hinein. Man könnte glauben, er sagt was, aber er macht nur seine Version der aufeinandergestapelten Teller, der scharrenden Plastikstühle, unserer Schritte, der Räder an seinem Sessel, als ich ihn ins Haus schiebe.

Ich beuge mich zu ihm hinunter und flüstere in den staubigen Geruch seiner Haare hinein: »Dein Geburtstag, Termite, jeden Tag.«

Jeden Tag, antwortet er mir, *jeden Tag jeden Tag*.

Nick Tucci ist mit dem Kuchen nach Hause gegangen. Nonie spült das Geschirr, und Termite sitzt neben ihr in seinem Sessel und hält das Radio. Sie sorgt dafür, dass er den Apparat leiser dreht, als er den ganzen Tag war, und stellt die hohen Plastikgläser zum Abtropfen ins Regal. Er blickt seitwärts zu den Leisten genau auf Augenhöhe, als wären sie kleine Zerrspiegel, in die er schauen kann. Ich lasse sein Bad einlaufen. Als ich neun und zehn war, zog ich immer meinen Badeanzug an und stieg zu ihm in die Wanne, um ihn festzuhalten, während Nonie ihn einseifte und heraushob. Wir badeten ihn gemeinsam; sie sagte, er kann den Kopf nur schwer hochhalten, weil rund um sein Gehirn Wasser ist. Er würde aber stärker werden. Die Übungen würden helfen. Zum Beispiel machten wir schöne Töne mit einer Glocke oder Spieluhr, und wenn er sich danach umdrehte, ließ ich ihn den Kopf gegen meine Handfläche drehen, während er dem Ton nachhorchte, bis ich ihn wiederholte. Seinem Gehör kam das Wasser in seinem Kopf nie in die Quere. Woher das Wasser überhaupt kam, wollte ich wissen. Sie konnte es mir nicht sagen.

Nonie hat in der Küche, an der Wand neben der Uhr, eine gerahmte Fotografie von ihr und meiner Mutter hängen. Der runde

Ventilator auf dem Fensterbrett dreht seine drahtvergitterte Vorderseite hin und her, hin und her, und der Rahmen zittert ein bisschen an seinem Haken, kommt wieder zur Ruhe, zittert wieder. Die verchromten Teile des Ventilators zeigen ein gekrümmtes Spiegelbild der gestapelten Plastikgläser auf dem Regal darüber und die Arme und Hände der Mädchen auf dem Bild. Sie spielen Verkleiden, und immer war meine Mutter die Braut. Weil sie die Jüngere war, sagt Nonie, hat sie sich immer alle Vorteile gesichert. Meine Mutter heißt Lola. Wir reden selten über sie, und so gut wie nie sagen wir ihren Namen. Schon ihren Namen zu denken kommt mir wie ein Verstoß gegen die Regeln vor, aber sie waren Lola und Noreen, die beiden Schwestern. Auf dem Bild sind sie beide in duftiges Weiß gehüllt, vermutlich Gardinen, und meine Mutter trägt eine gehäkelte Jacke – sicher weil sie fanden, dass das spitzenähnlich aussieht. Sie ist vielleicht acht oder neun unter ihrem geflochtenen Kranz aus Blumen und Gräsern, langen Stängeln Rittersporn, die schon auseinanderfallen, aber mit diesem Lippenstift wirkt sie unheimlich erwachsen. Er ist viel zu dunkel für eine Braut. Sie steht da, als wüsste sie es, auf der Hut oder trotzig, die Umrisse ihrer fohlenartigen Beine schimmern dunkel durch das transparente Gewebe, aber sie blickt mit unsicher gefalteten Händen in die Kamera. Sie ist hin- und hergerissen. Das Foto ist der einzige Grund, weshalb ich ihr überhaupt verzeihe. Hätte sie eine Grimasse gezogen oder sich irgendwie großspurig aufgeführt, würde ich sie wahrscheinlich hassen. Nonie hat einen Arm um sie gelegt. Nonie ist viel größer – schließlich ist sie fünf Jahre älter –, und deshalb macht sie mit gemaltem Schnurrbart, die langen Haare hinten zu einem Zopf geflochten, den Bräutigam.

Ihr Vater war Prediger bei den Zeugen Jehovas, und die Mädchen durften sich weder die Haare abschneiden noch Cola trinken, noch Feiertage begehen. Ich weiß nicht, wer ihnen erlaubt hat, sich zu verkleiden, oder was Cola mit einer Religion zu tun hat. Die

Haare meiner Mutter waren rot und gewellt und ein derartiger Blickfang, dass sie sich immer Zöpfe flechten musste. Am Tag nach der Beerdigung meines Großvaters ließ sie sich eine Rita-Hayworth-Frisur schneiden. Ihre Mutter, sagt Nonie, war zu krank, um zu verhindern, dass Lola die verlorene Zeit aufholte. Nonie war damals, nachdem sie Charlie verlassen hatte, weil er sie nicht heiraten wollte, in ihrer anständigen Phase, wie sie das nennt. Sie war nach Atlanta gezogen und hatte dort ihren ersten Mann kennengelernt. Er war ein ganzes Stück älter als sie, ein Witwer, der ein Versicherungsbüro hatte. Versicherung, als gäbe es so was, pflegt Nonie zu sagen, wenn sie von ihm spricht, aber immerhin lebte sie ein paar Jahre lang sicher und sorglos dort unten, wo es fast immer warm ist. Sie sagt, sie war damals schamlos. Sie hatte nie was gehabt, und dann hatte sie alles. Eines Tages ging sie fort. Aber sie ließ Dinge zurück, nicht Kinder. Nach dem Tod ihrer Mutter schloss Lola die Highschool in Winfield ab, und irgendwann zog sie zu Nonie. Das ging nicht lange gut. Der zweite Ehemann war in der Gastronomie tätig, er führte einen exklusiven Nachtclub. Geplagte Männer sind eine Plage: Mehr sagt sie nicht über ihn. Ein paar Jahre. Dann kam sie hierher zurück, zu Charlie. Ich fragte sie mal, ob Charlie auch geplagt sei. Lieber Himmel, nein, sagte sie. Alles, wonach Charlie süchtig ist, sind harte Arbeit und katholische Schuldgefühle.

Nonie sagt, ich muss in der Lage sein, selbst für mich zu sorgen. Nicht anderen Leuten das Geschirr spülen oder ihre Arbeit machen. Sie sagt, wir haben Termite, und für ihn müssen wir ebenfalls sorgen. Wenn eine Frau etwas haben will, das sie nicht kriegt, sagt Nonie, kann ein Mann das riechen. Sie sagt: Lass nie einen Mann in dich ein, wenn du ihn nicht für immer um dich haben willst, denn nachher wirst du ihn nicht mehr los, egal, wie oft er dich verlässt oder du ihn. Das schärfte mir Nonie schon ein, bevor ich überhaupt wusste, was das bedeutet: in dich. Wenn ich früher sah, dass jemand ein Herz auf den Bürgersteig gezeichnet hatte oder an eine Toilettenwand oder an die Wand neben dem öffentlichen Telefon im Mini-Mart, wo Elise arbeitet, dachte ich immer: in dich. Als ginge es um Gefühle, Romantik, Elises Schundromane mit schönen Frauen auf dem Titelblatt. Nein, sagte Nonie, das ist, wenn ein Mann seinen Körper in deinen Körper tut. Dann ist er in dir, und dein Körper erinnert sich daran, jedes Mal und mit jedem Mann, auch wenn du's zu vergessen versuchst. Du bist zu Charlie zurückgekehrt, sagte ich. Ist das der Grund? Ist er in dir? Jetzt hast du's erfasst, sagte Nonie. Aber wieso er, fragte ich, und nicht jemand anderes, ein anderer? Weil ich damals so jung war, sagte Nonie, als wir anfingen, und es war so oft. Wenn du jung bist, musst du aufpassen.

Das gab mir zu denken wegen Solly – wir waren doch dauernd zusammen, erst als wir kleine Kinder waren und dann nicht mehr so klein. Er war überall an mir, aber ich ließ ihn nicht ein. Ich war schon zu angefüllt mit Nonies Worten.

Wie oft, frage ich mich, Nonie und Charlie. Ich beuge mich über die Wanne, um das Wasser abzudrehen, und die Hitze steigt zu mir auf wie ein Gedanke an die beiden, wie sie jung und warm in der Highschool waren und er ein bisschen älter als sie, am Flussufer, wo die Kinder hingingen, oder in der Wiese neben dem Polnischen Viertel. Oder in Gladdys Haus in der Stadt, wo Gladdy und Charlie schon damals wohnten und Charlie jetzt jeden Winter eine Zeitlang allein ist, während Gladdy sich in Floridas Sonne röstet. Nonies Elternhaus, wo sie mit meiner Mutter wohnte, ist abgebrannt. Zurück blieb eine klaffende Wunde im Boden, bis die Texaco-Tankstelle expandierte und die Narbe zubaute. Wahrscheinlich treffen sich Nonie und Charlie jetzt hier, wenn niemand zu Hause ist. Seitdem Termite nicht mehr zur Schule geht, ist das nicht mehr oft der Fall. In den Monaten, die Gladdy fort ist, können sie immerhin zu Gladdy gehen, denke ich. Nonie sagt, Gladdy reist schon seit Ewigkeiten in den Süden, schon in der Zeit, als sie noch nicht ins Flugzeug stieg. Dieses kleine Strandhaus in Coral Gables ist das Einzige, das Charlie Fitzgibbon je sein

Eigen nennen kann, sagt Nonie, bis seine Mutter eines Tages den ganzen Krempel loslässt. Nur um Steuern zu sparen, hat es Gladdy auf ihn umschreiben lassen. Jetzt sitzt Charlie also da und wartet, und Nonie sagt, durchaus möglich, dass seine Mutter ihn überlebt. Charlie und seine Herztabletten. Dieses undichte Herz ist immerhin sein Eigen, etwas, das Charlie besitzt.

Ich glaube nicht, dass meiner Mutter je etwas gehört hat. Ich denke, sie wurde auseinandergerissen. Zu viele Leute besaßen ein Stück von ihr. Winfield zum Beispiel, und das ist noch heute so. Die ganze Stadt weiß mehr über sie, als mir je wieder einfallen kann. Ich habe keine Erinnerung an sie, dabei kannte ich sie doch mal. Es muss so gewesen sein, obwohl Nonie nichts darüber sagt. Aber ich kam erst mit drei Jahren hierher. Und auch Termite hat sie gekannt, ein Jahr lang, vielleicht in Florida, woher sie diese Kisten geschickt hat, als ihr immer klarer wurde, wie viel Zuwendung er braucht. Männer hatten sie in Besitz. Mein Vater, wer immer er war, und dann Termites Vater, derjenige, den Nonie ein Baby nennt; der in Korea gefallen ist. Vor einer Weile fragte ich Nonie: Was, wenn er nicht gestorben wäre. Hätte er sich um Termite gekümmert, wenn Lola es nicht konnte? Keine Ahnung, sagte Nonie, aber du bist ja da und kümmerst dich an seiner Stelle um Termite.

Und Nonie ist ebenfalls da.

Termite und ich sehen uns überhaupt nicht ähnlich. Selbst wenn Termite normal wäre, glaube ich nicht, dass wir uns ähnlich sähen. Er ist so blond, so hell mit seinen blauen Augen. Meine Haare und Augen sind dunkel, meine Haut allerdings nicht. Egal – die Kinder in der Schule nannten mich trotzdem Itaker, genauso wie die Tucci-Jungs. Joey brachte uns bei, uns zu wehren und die anderen Kinder zu verdreschen. Vielleicht ist das der Grund, weshalb nie jemand Termite beschimpft hat. Viele hätten es getan, aber er war ja immer mit uns zusammen, wenn wir nicht in der Schule waren. Die Kinderbande, die sich auf dem Rangierbahnhof herumtrieb, hatte Angst vor Joey, später vor Solly. Die Tuccis waren jederzeit zu Schlägereien bereit. Und sie waren immer stark, schon als Kinder. Im Sommer taten wir, was wir wollten, keiner beaufsichtigte uns. Wir waren unten am Fluss, unter der Eisenbahnbrücke. Joey hielt uns unter den Achseln und ließ uns im Kreis fliegen, wahnsinnig schnell, er selbst blieb wegen der Zentrifugalkraft an Ort und Stelle, und er ließ auch Termite fliegen. Termite war begeistert. Ich hatte nie Angst, dass ihm was passieren könnte. Er hörte Joeys Stimme und warf den Kopf zurück, starrte weit nach oben, die Augen nach rechts verdreht, als hätte Joey immer dort gestanden, und Joey sagte: »Jesus! Dieser Knabe ist bereit für einen Flug.«

Termite war so blass, dass die blauen Adern durch seine Haut schimmerten, und seine hellen Haare wuchsen in weichen Locken, die man mit den Fingern kämmen konnte. Von Anfang an hielt ich ihn für einen Engel, einen guten Teil von mir, der nichts sagt und nicht in normaler Sprache redet. Einen Teil von mir, den ich herumtrug, zu versorgen versuchte, nicht auf normale Weise verstehen konnte. Es ist komisch. Das Einzige, was Termite und ich gemeinsam haben, ist unser Muttermal – ein braunes Mal in der Nähe des Nabels, geformt wie ein winziger Schuh. Ähnlich, sagt Nonie, nicht gleich – also einen Schuh musst du schon extra hineinsehen. Einmal umrandete ich mein Muttermal mit Kugelschreiber, um es ihr zu beweisen, die Stiefelform, den Absatz. Es stimmt, meiner ist größer. Na klar, sagte Nonie, du bist ja diejenige, die herumläuft. Er hat Glück, dass du ein Mädchen mit zwei starken Beinen bist.

Das habe ich von Nonie. Ich hätte mager wie meine Mutter werden können, aber ich bin stark wie Nonie. Ich bin wie ein adoptiertes Kind, aber zweifach mit Nonie verbunden: durch Adoption und Verwandtschaft. Termite hochzuheben fällt mir gar nicht schwer. Er ist so leicht und scheint auch nicht schwerer zu werden. Länger wird er aber, er ist schon zu lang, als dass ich ihn noch wie ein Baby an meine Schulter gelehnt tragen kann. Seit diesem Jahr trage ich ihn auf dem Rücken, und er schlingt die Arme um meinen Hals. In den Keller hinunter, in den Speicher hinauf, wenn es nicht zu heiß oder kalt ist, durch die Hintertür hinaus zum Handkarren im Garten. Der ist tief genug, dass Sitz und Lehne eines gepolsterten Bürostuhls hineinpassen, die für ihn darin festgeschraubt sind, mit Riemen, um ihn in aufrechter Position zu halten, und genügend Platz, damit er die Beine abspreizen oder unter sich einfalten kann, wie er es am liebsten hat. Die Rückenlehne ragt weit genug über die Seitenwände hinaus, dass er gut sehen und den Kopf anlehnen kann. Damit fahren wir zum Fluss, zum Rangierbahnhof, um die Züge zu beobachten, manchmal zum Mittagessen zu Charlie. Am späten Nachmittag holen wir auch mal Nonie von ihrer Schicht ab und gehen mit ihr nach Hause. Aber wenn ich ihn irgendwo anders hinbringe – in einen Laden, zum Arzt, ins Kino –, muss er jetzt im Rollstuhl fahren. Darüber beklagt er sich so, dass ich's lieber sein lasse. Nonie sagt, er hasst dieses Ding erst, seitdem er mit der Schule anfing. Schließlich ließ sie den Rollstuhl im Wandschrank verschwinden, damit er ihn nicht sehen muss. Zu Hause soll man sich geborgen fühlen, sagt sie. Soll uns der Sozialdienst so viel drohen, wie er will. Ihn wieder neu an den Rollstuhl zu gewöhnen, wird jetzt warten müssen. Aber das Kino fehlt mir. Als er klein war, zahlten wir im Sommer jeder unseren Vierteldollar und gingen alle zwei Tage ins Kino. Den Handkarren ließen wir draußen unter der Markise stehen, und Termite saß auf meinem Schoß. Manchmal kamen alle drei Tucci-Jungs mit, meistens aber Solly. Er liebte Western. Solly konnte uns später ganze Szenen hersagen, spielte Teile davon nach und beherrschte John Waynes wiegenden Gang. Die Dialoge setzten sich in seinem Kopf fest und gingen nicht mehr heraus. Scheint eine Million Jahre her zu sein.

»Ist die Wanne voll, Lark?« Nonie lässt Wasser über die Teller vom Abendessen laufen. »Wenn du ihn nur baden würdest«, sagt sie. »Ich bring ihn dann ins Bett. Ich weiß, du willst üben.«

Sie meint meine Schreibmaschinenübungen. Ich habe nicht viel Lust, ihr von Stamble zu erzählen. Stammel, Taumel. Aber es muss sein. »Nonie, heute war jemand vom Sozialdienst da.«

»Wer?«

Ich höre die Gereiztheit in ihrer Stimme. »Nicht die Frau vom letzten Mal. Ein Mann. Er war wirklich höflich, man merkt, dass er neu ist. Er hat nach dir gefragt und sagt, er wohnt hier in der Nähe.«

»Was geht das mich an, wo er wohnt? Die Sozialdienstleute sind alle gleich.«

»Er sagt, wir brauchen einen kleineren Rollstuhl für Termite, einen, der für seine Größe passt. Er sieht komisch aus. Weiße Haare und Wimpern und praktisch keine Augenbrauen. Und er hatte Hut und Anzug an, war trotz der Hitze bis zum Hals zugeknöpft, als hätte er Angst vor der Sonne. Seine Haut ist hellrosa, wie das Innere eines Kaninchenohrs, und seine Augen sind ein ganz helles Blau.«

»Klingt nach Mrs Gaston, vom Mercantile unten. Ältere Dame, sieht jedenfalls älter aus. Du kennst sie. Dicke Brillengläser. Sie ist ein Albino. Davon gibt es zwei oder drei in der Stadt. Albinos haben immer schlechte Augen und meistens Herzprobleme. Werden normalerweise nicht sehr alt.«

Das Kaufhaus. Ich erinnere mich. Die klein gewachsene Frau, die in der Handarbeitsabteilung Bänder verkauft. Dünnes weißes Haar, zu einem Knoten frisiert, und die Haut so bleich wie eine Wurzel, wie frisch aus der Erde ausgegraben. Ja. Wie Stamble.

»Du meinst, unser neuer Sozialdienstmensch ist ein Albino?« Nonie schüttelt den Kopf. »Offenbar haben sie uns einen neuen Sachbearbeiter zugeteilt, ohne uns was zu sagen. Typisch. Als Erstes kreuzen sie unangemeldet auf, um zu sehen, ob wir Termite quälen. Als würde er lieber in dieser Schule leben. Weggegeben wie manche dieser armen Kinder. Und viele von denen sind nicht so behindert wie Termite.«

»*So genannt* behindert«, sage ich. »Ich werde nicht so von ihm reden.«

»Also, Lark.« Sie sieht mich scharf an. Runzelt die Brauen auf diese spezielle Art, dass die sternförmigen Fältchen um ihre Augen, die Schatten darunter deutlicher hervortreten. Sie dreht sich wieder zum Spülbecken. »Wie willst du denn von ihm reden?«, fragt sie.

»Sie haben es nicht so gut«, sage ich, »nicht so gut wie Termite.«

»Das bestimmt nicht«, sagt Nonie. Sie zieht den Stöpsel aus dem Becken und trocknet sich die Hände an ihrer Schürze ab. »Unser Prinz hier kriegt Schaumblasen in sein Bad und darf so oft Radio hören und Geburtstag feiern, wie er will. Stimmt's, Termite? Und er bekommt auch Heimunterricht, wenn wir es denn so nennen müssen.« Sie seufzt und beugt sich zu ihm hinunter, legt ihm die Hände um das Gesicht. »Was unterrichten wir als Erstes? Wie wär's mit Lokalpolitik – wie Bundesgelder in diese Schule fließen, wo sie alle mit aufgehaltenen Pfoten dastehen, während die Kinder herumsitzen und darauf warten, dass ihnen nach dem Essen wenigstens jemand das Gesicht abwischt.«

»Ich kann ihm zu Hause dasselbe beibringen«, antworte ich. »Zum Teil habe ich dasselbe Material, und ich kann mehr machen. Sie können uns nicht zwingen, ihn hinzuschicken, oder?«

»Wir müssen sagen, dass ich ihn unterrichte, weil du noch nicht volljährig bist. Heimunterricht ist hier in der Gegend nicht üblich, aber manche Eltern tun es. Die ganzen religiösen Spinner in unserem County zum Beispiel. Da haben wir die Enthaltsamen Methodisten, die irischen Katholiken wie Charlie und Gladdy, die italienischen Katholiken wie Nick und immer noch massenhaft Zeugen Jehovas, wie es deine Großeltern waren, aber es sind vor allem die Pfingstler und die Nazarener, die ihre Kinder zu Hause unterrichten. Niemand behelligt sie deswegen. Nur ist Termite leider behindert – ob dir das Wort passt oder nicht. Er ist schon längst im schulpflichtigen Alter und muss unterrichtet werden, in der Sonderschule oder zu Hause, aber uns werden sie sagen, wir seien dafür nicht ausgebildet. Als hätten wir ihn nicht die ganze Zeit versorgt.«

Ich weiß, dass sie noch weitere Untersuchungen machen, herausfinden wollen, was ihm fehlt. Was man noch tun kann. Sie denken alle, sie müssten was tun. Dass er einfach ist, was er ist, kann man anscheinend auf keinen Fall akzeptieren. Nonie sagte, die Ärzte in Cleveland wollten ihm als Baby in den Kopf schauen, um festzustellen, welche Teile seines Gehirns nicht funktionieren und welche schon – als wäre das ein harmloser Eingriff. Und sie hätten es auch getan, nur dass sie am Ende dann doch fanden, es bringt nichts.

Termite kann seinen Kopf jetzt halten, außer wenn er müde ist. Als ich klein war, dachte ich, sein Kopf ist so schwer, weil so viel drin ist, von dem er nicht erzählen kann. Dass alles drinbleibt, egal, ob er die Bilder erkennt oder nicht. Dass er alle Worte behält, die ich gar nicht mehr kenne, die Worte unserer Mutter und Worte über sie. Worte aus der Zeit vor unserer Geburt, alles, was ich, bis ich drei war, gehört und wieder vergessen habe. Worte darüber, wie das Haus war und die Straße oder Landstraße, wer dort war, wie sie aussah und redete und warum sie uns wegschickte. Termite zu versorgen ist wirklich nicht leicht, aber sie behielt ihn immerhin ein Jahr, sie versuchte es. Warum versuchte sie es, oder warum hörte sie irgendwann damit auf? Und ich war ja ein normales Kind, aber mich behielt sie auch nicht – nur bin ich wahrscheinlich nicht normal, denn ich weiß nichts mehr von ihr. Ich habe selbst ein großes schwarzes Loch, man erkennt es allerdings nicht an meiner Kopfform und an der Art, wie ich spreche oder nicht spreche oder mich nicht bewege. Es ist, als hätte es in der Zeit nach seiner Geburt zu viel zu wissen gegeben. Es hat seinen Kopf zu voll gemacht, dann wischte es ihn leer. Wenn ich Nonie das erzähle, wird sie sagen, ich denke mir wieder meine Geschichten aus. Es gibt Geburtsfehler, wird sie sagen. Niemand weiß, warum und wieso. Nichts, was deine Mutter getan hat, kann sie verursacht haben. Jetzt ist es schon so, wie es ist, und ändern können wir nichts, und ist dieses Badewasser noch immer nicht eingelaufen? Du brauchst Zeit, um Maschinenschreiben zu üben. Hat dir Charlie nicht die Schreibmaschine vom Restaurant herübergebracht, damit du üben kannst? Na also.

»Lark, träumst du? Diese Wanne muss doch längst voll sein.« Nonie öffnet die Badezimmertür und streckt den Kopf herein. »Ja, das gefällt ihm bestimmt.« Sie blickt auf das schaumige Badewasser. »Aber du wirst wieder was ablassen müssen, bevor du ihn reinsetzt. Das ist viel zu tief.«

Du ihn reinsetzt, sagt Termite ihr nach, aber sie hat Recht, die Wanne ist zu voll, der Schaum ragt über den Keramikrand. Der Badeduft, Seife und Wärme, erfüllt jetzt die Küche, und ich trage Termite in das kleine Badezimmer. Während ich Wasser ablasse, ziehe ich ihn aus. »Viel zu tief«, sage ich zu ihm, und er wiederholt die Laute, als wäre er meiner Meinung. Aber ich weiß, dass es nicht stimmt. Er liebt den Schaum hoch aufgetürmt, er kann ihn riechen, und wenn ich ihn in die Wanne setze, greift er direkt hinein und taucht sein Gesicht darin ein bis zur Wasseroberfläche.

Nonie lächelt und schüttelt den Kopf. »Ruf mich, wenn er fertig ist, dann bring ich ihn ins Bett«, sagt sie.

Manchmal bin ich aus heiterem Himmel schrecklich müde. Ich habe sämtliche Fenster offen, und das Windspiel an der Küchendecke bewegt sich klingend im Luftzug. Es ist beinahe eine Brise, aber die Luft ist heiß. Termite ist gewaschen und gepudert und sein Haar steht als blasses, zerzaustes Gewölk zu Berge. Ich schiebe seinen Sessel zum Wohnzimmer hinüber und sehe Nonie auf dem Sofa. Während sie auf uns gewartet hat, hat sie die Schuhe ausgezogen und die Beine hochgelegt und ist eingeschlafen. Über ihren Zehen sind diese schwarzen Halbkreisfüße ihrer Stützstrümpfe, und ihr Mund steht einen Spalt breit offen. Wenn wir näher kämen, würden wir das zarte Pfeifen ihres Atems hören, als wäre sie eine alte Dame. Das will ich nicht, also mache ich kehrt und schiebe Termite in die Küche zurück. Er nickt. Er mag diese Zeit des Abends kurz vor dem

Schlafengehen, und ich stelle seinen Sessel so, wie er es gern hat, ans Fenster, so dass er den sich drehenden Teilen des Windspiels nahe ist. Ich habe rote und grüne und silberne Folienstreifen seitlich an jede Metallröhre geklebt – das Ding macht zwar immer noch einen Lärm, der erst grell, dann gedämpft ist, aber jetzt ist Termite gern in seiner Nähe. Deswegen glaube ich, dass er vielleicht Farben sieht, vielleicht auch Glitzerndes.

Ich gehe zum Waschen ins Bad, mache das Licht aus und stehe vor dem Waschbecken. Die Tür steht einen Spalt offen, durch den ich die Rückenlehne von Termites Sessel sehe. Er stimmt jetzt ein Katzengeräusch an, eine Art Schnurren, das abgehackt und melodiös ist. Ich ziehe mein Kleid aus und stelle mich auf Termites feuchtes Handtuch. Binde mir die Haare mit einem Gummiband zusammen, stecke den Stöpsel in den Abfluss und lasse fast bis zum Beckenrand kühles Wasser einlaufen. Ich wasche mich mit den Händen, lasse mir das Wasser die Beine hinabrinnen. Schließe die Augen und wasche mich zwischen den Brüsten, rund herum und darunter, zwischen den Beinen. Manchmal ist das sexuell. Jetzt zum Beispiel, aber ich gebe keinen Laut von mir, ich kann ganz leise sein. Ich muss es an den meisten Abenden tun, sonst kann ich nicht schlafen. Normalerweise will ich es hinter mir haben, wenn ich ins Bett gehe, damit ich die Augen schließen kann und nicht denken muss. Es kann in einer Minute vorbei sein. Manchmal kommt es mir vor, ich könnte in einem Raum voller Menschen stehen und es tun, ohne mich auch nur anzufassen. Ich stelle mir vor, wo dieser Raum sein und wer in der Menge stehen könnte. Fremde die meisten, bis auf zwei oder drei. Ich kann nicht kontrollieren, wer mir dabei in den Sinn kommt – Solly und Joey, oder Nick Tucci, sogar Charlie, oder andere Männer, die ich kaum kenne. Aber sie sehen mich nicht so an, wie es die Männer meistens tun. In meiner Vorstellung sind sie eher wie Frauen, oder es sind Männer, die wissen, was Frauen wissen. Sie wissen alles und schauen in mich hinein, direkt dorthin, worauf ich zusteuere.

Ich komme hin und falle hindurch. Dann öffne ich die Augen wieder und bin hier, und an diesem Abend sehen der ganze Gartenweg und sämtliche Gärten hinter dem Fensterrahmen schläfrig aus, wie umgestülpt. Grau und hübsch, flauschig vor Dämmerung. Gar nicht wie Winfield – wie überhaupt nirgendwo.

Ich öffne weit die Tür und sehe Termite in seinem Sessel, er kehrt mir den Rücken zu, sitzt dem Windspiel zugewandt und ganz still. Seine weißblonden Locken, seine helle Haut, sein hellblauer Schlafanzug leuchten in der schummrigen Küche. Es geht kein Wind, nicht mal ein Lufthauch, aber die Klangröhren ziehen ihre winzigen Kreise wie im Traum, als wären sie von einem Magneten oder einem Gedanken in Bann geschlagen. Das Küchenfenster umrahmt einen mehrere Schichten tiefen Ausschnitt über den schimmernden Steinen des Wegs. In den Häusern sind Lichter angegangen, Menschen bewegen sich in den erleuchteten Räumen. Das zweistöckige Holzhaus der Tuccis ist fast vollständig dunkel, und ich höre Joeys Auto, bevor ich es sehe, höre das Knirschen und Stieben von Kies. Solly sitzt am Steuer, er fährt ohne Licht. Stürmisch biegt er in die Einfahrt, bremst abrupt ab. Ich sehe ihn aussteigen, sein Hemd ausziehen und sich an die Wagentür lehnen, und was immer es war, das ich in mir niedergerissen oder zerfetzt habe, beginnt sich wieder zusammenzusetzen. Ich sehe, wie Solly um das Auto herumgeht und Joey heraushilft. Sie sind betrunken, Joey jedenfalls, was ziemlich normal bei ihm ist, aber eher ungewöhnlich bei Saul, und ich sehe Joey der Länge nach hinfallen, dann hilft Solly ihm auf und schleppt ihn hinter sich her zum Haus. Sie lassen die Türen des Kabrios offen. Joeys kleines Liebesauto, nennt es Nick Tucci, und es sieht verlassen aus, wie ein zerlegtes Geduldsspiel, weiß und ohne Dach und aufklaffend. Am liebsten ginge ich nackt hinüber, um die Türen zu schließen, die Luft auf der Haut zu spüren, mich ihnen zu zeigen, wenn sie zu betrunken sind, um was damit anzufangen. Es zu tun ist wie ein Reflex bei ihnen, muss so sein. Jemanden zu finden, um sich hineinzutun. Es gibt Mädchen, die nicht widerstehen können, wenn sie sehen, wie sehr sie es brauchen.

Es brauchen, meine ich Termite sagen zu hören, und blicke forschend zu ihm hinüber. Aber er gurrt nur vor sich hin, zufrieden, weil es dunkel ist und die Luft weich und reglos, weil er den Klang des Windspiels hat und die glitzernden Farben. Ich hänge mein Kleid an den Haken neben dem Spülbecken in der Küche und ziehe mein Nachthemd an. *Der Tag ist vorbei*. Dieses Lied haben wir im Jugendlager gesungen, in dem ich war, als Termite kam. Das einzige Mal, dass ich verreist war, vorher oder seitdem, ich war so alt, wie Termite jetzt ist. Ich versuche mich zu erinnern, wie ich war, und das ist, als steckte ich in einem Sack – wie diese Kätzchen, mit denen Nick Tucci Solly zum Fluss schickte. Damals bat ich ihn, vom Rangierbahnhof ein paar mitzubringen. Wir stellen uns Termite vor als einen, der zwei oder drei Jahre alt ist, wir versorgen ihn wie ein Kleinkind. Ich kriege richtig Angst, wenn ich mir vorstelle, dass es einen Teil von ihm geben könnte, der so alt ist, wie er wirklich ist, einen Teil von ihm, der immer mehr und mehr weiß, so wie jeder andere auch. *Der Mond ist aufgegangen*, sangen die kleinen Mädchen im Kanon. Und Nonie hatte doch nicht Recht, denn da ist er ja, der Mond, leuchtend und rund wie ein Teller. Schwarze Wolken segeln zügig an ihm vorbei, Berge vor einem Gestirn.

Nonie

Es gibt eine Auswahl, aber keine Wahl. Kinder nehmen, was da ist, und wachsen in die eine oder andere Gestalt hinein.

Was immer ich hatte, wollte auch Lola haben. Erst wollte sie größer, zäher, stärker sein, so wie ich. Ich war fünf Jahre älter, diejenige, zu der sie aufsah. Unsere Mutter war immer viel mehr Kind als wir, alle ihre Kanten waren abgerundet, wie Dad es gern hatte. Lola wollte in meiner Bibel lesen statt in ihrer, sie wollte meine größeren, schwereren Schulbücher, aber sie tat nur so, als läse sie, ihre Augen huschten über die Form der Wörter, damit sie zur rechten Zeit umblättern konnte. Sie sang die Kirchenlieder, die ich hasste, bis ich sie noch mehr hasste, und unser Vater ließ mich mit dem Singen aufhören und spielte nur für Lola Klavier. Schon damals hatte sie ihre Auftritte, ihre Bühne; sie konnte sich nur im Blick der anderen sehen. Ich kochte das Essen, und Lola trug es auf. Sie zündete Kerzenstummel an und legte Blumen neben die Teller, alles im Dienst des Herrn. Ich machte die Arbeit, und sie erntete die Lorbeeren, zog Dads Blick von mir, von unserer Mutter ab. Dad arbeitete, nachdem er im Bergwerk aufgehört hatte, bei der Stadtreinigung, aber Lola polierte ihm die Schuhe, als leerte er nicht den Müll und bohnerte Fußböden, sondern als predigte er den ganzen Tag im Tempel. Später predigte er wirklich, und dann saß sie abends mit mir in der ersten Reihe und schob ihre Finger immer tiefer unter meinen Schenkel. Sie starrte ihn an, nickte, formte die richtigen Worte und Wendungen unhörbar mit den Lippen und bewegte die Finger unter mir, kitzelte und stach mich, um zu beweisen, was für eine gute Schau sie abzog.

Dad hielt sie für eine Art Wunderkind und war überzeugt, dass sie den Heiligen Geist in sich trug. Er sagte, er brauche sie nicht wie ein Kind zu behandeln. Er schloss sich mit ihr in seinem Zimmer ein und ließ sich aus der Offenbarung vorlesen, während er betete. Meiner Mutter und mir war der Zutritt verboten, aber er erlaubte uns, vor der verschlossenen Tür zu stehen und Lolas Stimme zu lauschen, die das Heilige Wort sprach. Ich sah sie einmal, als er den Vorhang offen gelassen hatte, von draußen durchs Fenster. Sie saß stocksteif auf dem Bett und las aus der kleinen weißen Bibel vor, die unsere Mutter bei ihrer Hochzeit getragen hatte, während er vor ihr kniete, den Kopf auf ihre nackten Beine gesenkt, und ihre Knie an seine Brust presste. Sie war noch so jung, dass ihr Rocksaum gerade bis zu seiner Stirn reichte. Ihre Stimme stockte nie.

Jahre später, als wir darüber reden konnten, schwor sie, dass sie ihn nie näher herangelassen hatte als bis dorthin. Heute weiß ich, was es sie gekostet hat. Eine Zeitlang vermietete er sie sogar als Rutengängerin an Bauern, die auf Quellen hofften. Samstags fuhr er sie den ganzen Tag über Land vom einen zum anderen, und sie ging mit einem gegabelten Weidenzweig über die Felder, die Männer hinterher. Einmal zeigte sie mir in unserem Zimmer mithilfe eines Zollstocks, wie sie sich in Trance versetzte und ihre Wünschelrute so hielt, dass sie von allein zu zucken schien. Sie hatte ein paar Glückstreffer; dann ging es öfter daneben, und sie zog sich aus der Schlinge, indem sie Dad erklärte, dass sie von der Arbeit heftiges Kopfweh bekomme, dass sie nicht klar denken könne, wenn die Männer, die ihnen Geld zahlten, nicht das Wohlwollen des Herrn hätten. Damals war sie zehn Jahre alt. Amen, sagte sie im Tempel. Schon damals war ihr Mund wie eine Blume mit feuchten Blütenblättern. Ihre weiße Haut und dieses rote Haar. Unser Vater wies sie an, im Tempel einen Hut oder Schal zu tragen: die Hüte unserer Mutter, ihre ausgefransten Schals. Lola wickelte sie sich fest um den Kopf und verbarg ihr Haar vollständig, als wäre es ihre Idee gewesen. Das war immer so – es riss sie hin, sie verfiel dieser oder jener Leidenschaft, selbst wenn es eine von Dad geborgte, vorübergehende Leidenschaft war, und später, wenn wir allein in unserem gemeinsamen Schlafzimmer waren, machte sie sich darüber lustig. Angst hatte Lola nur vor unserer Mutter, wie sie am Fenster saß und hinausschaute oder im Tempel in der Kirchenbank, so schweigsam, dass sie beim Beten nur die Lippen bewegte.

Eine Person wie Lola mit dem Aussehen auszustatten, das sie hatte, war dasselbe wie einem Baby Dynamit in die Hände zu drücken. Das wurde ihr nach und nach klar, und sie lernte früh, den Leuten vorzuspiegeln, was sie sehen wollten. Unser Vater erblickte in ihr seine kleine Zeugin, die im Königreichssaal diente – und sie versteckte ihre Kosmetika und geliehenen hochhackigen Schuhe in der Schule. In Hauswirtschaft nähte sie sich Kleider, die sie nie mit nach Hause brachte. Die Leute hassen Mädchen, die derart schön sind, aber sie hatte eine besondere Art an sich. Sie stahl sich direkt ins Herz, immer, sie konnte nicht anders. Auch wenn ich wusste, dass sie es tat, auch wenn sie es mir antat, war es ihr eine Lust. Sie konnte mich verführen wie alle anderen, aber das Schreckliche war: Bei mir war es real. Sie kämpfte verzweifelt um meine Anerkennung, als wäre ein Teil von ihr für immer dieses mutterlose Kind; ihre Selbstachtung wahrte sie, indem sie mit mir in Wettstreit trat und völlig unberechenbar war. Ich ließ sie gewinnen, ermutigte sie sogar, wenn es mir nutzte. Ich war die ältere Schwester, ließ mich aber von ihr beschützen: Unser Vater war auf sie fixiert. Sie manipulierte ihn instinktiv, setzte auf seine Illusionen, jahrelang. Sie spielte Theater und passte sich an. Ich hatte Regeln und Pläne. Meine Pläne behielt ich für mich, und ich war auf der Hut. Lola lernte sich darzubringen, mir oder sonst jemandem: Ihr Lächeln, ihre Blicke, ein Kirchenlied, die Art, wie sie einen Raum betrat, als teilte sie einen Pfirsich mit einem. Bei ihr sah es einfach aus, und das war es wohl auch, aber mir gegenüber geriet sie manchmal außer sich und verfiel rasend schnell von einem Zustand in den anderen. Ich hielt sie fest, bis sie zu zittern aufhörte, aber dass ich mich schuldig fühlte, wenn sie verletzlich wirkte, ärgerte mich. Sie machte mir ebenso viel Angst wie unsere Mutter ihr, allerdings aus anderen Gründen. Lola war unmöglich zu kontrollieren, und auf sie aufzupassen war meine Aufgabe.

Am Anfang war es nicht schwer. Als kleines Kind sagte sie, sie werde mich heiraten und niemand anderen. Abends bürstete sie mir das Haar, legte mir die Schulkleidung für den nächsten Tag heraus, machte viel Wirbel um mich. Nach und nach übernahm sie Arbeiten, für die ich eingeteilt war, Putzen und Staubwischen, die Wäsche. Mit elf war sie größer als ich. Ich war sechzehn, aber in meine Kleider passte sie besser als ich. Bald bekam sie meine neuen Interessen mit und wollte Zigaretten rauchen, meine Pullis tragen, mit Jungen, die von ihrem wahren Alter keine Ahnung hatten, am Fluss spazieren gehen. Ich bestach sie mit Lippenstiften und billigem Parfum, die sie zu Hause nicht benutzen konnte, damit sie es sein ließ. Mittlerweile arbeitete ich nach der Schule als Verkäuferin bei Murphy's Fünf- und Zehn-Cent-Kaufhaus. Lola neidete mir mein erwachsenes Leben und füllte ihr Notizbuch Seite um Seite mit Zeichnungen von mir, mein Gesicht aus dem einen, dem anderen Blickwinkel, erkennbar, aber verändert, wie das Spiegelbild eines Spiegelbilds. Der Rest waren Skizzen von Tischen und Wänden, vom Fenster in unserem Zimmer, dem Spülbecken in der Küche, als studierte sie insgeheim bedeutungslose Gegenstände. Ihr Notizbuch hielt sie immer versteckt, als wüsste sie über diese Zeichnungen etwas, das niemand sonst verstehen sollte. Als ich mich heimlich mit Charlie Fitzgibbon zu treffen begann, einem älteren Jungen, der die Schule schon hinter sich hatte und im Restaurant seines Vaters arbeitete, log sie für mich. Ich müsse noch bei Murphy arbeiten, sagte sie, oder länger in der Schule bleiben. Zwei-, dreimal in der Woche taten wir, als gingen wir zu Bett, dann half sie mir aus dem Schlafzimmerfenster und wartete, bis ich zurückkam.

Charlie und ich trafen uns auf der Wiese neben dem Polnischen Viertel, wenn das Gras hoch genug war, um uns zu verbergen, oder im Schutz des Eisenbahntunnels am Fluss. Ich war schon lange zu der Einsicht gelangt, dass Dads religiöses Hadern und sein Höllenfeuer Lügen waren. Charlie war mit einer anderen Version desselben aufgewachsen. Egal, was wir taten – es war falsch, gleichermaßen sündig und geheim, also gab es keine Grenzen. Finster war es, und wir suchten uns einen Platz, um uns niederzulegen. Flüchtig bekamen wir mit, dass auch andere Teenager sich hier herumtrieben oder eine Prostituierte aus dem Polnischen Viertel ein schnelles Geschäft machte, wir aber ließen uns Zeit. Nach Mitternacht kam ich heim, warm und nass, roch, wenn ich mich gewaschen hatte, nach dem Fluss, sonst nach ihm. Lola saß aufrecht im Bett, als hätte sie gar nicht geschlafen, sondern nur auf mein Klopfen am Fenster gewartet. Wir hatten eine Waschschüssel mit einem Krug Wasser auf dem Nachttisch stehen – was in den dreißiger Jahren nicht ungewöhnlich war: In vielen Gegenden Winfields ist fließendes Wasser im Haus eine erst kürzlich erfolgte Modernisierung. Lola stellte die Schüssel auf den Dielenboden und half mir fürsorglich aus den Kleidern, als versorgte sie mich nach einem Unfall, und ich wusch mich mit diesem kalten Wasser und einem Stück Kernseife. Später kroch sie aus ihrem schmalen Bett zu mir herüber. Was macht er, wollte sie wissen, wie fühlt es sich an. Zeig's mir. Tu einfach so, als ob. Ich drehte ihr den Rücken zu, aber ich ließ sie bleiben und die Beine um mich schlingen.

Unser Vater begann fortzugehen. Erst nur am Wochenende, wenn er drüben in der Nähe von Bellington predigte, bis er schließlich eine eigene Gemeinde dort hatte und die meiste Zeit über dem Laden wohnte, den sie als Tempel gemietet hatten. Sie zahlten ihm nicht sehr viel, aber ich verdiente schon in der Highschool genug, um die Ausgaben zu bestreiten, für die er nicht aufkam. Es war eine Erleichterung, ihn nicht mehr um uns zu haben. Ich war jetzt die Erwachsene im Haus. Unsere Mutter wurde noch schweigsamer und rührte sich nicht mehr, sobald es Nacht wurde. Wenn es regnete oder bitterkalt war, ließ ich Charlie spätabends in mein Zimmer, in mein Bett. Lola setzte sich dann im Dunkeln in die Küche. Sie war weg, wenn wir anfingen, aber wenn wir fertig waren, saß sie da, in der Nähe. Und wenn wir danach für ein paar Minuten einnickten, lag sie mit uns im Bett, direkt neben mir.

Vielleicht ist das der Grund, weshalb sie nie längere Zeit mit einem Mann zusammenblieb, den ich nicht zuerst gefunden hatte. Oh, ich bin sicher, es gab etliche, von denen ich nie erfuhr. Wir hatten ja – aus naheliegenden Gründen – jahrelang gar keinen Kontakt miteinander. Aber solange sie in meiner Nähe war, lieh sie sich meine Männer aus. Sie hatte nie die Absicht, sie zu behalten. Lola behielt nie irgendwas. Wäre ihr nie eingefallen.

Als Lola ein Kind war, dem die Männer auf der Straße nachschauten, war sie sicher, dass ich Charlie heiraten und wir zu dritt zusammenleben würden. Das wäre wiederum mir nie eingefallen, aber sie dachte wirklich, ihr Platz sei zwischen uns. Sie hält uns für ihre Eltern, witzelte Charlie. Sie war fasziniert, dass er beichten ging und dem Pfarrer erzählte, was er mit mir anstellte, und anschließend darum betete, dass ich nicht schwanger würde. Ich betete nicht. Dass mir Gladdy alles Übel an den Hals wünschte, dass ihrer Meinung nach eine Schwangerschaft stets der eine skandalöse, unwiderlegliche Grund für Charlie wäre, derart unter seinem Niveau zu heiraten, war mir sonnenklar. Angefangen hatten wir, als ich sechzehn war. Du kannst ein Kind kriegen, sagte Lola oft, und ich versorge es. Als junges Mädchen war sie recht pflichtbewusst, meine Schwester. Sie malte sich aus, wie wir als kleine Familie fortgingen und irgendwo am Meer lebten, wo es warm wäre. Dann würden wir die Brandung betrachten und nicht einen Fluss, der ständig Hochwasser führte und braun wurde und ab dem Polnischen Viertel alles und jedes, das hineinfiel, fortschwemmte.

Lola hat es schließlich bis ans Meer geschafft, aber sie blieb nicht. Noch heute wache ich manchmal im Dunkeln auf und denke an sie, wie sie auf mein Klopfen an der Fensterscheibe wartete. Ich kann noch immer den Fluss hören und dieses Geräusch, das Klopfen, wie eine Nachricht oder Frage, auf die ich keine Antwort habe. Dann nehme ich den Geruch von Erde und Parfum wahr, als hätte sie auf dem Boden und in der Luft ihre Duftmarke hinterlassen.

Lark riecht wie der Seifengeruch an ihren Händen. Sie drückt ihm eine Schüssel und eine zweite in die Arme, dicht an seinem Körper, so dass die Schüsseln sich nicht rühren. Draußen auf dem Gartenweg kriecht die zottige rote Katze geduckt unter das Haus der Tuccis. Die Katze zieht ihre Beine gestreckt unter den Verandastufen hindurch und quetscht sich durch Spinnweben und verrottendes Laub, über harte schwarze, lichtscheue Käfer und die kleinen verstreuten Knochen verzehrter Wesen hinweg. Mäuseknochen und Vogelknochen, Skelette von Wühlmäusen und stumpfnasigen Maulwürfen und Kaninchen, die zum Hüpfen zu klein waren. Geborgen in ihrer Streu aus Knochen und Abfall, der nach feuchtem Schimmel riecht, liegt die Katze reglos im kühlen Schmutz. Larks Seife riecht nach weißen Blumen. Sie steht hinter ihm, damit die Schüssel bleibt, wo sie ist, und hat ein Fläschchen Farbe in der Hand. Zwei Tropfen, sagt Lark, nicht rot, sondern rosa. Sie erzählt ihm, wie der Teig sich unter Rühren pastellblass einfärbt, und er spürt die Hitze draußen über das Gras und den Weg wabern. Sie funkelt auf Steinen und Kies und wälzt sich breiig heran. Zu heiß, um draußen zu sein, sagt Lark. Pflanzen lassen die Blätter hängen, und das Gras seufzt wie etwas Gequetschtes, aber die saubere Mandelluft steigt trotz der beschwerten Hitze aus der Schüssel auf. Lark zieht seinen Sessel zurück, weil aus dem Backrohr heiß der Gitterrost herausgleitet, doch der von einer Seite zur anderen wischende Ventilator bläst den süßen Duft im Kreis. Er sitzt am Fenster und hört schwach die Graswurzeln vom Mittelstreifen des Gartenwegs, lange geäderte Fäden, die sich tief in den Boden hinabrecken, um dort unten, wo niemand es sieht, zu trinken. Er hält das Radio, um mit Tönen zu sagen und sagen.

Die Türglocke ist wie ein Alarm, den niemand betätigt hat. Er weiß, dass es läuten wird, und es läutet laut. Es verhakt sich wie ein

Windspiel, das kurz stockt und wieder anfängt, und dann plärrt es noch einmal.

Wer mag das denn sein, sagt Lark.

Die rote Katze hebt ihren zottigen Kopf. Die Narben in ihrem Gesicht leuchten gelb in der Dunkelheit unter der Veranda der Tuccis.

Lark schiebt seinen Sessel ins Wohnzimmer. Das Sofa, auf dem Nonie abends liegt und ihre Füße ausruht, ist leer. Das Klavier ist leer. Die Sessel sind leer und der niedrige Tisch, an dem Elise und Solly immer Karten spielten, ist leer. Das Haus gehört nur Lark und ihm und dem süßen Kuchenduft, aber die Türglocke läutet schon wieder. Durch das Fenster in der Tür scheint ein Leuchten herein. Wenn er von der Seite hinblickt, spürt er es im Gesicht, ein Hauch von Kühle. Die Hitze aus dem offenen Backrohr ist wie ein zu Boden polterndes Blech, aber der Lichtschein hinter der Tür ist leise. Lark weiß es nicht immer, aber jetzt weiß sie. Sie lässt die Tür fast geschlossen, öffnet sie nur einen schmalen Spalt, durch den sie spricht. Gemurmel und Töne. Eine Männerstimme. Kein schwerer Mann wie Nick Tucci und Charlie.

Ich mache einen Sekretärinnenkurs, sagt Lark.

Der Mann tritt näher, Luft bewegt sich in einer Gestalt. Der Lichtschein fällt durch die Tür herein auf Termites Gesicht und Schultern, ein kühler, blasser Strahl, der ihn gefunden hat.

Ich hatte gehofft, ich könnte mit, sagt der Mann. In seiner Stimme wirbeln Stimmen, und die Stimme bewegt sich, wenn er sich bewegt. Er ist mehr als nur einer. Lark hört es nicht, sie sieht es nicht. Termite sieht ihn, eine durch den ihm zugestandenen schmalen Türspalt hereinscheinende Gestalt. Die Gestalt leuchtet wie ein Licht.

Das ist Ihr Bruder die häusliche Pflege fänden Sie es nicht.

Die Worte des Mannes kommen und gehen und hallen wider von Stimmen. Die Stimmen schichten sich übereinander und übereinander, und sie sehen herein, schauen in jede Ecke, in die Kisten unten im Keller, in Larks Zimmer und in sein Zimmer, in die Wand, die Nick Tucci durchbrochen hat, um einen größeren Durchgang dazwischen zu machen, in den Speicher mit der ausziehbaren Leiter.

Wie heißt er wirklich.

Die Stimmen kennen jeden Namen. Die Stimmen berühren jede Pflanze in Nonies Garten und hangeln sich die Wäscheleinen entlang in den Schuppen und zwischen die gestapelten Stühle, die Lark hier und hier aufstellt. Sie bewegen sich den Gartenweg hinauf und hinunter, über das verdorrte Gras und die heißen weißen Steine hinweg, rings um dieses und jenes Haus, vorsichtig und schnell wie ein Wind, der fegt und weiß.

Hat jemand Geburtstag wenn Sie was brauchen.

Lark schließt die Tür. Sie verharren reglos, warten, dass der Mann abzieht. Termite spürt ihn auf dem Bürgersteig vor dem Haus stehen. Endlich wendet er sich ab und geht. Er hört, wie seine Schritte sich entfernen, und die Stimmen hasten kleine Laute flüsternd hinterher. Auch der Lichtschein und die Kühle entfernen sich in seinem Schlepptau wie Schatten, die keiner sieht. Im warmen Zimmer hängt der Schatten eines Geschmacks, und die feuchte Luft färbt sich dunkler mit einem Anflug von Süße. Lark sagt: Oh nein. Sie zieht den Kuchen aus dem Rohr. Nicht so, dass man's schmeckt, sagt sie. *Wilde Minze wächst an der Wand des Tunnels, wo die Sonne gerade noch hinkommt. Solly beißt mit den Zähnen auf die Blätter, zerdrückt sie feucht zwischen den Händen. Hier, sagt er. Koste, Termite, auf der Zunge. Salzig und süß und bittergrün, und was du an meinen Fingern schmeckst, das ist sie, sogar durch die Kleider hindurch, die sie nicht ausziehen will.*

Lauter sagt er, der Zug ist jetzt weg, Termite. Ich weiß, du hättest ihn gern zurück, aber jetzt ist er weg. Halt dich an mir fest, ich geh mit dir ins Wasser. Du liebst doch das Wasser.

Das Wasser steht hoch. Solly schnauft und befördert sie beide schnell durchs Wasser. Der Himmel wankt, und wo der Zug in seinen Schatten aus-

geronnen ist und sich ins Wasser ergossen hat, riecht der Fluss nach Eisen. Lark singt das Lied über das Brot auf dem Wasser, aber Solly schwimmt über die hellen Untiefen, wo Lark sie nicht sehen kann. Was soll ich bloß mit ihr anfangen, flüstert er immer wieder, was kann ich tun. Aber das Wasser gibt keine Antwort, das Wasser ist still. Nick Tuccis Hand auf Termites Kopf ist warm und schwer und dunkel wie der Zwischenraum unter seinem Haus, wo die zottige rote Katze auf die Nacht wartet. Nachts geht die rote Katze auf die Jagd, und der Flieder raschelt, und Nonie rollt ihre Strümpfe hinunter, bevor sie die Füße aufs Sofa legt. Jetzt späht die rote Katze durch das zerbrochene Gitter vor der unteren Seite von Tuccis Veranda, und Lark stellt die Stühle rund um den Plastiktisch auf. Der Gartenweg verströmt seinen grünen Geruch, wo der Mäher geschnitten hat, und die zottige rote Katze wartet, um bald lang und leise dorthin zu schleichen, wo der Weg offen und feucht ist. Nick Tucci trinkt seinen Eistee. Er sagt, er ist zu durstig zum Leben, und die Geräusche in seiner Kehle rinnen hinab und hinab in die nasse Dunkelheit in ihm. Er trinkt laut und schnell, und Termite redet und bewegt sich, bis Nonie Lark ins Haus schickt. Nick Tucci legt seine breiten Hände flach auf den Tisch, doch die Dunkelheit in ihm folgt Lark ins Haus, folgt ihr dicht auf den Fersen überallhin. Nick Tucci riecht, wie Zekes Tränen rochen, als Zeke im Handkarren weinte und sein nasses Gesicht an Termites Gesicht legte.

Vielleicht mit einem deiner Jungs.

Ihr die Tür aufhalten, damit sie reinspringt.

Er läutet einmal die Glocke, und Lark antwortet. Sie hat den Glasmondmann in der Hand und die Kälte im Gesicht, als sie sich bückt, um den Kuchen zu holen.

Dann steht sie in der Küchentür zum Garten. Nick Tucci steht auf und geht ihr entgegen, dunkel wie die Steine im Tunnel. Er stapft hart über den Boden hin, bewegt sich schwer und tief wie das fließende Wasser im Fluss. Könnte er sich an Lark drücken, würde er sie festhalten. *Bring ihn jetzt nicht noch mehr zum Weinen. Joey, hör auf, Zeke zu ärgern, denn er weint und Termite nicht. Ich hab dir gesagt, dass Termite nicht weint. Als er ein Baby war, erkannten wir nur an seinen Bewegungen, wenn was nicht stimmte. Zeke, du musst nicht weinen. Tote Dinge sind unheimlich, aber jetzt hab ich sie zugedeckt. Die Hunde haben sie erwischt, weißt du. Schau, sie hat ihre Kätzchen zurückgelassen, die noch nicht die Augen geöffnet haben. Joey, musst du so gemein sein. Solly, nimm die Kätzchen für Zeke mit heim. Zieh dein Hemd aus, Solly, dann wickeln wir sie darin ein, damit sie's warm haben. So. Die kleinen Schätze. Hörst du sie weinen? Alles, was klein ist, weint, nicht wahr, Termite. Bloß du musstest nie weinen.* Der Kuchen in seinem Mund, das sind drei Geschmäcker, die er schmeckt. Lark sagt, die Geschmäcker heißen nach den Farben, ein Tropfen und zwei Tropfen, und sie hantiert schnell mit dem Messer, glasiert jede Schicht, dreht sie herum und herum, so dass sich die Kuchen drehen wie weiche, süße Räder. Dann stellt sie einen Kuchen auf den anderen und dreht alle drei im Ganzen, vorsichtig, wie einen kostbaren Schatz. Der Gartenweg bündelt seinen scharfgrünen Geruch und glüht mit seinen stillen Steinen. Autos pflügen durch die Hitze mit tickenden Reifen, die an der heißen Straße haften. Alles wartet auf den Abend, wenn die Luft blauer wird und die Hitze langsam loslässt. Jede Rasenfläche macht ein anderes Geräusch, höher und tiefer, den Weg auf und nieder. In jedem Haus sind Geräusche.

Nonie sitzt zwischen Nick Tucci und Lark. Nick sagt etwas über den Fluss, der braun und grün ist, und sie lachen, und er sagt und sagt.

Mann dieser blaue Fluss.

Er blickt auf, um zu sagen. Ihr Gelächter erklingt ringsherum, während der Himmel immer höher hinaufsteigt. Hoch oben hält der Regen still, bevor er fällt. Er wird fallen und fallen und tosen wie das Meer in Larks Muscheln, die sie ihm zum Horchen ans Ohr hält. Meere haben Wellen wie ein Pulsschlag, sagt Lark, und sie legt seine Finger an ihr Handgelenk, damit er das zarte Pochen hören kann. Das Geräusch in ihrer Haut brandet auf, aber das Geräusch in den Muscheln zieht nur Kreise, es kommt und geht in einem einzigen gekrümmten Raum. Sein Geburtstag kommt und geht, und Lark bereitet jeden Geburtstag. Nonie hat die Kerzen. Der Kuchen kommt ihm nahe und hält still, und er sieht. Die Lichter springen, und der schwarze brennende Faden in jeder Flamme flackert klein und groß, steht und fällt, dann gehen die Lichter aus. Er kann jedes Geräusch machen, und er macht die Geräusche. *Lark trägt ihren Badeanzug, um ihn zu baden. Nonie sagt ihr, wann sie die Hähne aufdrehen soll, wie viel heiß und wie viel kalt und wie hoch, aber Lark schüttet die Blasen hinein, und der weiße Schaum riecht nach Seife. Nonie hockt sich auf den harten Rand der Wanne, und das kleine Knirschen in ihren Beinen ertönt, wenn sie sich bewegt. Lark sitzt in der Wanne, um ihn zu halten, und sie bewegt seine Arme und nennt es schwimmen, aber Nonie sagt, nicht, Lark, halt ihn fest, er weiß nicht, dass er nicht atmen darf, wenn sein Gesicht im Wasser ist.* Larks Gestalt in der Küche ist größer und dünner als Nonies Gestalt. Nick Tucci ist nach Hause gegangen, und Lark beugt sich über Termite, und Nonie steht am Spülbecken. Nonie seift die Teller ein, und Lark lässt sein Bad einlaufen. *Die Schaumblasen hinterlassen einen süßen Film, und Larks Beine im Bad sind lange dünne Gestalten. Sie sagt, ihre Beine sind seine Beine, und sie sind größer als der Riese aus seinem Buch. Der Riese lebt im Himmel über der Bohnenstange und singt dem Engländer Geräusche vor. Lark sagt, das war ein böser Riese.*

Wir riechen nicht Menschenfleisch wie er. Wir riechen einen Abend in Paris. Nonie, warum Paris?

Weil Paris den Eiffelturm hat wie in dem Bild auf der Flasche.

Aber warum haben sie einen Turm? Du hast gesagt, Paris hat kollaboriert.

Nicht ganz Paris, Lark, hab ich dir doch gesagt, es gab auch die Widerstandskämpfer, die waren Helden und haben den ganzen Krieg hindurch gekämpft.

Gekämpft, als ich geboren wurde, Nonie.

Richtig. Du warst das Beste, was 1942 passiert ist. Aber als du nach Winfield gekommen bist, warst du drei, und da waren die Kämpfe fast vorbei. Jetzt braust du ihn ab, und ich hole die Handtücher.

Gekämpft wie Solly und Joey, sagt Lark, als Nonie fort ist. Zähe wilde Kämpfer, sagt Lark und brüllt einen Fluch, um die polnischen Jungen einzuschüchtern. Termite erzählt nichts und sagt nichts. Nonie kommt in dem weißen Unterkleid zurück, das sie unter ihrer Uniform im Restaurant trägt. Sie ist eine breite Gestalt in ihren weißen Trägern, die Drehung des Kopfes ist gleich, und ihre Schulter, wo Termite den Kopf anlehnt, ist weich. Er ist in Nonies Armen, die weit und sauber sind und nach den Gurken riechen, die sie in dünne Scheiben schneidet und sich auf die Augen legt. Sie setzt ihn auf die Handtücher am Boden, die ein hartes Bett sind, und frottiert seine Haare trocken. Ihre Stimme kommt und geht. Sie sagt, Lark ist jetzt elf Jahre alt und die Mutter der ganzen Bande.

Hast du diese ganzen Jungen nicht schon satt? Möchtest du nie ein Rüschenkleid und Mädchen zum Tee einladen?

Lark sagt nichts und erzählt nichts.

Schon gut, mach nicht so ein Gesicht. Finster wie ein Gewitterhimmel. Wahrscheinlich ist es besser, dass du so bist, wie du bist – schnell genug, um mit ihnen mitzuhalten und sie abzuwehren, wenn es sein muss.

Lark sagt, sie kann sich gegen jeden wehren, und Nonie zieht das Handtuch fort. Ihre Finger legen sich auf seine Augen, und er liegt still in der aufgewühlten Luft. Das Badfenster ist offen, und die Prunkwinde rankt und ringelt sich, greift herein, atmet den eigenen Geruch.

Vielleicht wehrst du dich noch nicht gegen sie, Lark, aber wenn du halbwegs vernünftig bist, wirst du's bald tun. Jungenhände verirren sich gern, schreib dir das hinter die Ohren.

Weich ist die Luft, die ihn umgibt.

Nur nicht die Hände dieses Jungen, sagt Nonie.

Sie nimmt ihn an den Handgelenken und zieht ihn so weit hoch, dass seine Hüften auf dem Boden liegen. Sie schwingt ihn sanft empor, und unter ihm gleitet die Luft kühl und still dahin. Mach es behutsam, so, siehst du, das stärkt seine Muskeln. Wenn du was singst, das er hören will, wird er den Kopf hochhalten und lauschen.

Lark singt den Vers über den Affen und das Wiesel, aber was er hören will, ist die Prunkwinde, das Geräusch der Blätter, die lebendig sind wie auf- und eingerollte Ohren, die weit geöffneten Blüten und die winzigsten Knospen, wie weiche stachelige Punkte. Der Geruch vom Spül- und vom Badewasser sind zwei unterschiedliche Gerüche, wie zwei verschiedene Blumen. Lark beugt sich vor, um mit einem langen Arm das Wasser in der Wanne aufzudrehen, dann lässt sie es rinnen. Er hält das Radio, und der harte runde Knopf an seinem Handgelenk redet mit den Röhren im Gehäuse. Nonie lässt das Geschirr gleiten und klirren.

Lark, träumst du? Das ist viel zu hoch.

Sie können uns nicht zwingen, ihn hinzuschicken, oder?

Sind dafür nicht ausgebildet. Die ganze Zeit über versorgt.

Er kann die Seife riechen und den Regen. Der Regen kommt näher, und der Wind fährt in die Prunkwinden und lässt sie schwingen wie einen Rock. Wasser trommelt und klatscht in die Wanne und rinnt aus dem Hahn in der Küche, und der Nachtgeruch schmiegt sich warm ans Haus, ganz eng, wie ein Tier an ein anderes. Die Winde ist blind geworden und hat ihre Blüten geschlossen, er aber hört, wie sie im Dunkeln bewegt und gehoben und ans Fliegengitter gedrückt und gezogen und geschoben wird. Er spielt das Radio, um es rauschen und brausen zu lassen. Nonie sagt, er hält dieses Brummen und Krachen für Musik. Lark, nimmst du ihm bitte das Ding ab. Na ja, es ist seine Musik, sagt Lark, aber sie nimmt das Radio. Schnell dreht sie die Klangröhren an ihren Fäden, so dass sie sich langsam und langsamer entwirren und ihre Lichter blitzen lassen. Du wirst wieder was ablassen müssen, sagt Nonie. *Katzen verstecken sich im Gestrüpp am Flussufer, sie haben Angst vor dem Rangierbahnhof, Angst vor den Hunden und dem Wassergraben. Unter der Eisenbahnbrücke ist die Erde dunkel und weich. Termites Füße reichen fast bis zur Seitenwand des Handkarrens, und Lark liest ihm das Buch über Riesen im Himmel vor. Sie gießt Tee in Termites Tasse und sagt, Solly, lass diese Katze nicht hier rein. Diese Katze hat eine zerfetzte Lippe, alte zerfetzte Katze, die uns ständig nachläuft. Solly zieht sein Hemd aus und peitscht es scharf wie ein Seil gegen die Steinmauern im Echo. Fe fi fo fum, ich rieche rieche Menschenfleisch. Sollys Gestalt geht auf und ab, und Termite hilft mitsagen, bis Lark sagt, das ist genug, die Katze ist schon fortgelaufen. Dann ist es still. Nur die Hitze wie ein Summen auf dem Wasser. Solly sagt, sie gehen in den Fluss, nachdem der Zug da war, der Fluss ist warm wie Badewasser.*

Lark, niemand kann uns im Tunnel sehen, Termite verrät ganz sicher nichts. Ich habe ein Bett aus Gräsern gemacht, schau, wie weich.

Wir müssen zu Charlie zum Essen.

Geht halt später. Sie weiß nicht, wann du kommst und gehst oder mit wem du zusammen bist.

Sie weiß es.

Sie weiß es nicht. Ich komme nicht mehr rüber, wenn sie da ist. Und was haben wir schon getan.

Der Fluss krümmt und windet sich. Der Zug beginnt in den Steinen zu flüstern. Er beginnt zu sagen und sagen.

Lark, gib ihm deine Sandalen zu halten, bevor der Zug kommt. Ich mache, was du sagst. Alles, was du sagst. Du willst es. Du willst es jeden Tag, genau wie ich.

Er hört sie, Lark und Solly. Das Atmen ist ein Bad zwischen ihnen, tief wie der Fluss und in Bewegung.

Dann bleib eben angezogen. Ich weiß, wie du aussiehst, bloß nicht alles auf einmal. Ich rühr mich nicht, bin ganz still. Hier ist der Zug, tu's jetzt. Gib ihm deine Schuhe.

Larks Sandalen sind warm und weich, das von ihren Füßen geformte Leder blank poliert und die Riemen dick genug zum Festhalten. Der Boden bewegt sich, und der Stein des Tunnels summt sich voll, bevor der Zug da ist. Der Zug dröhnt lauter und lauter, bis der Fluss vor ihm sich verdunkelt. Die gestrüppbewachsene Insel in der Flussmitte verschwindet wie ein versunkener Klumpen, er kann die verschwommene Gestalt nicht mehr sehen und auch die Stöcke nicht hören, die klappernd über das schlammige Flussufer schleifen. Hell fährt der Zug in ihn hinein und rüttelt und schüttelt so fest, dass er zum Atmen den Mund aufreißt. Der Tunnel ist leer und voll zugleich, so leer, dass Termite abwärts und abwärts trudelt. Der Handkarren dreht sich so rasch wie ein mächtiger Ast und fährt ihn tiefer und tiefer. In dem Donnern ist ein Bild, ein Tunnel im Tunnel. Er war schon einmal hier, und jedes Mal blickt er tiefer hinab, und er sieht. Da sind Schläfer überall, zusammengepferchte Leiber. Die Leiber sind immer hier, unendlich zahlreich liegen sie im Tunnel, wenn der Zug darüber hinwegdonnert, versprengte, stille Leiber, die sich kaum rühren. Der Zug zerrt und hebt und zeigt sie und setzt sie in Bewegung. Sie wissen, dass er sie sieht, aber sie können nichts sagen oder sehen. Keine Geräusche, nur das Donnern, das sie mit noch geschlossenen Augen emporhebt, umwendet wie die Seiten in einem Buch. Eine Gestalt steht auf und dreht sich zu ihm, die Gestalt eines Mannes, der seine leuchtenden Hände ausbreitet, wie um sicherzugehen, dass er es kann. Das weiche Licht wird gleißend hell wie ein weißes Feuer, und das Hämmern beginnt, es hämmert und hämmert, bis der Zug verklingt in einer Ferne, in die keiner von ihnen gelangt.

Termite? Der Zug ist fort. Lark sagt, hörst du mich.

Hörst du mich? Atme jetzt, Termite. Der Zug ist für heute fort. Lass Larks Sandalen los, dann gehen wir schwimmen. Jungen können nackt baden. Schau, ich halte dich ganz sicher, siehst du? Ich weiß, du willst den Zug zurückhaben, aber er ist fort.

Wir sind im Wasser, Termite. Du schwimmst. Lark, er lächelt. Alle Jungen lieben den Fluss. Halt dich an meinem Hals fest, Termite. Wir drehen uns wie Uhrzeiger. Spürst du, wie gut sich das Wasser anfühlt? Aber sag Nonie und meinem Dad nichts davon, dass ich mit dir im Fluss war. Unser Geheimnis. Die Blumen sind Geheimnisse, jede einzelne wie ein samtiger, angespannter Nachtfalter, dessen Blütenblattflügel sich öffnen und schließen. Lark legt ihr Gesicht an seine Augen und öffnet seine

Hände, um ihm die Blütenblätter abzunehmen. Lark sagt, jede Rose ist ein Knoten, der sich löst, rosa Blütenblätter und rote, und diese gelben sind Abschiede, und die weißen hier sind Unverwüstliche, sie blühen den ganzen Sommer. Sie sagt, die Winden haben Augen, tief drinnen hinter den Staubgefäßen, Augen, die bei Dunkelheit zuklappen, blau wie deine Augen, Termite, aber nicht so voller Licht. Aus den Blumen gezogene Farben riechen nach etwas, das von etwas anderem abgerissen wurde. Es sind Teile und Fetzen, die Schmerz empfinden. Er hält sie in den Händen und hält sie, bis sie feucht und dunkel sind.

Nach dem Bad lassen sie ihn allein sitzen, während Nonie schläft. Lark füllt das Waschbecken im Bad mit Wasser, und die Tür steht einen Spalt offen. Sie wäscht sich im Stehen, aber sie weiß nicht, sie sieht nicht. Sie wäscht sich mit dem Waschlappen und bewegt den nassen Seifengeruch, der auch in seinem Haar ist und auf seinen Hals gepudert. Das hohe schnarrende Geräusch, das Grillen machen, ist lauter und leiser und wieder lauter. Sie sitzen unter dem Haus, sagt Lark, und im Gras und fangen immer zu zirpen an, wenn der Tau sie weckt.

Nonie wacht nicht auf, und Larks Augen sind geschlossen. Er spürt das Rinnen des kühlen Wassers und den nassen, ausgewrungenen Waschlappen. Lark sieht es nicht, aber die zottige rote Katze späht durch die Dunkelheit und beginnt mit ihren Geräuschen, macht ihr gleichmäßiges Brummen, das sie von sich gibt, wenn sie draußen im Garten bei ihm sitzt, ihn beobachtet und nie berührt. Sie steht sogar auf, setzt weich einen Fuß vor den anderen, beschnüffelt ihn, bevor sie sich niederlässt und einfaltet und noch mehr tiefen, lauten Lärm erzeugt. Die rote Katze schnurrt wie eine Maschine und schleudert nie Steine wie die Autos, die qualmend und staubstiebend und pflügend den Weg umackern. Jetzt stoppt die rote Katze ihre Geräusche und begibt sich lautlos den leeren Weg entlang in Gärten und Blumenbeete, wo Maulwürfe Röhren graben und Feldmäuse wühlen. Die zottige rote Katze schleicht langsam, plötzlich aber rennt sie los in ihrer geduckten Haltung und macht einen Satz. Nie ertönt ein Kreischen, wie es Eulen in den Bäumen machen. Es folgt ein gedämpftes Flattern im geschlossenen Maul der Katze, wie das Zappeln eines Nachtfalters am Fliegengitter oder das rasende Krabbeln einer Maus in einer Schachtel. Die rote Katze hält das in ihrer Kehle klagende Flattern fest und trabt zu dem Zwischenraum unter Tuccis Veranda. Sie kriecht tiefer hinein, macht sich ganz flach. Dann ist ein Reißen und dann Ruhe. Heulend und röhrend quietscht Sollys Auto um die Ecke und bremst mit einem Ruck ab, doch die zottige rote Katze zieht nur ihre zerfetzte Beute näher zu sich, tiefer hinein in ihr flaches ausgeschabtes Loch. Die Autotüren gehen auf und nicht mehr zu. Das Auto steht da und wartet, und die rote Katze schnauft. Lark steht am Küchenfenster. Sie ist eine blasse Gestalt, die glüht und sich dreht, glatte Wölbungen wie das Gesicht des Mondmannes, den sie ihn halten lässt und von dem sie sagt, dass er nachts am Himmel hängt. Sie sagt, ein Mond ist wie ein Planet ohne Menschen drauf und ohne Wetter, so riesig, dass seine Krater und Berge aus der Ferne wie ein Gesicht aussehen. Sie steht neben ihm. Er bittet sie, stumm, zu bleiben, und die zerfließende Nacht im Haus ist genauso wie das Zerfließende auf dem Gartenweg und das Zerfließende am Himmel. Er schaut und schaut zum offenen Fenster, und der Fensterrahmen hält still. Er kann den Mond nicht sehen, aber er spürt den Schwall hellerer Luft zu ihnen herabfallen, geborgen in der kahlen Schwärze der Nacht.

NÖRDLICHE PROVINZ CHUNGCHONG, SÜDKOREA

26. Juli 1950

Unteroffizier Robert Leavitt
24. Infanteriedivision

Er kann den Schmerz hören, der sich bewegt und verlagert, ein riesiges Tier irgendwo in der Nähe. Er weiß, dass er schwer verletzt ist, und hält still, starrt angestrengt in das vollendete Weiß. Der Schmerz bedrängt ihn, schiebt, rückt näher und dreht wieder ab, und er treibt halb bewusstlos dahin und wartet darauf, von ihm gefunden zu werden. Da sind Wolkenbänke, weite, weiche, gesichtslose. Er sieht eine Form unter ihm, eine Kurve im Raum, eine gebirgige Linie vor einem Meer: die Taeback-Kette, die felsig und zerklüftet wie ein Nord-Süd-Rückgrat entlang dem Japanischen Meer verläuft. Es sind dieselben öden, gnadenlosen Berge, die über Taejon emporstiegen und das flache Land überragten, das er auf dem Rückzug durchquerte und hasste. Jetzt leuchten sie umhüllt von Wolken und hingestreckt wie das wettergegerbte Elfenbeinskelett eines Dinosauriers. Ein schönes Land, denkt er, so heiß und so kalt, und er weiß, dass er träumt. In den Bergen ist Winter, und die Wolken sind Schnee, tiefer, verwehter, entsetzlich weißer Schnee, und doch spürt er keine Kälte. Er spürt gar nichts, sieht nur den Mond, der über den gezackten Gipfeln steht, eine bleiche Ausbuchtung, rund wie eine Orange, bis er tiefer sinkt und sich an die Gebirgsausläufer schmiegt. Da hört er einen Schrei, und das Land verschiebt sich, lässt sich nieder und streckt sich, wie eine Frau, denkt er, wie Lola, wenn sie sich im Schlaf von ihm abwendet. Er will die lange glatte Linie ihres Körpers nachfahren, mit den Fingern vom Knöchel über den Schenkel zur Hüfte streichen. Die runde Kugel ihres Bauches, scheinbar in Reichweite, leuchtet wie ein Mond, den er berühren kann. Seine Beine sind taub, nur die Arme kann er bewegen, seine leeren Hände. Er greift nach ihr, aber sie ist weit fort. Er sieht sie tief unter ihm, herausgeputzt wie für eine Feier, flach auf dem Rücken liegend in einem weißen Raum, unter sich die harte Fläche eines Stahltisches, und die Knie angewinkelt unter Laken. Das Baby ist noch nicht geboren, und sie blutet. Es ist ihr Schmerz, den er hört, er wird tiefer, rückt näher. Ein Licht wie graues Zinn flimmert, als er sich zu nähern versucht. Die perlmutternen Ränder des Tableaus verdüstern sich, flackern, sobald er sich nur ein wenig bewegt.

Er öffnet die Augen. Das wandernde Licht sind Leuchtspurkugeln, die an den Steinen über ihm entlangziehen. Er liegt auf dem Rücken, im Splitt des Tunnels, und spürt ein zartes Pulsieren im Boden. Er hält es für die anrückenden Panzer oder schwere Artillerie, bis ihm der Wasserlauf jenseits der Wand wieder einfällt. Der Tunnel verstärkt alle Geräusche, verschiebt Echos, Vibrationen. Ringsum sind undeutliche Stimmen, Flüstern. Es ist dunkel, die Koreanerin hat ihn bis in die Mitte der Röhre gezogen, an die Seite des Tunnels, wo der Straßenstaub mit der Innenwand zusammentrifft. Leavitt hört vereinzelte Artillerie. Die vor und hinter dem Tunnel eingegrabenen Soldaten feuern sporadische Schüsse ab. Er liegt reglos; wenn er sich nicht bewegt, richtet der Schmerz sich knapp neben ihm ein, und er kann nachdenken. Er spürt das Mädchen hinter sich; sie hat sich den Jungen vom Rücken genommen und zwischen ihnen auf den Boden gesetzt. Jetzt dreht sie Leavitt auf die Seite, in die Krümmung der Wand hinein, und drückt den Jungen hinter ihm nieder. Leavitt tastet nach dem Kolben seines Revolvers an seinem Bauch, unter dem Hemd. Die Waffe ist fort. Vorsichtig, blindlings sucht er seine Umgebung, den Boden vor ihm ab. Er hat ihn in der Hand, hält ihn an sich gedrückt, als er das Mädchen mit der alten Frau reden hört. Sie ist vor ihnen, aufrecht kniend, und das Mädchen sagt, sie soll sich niederlegen, sich flach auf den Boden ducken, die alte Frau aber rückt näher zu Leavitt und blickt ihm ins Gesicht. Sie ist schmächtig, kleiner als das Mädchen, ihr runzeliges Gesicht hat etwas Affenartiges. Kleine schwarze Augen in faltigen Schlitzen. Er versteht, dass sie ihn halblaut verflucht, es klingt wie ein geflüsterter Singsang, und dann bespuckt sie ihn.

Das Mädchen stößt einen Schwall koreanischer Worte aus, während sie den Speichel von Leavitts Gesicht wischt. Von hinten, neben dem Jungen an der Wand kauernd, berührt sie ihn mit behutsamen flachen Händen, berührt seine Augen, die Kante seines Kiefers, seine von einwöchigem Bartwuchs stoppeligen Wangen, als könnte sie ihn wieder zusammensetzen, den Affront wiedergutmachen. Ihre Hände sind warm und trocken, schmal und leicht wie Kinderhände, ihre Berührung aber ist überlegt. Vielleicht ist sie kein Kind. Er denkt an die Schattenrisse von Tompkins und seinem Mädchen auf der papiernen Wand des Bordells in Seoul; das in Tompkins' Armen schwebende Mädchen war vermutlich nicht älter als dieses hier. Es war immer dasselbe Mädchen. Um ihr einen besonderen Status zu verleihen und sich ihre Gunst zu sichern, überließ Tompkins stets ihr die Entscheidung, welche anderen sie mit nach oben nahmen. Die jüngsten Mädchen nannten ihn *hyoung neem*, älterer Bruder; sie bildeten eine Art Publikum und jauchzten wie kleine Kinder, wenn Tompkins sein Mädchen mit ausgestreckten Armen und Beinen bäuchlings auf den Fußsohlen über dem Bett balancierte, eine Artistin in der Schwebe. Schön waren Tompkins und sein Mädchen damals – Geschwister, die Zirkusnummern aufführten.

Leavitt hört die Worte *halmoni, yogi*. Die Koreanerin flüstert eindringlich auf die alte Frau ein, die reglos dasitzt, nur eine Handbreit entfernt, und auf den Boden starrt. Sie ignoriert das Mädchen und summt eine Art Klagelied. Vielleicht ist sie verrückt, vielleicht hat der Krieg sie um den Verstand gebracht; oder sie ist eine Schamanin, eine Anhängerin der Religion, die sie hier auf dem Land *Tonghak* nennen, den Himmlischen Weg. Aberglaube und Zauberei. Die älteren Landbewohner glauben immer noch an *mudang*-Priesterinnen, an *changsung*-Geisterposten, an *chapsang*-Schutz. Leavitt versteht Worte, Satzfetzen. Er ist ein Mörder, sagt sie, ein Dämon, er lebt nicht. Sie spuckt in den Staub, dann wirft sie sich flach auf ihre Opfergabe wie vor einer Tempelgottheit. Sie hält ihn für einen mordgierigen Geist, der unter den Toten wandelt.

Die alte Frau irrt, denkt Leavitt bedauernd. Wäre er ein Geist, flöge er davon, stiege empor wie ein Nebel und nähme diese Kinder hier mit. Wenn Tompkins lebt, sucht er nach ihm. Leavitt ist immer noch sicher, dass er Tompkins' Stimme im Funk gehört oder erahnt hat. *Dies ist kein Feind:* eine Phantomübertragung. Du musst mir zuhören, sagt Leavitt in wohlüberlegtem Koreanisch zu dem Mädchen. Im Dunkeln sieht er die Umrisse von Leichen, die liegen, wo sie fielen, Dorfbewohner, die bei dem Tieffliegerangriff verwundet wurden, es noch in den Tunnel schafften und dort starben, oder Überlebende, die dann durch vereinzelte Schüsse umkamen. Die noch lebenden Koreaner sind starr vor Angst, drücken sich stumm an die Tunnelwände oder liegen flach und reglos auf dem Boden. Die nervösen amerikanischen Soldaten scheinen ohne Führung, eingekesselt, oder sie feuern willkürlich; die Schießerei könnte noch schlimmer werden.

Leavitt will der Koreanerin klarmachen, dass sie ihn beim ersten Tageslicht zum Tunneleingang zerren muss. Er will die Augen offen halten, scharf stellen, aber es geht abwärts mit ihm, sein Bewusstsein trübt sich; wie um diese ausweglose Lage, seine Verletzungen wettzumachen, fabriziert es allerlei Bilder. Die Bilder sind lebhaft und scharf, eine Sinnesausdehnung oder Sinnesabwendung. Es kommt ihm nicht ziellos vor; eher wie Information, wie eine von Zeit und Raum abgetrennte Anweisung. Er spürt Tompkins' rastlose, ungeduldige Energie in der Nähe toben, suchen. Tompkins fühlte sich von den nordkoreanischen Truppen nicht weniger bedroht als vom amerikanischen Kommando – das Kommando, sagte Tompkins, legt dir die Schlinge um den Arsch, und die Kommunisten feuern drauf. Leavitt kann sich nicht darauf verlassen, dass Tompkins sie findet, das weiß er. Vielleicht hat es Tote gegeben, vielleicht hat sich ihr panischer Zug nach dem zweiten Angriff unter Zurücklassung der Verwundeten zerstreut. Tompkins ist womöglich verletzt, oder er stirbt.

Leavitts Aufmerksamkeit verschwimmt; dann klart sie wieder auf: Er sieht Tompkins, der ihn eindringlich anstarrt, wie durch einen umschlossenen Raum, ein Fenster vielleicht, beäugt er ihn. Dann sind sie miteinander im Freien, bewegen sich mühelos durch eine üppig grüne koreanische Landschaft. Es ist ein sonniger Tag. Der Kriegslärm donnert vorbei wie ein Zug, den zu besteigen sie versäumt haben, aber sie achten nicht darauf. Sie sind in einem ländlichen Hain, in dem es schattig und ruhig ist. Unter den Bäumen, neben den roten Holzpfosten eines *hongsal-mun*, einer königlichen Grabstätte, bleiben sie stehen. Zwei *haet'ae*-Statuen bewachen das kunstvolle Gitterwerk der offenen Tore. Die *haet'ae*, grimmige, feuerspeiende, löwenähnliche Wesen, sind wuchtige, hüfthohe Figuren, die auf den Hinterbacken sitzen wie große Hunde. Ihre Gesichtszüge bewegen sich, und als Leavitt und Tompkins näher kommen, wenden sie ihre steinernen Köpfe. Tompkins berührt die eine Statue, er nimmt ihr einen runden roten Gegenstand aus dem Mund und zeigt ihn Leavitt: eine kleine *kusul*-Scheibe mit Flammenmuster. Leavitt blickt an ihm vorbei und sieht Tompkins' Mädchen, dann die anderen Mädchen aus Seoul; sie sind alle bei ihm, dort hinter den Gräbern; in einem gemächlich sich drehenden *salpuri*, dem traditionellen Improvisationstanz, wie er in ländlichen Dörfern noch aufgeführt wird, bewegen sie sich über das Gras. Tompkins sieht ihn an und lächelt; sein Kopfschütteln ist wie ein Kommentar zu Leavitts Hirngespinsten. Dann verändert sich das Bild, und sie sind wieder allein, stehen im Dunkeln vor einem schlichten *myo*-Schrein, der das Grab eines einfachen Bürgers markiert. Tompkins' dunkle Augen haben sich verfinstert. Sein Gesicht ist schmaler geworden, hager und ausgemergelt, seine hohen Wangenknochen wirken beinahe asiatisch. Von geschlossener Hand zu geschlossener Hand reicht er Leavitt den *kusul*, er stammt aus dem Drachenmaul, sagt er: *das flammende Juwel buddhistischer Wahrheit*. Der *kusul*, der kompakt ist wie ein kleiner flacher Stein, ist überraschend schwer. Tompkins spricht, aber Leavitt versteht die Worte nicht. Da ist noch etwas. Es geht um die Waffe. Er weist ihn an, die Waffe ins Holster zu stecken.

Leavitt hört die alte Frau. Er ist im Tunnel, und die alte Frau gibt ein rhythmisches Murmeln von sich, sie psalmodiert oder betet. Das Mädchen hat Leavitt auf die Seite gelegt, mit dem Rücken zu ihr, und er kann mit der Hand das an seinem Oberschenkel befestigte Holster erreichen. Er tastet nach der Waffe in den Falten seines Gewands und umfasst sie vorsichtig, dann steckt er sie fest und sicher ins Holster. Seine Arme sind schwer, es gelingt ihm kaum, sich zu bewegen. Er weiß, dass er zeitweilig das Bewusstsein verliert, aber er muss den Überblick behalten. Er überlegt, den Revolver der Koreanerin zu geben, kommt aber zu dem Schluss, dass sie ihn schon an sich nehmen wird, wenn sie ihn braucht. Reglos, das Gesicht im Staub, setzt die alte Frau ihren Singsang fort. Er spürt das Mädchen neben ihm an der Wand des Tunnels. Er muss sie überzeugen. Du musst es genau so machen, wie ich's dir sage, beginnt er auf Koreanisch, aber sie reagiert nicht. *Ihae hashimnikka?*, fragt er. Verstehst du? *Ne*, flüstert sie, ja. Schaff mich zum Tunneleingang, sagt er, sorgfältig darauf achtend, dass er korrekt übersetzt. Wenn sie einen amerikanischen Soldaten sehen, der am Leben ist, werden sie jemanden schicken. Ich kann ihnen sagen: keine Guerillas hier, nur

Dorfbewohner. Das Mädchen gibt keine Antwort, oder er hört sie nicht. Sprechen ist schwer. Hat er gesprochen? Er ist nicht sicher. Wieder hört er Schüsse. Und den dumpfen Aufprall eines in der Nähe niederstürzenden Körpers, gefolgt von erstickten Schreien. Das Mädchen hinter ihm, spürt er, zieht den Jungen noch tiefer zwischen sie beide. Sie ist ein kluges Mädchen, ein gutes Mädchen. Sie müssen das Kind abschirmen, und sie müssen ausruhen, damit sie Leavitt nachher zum Tunneleingang schleppen kann. Warm, fast ohne Gewicht, spürt er den gekrümmten Körper des Jungen neben sich. Still, atmend.

Sanft schiebt das Mädchen etwas von der Dicke eines zusammengefalteten Tuchs unter Leavitts Kopf. Das Gesicht des Jungen liegt an Leavitts Nacken. Deine schüchterne Haut, sagte seine Mutter oft und strich ihm unter dem Haaransatz über den Nacken. Leavitt hört sie nach ihm rufen. Es ist Abend, und er war so jung, dass er noch nicht im Laden arbeitete; er ist sieben oder acht Jahre alt, und sie ruft ihn von der Straße herein. Wenn sie sehen, dass ich noch lebe, sagt er auf Koreanisch, werden sie mich holen. Das ist gut, Bobby, sagt sie. Sie kniet vor ihm und kämmt ihn mit einem nassen Kamm. Er sieht ihr junges Gesicht, das Gesicht, das sie in seiner Kindheit hatte. Dies ist kein Feind, sagt er. Sie streicht ihm über das Haar, und ihre Hände sind nass. Trink, sagt sie auf Koreanisch. Halt still. Er hört seine Mutter mit der alten Frau reden. Es ist die Stimme seiner Mutter, ein leises, inständiges Bitten, und gleich darauf ist es das Mädchen. Er erkennt die alte Frau in der Dunkelheit vor ihm. Sie kniet. Sie hat ihm den Revolver aus dem Holster gezogen und hält ihn auf der flachen Hand, als inspizierte sie ihn. Leavitt fragt sich ruhig, ob sie ihn jetzt erschießen wird. Groß sieht der Revolver in ihrer kleinen Hand aus. Nimm ihr die Waffe ab, sagt er auf Koreanisch zu dem Mädchen, gib mir die Waffe. Aber bevor er die Absichten der alten Frau ermessen oder eine Bewegung versuchen kann, hat sie sich den Lauf an den Kopf gesetzt und drückt ab. Leavitt spürt, wie ihm warmes Blut ins Gesicht spritzt, und der Knall des Schusses hallt donnernd durch den überwölbten Raum. Wie ein Erdbeben rollt der Lärm unter ihm hinweg, und er weiß, dass die Soldaten in ihren Erdlöchern draußen denken werden, die Flüchtlinge hätten Waffen. Augenblicklich fegt vom hinteren Eingang her eine Maschinengewehrsalve durch den Tunnel. Die Antwort von den Truppen, die den vorderen Eingang bewachen, prallt von den Wänden ab. Das Mädchen schreit auf und zieht ihn zentimeterweise aus der Schusslinie, noch näher an die Wand. In einem von allen Seiten her tosenden Lärm verliert er das Bewusstsein.

Die harte Öffnung der Feldflasche schmeckt scharf metallisch an seinen Zähnen. Er befindet sich in einer leeren Kapsel und fragt sich, ob der Schuss eine Halluzination war. Das Mädchen hat seinen Kopf etwas aufgerichtet, um ihm Wasser zu geben, aber es ist nicht mehr viel da. Er begreift, dass sie es rationiert und vor den anderen Überlebenden, die nach Wasser, nach Hilfe stöhnen, geheim hält. Er hört die alte Frau nicht mehr, sieht sie nicht. Falls es wirklich passiert ist, wurde ihre Leiche vielleicht mit den übrigen Toten zu einem der Tunneleingänge fortgeschafft. Das Tageslicht ist fort. Die Schatten in der Röhre sind lang geworden. Leavitt entdeckt jetzt die Leiche der alten Frau in der Nähe, klein und reglos liegt sie unter demselben Tuch, das zuvor zu einem Kissen gefaltet war. Das Tuch bedeckt sie vom Kopf bis zu den Füßen, aber Leavitt meint noch immer ihr Gesicht und ihre scharfen, wilden Augen durch den Stoff zu erkennen. Das Mädchen hält ihm die Feldflasche an den Mund, doch Leavitt vergisst zu schlucken. Wasser rinnt ihm über das Gesicht, und sie versucht es mit der Hand aufzufangen, mit den Fingern zu seinen Lippen zu befördern. Er riecht Blut. Natürlich hütet sie sich, Wasser zu vergeuden; sie hat ihm mit blutigem Stoff das Gesicht abgewischt. Es sind nur Augenblicke vergangen, nicht Stunden. Die Soldaten draußen warten auf Befehle, und die Befehle werden kommen. Tagesanbruch, denkt Leavitt. Unter dem Druck der Invasion aus dem Norden und der fehlenden eigenen Truppen, der Notwendigkeit, weiterzuziehen, wird sich die Armeeführung wohl oder übel etwas einfallen lassen.

Wer war sie, flüstert er auf Koreanisch. Die Tante meiner Mutter, antwortet das Mädchen. Es ist auf einmal, als hätte er seine sprachlichen Beschränkungen überwunden; auf Anhieb fallen ihm die koreanischen Worte ein, und er versteht mühelos. Sie wollte im Dorf bleiben, sagt das Mädchen, aber das Haus brannte. Er sieht das brennende Haus vor sich und weiß, welches es war. Spreche ich, fragt er, hörst du mich? *Ne, ne.* Ja. Hast du die Waffe, fragt er. Sie nickt. Behalt sie, sagt er. Er weiß, dass er den Revolver jetzt nicht halten, geschweige denn heben kann. Sie versucht es noch einmal mit der Flasche. Er schluckt zweimal, vorsichtig, und sie lässt seinen Kopf wieder sinken, gibt ihn wie ein Kleinkind seiner Dunkelheit zurück.

Er sieht seine Mutter auf dem rissigen grünen Linoleum des Ladens in Philly liegen, die Augen offen und reglos. Er erinnert sich, dass er ihr die Augen schloss und das Haar glatt strich, dann aufstand und sofort wegging. Jetzt bleibt er. Er legt ihr die Hand auf die Stirn, genau auf die Krümmung des Schädels unter dem Haaransatz, und lässt sich Zeit, um zu erkennen, wie schnell sie schließlich geflüchtet ist, wie sie ihn genau in dem Augenblick loslässt, in dem ihre Freiheit beginnt. Diesmal geht er nach oben, als hätte er die Erlaubnis erhalten, und packt dieselben Klamotten und Schulbücher zusammen, auch seine Trompete und eine Mappe mit Noten. Wie damals ruft er niemanden herbei, doch die finstere Panik, die er früher empfand, die Unfähigkeit, sich zu lösen, ist verschwunden. Sie wollte, dass er geht, jetzt begreift er, dass sie ihm die Richtung weist: Seine Befreiung ist die einzige Zeremonie, die sie fordert. Irgendwann wird der Alte nach Hause kommen und den letzten Beweis seiner gebrochenen Versprechen, seiner Entfremdung vorfinden. Es ist ein

Augenblick, den sie herbeigeführt hat und dem sie geschickt entronnen ist. *Bobby? Üb du nur. Klingt schön.* Die unbestimmte Schwere, die er als Kind auf sich nahm, als junger Mann, der sie nicht retten konnte, ist ganz anders; sie hat ihm diesen *kusul* abgenommen, den er jahrelang wie ein Stückchen Glut in der Brust getragen hat. Ihre Einsamkeit, ihr Alleinsein ohne irgendjemand anderen als ihn, das war ihr ureigenes Juwel, das im Dunkeln strahlte. Du bist wie ich, sagte sie oft zu ihm, wenn sie allein waren. Und du bist wie ich, antwortet er ihr jetzt. Hör zu, das ist für dich. Er spielt ihre Lieblingsmusik, dieselbe wohlklingende Solointerpretation von »My Funny Valentine«, das in Onslows Club zwischen Lolas Sets zum Standard wurde, eine klare Melodie, die er im Schlaf spielen konnte. Manchmal war es wirklich wie Schlaf, wie ein exaltierter Traum, wenn er dort im weißen Scheinwerferlicht auf der Bühne stand. Hunderte Male wird er das Stück für seine Mutter gespielt haben, spätnachts, um den Straßenlärm zu übertönen. Er war dreizehn, vierzehn. Die ganze Nacht fortbleiben kannst du, wenn du ein Mann bist, sagte sie, jetzt bist du um elf Uhr zu Hause, und das war er fast immer und stand genau rechtzeitig, wenn sie sich in ihrem abgedunkelten Zimmer niederlegte, auf ihrer Türschwelle. Um fünf Uhr war sie wieder auf den Beinen, um Lieferungen fürs Geschäft entgegenzunehmen, und hatte den ganzen Tag keine Ruhe mehr. Der Alte zog abends meistens mit Kumpanen oder Frauen herum und schlief dann in dem Doppelbett, das sie statt einer Couch im Wohnzimmer stehen hatten. In der Wohnung waren nur Bobby und seine Mutter, und von den Neonschildern auf der Straße blinkte es in veränderten Pastelltönen durchs Fenster und über den Boden. Er spielte die Töne zum Takt dieser Lichter, einer Blindenschrift, die über seine Mutter fiel, während sie die Augen schloss. Er arbeitete daran, jeden Ton zu perfektionieren, denn mehr hatte er ihr nicht zu geben, und er prüfte sich jedes Mal aufs Neue, wenn er das Lied spielte. Die vertrauten Noten verdrängten alles andere, und dass er den Song bei

Onslow als Solorefrain zwischen einzelnen Sets einsetzte, war wie eine Rückkehr zu einem alten Ritual. Die fließenden Töne teilten etwas mit, das Sprache nie ausdrücken kann; er spielte sie über die Welt hin, die das Grab seiner Mutter war. Lola sagte, sie könne nicht zuhören, wenn sie zum Umziehen, Frisieren, Schminken hinter der Bühne sei, weil die Melodie sie derart in Bann schlage, dass sie sich am liebsten hineingelegt hätte. Als er sagte, das sei das Lied seiner Mutter, sah sie ihn lange an und lächelte. *Natürlich, und die Welt, das bist du: die ganze Welt wieder heil.*

Er hört jetzt das langsame Swingen der wortlosen Melodien und sieht sich allein auf der Bühne im Lichtkreis stehen und mit geschlossenen Augen spielen, er selbst aber ist mit Lola auf der Tanzfläche. Ihre Hände sind leicht hinter seinem Kopf verschränkt und bewegen sich seinen Nacken entlang, während sie im gut besuchten Club eng aneinandergeschmiegt tanzen. Manchmal tanzten sie zur Jukebox, jetzt aber befinden sie sich in diesem seltsamen gespaltenen Augenblick, hören ihn eine Melodie spielen, die nur er auf genau diese Weise spielt. Sie sind zusammen, und sie hat dasselbe melancholische, erfüllte Lächeln, die feuchten Augen, diesen tränennahen Ausdruck wie sonst nur nach der Liebe, eine Miene, die ihm immer unerträglich traurig vorkam. Er muss jetzt gehen; es ist keine Zeit mehr. Er weiß, dass sie dieses Lied liebt, den ernsten, komischen Text – wie ein Frage-und-Antwort-Spiel, ein Rätsel für geheilte Herzen. *Is your figure less than Greek?* Er küsst sie, weil dies das allerletzte Mal ist ... *laughable, unphotographable.* Sie könnten in Onslows Büro gehen und die Tür absperren, aber die Koreanerin, die, ringsum von der zum Tunnel fliehenden Menge bedrängt, den blinden Jungen in den Armen hält, beobachtet sie über die Phrasen des Lieds hinweg. Er sieht den Jungen an und sieht ihn an, und auch Lola sieht ihn zwischen ihren mühseligen Atemzügen. Sie stößt einen harten Schrei aus, als wäre sie diejenige, die den Jungen erreichen, ihn retten muss. Das tat sie oft, wenn sie miteinander schliefen, sie schrie, als hätte sie Schmerzen, bis Bobby sie über die erste hitzige Erregung hinweggetragen hatte. Es war, als müsste man durch einen steilen, engen Durchgang, als folgte man ihr die Stufen der schmalen Treppe über dem Club hinauf, wie damals, an diesem ersten Abend, nichts als Schatten und aufleuchtende Farben in der Dunkelheit. Er kennt ihren Körper wie seinen eigenen, und er lauscht ihm mit seinen Muskeln und Nerven, mit seinem hämmernden Herzen, teilt seine Kräfte ein, bewegt sich mit ihr und hält sich zurück, öffnet sich, öffnet sich in sie. Wenn er in ihr ist, scheint nichts willkürlich oder zufällig; alles ist unvermeidlich, schrecklich, schön. Dann berührt er ihren harten, hohen Bauch und spürt das Baby stoßen, hinaus ins Freie drängen. Eisenhart sind die gespannten Stränge ihrer Beckenmuskeln. Leavitt will sie festhalten, aber sie schreit qualvoll auf und fällt zurück. Sie kann ihm nicht folgen; sie bleibt, laut und rasselnd geht ihr Atem. Er weiß, dass sie nicht mitkommen wird; sie bleibt bei dem Jungen.

27. JULI

WINFIELD, WEST VIRGINIA

27. Juli 1959

Lark

Er bewegt die Farben, kaum gebe ich ihm die Kreiden in die Hand, und zeichnet eine vollendete Kurve auf das Zeitungspapier. Immer wieder, erst schnell, dann langsam, als gäbe es genau einen Bogen, den er zeichnen kann. Er drückt fester und fester auf, als hätte er nur darauf gewartet, Worte und weiße Stellen zu überdecken, als wüsste er, dass alle seine Zeichnungen ein und dasselbe Bild sind, das ich immer wieder unterbreche. An heißen Tagen bringe ich ihn in den Keller. Dort ist es immer kühl, egal, wie drückend es draußen ist. Ich spüre ihn horchen, als ich noch einmal die Kellertreppe hinaufgehe, um die Küchentür zu schließen. Er weiß, dass ich gleich mit meinen Bleistiften und dem Skizzenbuch zurückkomme, und er sitzt so still, dass ich hören kann, was er hört. Das Federn der Treppenstufen, wie ein Nachgeben. Meine Schritte über den rissigen Kellerboden bis zur Treppe in den Sturmkeller, fünf Steinplatten, die in den Garten führen. Trotz der Fliedersträucher auf der einen Seite sickern Hitze und Licht hindurch wie Sirup. Früher, das weiß ich noch, waren die Sturmtüren aus Holz. Heute sind sie aus Stahl und so schwer, dass ich sie einzeln schließen muss; ich muss sie von innen zu mir herziehen, als sperrte ich uns in eine Höhle ein. Termite hört die Sturmtüren einschnappen, als ich sie fallen lasse.

Ich gebe ihm seine großen Kreiden. Als Erstes habe ich ihm die Farben beigebracht. Farben kann er auseinanderhalten – vielleicht hört oder riecht er einen Unterschied, auch wenn er ihn nicht sieht. Ich habe versucht, ihm Umrisse, Formen beizubringen, hielt ihm die Hände und zeichnete Gestalten auf das Zeitungspapier, als wären wir in der Schule, aber er wurde dann steif und angespannt und zog sich in sich zurück. Er wollte die Arme bewegen, die eine Form, die er zeichnet, immer tiefer machen.

Jetzt weiß er, dass ich ihn lasse. Ich fange selbst zu zeichnen an und denke nicht mehr an ihn. Ich denke weder an die entlang der Wand gestapelten Kisten noch an ihren Inhalt, noch an mich oder sonst jemanden. Ich sehe Termite an und zeichne und schraffiere mich immer näher an das heran, was ich wirklich sehe. Ich zeichne seine Art, sich zu bewegen, wenn er so aufrecht sitzt, so scharf konzentriert und so echt, dass daneben nichts anderes existiert. Er erinnert mich daran, dass es in all den Hausarbeiten und dem Wetter, im Kochen und Putzen und Ausfahren mit ihm in die Stadt oder an den Fluss, in den Büchern in meinem Zimmer und Winfield und dem Gartenweg und in dem Tippen von Wörtern auf Maschinen bei Miss Barker einen leeren, freien Raum gibt. Darin ist es still.

In der Stille kann ich hören.

»Termite«, sage ich, »ich weiß, dass du das Radio haben willst. Später hören wir Radio.«

Sein Arm bewegt sich, trägt Farbe aufs Papier auf.

Mittags fahre ich mit ihm zu Charlie zum Essen, obwohl es so heiß ist, dass wir bestimmt die Einzigen sein werden, die auf den holprigen Gehsteigen und der Straße in die Stadt unterwegs sind.

»Termite«, sage ich. »Es ist zu heiß, um im Garten zu sitzen.«

Ich zeichne seinen Arm als eine Unschärfe, eine Eröffnung. Der Rest ist draußen. Die Steine, das Gras. Kanawha Hill und die Main Street, die sich an Nonie und der Resopaltheke des Restaurants vorbei in die Länge zieht. Die Wiese neben dem Polnischen Viertel, die derart wuchert, dass sie alles einlullt, was sich im hohen Gras bewegt. Ich senke Schraffuren und Schatten ins dicke Papier meines Notizbuchs. Alles andere hört auf.

Ins Restaurant kommen wir immer erst, wenn der Mittagsansturm vorbei und die Theke leer ist. Ich bringe Termite immer erst dann, wenn sein Stuhl auf jeden Fall frei ist. Charlie hat nämlich einen speziellen Barhocker an seiner Theke stehen, der eigentlich ein Frisörsessel im Kinderformat ist, mit metallener Fußstütze, Rücken- und Armlehnen aus gepolstertem Kunstleder. Er hat ihn vor Jahren bei einem Frisör, der sein Geschäft zusperrte und seine Einrichtung günstig abgab, für Termite besorgt. Er ist genauso hoch und so weit von der Theke entfernt wie alle anderen Barhocker und wie die anderen im Boden verschraubt und hat einen Fußhebel, der nicht mehr funktioniert. Dieser Stuhl ist der erste, auf den die Leute zusteuern, wenn sie allein kommen und dünn genug sind, um hineinzupassen. Er ist bequem und gemütlich, Damen lieben ihn, und ich habe schon Kinder sich um ihn zanken sehen. Ich ziehe den Handkarren durch die breite Eingangstür und parke ihn in dem Durchgang zwischen Theke und Wand, wo er niemandem im Weg ist. Nonie wischt die Tische ab, füllt Salz und Pfeffer nach. Danach wird sie mit dem Abendgericht anfangen, Charlie ist schon bei den Vorbereitungen. Ich höre sein Hackmesser hinten in der Küche, auf dem breiten Metzgerblock neben dem Spülbecken. Und ich höre Gladdy auf ihn einreden.

»Das ist einfach total absurd.« Ihre näselnde Stimme legt sich über alle anderen Geräusche. »Die Stadt erhöht die Steuern. Du musst die Ausgaben senken, nicht erhöhen. Warum Landwurst, wenn du Hamburger verwenden kannst?«

Wenn Gladdy herausfindet, dass sie irgendwas in größerer Menge verwenden, knöpft sie sich die beiden vor und fordert billigere Zutaten. Und sie knöpft sich Charlie vor, wenn er irgendwelche Härtefälle als Spüler oder Aushilfskellnerinnen einstellt, sogar wenn sie ausgezeichnet arbeiten, als liefe ihr Restaurant in Gefahr, in Verruf zu geraten. Schon längst hätte sie versucht, ihn weichzukochen, dass er Nonie entlässt, aber sogar ihr ist klar, dass keine andere so viel schuften würde wie Nonie. Wenn Gladdy nicht in Florida ist, kommt sie jeden Mittag zum Essen und immer mitten im größten Ansturm, stolziert herein und sitzt an ihrem kleinen Privattisch. Gerade dann, wenn es besonders hektisch zugeht, führt sie sich als Eigentümerin auf und kontrolliert alle. Wenn die Gäste dann allmählich wieder verschwinden, bleibt sie noch länger, damit sie Charlie Vorträge halten kann. Komisch, dass sie immer allein ist. Das heißt, es ist natürlich kein Wunder. Nonie weigert sich, sie zu bedienen. Gladdy bestellt immer das Tagesgericht, sicher um es zu testen. An die Aushilfe richtet sie kein Wort, aber die Hälfte der Zeit schickt sie Charlie Nachrichten in die Küche – »braucht Salz« oder »zu üppig«. Sie bestellt nie einen Nachtisch, weil sie Diabetes hat, schickt aber Nachrichten über das Dessert, das sie beobachtet – »Schlagsahne auf Beerentorte überfl.«. Nonie bewahrt alle Nachrichten von Gladdy in einer Schublade auf, sie nennt sie Charlies Fanpost. In zwanzig Jahren kein einziges Kompliment, sagt sie. Eigentlich isst man bei Charlie ziemlich gut. Nichts Raffiniertes, aber es schmeckt, und die Portionen sind groß. Charlie sagt, er hat genau die Sorte Lokal, die er haben will: keine Schankerlaubnis, keine Probleme. Gutes Essen, vernünftige Preise, verlässliche Kundschaft. Die Tische sind zu allen Essenszeiten voll, aber dazwischen ist es immer gemütlich genug, dass sie Zeit haben, um alles vorzubereiten, zu kochen, zu spülen und aufzuräumen. Pünktlich um neun sperrt er zu, packt die Reste des Tagesgerichts ordentlich zusammen und nimmt sie mit nach Hause. »Gladdys Essensbeutel« nennt es Nonie. Aber Charlie sagt, es lohnt sich, denn das hält sie wenigstens einmal am Tag vom Restaurant fern. Erstaunlich, dass die Frau in der Lage ist, sich das Frühstück selber zu machen, sagt Nonie darauf, und ein Wunder, dass sie's auch tut.

Ich setze Termite in seinen Frisörstuhl und mich selbst daneben. Ich bestelle den Thunfisch und für Termite den Kinderteller Makkaroni mit Käse. Das liebt er, und es ist einfach zu essen, denn bei Charlie lässt er sich nicht gern füttern. Nonie hat die Serviettenspender auf der Theke aufgereiht und mir eine Schachtel Papierservietten in Hunderterpäckchen hingestellt, also fange ich an, die Halter aufzufüllen.

Gladdy findet kein Ende. Jetzt steht sie in der Küchentür und äugt heraus und entdeckt uns. Weiß, dass sie ein Publikum hat. »Übrigens dieser Kinderteller! Diese Nudeln, die du mit amerikanischem Käse und deiner Hausmachersoße machst, die sind gut genug für jeden Erwachsenen. Billige Zutaten und in jeder Hinsicht gut. Streu einfach ein bisschen Petersilie drauf. *Das* sollte dein Tagesgericht sein.« Sie greift nach ihrem Notizbuch, als hätte sie einen Terminplan einzuhalten, aber es gibt immer noch was hinzuzufügen. »Was ist mit diesem Unwetter, das angeblich im Anzug ist? Hast du die undichte Stelle im Dach repariert, draußen bei der Hintertür?«

»Hab ich«, sagt Charlie. »Kein Grund zur Beunruhigung.« Vom Lokal aus unsichtbar steht er neben dem Spülbecken und hackt, hackt, hackt.

»Du solltest lieber hier übernachten, falls das angekündigte Unwetter wirklich kommt«, ruft Gladdy zu ihm hinüber. »Ein Auge auf alles haben. Die Versicherung lässt sich ja immer so lange Zeit, falls es Schäden gibt.«

Im Hintergrund klappert Kochgeschirr. Ob Unwetter oder nicht – Charlie übernachtet sowieso ein-, zweimal in der Woche hier, wenn Gladdy im Lande ist. Das Sofa im Büro lässt sich zu einem Einzelbett ausziehen. Elise witzelt, dass Nonie in einem Zimmer so groß wie ein Lastenaufzug in denselben zwei Stunden sowohl Charlie als auch die Buchhaltung schmeißt.

Gladdy, die ihr vertrauliches Gespräch mit Charlie beendet hat, wagt sich jetzt zu uns heraus. Ihr auf den Fersen folgt Charlie mit einer kleinen Schüssel pürierter Suppe, die er eigens für Termite macht. »Natürlich haben wir auch in Florida Unwetter«, sagt Gladdy, »aber nicht den Winter, das Eis.« Die Aussicht auf das Unwetter erinnert sie wieder an ihr zweites Zuhause und das Opfer, das sie bringt, um mehr als das halbe Jahr hier bei uns zu sein. »Ich weiß, mein Platz ist hier, aber dort ist die Sonne.«

»Na klar«, sagt Elise. »Wer weiß – wenn's Januar ist, kommen wir vielleicht alle mal zu Besuch.«

»Es ist ein winziges Häuschen, aber auf der Veranda scheint immer die Sonne.« Gladdy seufzt und fährt fort: »Ich tue, was ich kann, um die Flugkosten im November zu sparen, aber es lohnt sich wirklich, während der schlimmsten Kältemonate dort zu bleiben. Wenigstens kann sich Charlie hier um alles kümmern, ohne sich Sorgen machen zu müssen, ich könnte auf diesen vereisten Gehsteigen stürzen.«

»Sie sind eine Kämpferin«, bemerkt Elise.

»Gladdy«, frage ich, »ist Coral Gables in der Nähe von Miami?«

»Sicher«, sagt Gladdy. »Ich fliege nach Miami und steige direkt am Flughafen in den Bus. Manche würden für die Strecke von dreißig Meilen wohl ein Taxi nehmen, vor allem in meinem Alter, aber für derlei gebe ich kein Geld aus.« Sie rümpft die Nase. »In Miami verweile ich nicht. Miami hat eine schlechte Bevölkerungsschicht.«

Ich entschließe mich zu fragen. »Gladdy, kannten Sie meine Mutter?« Nonie wirft mir einen Blick zu, ehe die Worte aus meinem Mund sind.

Gladdy zögert nicht. »Nun, nein, eigentlich nicht. Nur vom Sehen.« Sie starrt ins Leere. »Ich meine, ich wusste natürlich von ihr. In Winfield weiß ja jeder von jedem.«

Ich denke an die Kisten in Nonies Keller, das Firmenzeichen der Umzugsleute. Keine Straßenangabe, nur *Miami, Florida*, als wäre das alles, was man in Florida wissen muss, um die Spedition Bekins zu finden. Einen Moment lang sagt niemand was, und Gladdy steht da und streicht ihr Kleid glatt, eines dieser Jerseykleider für alte Damen mit Lackledergürtel und einer Knopfleiste vorn. Das heutige ist marineblau mit weißen Tupfen. Ihren breitkrempigen weißen Hut wird sie, als sie hereinkam, an den Kleiderständer bei der Tür gehängt haben. Als Bewohnerin des tiefen Südens denkt sie natürlich stets an ihre Haut. Was komisch ist, sagt Nonie, denn schon bevor Gladdy regelmäßig nach Florida reiste, war sie runzelig wie eine Dörrpflaume. Sie ist ein mageres kleines Ding, nichts als Knochen und Härte. Der Geiz in Person – man kann sie nicht anders bezeichnen. Ich kann mir meine Mutter nicht vorstellen, kann sie nicht sehen, aber ich spüre sie als Wärme, nichts als Kurven und Bewegung, das genaue Gegenteil von Gladdy.

Ich stelle mich neben Termite und helfe ihm, seine Suppenschüssel zu halten, während Charlie Käse darüber reibt. Ich mag das Restaurant, wenn der Hochbetrieb vorbei ist. Trotz Gladdy ist es gemütlich, als wäre gerade etwas passiert und ist jetzt vorbei, alles ist erleichtert, die Luft voller warmer Gerüche, und im Hintergrund rauscht die Spülmaschine gleichmäßig vor sich hin. Es ist ein Geräusch von strömendem Wasser, das Termite gern hat. Normalerweise sitzen um diese Zeit noch zwei, drei Gäste an den Tischen, heute aber ist nur Elise zu einem späten Mittagessen da. Das tut sie oft, und sie bezeichnet ihre Anwesenheit als Besuch. Sie isst die Hühnersuppe mit Nudeln, für die Charlie berühmt ist, und drei Päckchen Cracker und raucht anschließend zwei Zigaretten, während sie mit Nonie plaudert. Sie nimmt ihre ganze Geschäftsführerinnenstunde und sitzt an einem Tisch ganz vorn, wo sie über die Straße ins Fenster des Mini-Mart schauen und sich vergewissern kann, dass das Mädchen, dem sie den Laden anvertraut hat, sich nicht von der Kasse fortrührt. Es gefällt mir, dass Elises Lippenstift auch nach der Suppe noch kleine rosa Spuren am Filter ihrer Camels hinterlässt. Elise hat drüben im Mini-Mart ebenfalls ihren Mittagsansturm – Arbeiter kaufen Donuts und Hot Dogs: Sie bereitet sie auf einem dieser elektrischen Apparate zu, die Wiener Würstchen so lange auf einem Rost herumrollen, bis sie aussehen, als hätten sie Sonnenbrand. Elise amüsiert sich immer ganz prächtig über Gladdy – ich glaube, sie freut sich insgeheim, wenn sie im Restaurant mit ihr zusammentrifft, denn das ist der einzige Ort, an dem man Gladdy begegnen kann. Die ungefähr zehn Querstraßen zwischen ihrem Haus am östlichen Ende der Main Street und dem Restaurant geht Gladdy immer zu Fuß, wegen der Bewegung, sagt sie, aber sonst geht sie nicht mal in die Kirche. Sie könnte einem leidtun, wäre es nicht so schwer, Mitleid mit ihr zu haben.

Jetzt strebt sie auf die Tür zu. Das Notizbuch an die Brust gedrückt wie einen Schild, macht sie sich auf den Heimweg, aber dann fällt ihr doch noch was ein. Termite und mir gegenüber bleibt sie stehen und sagt über die Theke zwischen uns hinweg: »Ich nehme an, ihr seht euch ähnlich, aber wer kann schon sagen …«

»Was sagen?«, frage ich.

»Wie er aussehen würde, wenn das, was ihm passiert ist, nicht passiert wäre.«

Termite isst seine Suppe, Gemüse und Fleisch, so fein püriert, dass er es schlucken kann, und benutzt dazu den dicken runden Löffel, den Charlie immer für ihn aufspart. Ich fülle die vor mir aufgereihten Serviettenhalter mit Servietten und würdige Gladdy keines Blickes. »Nichts ist ihm passiert«, sage ich. »Er ist einfach so, wie er ist, auf die Welt gekommen. Und er hört jedes Wort, das Sie sagen.«

»Natürlich hört er es.« Das Notizbuch schnappt auf und zu. »Aber er versteht es nicht. Wobei das kein Wunder ist – keiner von euch scheint ja zu verstehen, was ich sage.«

Charlie steht in der Küchentür. »Bist du immer noch da, Mutter? Ich dachte, du wolltest nach Hause.«

Ein unwirscher Unterton schwingt in seiner Stimme mit, aber Gladdy muss man ausreden lassen. Sie nickt sehr geflissentlich und entfaltet das Taschentuch, das sie ihrer Handtasche entnommen hat. »Ich finde nur, er wäre besser anderswo aufgehoben, wo sich Leute mit der entsprechenden Ausbildung um ihn kümmern können.«

»Ich kümmere mich um ihn.« Ich beuge mich vor, zwischen Termite und sie, um ihn gegen ihren Blick abzuschirmen.

»Nun, du bist an ihn gewöhnt. Das ist auch eine Art Ausbildung.« Sie putzt sich die Nase. »Löblich, sage ich immer, sage es zu jedem. Wie großzügig mein Sohn ist, sich nach euren Bedürfnissen zu richten. Gleichgültig, was es uns kostet, es ist löblich.«

»Eigentlich«, wirft Elise ein, »ist es umso löblicher, je mehr es kostet, finden Sie nicht, Gladdy?«

Ohne sie zu beachten, wendet sich Gladdy wieder zu mir: »Ich weiß nicht, wie du das schaffen wirst, wenn er erst ein großer, starker Mann wie Charlie ist.«

»Wenn er so groß und stark wie Charlie ist, wird er den Laden hier schmeißen, und Sie dürfen nicht mehr rein«, sagt Elise.

»Ich wüsste nicht, weshalb.« Gladdy schließt ihre Handtasche. Sie hält das zerknüllte Taschentuch in der Hand und berührt damit ihre Stirn, als wäre sie verwundet. »Ich war nie unfreundlich, obwohl es mir niemand dankt. Wie dem auch sei, er ist fast jeden Tag hier, nicht? Nichts dagegen einzuwenden, wohlgemerkt.«

Elise zieht ihre gemalten Brauen hoch. »War das jetzt kein Einwand?«

»Wir müssen alle unseren Lebensunterhalt verdienen, nicht zuletzt um seinetwillen«, sagt Gladdy. »Die meisten Gäste sind an ihn gewöhnt, nehme ich an.«

Nehme ich an nehme ich an nehme ich an, fällt Termite ein und tönt lauter und lauter, während Gladdy zur Tür schreitet. Sie nickt vor sich hin, als überlegte sie, und wedelt mit dem Taschentuch über die Schulter, wie eine Art Abschiedsgruß. Dann ist sie fort.

Grinsend kommt Charlie zu uns herüber und wischt sich die Hände an seiner Kochschürze ab. »Du bist ein Schlitzohr, Kumpel. Ich will dich unbedingt in meiner Mannschaft. Ich glaube, ich mach dir einen Vanille-Milchshake mit Schokosirup, nur leicht verrührt, wie du's am liebsten magst, ja?«

Termite ist still und dreht lauschend den Kopf, das Ohr zu Charlie emporgewandt. Er wirft ihm seinen Seitenblick zu und hebt mit dieser eigenartig-fragenden Bewegung, die ein Lächeln sein könnte, einen Mundwinkel.

Nonie streckt die Hand aus und zerzaust ihm das Haar. »Milchshake klingt fein«, sagt sie, »aber erst, wenn er seine Käsenudeln gegessen hat.«

Später, wenn Nonie heimkommt, könnte ich sie fragen: Und was war dann *das*? Wie kannst du sagen, dass er *nicht* weiß, was los ist? Und sie wird mich ansehen und den Kopf schütteln. Lark, wird sie sagen, was ist mit den anderen neunundneunzig Mal von hundert, wenn er sich wirklich nur nach seinem eigenen Sinn und Verstand auslässt?

Sie versteht es nicht. Genau darum geht es ja: Er *hat* Sinn und Verstand. Wir sehen immer nur die Oberfläche, wie wenn man vor einem Fluss steht und nur den gespiegelten Himmel sieht.

Elise ist in den Mini-Mart zurückgekehrt, und die Spülmaschine läuft immer noch. Charlie sagt, das Unwetter schlägt heute am späten Nachmittag zu. Der Fluss hat jetzt schon Hochwasser, aber die Main Street steht selten unter Wasser. In unserem Teil der Stadt hat es bei jedem größeren Regen Hochwasser – Rasenüberschwemmungen, sagt Nonie, weil das Wasser nur ein paar Zentimeter über das Gras steigt. Sie räumt nie irgendwas weg und prahlt, dass ihr Keller dicht ist, außer dort, wo der Boden schräg abfällt. Sie sagt, dieses Wasser kommt von unten her, durch die Risse im Beton, es sickert nicht durch die Wände ein oder durch die neuen Sturmtüren. Gladdys Keller steht bei jedem starken Gewitter mindestens einen halben Meter unter Wasser. Nonie sagt, das könnte man richten lassen, aber Gladdy ist zu knauserig, um einen Cent dafür auszugeben. Fluten sind typisch für Städte am Fluss. Als wir Kinder waren, beobachteten wir die Rasenüberschwemmungen von Nonies Hintertreppe oder Tuccis Veranda aus. Auf dem Gartenweg stand das Wasser höchstens fünf Zentimeter hoch, und die Gärten sahen aus wie verzaubert. Wir machten Schiffchen aus Stanniolpapier und ließen sie schwimmen. Manchmal trieben sie bis zum Weg hinüber und verschwanden. Wenn das Wasser wieder abgeflossen war, fanden wir sie zwei, drei Straßen weiter, plattgedrückt, aber immer noch glitzernd.

Nonie räumt unsere Teller ab und gießt den Rest von Termites Milchshake in einen Pappbecher. Charlie ist mit Termite aufs Klo gegangen. Er sagt, Termite ist alt genug, um das Männerklo zu benutzen, und wenn er bei ihm im Restaurant ist, dann geht er auch aufs Männerklo. Ich glaube, Termite ist das völlig egal, aber er mag es, wenn Charlie ihn aufhebt und ihn mit dieser sachlichen Selbstverständlichkeit wegträgt. Ich sehe Termite in Charlies Armen und denke an Nick Tucci gestern, als er mir das Tablett abnahm, hinter ihm der dämmrige Weg und der Abend.

»Charlie erinnert mich manchmal an Nick Tucci und umgekehrt«, sage ich zu Nonie. »Beide dunkelhaarig und stark, mit pelzigen Armen.«

Nonie lacht. »Aus deinem Mund klingt das, als wären sie Bären.«

»Sie könnten Brüder sein«, sage ich.

Sie schüttelt den Kopf. »Sie sind doch total verschieden. Der eine ist ein hitzköpfiger Italiener, knallhart und gebaut wie ein Hydrant, der andere ein Ire, der allmählich eine Glatze kriegt, über fünfzig, eins achtzig groß, der aber komplett unter der Fuchtel seiner Mutter steht. Gemeinsam haben sie nur, dass sie katholisch aufgewachsen sind und vom Morgengrauen bis zum Einbruch der Dunkelheit schuften – in Charlies Fall sogar noch länger – und dass sie euch Kinder lieben.«

»Und sie lieben dich«, sage ich.

»Vermutlich«, sagt sie, als wäre es ihr erst in dem Moment bewusst geworden. Dann fügt sie hinzu: »Was auch immer das bringt.«

Ich weiß nicht, was es ihr bringt, aber sie lieben sie wirklich, mehr, glaube ich, als Männer ihre Ehefrauen lieben. »Uns lieben sie, weil sie dich so lieben«, sage ich. Und es stimmt. Nick blickt zu Nonie auf, als wäre sie seine ältere Schwester, die er anbetet, und Charlie – Charlies halbes Leben hängt von ihr ab, auch Gladdy könnte er ohne sie nicht ertragen. »Es ist, als wären Nick und Charlie Familienmitglieder, die nicht miteinander reden. Du machst sie zur Familie.«

Nonie lächelt. »Das sagen wir ihnen lieber nicht.«

In Charlies Armen kommt Termite aus dem Männerklo und gurrt vor sich hin. *Lieber nicht lieber nicht lieber nicht.* Er hört Worte, selbst ganz leise, durch Wände hindurch. Ich weiß nicht, wie er das macht. Es ist unmöglich.

Charlie setzt Termite in den Handkarren. »Der Mann ist in seinem Cockpit«, sagt Charlie, als säße Termite, wie er da zwischen den schulterhohen Seitenwänden in seinem gepolsterten Sitz eingekeilt ist, am Steuer eines Spitfire. »Ihr fahrt jetzt am besten gleich heim«, sagt Charlie zu mir.

»Charlie, es wird noch stundenlang nicht regnen! Wir pflücken ein paar Blumen, gehen über den Rangierbahnhof.«

Rangierbahnhof Rangierbahnhof Rangierbahnhof. Ich ziehe den Karren durch die Tür, und Termite macht seine Laute, als sagten wir allen manierlich Lebewohl.

»Wenn es dunkel wird, komm ich heim«, sagt Nonie. »Seid dann bitte auch da.«

»Selbstredend«, antworte ich. »Du weißt, was er vom Fluss bei Dunkelheit hält.«

Das ist ein Scherz: Termite liebt den Fluss zu jeder Tageszeit, aber Nonies Antwort höre ich nicht mehr. Die Main Street empfängt uns mit ihren gewohnten Nachmittagsgeräuschen – vorbeifahrenden Autos, dem Surren der Ampel, wenn sie umschaltet. Ich winke Elise im Fenster des Mini-Mart zu und gebe Termite den Rest seines Milchshakes im Pappbecher. »Trink's lieber aus, bevor es weggeschmolzen ist«, sage ich und stelle den Strohhalm so, dass er ihn im Mund hat. Leute, die Termite nicht kennen, werden in seiner Gegenwart oft nervös. Sie schauen weg, aber jeder, der ihn kennt, will ihm gleich was schenken. Es ist wirklich so – kaum haben sie begriffen, dass er nicht der Notfall ist, nach dem er vielleicht aussieht, suchen sie einen Vorwand, um in seiner Nähe zu sein. Er verlangt nichts und verständigt sich auch nicht auf die übliche Weise, aber mit der Art, wie er sich jemandem zuwendet, mit seiner aufmerksamen Stille, schließt er irgendwie jeden ein. So fühlt man sich, wenn man ein Wasser betrachtet, das groß genug ist, um einen zu beruhigen, einen Teich, einen See, einen Fluss. Oder das Meer, natürlich. Als ich mir das erste Mal eine Muschel ans Ohr hielt, hatte ich das Gefühl, ich kann endlich die Klänge hören, in denen Termite lebt.

Er ist ein Grund, warum ich über Florida nachdenke. Mit Termite ans Meer zu fahren, das kam mir immer vor, als brächte man zwei erfüllte Räume zueinander. Das Meer ist das gewaltigste Geräusch, das ich ihm je bieten kann, gewaltiger als Flüsse und Züge. Der andere Grund ist die Adresse auf den Kisten meiner Mutter. Mit ihm nach Florida zu fahren wäre so, als brächte ich ihn zu ihr. Auch wenn sie nicht mehr dort ist, hat sie doch mal dort gelebt. Vielleicht mit ihm, vielleicht sogar mit mir. Und in Florida ist es warm. Im Winter kommt Termite kaum raus. Er liebt es, wie Schnee sich anfühlt und anhört, aber lange kann ich ihn nicht draußen sitzen lassen. Nonie sagt, wir müssen wegen seiner Lunge aufpassen, wegen seines Atems. Sie fürchtet eine Lungenentzündung, obwohl Termite nie eine hatte. Wenn er erkältet ist, hört man ihn im ganzen Haus, ein abgehacktes schnurrendes Geräusch. Nonie macht sich dann immer Sorgen. Sie reibt ihm Brust und Kehle mit Wick VapoRub ein, steckt eine Papiertüte auf den Schnabel des kochenden Teekessels und lässt ihn den Dampf einatmen. Dann steht sie dicht hinter ihm, massiert ihm mit langsamen Kreisen den Rücken und sagt: Atmen, atmen, als täte er nicht genau das.

Die Leute halten Termite für empfindlich und anfällig, aber von uns Kindern hat ihn keines so gesehen. Ich sehe zu, dass er alles hat, was er braucht, aber Sorgen mache ich mir nicht. Die Leute könnten ihn piesacken oder vernachlässigen, aber das lasse ich nicht zu. Über Bakterien und Unfälle zerbreche ich mir nicht den Kopf. Oder dass es schlechter mit ihm werden könnte: Das Schlimmste ist passiert, bevor er auf der Welt war, und trotzdem ist er da. In meinen Augen ist er stark, genauso stark wie ich oder Nonie.

Deine Augen sind sonderbare Augen, würde Nonie sagen.

Im Rangierbahnhof ist es heute ruhig. Irgendwas ist anders. Es sind fast keine Güterwagen auf den Abstellgleisen. Nur eine Lokomotive steht auf dem Hauptgleis, vier Güterwaggons sind an sie angehängt. Normalerweise halten Lokomotiven in Winfield überhaupt nicht an. Sie schleichen nur langsam dahin, fahren ein Stück zurück und stoßen dann vorwärts, um sich an Güterwagen anzuhängen, die hier zum Abholen und Verschieben abgestellt sind. Diese Lokomotive steht wie festgewurzelt, als wäre sie schon eine ganze Weile hier. Dann sehe ich den Lokführer, der neben ihr steht, und ein anderer Mann sitzt im Führerhaus.

»Termite«, sage ich leise. »Auf dem Gleis steht eine Lokomotive und daneben der Lokführer.«

Der Lokführer sieht uns nicht. Er blickt auf eine Taschenuhr an einer Kette, genau wie das weiße Kaninchen aus *Alice im Wunderland*, aber seine Uniform ist dunkel, und die Nähte seiner Jacke, die Manschetten, die Mütze sind paspeliert. Der dunkle Mützenschirm beschattet sein Gesicht. Er schiebt die gespitzten Lippen vor, als wäre das Zifferblatt seiner Uhr eine todernste Sache.

Mit dem Handkarren im Schlepptau, gehe ich direkt auf ihn zu. Termite kennt Landstreicher, die auf Züge aufspringen, aber nicht die Männer, die sie fahren. Ich möchte, dass er hört, wie dieser Lokführer spricht, wie er in die Lokomotive klettert, mit ihr davonfährt. »Entschuldigung«, sage ich, »warum ist denn der Bahnhof heute so leer?«

Zerstreut sieht er mich an. »Es soll, scheint's, ein Unwetter durchziehen. Wurde alles nach Süden verschoben, damit es aus dem Weg ist. Aber auf diesen Gleisen hier wird jetzt sowieso nicht mehr viel abgestellt.«

»So leer habe ich sie noch nie gesehen«, sage ich.

»Ach, dieser Bahnhof ist zur Stilllegung vorgesehen«, sagt er. »Lohnt sich nicht für die Bahn, die Schienen instand zu halten, vor allem auf dieser Brücke da.« Er nickt zum Fluss hinüber, zu der steinernen Eisenbahnbrücke, die durch die Bäume zu erkennen ist. »In drei Monaten fährt hier überhaupt nichts mehr durch, ob Wetter oder nicht.«

»Für meinen Bruder ist das sehr schade«, sage ich, aber Termite ist still. Der Lokführer wendet den Kopf von uns ab und scheint von Termite in seinem Handkarren keine Notiz zu nehmen. »Wann werden Sie denn heute voraussichtlich abfahren?« Es ist eine sinnvolle Frage, aber der Lokführer gibt keine Antwort. Ich frage mich schon, ob er ein Trugbild ist, ob es gar nicht stimmt, dass dieser Zug hier angehalten hat, ob es nicht stimmt, dass hier bald überhaupt keine Züge mehr verkehren. Ich lege ein bisschen mehr Nachdruck in meine Stimme. »Wo fahren diese Waggons hin?«, frage ich. »Ich meine, wo ist das Ende der Strecke?«

Strecke Strecke Strecke, sagt Termite, und jeder Laut ist langsam und rein und klar. Der Lokführer bekundet gelinde Überraschung und blickt an mir vorbei zu Termite hinunter. Er nickt bestätigend, von Mann zu Mann, als wäre nichts Ungewöhnliches an einem Jungen in einem tiefen Handkarren, der die Augen stark zur Seite verdreht und den Kopf schief hält, während die Finger sich in die Luft recken und bewegen. Er befühlt die Uhr in seiner Tasche und dreht sich zu den Güterwagen neben uns um. »Diese? Die Long-Island-Wagen biegen in Beckley ab und rollen nach Osten weiter. Die Chessie-Waggons fahren schnurstracks nach Süden – Augusta, Georgia, weiter nach Jacksonville.«

»Sie meinen Florida?«

»Klar. Vor Fort Lauderdale und Miami werden sie dann beladen. Billiger, sie leer direkt runterzufahren. Dauert drei, vier Tage, je nachdem.« Er blickt zu Termite hinüber. »Um Ihre Frage zu beantworten: Für die Chessies hier ist Miami das Ende der Strecke.«

Der andere Lokführer ruft vom Führerhaus zu ihm hinunter. Die Unterredung ist beendet. Ich nicke und trete zur Seite, während er sich kurz an die Mütze tippt und in die Lokomotive klettert. Ich komme mir albern vor, dass ich nach Florida gefragt habe; wenn man in Georgia ist und nach Süden will, wird man wohl kaum die Richtung wechseln, um in ein anderes Jacksonville zu gelangen. Ich setze mich in Bewegung, und Termite protestiert nicht. Ich habe es mir anders überlegt. Ich will ihn die Abfahrt dieses Zuges nicht miterleben lassen.

Bis zum Tunnel unter der Eisenbahnbrücke ist es nicht weit. Wir bringen die Strecke schnell hinter uns – aus dem Rangierbahnhof hinaus, in den Schutz der Wälder, den breiten Feldweg zwischen den Bäumen entlang: Dieser Weg war mal eine Straße. Vor der Bahnlinie, sagt Nonie, als Lasten per Schiff auf dem Fluss befördert wurden. Sie bauten einen Indianerpfad, der schon da war, zu einem Treidelweg aus, auf dem Pferde tiefe Frachtschiffe mit Vorräten und Handelswaren in eine Stadt zogen, die wir nicht wiedererkennen würden. Eigentlich keine Stadt, nur eine Siedlung: klein und primitiv und neu. Dort gab es jemanden wie mich und jemanden wie Termite. Es hat immer Leute wie uns gegeben. Und auch der Fluss war schon da, hunderte oder tausende oder zehntausende Jahre.

Wenn ich genau hier stehen würde – wie weit müsste ich wohl zurückschauen, bis der Flusslauf anders aussieht? Die Insel ist anders. Sie ist wandelbar, eine vor nicht so langer Zeit entstandene kleine Erhebung im Fluss. Manche sagen, es ist Erde, die sich Jahr um Jahr auf einem Riff am Grund des Flusses abgelagert hat. Andere sagen, die Insel fing als Kohlenschlacke an, als Bergwerksabfall, der nachts illegal von der Brücke aus versenkt wurde. Von Unternehmen, die gesetzliche Vorschriften umgingen, bevor die Tiefbauzechen geschlossen wurden. So oder so ist die Insel jetzt schön. Sie wird grün, dann braun und dürr, dann schneeweiß, und im Frühjahr treibt sie wieder aus – eine eigene kleine Landschaft, dabei ist sie nicht länger als vielleicht dreihundert Meter. Sumachtriebe, die am Wasser wurzeln, färben sich im Herbst knallrot. Die Kuppe der Insel ist nur Gras, ein grüner Hügel, den Krüppelbäume und größeres Gestrüpp noch nicht besiedelt haben.

»Termite? Wir bleiben nur ein bisschen, vor dem Unwetter.«

Er summt eine Antwort, eine leise Tonfolge, die einsetzt und wieder abbricht. Wir verlassen die Kühle des Tunnels, auf der dunklen Erde am Flussufer setze ich mich neben dem Handkarren nieder. Ich bin genau neben Termite, unsere Schultern sind auf gleicher Höhe. Dass wir aufs Wasser schauen, brauche ich ihm nicht zu sagen. Er kippt den Kopf zur Seite und seine Augen ebenfalls, so als nähme er den Fluss gleich doppelt wahr.

Das Licht verändert sich rasch. Der Himmel ist rötlich violett geworden, und die Farben der Insel wirken wie in Gelb getaucht. Die Graskuppel des kleinen Hügels leuchtet wie eine Bühne im Scheinwerferlicht. In dem Moment sehe ich die Hirsche: Von der anderen Seite her streben sie geradewegs hinauf ins Licht, drei dunkle Gestalten, die immer höher steigen, bis sie oben stehen und sich umdrehen und wittern. Ich sehe die Konturen ihrer Beine und langen Hälse, ihrer Flanken. Die Hügelkuppe ist eine Fläche nicht größer als vielleicht eine Pferdekoppel, und die Hirsche überqueren sie jetzt, und dabei heben und senken sie abwechselnd den Kopf, wie um zu riechen oder zu hören, was nicht stimmt. Der eine, ein junger Spießer, hat ein Geweih mit zwei Enden, die beiden anderen sind Hirschkühe. Sie sind von hinten beleuchtete schwarze Silhouetten. Der Himmel ist niedriger und grüner geworden, und die Luft knistert wie elektrisch geladen. Auf einmal verfällt der männliche Hirsch in jähen Galopp, stürmt zum Ufer der Insel hinab, als würde er verfolgt, und springt ins Wasser. Kraftvoll, den Kopf vorgereckt, mit tretenden Beinen, schwimmt er auf uns zu. Termite ist still, vollkommen reglos, hat die Augen geschlossen, wie um intensiver zu lauschen. Ich rühre mich nicht, wage nicht zu atmen. Der Hirsch kommt näher, näher, ist schon halb über den Fluss, als er sich jäh herumwirft und mit derselben Energie zurückschwimmt. Jetzt stehe ich auf, kalt bis in die Fingerspitzen hinein, als wäre ein eisiger Kern in mir zum Leben erwacht. Heftig das Wasser tretend, strebt der Hirsch zur Insel zurück, entfernt sich von uns, als hätte er gespürt, dass es keinen Sinn hat, an dieses Ufer herüberzukommen, in den Schutz des Tunnels oder die hohe Deckung der Wiese. Es bringt ihm nichts.

»Ein Hirsch ist im Fluss geschwommen«, berichte ich Termite. »Er muss uns gewittert haben. Sie riechen Menschen aus weiter Entfernung.« Allerdings wüsste ich nicht, wie. Es geht kein Lufthauch, der eine Witterung weitertragen könnte.

Termite hat die Finger ineinander verhakt. Mir wird bewusst, dass ich ebenso fest die Griffstange des Karrens umklammere. Jetzt öffnet er die Hände, wie um meine Stimme zum Verstummen zu bringen, und lässt in einem langen Seufzer den Atem entweichen, dabei gibt es keine Plastikschleife, kein bewegliches Blau.

Ich sehe den Hirsch aus dem Fluss klettern und krachend hügelaufwärts stürmen. Da sind die drei Silhouetten wieder, und jetzt erstarren sie. Reglos stehen sie da und blicken flussabwärts dem Kommenden entgegen. Hinter ihnen pulsiert der Himmel dunkelblau, wolkenverschleiert wie eine verhüllte Faust. Ein langer gezackter Blitz reißt ihn auf und verschwindet. Ich höre den Zug zuerst nicht, bis er, schon mitten auf der Brücke, sein schrilles Pfeifen ausstößt. Der Lokführer kann uns nicht gesehen haben; vielleicht gibt er jemandem irgendwo ein Signal. So ein kurzer Zug ist vorbei, bevor er richtig angefangen hat. Bevor ich mich auch nur umgedreht und den Handkarren die Böschung hinaufgezerrt habe, ist er schon wieder verschwunden. Dann beuge ich mich zu Termite herunter, bis meine Augen vor den seinen sind, unsere Stirnen sich berühren, denn so kann er mich sehen, das weiß ich. »Alles ist gut, Termite. Wir gehen jetzt, vor dem Unwetter.«

Dem Unwetter. Er sagt es einmal, und ich ziehe ihn hinter mir her durch den Tunnel, unter der Eisenbahnbrücke hindurch. Der Tunnel ist so dunkel wie das Dämmerlicht draußen, und er summt. Früher konnte ich das nicht hören, aber inzwischen habe ich es gelernt. Es ist eher ein Schwingen als ein Geräusch, wie ein Überbleibsel, das der Zug in den Steinen zurücklässt. Der Tunnel schien mir früher weit wie eine Höhle, in der wir Kinder alle wohnen konnten, und mächtig wegen des Gewichts und der Schichtung der Steine und des Rauminhalts, den er über unseren Köpfen zu fassen schien. Jetzt sehe ich, wie schnell eine Frau, die einen Handkarren zieht, ihn auf dem Heimweg durchquert hat und die Wiese zwischen den Gleisen und dem Polnischen Viertel erreicht.

Diese Wiese ist Brachland, etwa so groß wie ein Wohnblock und im Sommer überwuchert von Wildwuchs und Blumen, die hüfthoch auf das rissige Pflaster der Lumber Street und zu den windschiefen Balkonen des Polnischen Viertels herausquellen. Nonie sagt, diese Wiese im Polnischen Viertel war im Krieg ein Acker mit lauter Gemüsegärten – Siegesgärten, wie man sie nannte: ordentlich angelegte, bestellte, gedüngte Beete –, aber damals war ja die ganze Stadt anders. Heute ist sie heruntergekommen, hat sich geleert, die Ackererde aber ist immer noch schwarz und fett und fruchtbar. Unkräuter und Wildblumen vermischen sich mit Lavendel und Dill und kommen jedes Jahr ineinander verschlungen und intensiv duftend wieder. Es wächst hier so hoch, dass die Stadt die Wiese jedes Jahr im August abmäht, um zu verhindern, dass im Dickicht Dinge passieren. In der Nacht kommen Jugendliche her, um zu raufen oder zu trinken, ringsum schwirren Glühwürmchen durch die Dunkelheit, und Liebespaare legen sich nieder, wo sie keiner sieht. Die Mütter aus dem Polnischen Viertel lassen ihre Töchter nicht in die Nähe der Wiese, aber es gibt doch jeden Sommer ein paar Mädchen, die nicht hören wollen. Die jungen Männer aus ganz Winfield kommen hierher, um sie zu treffen. Die polnischen Kirchgängerinnen sitzen auf ihren Veranden. Manchmal hofiert sie ein Junge aus Dago Hill oder sogar von der Country Club Road und redet mit ihren Müttern und holt sie fort aus dem Polnischen Viertel. Meist sind es blonde Mädchen, und ihre Mütter sind übergewichtig, und sie betrachten miteinander die Wiese und warten. Die Wilde Möhre ist schulterhoch, weiß blüht sie zwischen purpurnem Wasserdost und Sonnenhüten in Hellrosa.

Ich würde gern für Termite Blumen pflücken, einen riesigen Strauß, der den Handkarren füllt, aber ich wage es nicht, sondern durchquere rasch das hohe Gras. Die Halme weichen auseinander wie eine Menschenmenge. Termite bewegt die Hände, um sie zu fühlen wie ein schneidendes Meer, das die Finger entlangstreicht, und der Karren hinterlässt eine schmale Schneise. An den meisten Tagen ist es hier voller Geräusche, alle möglichen Insekten summen und ticken auf den hohen Stängeln, Libellen und Grashüpfer erzeugen ein Kamikaze-Sirren und flirren durch unser Haar, an unseren Ohren vorbei. Nicht heute. Heute ist alles still. Alles Lebendige hat sich an die Wurzeln der Pflanzen geschmiegt oder sich ein paar schützende Zentimeter tief in die Erde gewühlt.

Als wir neben dem Haus der Tuccis in den Gartenweg einbiegen, ertönt hoch am Himmel ein Donnern. Es ist ein anhaltendes Grollen, das poltert wie ein gedämpfter Hagel, und aus dem Nichts heraus ist ein Wind aufgekommen. Sofort entdecke ich Stamble: Er wartet auf Nonies vorderer Veranda. Er sieht mich nicht. Wenn seine Augen so schwach sind, wie Nonie sagt, kann er das wahrscheinlich auch gar nicht. Stocksteif steht er da in seiner dunklen Anzughose und schaut auf die Straße hinaus. Er hat den Hut abgenommen und sein Jackett ausgezogen und ist in Hemdsärmeln, die Manschetten fest und ordentlich zugeknöpft. Er ist unglaublich dünn. Das weiße Hemd hängt von seinen spitzen Schulterknochen, und der Wind presst ihm die Ärmel um die mageren Arme. Es scheint keine Sonne mehr – vermutlich braucht er deshalb seinen Hut jetzt nicht. Sein weißblondes Haar ist lang, fast wie bei einer Frau, jedenfalls lang genug, um ihm aus dem Gesicht und vom Stahlgestell seiner Brille fortzuwehen.

Jemand vom Sozialdienst ist hier, sage ich zu Termite. Stamble, sehe ich, leuchtet ein bisschen in dem merkwürdigen Licht, und ich ebenfalls und Termite auch. Meine weiße Bluse, Termites T-Shirt. Der Nachmittag hat sich verdüstert, hat sich vom Unwetter in die Dunkelheit locken und einsaugen lassen, violett gefärbt. Helles wirkt strahlend. Sogar die hellgrauen Dämmziegel von Nonies Haus scheinen zu leuchten, als schwebte das Haus auf einer schwarzen Wiese. Es hat zu regnen begonnen, aber es ist ein komischer Regen, ein böiges nadelscharfes Sprühen, das immer wieder aussetzt.

»Ah, da sind Sie ja«, sagt Stamble, als hätte er uns erwartet. »Ich habe etwas mitgebracht.«

Jetzt sehe ich den Rollstuhl neben ihm. Er ist kleiner, kindgroß, die Räder dünner und höher als bei dem Modell, das wir im Schrank stehen haben. Der Sitz besteht aus einem quadratischen Kissen, wie es vielleicht ein gepolsterter Klappstuhl haben könnte. Auf dem Kissen liegt eine Garbe Wildblumen, langstielig, buschig vor Grashalmen, frisch genug, dass sie noch gar nicht welken. Es scheinen die Blumen zu sein, die ich nicht gepflückt habe, und mir wird bei ihrem Anblick so sonderbar, dass ich kein Wort über den Rollstuhl sage.

Er beugt sich zu Termite hinunter. »Kennst du mich noch, Termite? So heißt du doch? Ich heiße Robert, Robert Stamble.«

Er legt die Blumen zu Termite in den Handkarren, wie ein Geschenk, dann packt er die Metallgriffe, die hinter der Rückenlehne des Rollstuhls aufragen, und tritt mit dem Fuß auf einen Hebel darunter. Der Stuhl faltet sich mit eingeklapptem Sitz zusammen, und er schiebt ihn an diesen Griffen hin und her, um vorzuführen, dass er, so dünn und kompakt, wie er jetzt ist, immer noch auf den Rädern läuft.

»Der ist anders als jeder Rollstuhl, den ich je gesehen habe«, sage ich.

Er wirkt erfreut. Auch er ist anders. Ich wundere mich, dass er beim Sozialdienst arbeitet, in diesem Kaninchengehege mit acht oder neun Schreibtischen im Hauptraum. Die Schar der Frauen, die sich gern tratschend am Wasserspender versammelt, tauscht sicher Geldeinsätze, wenn er vorbeikommt. Die Frauen halten Nonie für unkooperativ und schwierig, Termite für eine schreckliche Schande und mich für einen armen Unglücksraben. Vielleicht wurde Stamble unser Fall zugewiesen, weil ihn sonst niemand haben wollte – er ist schließlich neu und muss nehmen, was er kriegt. Stamble ist merkwürdig mit seinem hellrosa Aussehen und gebügelten Anzug und dieser Erscheinung aus dem Nichts heraus. Vielleicht verursacht er ihnen Unbehagen, und sie haben ihn deshalb auf uns angesetzt: Wenn er versagt, haben sie einen Grund, ihn zu feuern oder zu versetzen. Andererseits ist er vielleicht nicht so untüchtig. Er hat uns diesen Rollstuhl gebracht, ohne dass Nonie ein Formular oder Dokument unterschreiben oder ein Gesuch aufsetzen musste. Wir haben nicht mal einen Antrag gestellt.

Regen peitscht herunter, dann stockt er wieder. Hinter dem Blechvordach der schmalen vorderen Veranda sehen wir, wie er nachlässt und wieder einsetzt, und die Windböen werden heftiger und zerzausen die Blumen auf Termites Schoß.

Stamble beugt sich zu ihm hinunter, wie ein Schild zwischen ihm und dem Wind. »Möchtest du den Rollstuhl mal ausprobieren?«

Termite sitzt vollkommen still. Eindeutig ein Nein. Ich könnte die Frage für ihn beantworten, aber ich sage nichts. Stamble scheint das Schweigen nichts auszumachen; auch er hält still, ist mit seinem Gesicht nahe bei Termite, als wartete er, horchte auf eine Antwort anderer Art. Stambles weißblondes Haar ist nur eine oder zwei Schattierungen heller als Termites Haar, und seine hellen Augen hätten dieselbe verblüffende Wirkung, wären sie nicht so blass und schwach und eng beieinander. Es ist fast, als wären Stamble und Termite zwei verwandte Versionen desselben, nur dass Stamble in der Welt herumspaziert und Termite nicht. Außer als Kuriosität ist Stamble für die Leute unsichtbar, wie Termite, aber er ist nicht so anders, dass man nichts von ihm erwarten würde. Er hat eine Arbeit und einen Anzug, aber er steht und bewegt sich in einer eigenen, eigenartigen, irgendwie zurückgelehnten Haltung. Er wahrt einen Abstand. Als wäre er vorsichtig, nicht so ganz an sich gewöhnt. Er hat keine andere Unterstützung als diesen Anzug und den Hut, der seine weißen Haare zudeckt und sein Gesicht beschattet. Keine wehrhafte Beschützerin wie Nonie, keinen Radioknopf zum Herumfummeln, keine blauen Plastikschleifen zum Blasen und Durchschauen. Von Stamble ist alles abgefallen, das sieht man ihm an. Er ist auf der Durchreise, ein Besucher.

»Wo lebt Ihre Familie?«, frage ich ihn. »Wo sind Sie her?«

»Nicht aus der Gegend hier«, antwortet er. Er bleibt neben Termite hocken und berührt Termites Kopf mit seiner blassen Hand. »Dieser Sturm wird noch stärker«, sagt er zu Termite. »Er wird all diese schwüle Luft in Trümmer zersprengen.« Er sagt es, als dächte er so, wie Termite denkt: dass jedes Unwetter etwas Gutes ist, weil er es gern hört.

Mein Radar macht jeden ausfindig, der Termite etwas zuleide

tun, sich über ihn lustig machen, ihn übers Ohr hauen könnte. Jetzt merke ich, dass mein erster Eindruck von Stamble mit dem Sozialdienst zu tun hatte und mit der Überrumpelung durch sein plötzliches Auftauchen mit dieser Aktentasche. Aktentaschen haben sie alle. Aber er ist anders als sie. Er ist wirklich seltsam. Ich frage mich, ob den Leuten klar ist, *wie* seltsam.

»Anscheinend ist das jetzt das Unwetter, von dem alle geredet haben«, sage ich.

»Ich muss wieder weiter«, sagt Stamble. »Geht ihr beide lieber ins Haus.« Jetzt rückt er von Termite ab, steht auf und holt seine Aktentasche, die er neben der Tür deponiert hat.

»Muss ich nichts unterschreiben wegen dem Rollstuhl?«

»Gar nichts. Wir warten erst ab, ob er ihn überhaupt mag. Ob er ihn benutzt.«

Der Regen ist jetzt heftig und dicht und gleichmäßig geworden und fällt als senkrechter Vorhang vom Rand des Verandadachs. »Soll ich Ihnen einen Schirm leihen?«, frage ich.

»Nicht nötig«, sagt Stamble. Er tritt hinaus in den Regen, während ich die Haustür öffne, den zusammengefalteten Rollstuhl vor mir herschiebe und Termite im Handkarren nachziehe. Ich drehe mich noch einmal nach ihm um, aber der Regen ist so dicht, dass ich nicht mal die Straße sehen kann. Stamble ist wie vom Erdboden verschluckt.

»Da hast du dein Unwetter«, sage ich zu Termite.

Er reagiert nicht. Er lauscht dem Regen, der auf das Dach prasselt, von den Dachrinnen klatscht, in Bächen durch den Garten rinnt, während ich ihn mit einem Handtuch frottiere. Wir sind nicht richtig nass geworden, aber es fühlt sich alles klamm und kühl an, und der Regengeruch erfüllt das Haus. Ich setze Termite in seinen weich gepolsterten Sessel und schließe die Fenster bis auf einen handbreiten Spalt, um die Regengeräusche hereinzulassen, dann breite ich in einer Ecke des Wohnzimmers eine Zeitung aus, um den Handkarren darauf abzustellen. Die Räder sind nass und schmutzig, und ich muss die Spuren auf dem Holzboden beseitigen. Der Rollstuhl steht zusammengefaltet mitten im Raum, und ich rücke den Couchtisch zur Seite, damit mehr Platz ist. Ich mag den Regen, das Prasseln und die blassgraue Abendfarbe, in die das strömende Wasser die ganze Umgebung taucht. Donner kracht und rollt, immer wieder. Es regnet stark, und wir sind im Lärm eingeschlossen.

Ich falte den Rollstuhl auseinander, lasse den Riegel einrasten, der den Sitz fixiert, dann setze ich mich hinein. Er hat gepolsterte Riemen, die über die Schultern passen, und einen Taillengurt und eine Rückenlehne so dick wie ein Kissen. Das könnte klappen. Er lässt sich sehr leicht bewegen und drehen und wenden. Die Räder machen ein leises schmatzendes Geräusch auf dem glatten Boden. Termite würde sich allerdings nicht selbst mit den Händen fortbewegen. Er müsste geschoben werden, zumindest am Anfang. Er würde trotzdem Hilfe brauchen.

Er hat den Kopf gedreht. Er hört jetzt den Stuhl, wie ein Geräusch, das dem Regen den Takt vorgibt. Ich denke, ich könnte ihn auf den Schoß nehmen, und er könnte seine Handgelenke auf meine legen und fühlen, wie man etwas Leichteres, Schnelleres lenkt und wendet. Aber vorerst möchte ich nur, dass er zuhört. Ich schiebe den großen Sessel auf seinen klobigen Kühlschrankrädern in die Zimmermitte und setze mich wieder in den Rollstuhl. Dann schließe ich die Augen und versuche die Fläche ringsum, den von Möbeln freien Raum zu spüren. Ich bewege mich hin und her und im Kreis, wende, fahre zurück und vorwärts. Ich stoße gegen den Tisch und das Klavier, aber nur am Anfang. Das Schmatzen der Räder wird schneller und gleichmäßiger, und als ich in Termites Nähe bin, kann ich ihn hören, wie er, deutlich anders als das Prasseln des Regens, im hinteren Rachenraum eigene Laute macht. Ich weiß, dass er den Kopf dreht, lauscht, meine Bewegungen und das Geräusch des Rollstuhls verfolgt. Er ist wie der Sekundenzeiger eines Weckers, ein so regelmäßiges Ticken, dass es mit jedem anderen Laut verschmilzt.

So trifft Nonie uns an, als sie nach Hause kommt und vor Nässe trieft, nachdem sie nur von Elises Auto zur Haustür gerannt ist. Sie schaltet in dem weichen Dämmerlicht eine Lampe ein und erblickt uns, Termite in seinem Sessel, mich in meinem.

»Nicht zu fassen«, sagt sie.

Eine Minute lang sage ich gar nichts. Ich muss mich erst an ihren Anblick gewöhnen, wie sie da steht, unerschütterlich und nass, während der Raum mir vorher so geschlossen und rein vorkam. »Stamble hat diesen Rollstuhl vorbeigebracht«, sage ich. »Er ist kleiner, leichter zu handhaben.«

»Ich habe den Sozialdienst nicht um einen Rollstuhl gebeten.«

»Wir probieren ihn nur aus.«

»Wer probiert ihn aus?« Sie mustert mich kopfschüttelnd. »Wenn er dir so viel Freude macht, kannst du ihn wohl benutzen, wenn Termite ihn nicht will. Aber ich kann mir nicht vorstellen, dass uns der Sozialdienst zwei Rollstühle zugesteht. Sie werden wieder herkommen und den anderen abholen müssen. Momentan hätte ich aber gern, dass du das Chili aufwärmst, das ich vom Restaurant mitgebracht habe. Morgen, wenn die Fluthelfer ankommen, werden wir haufenweise Chili verkaufen – es macht die Feuchtigkeit wett.« Sie steigt aus ihren nassen Schuhen und schubst sie mit dem Fuß auf die in der Ecke ausgebreitete Zeitung. Leer stehen ihre weißen Kellnerinnenschuhe neben dem Handkarren, als gehörten sie hierher. Sie wirft mir ein schiefes Lächeln zu. »Bald soll die halbe Stadt unter Wasser stehen, sagen sie, aber sie haben sich ja schon öfter geirrt.«

Ich rühre mich nicht. Ich will aus dem Rollstuhl aufstehen, ihn zusammenfalten und aufräumen, aber nicht vor Nonie. Es ist, als hätte mich Stamble überzeugt, dass der Stuhl geheim ist. Er hat Stambles Art überall an sich haften, auch das Flüstergeräusch, das ich eben zu hören beginne. Aber Nonie sieht mich nicht an. Sie steht ruhig da und sieht Termite an. »Was meinst du, Termite? Irren sie sich?«

Termite gibt keine Antwort, sagt nichts. Er wendet den Kopf ab, reckt ihn, zur Seite geneigt, und lauscht, als läge die Antwort in der Luft, und jeder müsste sie hören können.

Nonie

Triefend nass komme ich in die Küche, am Himmel donnert es, und es gießt in Strömen, klatscht herunter, als hätte der Regen ein Eigengewicht. Das blaue Glasbarometer, das Lark an die Wand gehängt hat, ist oben zersplittert – zu billig, um dem Druck standzuhalten. Das blaue Wasser ist herausgeronnen und hat den Papprahmen eingefärbt, und auch das Licht im Haus ist wie gefärbt – erleuchtet und olivgrün. Das Unwetter hat das Tageslicht zu einem matten Schimmer zusammengepresst, und hier sitzt Termite in seinem Sessel im Wohnzimmer, während Lark in einem unbekannten Rollstuhl Kreise fährt. Es ist, als träte sie nur für ihn auf, und er lauscht mit diesem Blick, den er dann immer hat. Das bringt mich um. Diesem Jungen wurde so viel genommen, bevor er überhaupt auf der Welt war, und doch scheint er immer genau das zu wollen, was er hat. Er ist immer ganz bei sich, ganz konzentriert und gespannt. Lola war nie still.

Lola bekam immer alles, was sie wollte, bis sie alles verlor, was sie hatte.

Sie weinte – meinetwegen, sagte sie, nicht wegen Charlie. Sie war ruhig, als wäre ich diejenige, die nichts kapiert. *Ich wollte mit euch beiden zusammen sein, und er war meine einzige Möglichkeit.* Und dann trat sie zurück und klagte mich an, als hätte sie ein Recht dazu. *Du hast mich so viele Jahre allein gelassen! Und du wolltest ihn doch, es war dir doch wichtig, dass er bleibt.* Ja, antwortete ich, und er war anscheinend eine lästige Pflicht, die du nur mir zuliebe auf dich genommen hast. Hast du gedacht, ich komme nie drauf? Er hätte sich sonst von uns getrennt, sagte sie. Dann hättest du ihn gehen lassen müssen, sagte ich. *Du hättest mich zusammen mit ihm weggeschickt.* Ich widersprach ihr nicht. Du hast Arbeit, sagte ich. Du verdienst deinen Lebensunterhalt genauso gut wie ich, und du kannst hier nicht länger wohnen.

Ich bekam sie tagelang nicht zu Gesicht. Sie übernachtete im Club, Billy und ich packten Sachen für sie zusammen. Wie ein Vater warf Billy ihren ramponierten Koffer weg und besorgte ihr neue für die neuen Kleider und Schuhe und die Satinbettwäsche, die sie für das Bett gekauft hatte. Dann machte er mir einen Heiratsantrag. Er sagte, es sei an der Zeit, dass ich einen Mann bekäme, der meiner würdig sei. Er beauftragte ein paar Leute, Lolas Sachen in die Räume über dem Club zu schaffen, und zog bei mir ein. In der Woche darauf heirateten wir standesamtlich, und Lola war unsere Trauzeugin. Charlie war fort, aber wir waren wieder zu dritt. Sie machte weiter wie bisher, lächelnd, melancholisch; es war, als hätte sie ein geeigneteres Elternpaar gefunden, und sie nahm ihren Platz wieder ein, probte nachmittags, trat abends auf, verschlief den Vormittag, während ich meine Stelle kündigte und im Club die Buchhaltung machte. Ich passte mich Billys Stundenplan an, aber seinen Süchten verfiel ich nie. Das meiste – die Trinkerei, das Kokain, den gelegentlichen Heroinkonsum – verheimlichte er anfangs, aber seine frisierten Bücher und seine wahren Einkommensquellen konnte er nicht verschweigen.

Was Lola betrifft, denke ich heute, dass sie Charlie genauso bei uns haben wollte wie ich, wenn auch aus anderen Gründen, aber sie war sicher, dass er sich nach ein paar Wochen wieder aus dem Staub gemacht hätte, wäre er nicht so gebannt und erregt und schuldbewusst gewesen, dass er nicht zurückgehen konnte. Vielleicht hatte sie Recht. Gladdy hatte er gesagt, seine Adresse sei ein Wohnheim, und er arbeite als Chefkoch in einem Restaurant. Während seiner ganzen Zeit in Atlanta setzte er nie einen Fuß in eine Kirche. Später erzählte er mir, er sei noch in Atlanta zur Beichte gegangen, dann fuhr er ohne eine Pause zu machen nach Winfield zurück. Gladdy erklärte ihn für krank, als er heimkam, und steckte ihn wie einen Invaliden ins Bett. Er machte sich wieder an die Arbeit und stellte das Denken ein, sagte er, bis drei Monate später mein Anruf kam. Lola war von ihm schwanger. Wir waren wieder eine Familie, oder immer noch, trotz allem. Lola wollte das Baby. Sie sagte, die Schwangerschaft sei Absicht gewesen, obwohl sie weder Charlie heiraten wollte noch jemand anderen. *Das ist Charlies Baby und deines, die einzige Art, wie ihr zwei je zu einem gemeinsamen Kind kommt. Irgendwann wirst du's verstehen und mir verzeihen.* Ich sagte, ich sei an Babys nicht interessiert. Ich wollte weg, fort von ihr; jetzt konnte ich nicht mehr. Ich musste bleiben, bis das Kind auf der Welt war und ich die beiden gesund und munter wusste.

Billy Onslow schwammen in Atlanta die Felle davon. Er hatte ein kleineres Lokal in Louisville, wo seiner Familie praktisch das ganze County gehörte. Er wollte zurück, um den Club in Kentucky zu leiten, und wenn er schnell genug in Liquidation ging, kam er allfälligen Forderungen in Georgia zuvor. Er wollte auf Entzug gehen, sagte er, sich bei seinen Geschäften fortan bedeckt halten. Ich zog mit ihnen nach Louisville, und als Lark auf die Welt kam, waren Billy und ich im Krankenhaus. Billy verteilte Zigarren. Lola war damals wirklich eine Tochter für ihn; sein Geschäft warf auch für sie genug ab, außerdem würde sie ja in seinem Club singen. Jeden Verehrer prüfte er auf Herz und Nieren und stellte klar, dass sie nicht zum Verkauf stand, wie manch andere seiner Mitarbeiterinnen. Deren Entscheidung, sagte er, sein Schutz und berufliche Unterstützung gegen einen deutlichen Anteil.

Es war eine Welt, in der Lola leben konnte. Billy war nett zu ihr und sein Laden recht exklusiv, sie sah sich als vollwertige Künstlerin in fester Anstellung. Aber, wie Billy gesagt hätte, sie machte sich nichts vor. Das Baby kann hier nicht aufwachsen, sagte sie, in keinem Leben, das sie ihm zu bieten imstande wäre. Noch ehe ich Billy ein Wort davon gesagt hatte, ahnte sie, dass ich nach Winfield zurückwollte. *Niemand muss es wissen. Sag einfach, sie ist dein und Billys Kind; schließlich bist du verheiratet. Oder sie ist das Kind deiner geschiedenen Schwester. Lass sie mich nur behalten, solange sie noch so klein ist, dass sie sich nicht an mich erinnert.* Vielleicht könne sie kein Kind großziehen, sagte sie, aber sie könne sich um ein Baby kümmern. Die anderen Mädchen liebten Lark, sie bekäme jede Menge Unterstützung. *Dann schicke ich sie zu dir. Billy bringt sie zu dir, und ich helfe euch, jeden Monat. Ich werde nicht verlangen, sie zu sehen, nie. Sag ihr nichts. Ich will nicht, dass sie was davon erfährt. Sie ist deine Tochter.* Das nahm ich ihr nicht ab. Dieses Baby ist deine Verantwortung, sagte ich, ich hätte schon genug zu tun, mich um mein eigenes Leben zu kümmern. Wenn sie sich nicht in der Lage sehe, ein Kind großzuziehen, sagte ich, hätte sie keines kriegen dürfen, vor allem nicht von Charlie.

Billy und ich fanden gemeinsam eine Lösung. Trotz seiner diversen Unternehmungen war er anständiger als die Politiker und Polizisten, die von seinem Einsatz profitierten. Er hatte mit sehr vielen Leuten zu tun, und ich traf nie einen, der sagte, er habe ihn über den Tisch gezogen oder beleidigt. Aber ich konnte mich nicht in seinem Leben einrichten, ich konnte nicht bleiben. Wir fuhren nach Reno zu einer Schnellscheidung. Ich verlangte keine Abfindung, aber er sagte, er werde eine für mich gewinnen und mir einen netten Abend machen. Er räumte nicht so viel ab, wie er gehofft hatte, aber die fünftausend Dollar, die er im Blackjack gewann, waren damals nicht wenig für eine Anzahlung auf ein kleines Haus in Winfield. Charlie fand, ich sollte mich in einem besseren Stadtteil niederlassen, und wollte mir bei der Hypothek unter die Arme greifen, aber ich dachte nicht daran, gemeinsam mit Charlie ein Haus zu besitzen. *Ich* wohne hier, sagte ich, nicht du. Er hätte es sich sowieso nicht leisten können, mir zu helfen: Sie waren nahe daran, das Restaurant zu verlieren, das gab sogar Gladdy zu. Ich überredete Billy Onslow, uns ein Darlehen zu geben, das ausreichte, damit wir den Karren noch einmal herumreißen konnten. Lola schrieb mir, schickte Fotos von dem Baby. Ich antwortete nie. Lark war fast drei, als Billy Onslow mit ihr aufkreuzte. Ich müsse sie nehmen, sagte Billy, Lola gehe es nicht gut. Im Club hingen alle immer inniger an der Kleinen. Lola müsse damit fertig werden und sich wieder zusammenreißen. So sei es schließlich von Anfang an geplant gewesen. Ja, sagte ich, na gut.

Lark hatte ein ernstes kleines Gesicht und das Irisch-Dunkle von Charlie, sein schwarzes Haar und seine feuchten braunen Augen. Von Lolas gemeißelten Zügen war noch nicht viel zu sehen, und das war ein Glück. Für mich sah Lark wie Charlie aus. Ein paar Monate nach seiner anfänglich traurigen und hoffnungsvollen Umwerbung, während wir uns gemeinsam bemühten, das Restaurant zu retten, waren Charlie und ich wieder zusammen. Er sagte, Lola sei eines Morgens, nachdem ich zur Arbeit gegangen sei, zu ihm ins Bett gekommen, und er sei davon aufgewacht, dass er mit ihr schlief. Es war wirr und verrückt, ein Teil der Dynamik zwischen Lola und mir, von der wir beide wussten, dass es Lola die ganze Zeit darauf angelegt hatte. Aber als er ging, war klar, dass er mich verloren hatte, nicht Lola. Ich würde ihn nicht heiraten, niemals, sagte ich. Nie im Leben sei ich bereit, mit Gladdy unter einem Dach zu wohnen, auch nur mit ihr verschwägert zu sein. Aber wir waren wieder zusammen. Und jetzt war sein Kind da. Vielleicht hatte uns das Leben doch nicht so viel vorenthalten. Was es für Lola bedeutete, Lark weggeben zu müssen, war mir damals ziemlich egal. Sie hat ihr Unglück selbst geschmiedet, sagte ich mir. Ich verdrängte alles, was ich wusste: das Kind auf dem Bett, vor sich unseren knienden Vater, das dünne Mädchen, das allein in der dunklen Küche wartete, der Teenager, der mit einer schweigenden Mutter in einem leeren Haus zurückgelassen wurde.

Ich sagte Billy, er könne Larks Sachen bringen, Kleidung und Spielzeug und ein Kinderbett, das er in meinem Gästezimmer aufstellte. Dann umarmte er mich, sagte, dass ich ihm fehlte, und fuhr wieder ab. Lark hatte nie jemanden Mama genannt, aber natürlich wusste sie Lolas Namen. Zuerst sagte sie ihn ständig als eine glückliche Frage, aber ich lenkte sie immer mit irgendwas ab, und ganz allmählich vergaß sie. Für ein Kleinkind klingt mein Name gar nicht so anders als Lolas.

Ich nahm mir zwei Wochen frei, um jede Minute mit Lark zu verbringen, danach kam Elise, während ich die Abendschicht im Restaurant machte. Sie brachte Lark ins Bett und las ihr Liebesromane vor, bis ich heimkam. Es ging schon irgendwie; außerdem wohnten die Tucci-Kinder gleich gegenüber. Nicks Frau war damals noch bei ihm. Sie war ein süßes Mädchen mit dem Kopf im Wind, und die kleinen Buben hingen an ihr wie zufriedene Welpen. Lark schloss sich ihnen an. Als sie vier war, nahm ich sie mit zur Arbeit; mittags schlief sie im Büro, sie spielte in einer der Sitznischen, und Charlie war überglücklich. Gladdy war so wütend, dass sie sich aus dem Geschäft »zurückzog«, aber das Gerede in der Stadt schob allen Skandal auf Lola. Ich sagte, Lolas Ehe sei schiefgegangen und der Vater habe sich aus dem Staub gemacht; ich wisse eigentlich gar nichts von ihm. Es spielte ja auch keine Rolle. Lark war schließlich meine Nichte und ich ihr gesetzlicher Vormund, sie sollte meinen Namen annehmen, der Adoptionsprozess lief. Gladdy wurde älter; zwar kreuzte sie nach wie vor jeden Tag im Restaurant auf, aber ansonsten hielt sie sich meistens raus.

Diese Jahre, als der Krieg zu Ende ging und Lark ein Kind war, waren gute Jahre, leicht und hell im Vergleich zu dem Kampf, als Termite kam. Das war wirklich hart, in jeder Hinsicht. Er kam mir vor wie der beschädigte Inbegriff von allem Unabgeschlossenen, das zwischen Lola und mir stand, und der Trauer über alles, was in ihrem Leben schiefgegangen war. 1949 schrieb sie mir, dass sie diesen jungen Soldaten geheiratet hatte, und unterzeichnete den Brief mit ihrem Ehenamen. Sie war schwanger; wenn er aus Übersee zurückkäme, schrieb sie, wollten sie ein kleines Haus kaufen, vielleicht in Florida, am Meer. Sie schwor mir, sie werde nie versuchen, mir Lark wegzunehmen, sie wolle sie nur sehen, ihre Tante sein, und sie hoffe, wir kämen sie besuchen, wenn sie in einem Häuschen mit Garten und einer Palme darin wohnten. Einer Palme! Es stellte sich heraus, dass es wirklich eine gab, ein mageres, dorniges Ding mit stacheligen Wedeln, und es gab auch den Lattenzaun, den sie sich gewünscht hatte, obwohl sie inzwischen wohl keinen Wert mehr darauf legte. Sie hatte lange, schwierige Wehen gehabt und ein beschädigtes Baby, und dann erhielt sie die Nachricht, dass ihr junger Ehemann in Korea gefallen war. Ich bat Charlie, ihr zu helfen, und er nahm eine Hypothek auf das Restaurant auf, damit sie dieses kleine Haus in Coral Gables ohne sich zu verschulden kaufen konnte. Gladdy kochte schon wieder vor Wut. Nur unter der Voraussetzung, dass das Häuschen auf Charlies Namen eingetragen würde und das Restaurant auf ihren, erklärte sie sich bereit zu unterschreiben.

Billy und ein paar der Louisville-Mädchen halfen Lola beim Umzug, Billy unterstützte sie bei den Kosten, und das eine oder andere Mädchen blieb die ersten paar Wochen bei ihr. Sie ließ weder Charlie noch mich in ihre Nähe. Sie käme schon zurecht, sagte sie. Ich respektierte ihre Wünsche, beschloss, ihr Zeit zu lassen, um auf die Beine zu kommen, dann versuchte ich, nicht über sie nachzudenken. Ich hörte erst wieder von ihr, als Billy Onslow anrief, um mir zu sagen, was passiert war, was sie getan hatte, und dann war Termite hier. Ein Soldat, der seinen Vater gekannt hatte, brachte ihn in Billy Onslows Auto – alles nach Lolas Anweisungen. Sie waren eine ganze Truppe – der Soldat, ein kräftiger Mann, der schlimm hinkte, seine junge koreanische Kriegsbraut und hinten, auf dem

Rücksitz des riesigen schwarzen Packard, ein Kindermädchen, das Billy als Betreuerin für das Baby angeheuert hatte. Das Kindermädchen fuhr natürlich wieder mit ihnen zurück. Das Häuschen in Florida wurde Gladdys »Ruhestandsbungalow« – noch ein Grund, warum mir allein der Gedanke daran unerträglich ist.

Als ich dann die Verantwortung für Termite übernahm, erfüllte ich meine Pflicht, von Tag zu Tag. Erst Larks Entzücken an ihm begann auch meine Einstellung zu verändern. Sie sind so innig miteinander. Meine Aufgabe ist es, die beiden zu beschützen, bis sie allein zurechtkommt. Und das wird sie, ebenso gut wie ich.

Aber verrät mir vielleicht mal irgendjemand in dieser Schule, was dort eigentlich passiert ist, warum Termite plötzlich Angst bekam und nicht mehr hinwollte? Ich war einen Tag lang mit ihm dort, konnte aber nicht erkennen, was ihm Angst machte, und er konnte es nicht sagen. Er kann keine Puzzles machen oder zeichnen oder Buchstaben lernen. Er hält auch keinen Bleistift, nur diese dicken runden Kreiden, die ihm Lark in die Hand gibt. Er kann Musik hören und ahmt zu Hause Laute nach. Der Sozialdienst liebt es zu drohen, Macht auszuüben. Die Sozialdienstleute sagen, er ist längst im schulpflichtigen Alter und muss in die Schule; wenn ich ihn nicht hinschicke, leiten sie durch Hilfe für Behinderte Kinder eine Untersuchung ein. Die Bezirksregierung könnte sich einschalten, eine Unterbringung in einer Sonderschule für lernbehinderte Kinder beantragen. Es sei im Interesse des Jungen, angeregt zu werden, sagten sie – als litte er etwa unter mangelnder Zuwendung, als hätte er keine Leute, die alles für ihn tun und machen. Seitdem er ein Baby war, hat ihn Lark fast jeden Tag in diesem Handkarren durch die ganze Stadt gefahren. Sie hat ihn überallhin mitgenommen. Im Sommer waren sie mit den Tucci-Kindern unterwegs, ich bekam ihn erst mittags im Restaurant wieder zu Gesicht und machte mir keine Minute Sorgen. Lark fütterte ihn, hatte ein kaltes Getränk in einer Thermoskanne dabei, fand Toiletten, sorgte dafür, dass er immer richtig saß, auf allen Seiten von Kissen abgestützt, sie redete mit ihm und sang ihm vor, sagte ihm Gedichte auf. Vielleicht sieht es so aus, als könnte sich eine Zwölfjährige nicht um ein Kind wie ihn kümmern, aber sie beobachtete mich und wusste, wie man es macht, und offensichtlich wurde es ihr nie zu viel. Im Winter setzte sie sich nach der Schule sofort zu ihm, als hätte sie ihn den ganzen Tag vermisst. Die ersten paar Jahre half uns Elise, aber als Lark dann zwölf war, kümmerte sie sich allein um alles. Ich machte die Abendschicht im Restaurant, und Charlie half mir finanziell. Ich hatte Termite gebadet und das Essen für die Kinder fertig, dann ging ich zur Arbeit. Wie wäre ich sonst über die Runden gekommen?

Elise sagt noch heute, dass in der Schule vielleicht gar nichts passiert ist, dass Termite nur nicht das Nest verlassen will. Vielleicht braucht er einen Schubs, sagt sie. Von dir gar nicht erst zu reden, Noreen, aber hat nicht Lark ein Recht auf ein eigenes Leben? Es entlastet dich, wenn er in der Schule ist. Brauchst du nicht mal eine Pause? Ist doch egal, wenn sie ihm nichts beibringen – wenigstens versorgen sie ihn. Jetzt mag er Larks Puppe sein, aber eines Tages ist er erwachsen, und dann ist er eine enorm große Puppe. Schließlich sagt Charlie, jetzt ist es aber gut. Die Mittagspause ist vorbei, Zeit, dass Elise in ihren Mini-Mart zurückkehrt. Was Charlie denkt, weiß ich, auch ohne dass er es ausspricht: Wie wahrscheinlich ist es denn, dass Termite je erwachsen wird? Und das, findet er, sollte ich Lark sagen. Ich sollte ihr sagen, dass Termite nur leihweise bei uns ist. Zu hohen Darlehenszinsen, würde er hinzufügen, sehr hohen. Hilfe für Behinderte Kinder, was denn für eine Hilfe. Wie diese Sonderschule: wie besonders war die denn? Machte ihm Angst vor dem eigenen Schatten – dabei konnte ihm nie jemand klarmachen, was ein Schatten überhaupt ist. Lark ist Dunkelheit und Licht und die Töne dazwischen, und die Namen dafür sind nicht das, worüber er nachdenkt. Und worüber hat *sie* je nachgedacht? Er kam von ihrer Mutter, und mehr hat es nicht gebraucht.

Im Keller steigt die Kälte von dem harten, rissigen Boden auf, von den gesprungenen Stellen, wo der Staub sich schichtet und der rissige Beton sich schuppt und flockt. Die Kälte sitzt auf dem Boden und atmet, ein niedriger Schatten, der sich zusammenzieht und senkt und aufsteigt wie Rauch, wenn Lark sich umdreht und bewegt und umhergeht. Lark weiß nicht, sie sieht nicht. Sie schließt die Sturmkellertüren, die weit aufklaffen wie flache Stahlzungen unter den dunkelgrünen Fliederblättern. Mit einem Knall fallen die schweren Türen ins Schloss, und Hitze legt sich darauf wie ein Tier, das nicht aufstehen kann. Die zottige rote Katze liegt in der Kühle des Eisenbahntunnels, auf dem Beton der holprigen Straße, die von der Bahn gebaut und dann sich selbst überlassen wurde, so dass Risse und Sprünge entstanden. Lark sagt, Männer vom Schrottplatz haben riesige Stücke weggeschleppt, die sie mit Spitzhacken herausschlugen, und das ist so lange her, dass in den Lücken Moos und wucherndes Gestrüpp wachsen. Die rote Katze schläft auf einer schrägen Betonplatte, aber ihre eingerissenen, gekerbten Ohren bleiben gespannt und wachsam. Ratten am Fluss huschen und plumpsen. Bei jedem Geräusch schließt die rote Katze ihre schwarz geränderten Augen zu schmalen Schlitzen, und Lark schließt die Küchentür oben an der Kellertreppe. Ihre Füße kommen jede einzelne hölzerne Stufe herab. Die Kellerfenster werfen ihr Licht in schmalen Lachen, die sich bewegen.

Termite, sagt Lark, ich weiß, dass du das Radio haben willst.

Später hören wir Radio, sagt sie.

Die Küche ist weggeschlossen. Über ihnen tickt der Hahn sein Tröpfeln, und der Kühlschrank brummt und verstummt. Der Ventilator dreht sein Metallgesicht niemandem zu, sondern wandert klickend von einer Seite zur anderen. Das Kellersofa ist tief und durchgesessen, und er versinkt in Kissen und Kälte. Lark legt ihm das breite Brotbrett auf die Beine und gibt ihm eine Zeitung zum Einfärben. Hier ist ein Blatt ohne Bilder, du machst das Bild, Termite, und sie hält sein Handgelenk, um ihm zu zeigen, wo. Die Kreiden sind kühl und gegossen und seidig glatt, und Lark sagt, er soll mit Grün anfangen. Klein, siehst du, Termite? Du musst nicht so große Farben machen, aber er sagt, bis sie seine Handgelenke loslässt und ihm in jede Hand eine Farbe gibt. Er weiß, dass sie neben der Werkbank stehen wird, mit ihrem Notizbuch und ihrem dünnen Bleistift, der flüstert und nie still ist. Dann kann er sich bewegen, mit beiden Händen, um die Gestalt zu machen, kann die Farben dunkel mischen, die Arme bewegen, um tief zu färben. Er drückt fest auf, und die Farben werden dunkler und runder, er macht sie schärfer und härter, bis der Raum in ihnen tief genug ist. Lark ist fertig, und sie stoppt seine Handgelenke und hält sein Papier hoch, dicht vor sein Gesicht. Er riecht die tiefen, glatten Wachsfarben und das Dunkle. Er weiß, dass er die Gestalt gemacht hat.

Siehst du?, sagt Lark. Da ist immer etwas Verschwommenes in deinem Bild, hier, wie ein Mann oder Tier.

Sie sagt, das Verschwommene kommt daher, dass das Brett darunter eine Kerbe hat, so dass die Farbe an dieser einen Stelle heller bleibt. Sie hängt sein Bild mit Wäscheklammern an die Leine. Im Sommer hängen sie die Wäsche draußen auf, und die Kellerleine ist leer bis auf seine Zeitungsblätter, die ausgebreitet sind, um jede Gestalt zu zeigen.

Das sind die Bilder von letzter Woche, sagt Lark. Hier das von gestern, und das hier ist von heute.

Lauter schwarze Regenbogen, Termite, alle Farben auf einmal.

Er spürt seine Bilder bleiben. Er riecht ihren dunklen Glanz und hört, wie sie sich an der Leine bewegen; einwärtsgezogen von der gemalten Gestalt, wellen sich die Papierränder ein wenig. Lark sieht nicht, sie hört nicht, aber die rote Katze hört die Hunde, die jaulend und kläffend durch die Wiese im Polnischen Viertel stürmen. Die

Hunde verfolgen ein Kaninchen, das Haken schlagend seine Höhle verlässt, es schlängelt sich fort von einem so tiefen, verborgenen Bau, dass die Hunde endlose Spuren im blühenden Wildwuchs wittern.

Lark sagt, er kann sein Band halten. Er kann draußen sitzen, aber nicht am Weg. Er muss hier bei der Küchentreppe sitzen, wo es schattig ist. Sie sagt, die Sonne sticht und das bevorstehende Unwetter hat alle Luft aufgesogen. Er erzählt und sagt, um am Weg sitzen zu dürfen, aber er sitzt in seinem Sessel, und der Weg ist jenseits des Rasens. Die weißen Steine des Wegs sind still, und ihre langen Furchen führen zum Rangierbahnhof und zum Tunnel und zum Fluss, der seine Gestalt einfaltet. Tief in seinen Bildern steht eine Gestalt auf und horcht.

Lark sagt, ich drehe das Radio laut auf und stelle es ins Fenster.

Sie gibt ihm sein Band und geht. Die Küchentür schlägt zu, und er hört, wie sie das Radio an das Metallisch-Verwischte des Fliegengitters stellt.

Er sagt, bis sie das Fliegengitter abnimmt, während das Radio laut summt. Es jammert, und dann spricht es. Hitparade. Nummereins-Lied für die Platters. Wasser läuft ins Spülbecken, und der Hahn sprüht. Lark bewegt den heißen Schwamm über die Teller, und hinter dem Radio steigt Dampf auf. Sie hat ihm gesagt, dass das Wirbeln und Zirbeln, das ein Lied eröffnet, ein Orchester ist, Männer, die Trompeten blasen, bevor die Stimmen *fragte mich, woher ich das wusste* singen. Er bewegt das Blau und bewegt es und hört Lark *wahr ist wahr* singen. Sie hat ihm gesagt, *erwidert* bedeutet Ja und *geleugnet* heißt Nein. *Kann nicht geleugnet werden* heißt immer Ja. Nein in Liedern ist Ja und *Rauch steigt dir in die Augen.* Er spürt, wie sie am Spülbecken steht, das Gesicht von Hitze umgeben. *Nonie hält ihn auf einer Hüfte und steckt eine Papiertüte auf den dampfenden Schnabel des Kessels. Nonie löst Salbe im Kessel auf. Der Kessel hat geschrien, aber jetzt stößt er nur nassen Rauch aus. Nonie sagt, Dampf lässt ihn leichter atmen, hier, Termite, tu dein Gesicht direkt an den Rand. Tief jetzt. Atme ein. Das braune Papier der Einkaufstüte riecht nach altem Karton, aber der Dampf steigt ihm in die Augen, und er atmet den warmen weißen Rauch ein. So ist es gut, sagt Nonie. Atme, atme.* Lark sagt, Dampf ist nasser Rauch, der nicht in den Augen brennt, aber hier ist kein Rauch. Er blickt durch das Blau in den Himmel hinauf und sieht keine Wolken. Der Himmel geht fort, wird weißer und weißer. Termite bewegt das Blau und bewegt es, und das Radio wälzt seine Geräusche wie eine blaue Welle den Gartenweg entlang. Fliegen werfen und fummeln sich durch das offene Fenster. Sie stoßen an und bewegen sich in der Musik. Wenn Nonie heimkommt, wird sie eine Spirale klebriges Papier an die Decke hängen und sagen, Fliegengitter sind dafür da, Fliegen fernzuhalten, und wieso haben sie dieses Gitter abgenommen.

Lark sagt, sie müssen jetzt zu Charlie. Sie nimmt seinen Streifen Blau und rollt ihn ein und faltet ihn und sagt, sie gehen jetzt. Der Ansturm im Restaurant ist vorbei, Charlie wird sie sehen wollen. Hitze flirrt über dem Gartenweg. Lichtbänder fließen als gelber Glast den ganzen Weg bis hin zu den Gleisen des Rangierbahnhofs. Dort möchte er hin, aber Lark setzt ihn in den Handkarren. Sie zieht ihn den Gartenweg entlang bis zur gepflasterten Straße. Die Räder rattern auf dem zementierten Gehweg und verstummen auf der asphaltierten Straße. Der Teer ist heiß, und die Oberfläche atmet kleine Blasen, die blühen und platzen. Wasserkäfer trudeln aus dem Gully. Bleiben mit ihren harten Panzern stecken und ragen hochkant aus dem Teer. Manchmal kippt Lark sie mit einem Stöckchen wieder nach vorn auf die Beine und scheucht sie zurück in die Dunkelheit, in das feuchte Innere unter dem Gitterrost des Gullys. Die Käfer sind lang und dick wie Daumen. Termite hört einen, der seine Beine mit glattem, wildem, durcheinandergeratenem Klicken bewegt. Lark hält an und schaut, aber sie lässt ihn den Käfer nicht berühren. Termite hört exakt, wie er, umschwärmt von Ameisen, aufgehoben wird. Die Ameisen streben rasch vorwärts und stapeln sich zu einer Kante, die wippt und schiebt. Lark geht lieber weiter.

Sie gehen den einen Weg, den Hügel hinauf in die Stadt, vorbei an Gladdys Haus und Murphys Kaufhaus, vorbei an Dairy Joy und dem Mini-Mart. Elise sitzt auf ihrem Stuhl im Mini-Mart, oder sie sitzt auf ihrem Stuhl bei Charlie. Sie hakt die Füße in die Holzsprossen und schwenkt die Hüften und stützt die angewinkelten Arme auf die Tischplatte. Sie sitzt warm und behaglich wie eine eingerollte Katze und zieht an ihren Zigaretten. Sie kümmert sich um Nonie und Lark, und ihr Haar ist ein unklares Dunkelorange. Rot zieht die Blicke an, sagt sie und umrandet ihre Augen mit dünnen strengen Linien. Die sieht er, wenn sie mit ihrem Gesicht näher kommt. *Elise bleibt in der Küche, und Solly setzt ihn in seinen Sessel. Er ist klein, und Elise sagt, er ist entschuldigt. Die anderen Kinder können arbeiten, wenn sie babysittet. Solly, mach dich nützlich und rück die Möbel zur Seite, während Lark Staub saugt. Danach nehmt ihr bitte die Wäsche von der Leine. Es ist fast dunkel, und der Tau in der Nacht macht die Laken wieder feucht.*

Der Staubsauger röhrt herein und wieder hinaus und schiebt seinen geblähten Beutel, der gedämpften Wind hinausheult und den Teppich straff reißt. Das Gewurle im Beutel ist wie ein zusammengepferchter Bienenschwarm. Die Maschine saugt Luft durch ihren langen Hals, und Lark hält die Schnur in der einen Hand wie einen harten Rattenschwanz, der peitscht und klatscht. Sie zieht und schiebt, und der Lärm plärrt lauter. Staub fliegt in Wolken, die wabernd aufsteigen. Solly schiebt Termites Sessel immer hinter Lark her. Bei dem Getöse kriegt sie nichts davon mit, und Termite reitet auf dem durchdringenden Dröhnen, das den Fußboden zittern lässt. Er riecht und hört jede Gestalt in dem Lärm, bis der Staubsauger abstirbt und der dicke schwarze Beutel schrumpft.

Hör auf, Solly. Er soll diesen Staub nicht einatmen.

Der Staub schwebt, treibt, senkt sich wieder, deckt zu. Solly sagt, die Wäsche ist Mädchenarbeit, aber er nimmt Termite in die Arme und folgt

Lark durch die Küche in den Garten hinaus. Die Gittertür fällt zu, und Sollys Brust ist glatt und feucht und staubgestriemt. Er hält Termite auf seiner Hüfte, an den tiefen Bund seiner Jeans und den schmalen Ledergürtel gedrückt. Die Wäscheleinen laufen die Lorbeerhecke entlang und sind voller Farben, jede mit einem eigenen Klang, den die tiefe Hecke murmelnd zurückwirft. Lark hängt die Laken immer über zwei Leinen, so dass ein kleiner Zwischenraum bleibt. Darin steht Solly und dreht sich mit Termite in langsamen Kreisen, bis ihnen schwindlig ist. In dem verzwirbelten Weiß lehnen sie sich an die Hecke, und die Lorbeerblätter unter ihnen weichen zurück und zurück. Die dunklen Blätter halten die Dunkelheit fest und rascheln die ganze Nacht hellwach.

Lark schnappt Wäscheklammern von der Leine und wirft sie in ihre Schürzentaschen und füllt den Korb mit Wäsche. Sie kommt immer näher. Sie zerrt an dem Laken unter ihnen und Termite sagt, bis sie aufhört. Solly zieht sie an sich, und sie lehnt sich samt dem Gewicht des Korbs in den Armen an sie beide. Die schwere Schürze rutscht ihr bis zu den Knien hinunter und die Blätter bewegen sich und ziehen sie alle drei tiefer in die Hecke hinein. Solly bewegt die Hand und hält Lark. Schschsch, sagt er, horch. Termite hört den Rost des Straßeneinlaufs sich bewegen, als ihn Lark im Karren daran vorbeizieht. Flach in ein kleines Rinnsal gedrückt, das zum Gully fließt, liegt die zottige rote Katze im Schatten des Randsteins. Der Gullydeckel ist bis in die Tiefe hinab mit Laub und schwarzer Verrottung verschleimt. Die Katze schließt ihre Augen zu schmalen Schlitzen, als der Karren weiterrollt, und spreizt die Hinterbeine auf dem Gitter des Gullydeckels. Dort unten, wo Solly Kieselsteine hinabgeworfen und Joey mit einem Magneten an einer Schnur nach Münzen geangelt hat, rinnt Wasser. Termite will bleiben, aber er sitzt im Karren und fährt weiter. Unter den Bäumen, die den Gehsteig beschatten, fahren sie vorbei an Gladdys Haus. Heute rühren die Bäume sich nicht, weit sind ihre schweren Äste ausgebreitet. Die rote Katze rutscht auf dem kühlen Gitterrost im Rinnstein hin und her. In der Mitte der Straße entsteht unscharf eine kleine hingestreckte Bewegung, und die Katze gleitet in einer geschmeidigen Geducktheit hinüber, bis sie über dem Käfer steht. Die Ameisen wogen ungleichmäßig, und der Käfer bewegt sich. Die Schnauze der roten Katze beriecht ihn, so nahe, dass sie ihn fast berührt, ein dunkler Farbton, wie ein kleines Loch.

Gladdy ist nicht zu Hause, sagt Lark, sonst würde sie uns durchs Fenster beobachten.

Gladdy hat nur Charlie, sagt Lark. Deswegen hat sie Angst, wie ein Hund, der knurrt und beißt. Sie fürchtet sich vor Eis und Unwettern und Hitze und vor jedem, den Charlie gern hat.

Aber du musst keine Angst haben, Termite. Die Main Street tut dir nichts.

Autos bewegen sich als verwischte Flecken an Larks Schultern und Hüften und ihrer karrenziehenden weißen Form vorbei. Die gekrümmten Metallaugen der Ampeln schließen sich nie, und die Luft in den Farben verändert sich in langen kegelförmigen Strahlen. Geräusche schreien und schwanken. Die Main Street ist nie ein langer glatter Strom wie das Donnern der Züge, das sich in den Rangierbahnhof ergießt.

Termite, du magst großen Krach und kleine Geräusche, aber regelmäßiger Lärm wird dir nicht schaden.

Du kannst nicht immer still sein. Du kannst nicht immer am Fluss sein oder in deinem Sessel sitzen.

Die gestreiften Stoffmarkisen vor den Geschäften hängen schlaff herunter, und der Asphalt flimmert. Die Teerstraße, schon weit hinter ihnen, summt nahe dem Gartenweg. Die rote Katze patscht nach dem Käfer, abwechselnd mit der rechten und linken Pfote. Die Katze fegt den Käfer hin und her, mal kürzer, mal weiter und über den betonierten Randstein. Die Ameisen stieben auseinander oder mühen sich ab, weil sie in ihrer getürmten Formation im Teer stecken geblieben sind. Die rote Katze beleckt den Käfer wie ein erstarrtes Juwel, nimmt ihn vorsichtig ins Maul und trägt ihn fort. *Elise steht da und nickt im Takt mit der Musik. Lark, ich bring dir den Lindy Hop bei. Solly, du bist größer als Nick und wiegst höchstens die Hälfte. Ja, und du! Bist du schon zwölf, Schatz? In letzter Zeit erinnerst du mich an jemanden. Ihr jungen Leute werdet nie hübscher sein. Wirf die Wäsche nur aufs Bett. Ich hab den Big-Band-Sender eingestellt, so laut, wie Termite es mag.*

Elise, in Strümpfen, klopft mit dem Fuß auf den Boden, und Lark geht mit Solly vor und zurück. Schneller, Lark, flüssiger. Entspannt euch, es ist ein Tanz. Lark, renn auf Solly zu und spring – du musst ihn mit gespreizten Beinen in der Taille umklammern. Solly, du fängst sie auf, mit beiden Armen. Dann schwingst du sie mit dem ganzen Körper, erst links, dann rechts. Jetzt Schritt, Drehung und wieder Schwung. Ja! So hat man vor zwanzig Jahren getanzt. Die Leute konnten tanzen damals, und sie trugen keine Dreiviertelhosen.

Dann ist Nacht. Solly und Lark legen ihn auf Larks Bett in die Mitte und wiegen ihn langsam und immer langsamer, bis sie sagen, er schläft. Jetzt atmen sie.

Elise steht im Gegenlicht auf der Türschwelle.

Was für ein Anblick, ihr drei. Wie ein Wurf Katzen. Solly, ab nach Hause mit dir.

Nonie sagt, das Restaurant mag Charlies Zuhause sein, aber sie wird nicht mit ihm hier einziehen. Sie will ihn später im Büro treffen, um die Buchhaltung mit ihm durchzugehen. Charlie sagt, sie erledigt für ihn den Zahlenkram, und er übernimmt den Großteil ihrer Kocherei. Er macht Soßen für Termite, püriert Fisch oder Fleisch mit zerstoßenen Nüssen und Sahne und Basilikum, kocht Suppen mit allen Gemüsen, die Jungen nicht essen. Er rührt weichen, scharfen Käse hinein, den er vor Termite in den Teller reibt.

Halt die Schale fest, Kumpel. Dieser Parmesan ist grad eben vom Kühlwagen geliefert worden. Koste mal davon. Iss dein Gemüse mit Rind. Schmerzlos.

Termite sitzt hoch und fest in seinem Stuhl an der Theke. Er hält seine Schale in den Armen, und Lark beugt sich herüber, um zu helfen. Die Theke murmelt Geräusche, und die bitteren Aschenbecher riechen auch dann noch nach kreisförmiger Asche, wenn Nonie sie schon ausgewaschen hat. Gladdy geht und redet. Ihre Schuhe klicken klein und schnell.

Er wäre woanders besser aufgehoben, wo sich Leute mit der entsprechenden Ausbildung einfach keinen Sinn.

Termite spürt ihre Hand flattern, sich öffnen und schließen und ballen und halten. Sie flattert und stupst blindlings gegen ein Fliegengitter.

An ihn gewöhnt eine Art Ausbildung nichts dagegen einzuwenden.

Sage es zu jedem. Wie großzügig mein Sohn ist, sich nach euren Bedürfnissen zu richten, nehme ich an.

Nehme ich an nehme ich an nehme ich an.

Er sagt laut und erzählt. Er spürt ihr Drängen und Schieben, spürt sie ihre kleine viereckige Tasche hin und her drehen, dass sie verschwimmt und verschwindet. Dann geht sie. Ihre Geräusche sind kleine dunkle Leuchtfeuer, die sich entfernen. Die Glocke über der Tür klingelt, um mitzuteilen, dass sie fort ist.

Tja, Kumpel, sagt Charlie.

Charlie hebt ihn auf. Er sagt, ein Ausflug nach einem großen Mittagessen ist *die* Sache, und er bringt ihn ins Männerklo und setzt ihn auf den Sitz. Termites Haut ist kühl, wo die Luft sich bewegt. Charlie zeigt ihm, wie er das Handgelenk bewegt und abwärts zielt, während er das plätschernde Geräusch macht. Männer müssen zielen, sagt Charlie, und hebt Termite hoch, um ihm die Hände zu waschen. Termite hält die glatte, glitschige Seife sehr fest, aber Charlie nimmt sie ihm ab. Charlie steht warm und breit hinter ihm und legt seine kühle nasse Hand an Termites Hals, hält Wasser mit seinen großen Fingern.

So, Kumpel, das kühlt dich ein bisschen ab. Jetzt willst du sicher diese Spülmaschine anfassen.

Die riesige Maschine rauscht und zischt und versetzt den Boden in Schwingung. Sie rumpelt auf ihren Füßen und lässt kleine Glöckchen klingeln, wo Gläser einander berühren. Termite spürt Teller unter der heißen Dusche und dem Gehämmer klappern. Seine Hände sind in der Luft, um die Finger jedes Geräusch nachspielen zu lassen, doch die Spülmaschine hält mit einem Ruck an und klickt und keucht noch ein einziges Mal. Programm beendet, sagt Charlie. Er ist in Charlies Armen, und sie sind durch die Küche und am Büro vorbei und im Speisesaal.

Charlie setzt ihn zwischen Geräuschen und Reden in den Karren, und dann zieht Lark ihn fort, durch die Tür.

Lark geht schnell. Er kann den Fluss hören, aber er will den Zug. Die Gleise im leeren Rangierbahnhof krümmen und kreuzen sich, und die stählernen Linien funkeln, aber der Zug wühlt in der Tiefe. Er spürt ihn im Schatten der Wälder rumoren, sich schneller bewegen als der eingerollte schwarze Rauch, den er ausstößt. *Wolken jagen über die Sonne dahin, blenden das Licht aus und zeigen es, erkunden Luft und verwandeln sich. Die Bäume wehen ohne ihr Laub. Solly sagt, Lark ist endlich ein junges Mädchen. Kein kleines Mädchen mehr. Sag's ihr, Termite. Ein junges Mädchen hat einen Freund, und Nonie muss es nicht erfahren. Nonie hat den Geburtstagskuchen gemacht, und Larks neuer Rock ist von Lowman's in Atlanta. Ein Faltenrock in Rosa und Braun. Siehst du? Fühl mal, Termite. Wolle. Ein hübsches Material für einen kalten Frühling.*

Verdreht wie abgerissene Schnipsel, fliegen Blätter vom Boden auf. Das junge Gras ist hellgrün, und die leuchtende Forsythie senkt sich und peitscht. Solly zieht den Karren durch den Wald. Sie gehen zum Tunnel, er erträgt es nicht, in den Wind zu reden. Erinnerst du dich an diesen Film, Termite? So sicher, wie die Erde sich dreht. Letzten Sommer, eine Woche lang jeden Tag. Du hast die Gewehre gemocht. Der Fluss bewegt sich, und der grüne Hügel der Insel ist still. Geräusche donnern und hämmern und klaffen in den Steinen des Tunnels. Der Tunnel summt das hämmernde Geräusch, das in den Fluss gleitet.

Termite, sagt Lark. Wir bleiben nur ein bisschen, vor dem Unwetter.

Lark sagt, die Insel, die so kahl zwischen zwei Ufern im Wasser steht, zieht den Blitz an wie ein Stahlmast. Deshalb bleiben sie während eines Sommergewitters im Tunnel und hören das doppelte Verschwimmen von Fluss und Regen. Er spürt, wie die Luft sich zusammenzieht, bevor Donner kracht, er riecht das Verbrannte. Er riecht es jetzt über den Wolken. Gequetscht und gebündelt türmen sie sich übereinander. Lark riecht nach ihrem dunklen Haar und dem geschlossenen zitronigen Geruch ihres Mundes. Sie legt zwei Finger an die Lippen und fährt dann damit über seine Haut in der Nähe des Mundes und der Nase, und er riecht den Geschmack eines Kusses. Ein Kuss ist klein auf seiner Stirn, seinem Gesicht, aber die Insel steht im Wasser auf wie ein dichter, geschobener Kuss, den der Fluss schlucken könnte. Der Fluss verlagert sich in verschlammten Schichten, scheucht das Dunkel auf und lässt es fallen. *Wind zerschneidet das Wasser in weiße Stücke. Solly kniet neben dem Karren und umfängt Lark in der Kühle des Tunnels, das Gesicht an ihren Beinen. Lark sagt, er soll sie loslassen.*

Du blutest, stimmt's, Lark. Ich weiß das immer. Tut es weh?

Der Fluss gurgelt und rauscht und strömt schnell.

Solly sagt, er weiß es. Der elastische Gürtel mit den Metallhaken und dicken Einlagen. An starken Tagen zwei. Joeys Freundin hat das ganze Zeug zu Hause liegen.

Lark, ich kann dafür sorgen, dass es nicht mehr wehtut. Lass mich.

Termite will das Dröhnen und das Verschwimmen. Er sagt, bis sie den Karren dorthin schieben, wo das Wasser weiß aufblitzt. Lark legt ihren Rock über ihn wie eine Decke. Wolle, damit du's wärmer hast, Termite. Deckenkopf, sagt Solly. Jetzt kannst du den Fluss sehen. Lark trägt ihren Pullover und eine Jacke und Kniestrümpfe. Ihre langen blassen Beine, ihre Schuhe.

Wir sind hier am Fluss, Lark. Leg dich auf meine Jacke. Lass mich dich anfassen.

Deine Hände werden blutig.

Füll meine Hand. Ja. Pssst. Siehst du? Leg dich nieder.

Der Fluss prasselt laut, und der Wind weht die Bäume in eine Richtung. Nackte Splitter der kleinsten Zweige bewegen sich hoch oben in den Wipfeln. Lark atmet, und Solly sagt in ihren Lauten. Gib mir deine Hände. Da siehst du, wie warm und nass du bist. Fass mich an, so. Der Fluss ist flach und krümmt sich und funkelt, ehe er an die Steine der Eisenbahnbrücke donnert und gegen die Insel rauscht. Wolken bewegen sich, und das Licht wird hell und weich und hell.

Solly, das ist das letzte Mal letzte Mal letzte Mal.

Solly steht bis zu den Hüften im Wasser und schaut sie an und schaut. Der Fluss umströmt ihn schnell.

Du lässt mich nie, Lark. Dann lass aber auch niemand anderen.

Wind kräuselt das Wasser. Lichter im Wasser drehen sich und tauchen, kleine sich krümmende Fischchen. Die Lichter tauchen hinab, gleiten und stechen tief. Termite will im Fluss sein. Er will bleiben, aber Lark geht. Lark sitzt dicht neben ihm, und der Fluss hält die Insel und bedrängt sie von allen Seiten. Die Insel ist rund, und der Fluss macht die Gestalt. Er wendet den Kopf, um zu lauschen. Hirsche stehen aus dem plattgedrückten Gesträuch der Insel auf und treten ins Freie hinaus. Er spürt, wie sie sich bewegen, drei sonnenbeschienene Formen im Gegenlicht, wie sie mit den Zähnen Löwenzahn schlitzen und das zerzauste Gras rupfen, wie ihre Köpfe sich heben und senken. Dann sind sie reglos und wittern.

Sie warten auf das Donnern. Er schließt die Augen, und der Fluss öffnet sich in ihm. Ringsum verdüstern sich Fluss und Tunnel, und er spürt den Fluss tief und mächtig sich wälzen, gefaltet wie nasser Stoff. Der Hirsch senkt seinen geweihtragenden Kopf und springt, zerreißt das Wasser, zerteilt es in Bahnen, bewegt sich auf sie zu als Gestalt, die peitscht und schäumt und schnauft wie Wind in einer Kiste. Das aufgewühlte Wasser ist dick und dicht, und der Brustkorb des Hirsches hebt und senkt sich. Termite spürt, wie das

Tier mit Schaum vor den Zähnen gegen den stärker werdenden Sog ankämpft, und sagt dem Hirsch, nicht, versucht es ihm zu sagen, und er atmet. Er will dorthin, will auf dem Stoßen und Werfen der Hirschbeine reiten, dem Kampf der Tiergliedmaßen gegen das Gewicht. Das Donnern des Wassers ist ein Zug, der durch die Dunkelheit strömt, und das Bild in ihm öffnet sich weit. Er sieht in das Donnern hinein, dorthin, wo die schlafenden Leiber liegen und aufs Erwachen warten. So viele Leiber, ineinander verschlungen, kaum bewegt. Sie wollen sich rühren, sich heben, sich drehen, aber sie können weder sprechen noch sehen. Eine Gestalt steht auf und breitet ihre leuchtenden Hände aus, und das dröhnende Licht wird weiß. Das Hämmern beginnt, es hämmert und hämmert, bis das Bild verschwimmt und verschwindet.

Alles gut, Termite, ein Hirsch ist im Fluss geschwommen.

Du bist müde, sagt Lark. Wir gehen jetzt heim.

Die Gräser sind so hoch wie Larks Schultern, als sie sich umdreht und losgeht. Er sitzt still im Karren, und überall ringsum ist Gras. Sie sagt, die Heuschrecken rühren sich nicht, weil Regen in der Luft liegt, aber er möchte ihr rasches Geklapper hören. Nicht heute, sagt Lark, sie sind in den Wald gezogen, zu den großen Bäumen mit Spalten und Löchern, die tief genug sind, damit sie sich drin verstecken können. Auch die zottige rote Katze versteckt sich, sie beriecht den Käfer und beißt zart hinein, tief in ihrer Steinspalte hoch oben in der Mauer des Eisenbahntunnels. Der Karren schlägt eine Schneise durchs Dickicht, und das Gras teilt sich scharf rechts und links. Er hört es ringsum wachsen, wie einen Motor aufjaulen, aufrecht in die Hitze gereckt, und breitet die Hände aus, um das langsame heiße Sirren zu berühren, das bis zu jeder Wurzel hinabläuft. Doch Lark marschiert schnell gegen den Druck des Grases. Die Wiese endet, und das Gras hört auf. Die weißen Steine des Gartenwegs geben ihr rollendes Flüstern von sich.

Wolken wehen auseinander. Bald werden sie fallen. Lark zieht den Karren zu Nonies niedriger vorderer Veranda. So gehen sie sonst nie – auf dem Gehsteig entlang der Straße. Jemand steht dort und flattert wie eine Fahne.

Termite, sagt Lark. Mr Stamble vom Sozialdienst ist hier.

Ein kühles blasses Licht hat ihn gefunden. Das Licht beugt sich über ihn.

Kennst du mich noch, Termite? So heißt du doch? Ich heiße Robert.

Stimmen hasten und purzeln hinter Stambles Stimme, fliegen und sammeln sich. Die Stimmen sind in den Steinen des Gartenwegs und auf der Straße vor Nonies Haus, sie bewegen sich über den geneigten, geborstenen Gehweg vor der vorderen Treppe. Stimmen sammeln sich in den rostigen Ritzen des Metallvordachs über der Vordertür. Alle Räume sind dicht gefüllt mit Tönen.

Stamble legt Blumen in den Karren. Er häuft Blumengerüche auf einen Schwall von Gräsern, die so dick und scharf sind, dass Lark sagt, niemand kann sie ausreißen. Zieh nicht dran, Termite, du schneidest dich. Ein runder Stängel bricht, Blätter aber haben Fasern wie Stoff. Die Gräser und ihre weißen Wurzeln liegen still unter den Blumen. Farben, zu dunkel, als dass man sie sehen könnte, schwer von Staub und Nektar.

Stamble bewegt sich jetzt über ihm, entfaltet ein Ticken von Rädern, und Lark sagt, sie hat so was nie gesehen. Strömend, stechend, sprühend setzt nun der Regen ein. Wird verweht und kehrt stolpernd wieder zurück.

Möchtest du mal ausprobieren.

Termite spürt Stambles weißes Haar wehen und hört den Wind an seinen Kleidern reißen. Stamble weiß Bescheid über das Donnern und die Wiese. Er weiß, dass der Fluss sich krümmt und schlängelt und in die Tiefe wühlt, und er weiß von den Zügen. Er kommt näher, sein Gesicht ist vor Termites Gesicht. Er ist eine verschwommene Helligkeit aus weißen Haaren und flatternden weißen Ärmeln, erleuchtet vom Licht im Donnern. Er öffnet sich wie ein Mond, rund und weich von Stimmen, die stoßen und sich bewegen könnten, aber Stamble hält sie im Zaum. Er ist wie ein Schild, der den Wind abschirmt, und er breitet die Hände aus. Er berührt Termites Kopf, und seine Hände hinterlassen dort, wo sie hinfassen, einen Glanz.

Dieser Sturm wird noch stärker, sagt er.

Trümmer. All diese schwüle Luft.

Stamble weiß, dass das Blau zerfließen und brechen kann. Termite hört es in Nonies Küche zerplatzen, ein leises Splittern und blaues Tröpfeln. Der niedrige Himmel ist zu voll, um sich zu bewegen. Hoch oben wälzen sich Wolkenbänke immer dunkler dahin. Stamble spricht, ohne zu reden. *Hier seid ihr sicher*, sagt er. *Ich gehe jetzt. Ich komme wieder zu euch.* Dann ist er fort. Der Regen fängt an, donnert herab in Strömen, verschluckt Stimmen und Laute. Lark zieht Termite ins Haus. Der Regen trommelt und prasselt und hämmert. Er weiß, dass seine Bilder im dämmrigen Kellerlicht hängen und ihre Ränder einrollen. Tief in seinen Bildern stehen der Mann und das Tier auf und hören die Gestalten.

NÖRDLICHE PROVINZ CHUNGCHONG, SÜDKOREA

27. Juli 1950

Unteroffizier Robert Leavitt
24. Infanteriedivision

Er ist bei Bewusstsein, hellwach, als wäre keine Zeit vergangen. Er legt weite Strecken zurück, und dann ist er hier. Er kann seine Beine, Hüften, Lenden nicht mehr spüren, und doch ist in seinen Gedanken, seinen Trugbildern, ein intensives körperliches Empfinden, ein Gefühl von Bewegung in Raum und Zeit. Er weiß jetzt, dass das Mädchen ihn nicht zum Tunneleingang schaffen wird. Sie glaubt nicht, dass die Amerikaner ihn holen kommen. Sie schießen ja auf jedes Geräusch, jede Bewegung, und das Risiko, verwundet oder getötet zu werden und den Jungen allein zurückzulassen, wird sie nicht eingehen.

Jetzt hat sie ihn aber allein gelassen, hat ihn bei Leavitt zurückgelassen. Es muss nach Mitternacht sein. Leavitt sieht den Jungen neben sich sitzen, in seiner merkwürdigen Stellung kauert er da, als hielte er Wache und lauschte. Falls sie nicht zurückkehrt, ist Leavitt der Obhut eines blinden Kindes anvertraut, hat ein blindes Kind in Obhut. Er sieht die Hände des Jungen, die mit ausgestreckten und gespreizten Fingern über ihm schweben, sich sacht bewegen. Leavitt versucht, mit ihm zu sprechen, aber er gibt nur ein Geräusch von sich, ein Ausatmen. Der Junge wendet den Kopf, wie um aufmerksamer zu lauschen, und streckt den Arm aus, streicht mit dem Handgelenk über Leavitts Gesicht – fast als könnte er durch Berührung Geräusche deuten, als wären seine Finger zu empfindlich, um Kontakt zu ertragen, so dass er mit der Unterseite des Handgelenks fühlt. Seine Haltung ist vorsichtig, ausdruckslos bis auf die achtsame Neigung des Kopfes, sein Gesicht glatt und makellos und ausgeprägt herzförmig, die Stirn ungewöhnlich hoch und breit. Sein glattes schwarzes Haar ist kurz geschnitten, aber in so vielen verschiedenen Längen, dass es federig, fast flaumig wirkt. Insektengleich, die dünnen Beine angewinkelt, sitzt er da. Mit Augen, die nie zucken oder flackern, scheint er Leavitt anzustarren, und der erschreckende blassblaue Fleck in der schwarzen Iris ist das letzte Bild, das Leavitt erblickt, ehe seine Sehkraft sich leise ausblendet, wie ein Licht, das heruntergedreht wird und verlischt.

Die Dunkelheit ist seicht und schmerzlos, und Leavitt späht hinein und ringt ein leises Flattern der Panik nieder. Er spürt den Jungen bei ihm, zuinnerst nah. Es ist, als wartete er darauf, dass Leavitt zu hören beginnt, genau wie zuvor beim Herannahen der Flugzeuge, jetzt aber wirkt er nicht beunruhigt. Leavitt kann sich nicht rühren, er ist nur da, treibt hinter seinen Augen dahin. Er versucht aufmerksam zu lauschen, Bruchstücke von Informationen zu erfassen, wie der Junge sie spüren oder wahrnehmen mag. Er denkt an die alte Frau, die in ihr Tuch gehüllte *mudang*-Priesterin. Schamanismus ist jetzt ein ländlicher Aberglaube, eine Praxis der armen Dörfler. Er fragt sich, ob die Leute im Dorf den Jungen mieden oder ob der Status der alten Frau ihn schützte. Er ist ruhig und ganz da, ganz gegenwärtig. Was war noch mal ihr Wort für eine männliche Hexe. *Paksu.* Ein Schamane. Von den Geistern ernannt kraft Vererbung oder auch nach überstandener Not, tödlicher Verletzung, Krankheit. Überleben ist Verwandlung. Kein Wunder, wenn das Überleben selbst ein Wunder ist. Im Zustand der Trance verkehren sie mit der anderen Welt, leiten Nachrichten, Anweisungen weiter.

Leavitt horcht nach dem Jungen, spürt ihn näher rücken. Dann vernimmt er das Säuseln eines kühlen Luftzugs hoch oben entlang der pockennarbigen Decke des Tunnels, neun, zehn Meter über ihnen. Die Luft, die sie atmen, ist schwer von Gerüchen und Angst, doch oben, unter dem Steingewölbe ist sie klar und beschwingt und schnell. Leavitt hört sie hindurchziehen wie vom Wind vor sich hergeweht, hört sie springen wie Wasser. Er schließt die Augen, öffnet sie wieder, erkennt keinen visuellen Unterschied, spürt aber den Jungen sich in seiner kauernden Stellung verlagern. Er berührt Leavitts Gesicht und rückt wieder ab, bleibt in der Nähe, wartend. Leavitt kann nichts sehen, aber er spürt, wie die verschobene Luft sich bewegt und absondert, langsam und zähflüssig wie mit dem Löffel aufgestörter Honig. Er erkennt Klangmuster, gesprenkelt – unverkennbar: So klingt der Bach, der auf der anderen Seite der dicken Mauer im Boden unter ihnen murmelt. Das Wasser seufzt und gurgelt und überquert am anderen Ende des Tunnels die Straße. Der Junge ist kein *paksu*, aber er hat die überwache Wahrnehmung eines Blinden. Er sitzt nur da und wartet, als könnte Leavitt, bewegungs- und handlungsunfähig, wie er ist, wissen, was er weiß, hören, was er hört. Wie ist es denn, nichts zu sein, denkt Leavitt, so gehalten und getragen, hingesetzt oder aufgehoben zu werden, eine helle Wachheit, die hier- und dorthin befördert wird wie ein Feuer in einer Schale. Oder hatte sich der Junge in der Vertrautheit seiner Umgebung, von dem Mädchen nie weit entfernt, vor der Flucht und Wirrnis des Krieges in seinem Dorf selbstständig fortbewegt? Die Bombardierung, die Geräusche von Herannahen und Gefecht und Einmarsch, der Brandgeruch. Leavitt und seine Männer, die durchmarschieren, mit ihren Gewehren gestikulieren, brüllen.

Leavitt bemüht sich, seinen Atem zu verlangsamen. Er schließt die Augen, um das Nichtsehen schwarz werden zu lassen, und lauscht. Mit der Zeit vertiefen und überlagern sich die Geräusche. Sie sind dimensional, räumlich. Er beginnt zu hören, was der Junge hört, vernimmt das Geräusch, auf das er ihn aufmerksam gemacht hat. Er hört das Mädchen, ihr verhaltenes Atmen, ihre Anstrengung und Lautlosigkeit, als wäre er in ihrem Kopf. Er hört, wie sie lautlos, an den Boden gepresst, mit den Armen vorwärtsrobbt, auf den Bach am Ende des Tunnels zu. Riecht Erde und Steine, die Feuchtigkeit des Mooses vor ihrem Gesicht. Er ist hinter ihren Augen, bewegt sich mit ihr, als sie parallel zur Mauer dahinkriecht. Die Soldaten beantworten jedes Aufspringen eines Steinchens, jeden unwillkürlichen Schrei, jede Bewegung mit Artilleriefeuer – die eine Gruppe schießt in Reaktion auf die andere. Das Mädchen wartet, bewegt sich, wartet, kriecht, flach an den Boden gedrückt. Auf den Rücken geschnallt Leavitts leere Feldflasche. Ihre zerrissenen Kleider sind mit Blut befleckt: salzige dunkelrote Muster, die sich ihr aufgedrückt haben, als sie an Leavitts Seite lag, als sie ihn fortschleppte, die alte Frau fortschleppte und ihre Leiche verhüllte. Das Mädchen hält inne, lauscht. Sogar ihre Unterwäsche hat dunkelorangefarbene Flecken. Als sie zum Wasser gelangt, hat es einen Geruch an sich und Muster aus Ästen, Blättern, wogender Bewegung. Der Bogen der Tunnelöffnung über ihr spiegelt sich in der mondbeschienenen Fläche, und das umgedrehte Bild schillert, eine schwarze Kurve, namenlos, aber charakteristisch. Er weiß nicht, warum ihm das Bild so vertraut vorkommt, warum er dies Gebilde aus Kurven und Schatten kennt. Es ist, als wäre er auf seinem Weg hierher – aber vielleicht ist es dasselbe gekrümmte Bild, das jeder sieht, wenn sein Gehirn den Geist aufgibt, dieselbe Wahrnehmung von Raum, der sich ins Ungesehene wölbt. Dabei ist er wach, bei Bewusstsein.

Im Dunkeln hört er, wie das Mädchen das gebauschte Hemd auszieht, er spürt, wie sie es an einem langen Ärmel hält und ins Wasser wirft. Es ist, als wäre er neben ihr, hätte den Bach vor Augen. Leise, bäuchlings auf dem Boden liegend, hat sie einen blassen Arm aus dem Tunnel gereckt. Das Weiß, das sie trug, als er sie zum ersten Mal sah, hätte Aufmerksamkeit erregt: Jetzt ist der Stoff so fleckig, so starrend vor Schmutz, dass er keine Helligkeit mehr hat. Sie zieht das Hemd über den Boden zu sich zurück. Er hört, wie sie das Gesicht im nassen Stoff vergräbt und das herausgesaugte Wasser schluckt. Sie wirft das Hemd noch öfter in den Bach, um es zu tränken, zieht es geräuschlos zu sich her, wringt das Wasser in die Feldflasche. Schließlich hält sie den nassen Stoff in den Armen und macht kehrt, um gegen den starken Widerstand, einen so schrecklichen Klotz am Bein, dicht an der Tunnelwand zu ihnen zurückzukehren.

Sie flüstert, er soll trinken. Ihr langes schwarzes Haar, das nach dem Bach riecht, fällt über seine Kehle. Irgendwo, denkt Leavitt, auch im größten Chaos, beschließt die Armeeführung einen Aktionsplan. Bedrängt vom Tempo des Einmarsches, gefährdet durch den Mangel an Truppen, die Notwendigkeit, den Rückzug zu unterstützen, werden sich die Amerikaner bei Tagesanbruch in Bewegung setzen. Nur eine radikale Umkehr, ein Nahkampf, bei dem die Koreaner im Tunnel übersehen werden, kann das Bevorstehende abwenden. Leavitt spürt es herannahen, eine gewichtige, undurchdringliche Masse, ein Druck in der Luft, ein Sturm heraufziehender Erschütterung. Die Koreanerin benetzt ihre Hand und berührt seine Kehle, seinen Mund. Es ist eine wolkenlose Nacht. Er kann das Mondlicht nicht sehen, aber er spürt es, spürt seinen Widerschein an der blassen Wand des Tunnels.

28. JULI

WINFIELD, WEST VIRGINIA

28. Juli 1959

Lark

Regen fällt auf den Gartenweg, und vor dem gewaschenen Gebüsch, den triefenden Bäumen sind die Gärten so grün wie Gras. Man schaut hindurch, als könnte es genauso gut für immer regnen, und man vergisst, wie stark es schüttet, bis man dann doch mal draußen steht. Nonie sagte, es hat die ganze Nacht gegossen, und sie ist heute extra früh zur Arbeit, falls es im Restaurant hereingeregnet hat und sie aufwischen müssen. Der Garten wirkt aufgequollen und schwammig. In den Fahrrinnen des Weges stehen gekräuselte Pfützen, und ich starre durch die Gittertür hinaus und spüre den Atemzug, den fallendes Wasser verursacht. Termite mag das Geräusch, und er mag es, wenn ich die Hintertür schließe, öffne, wieder schließe, als ließe sich so das Wetter im Raum verändern. Ich schließe die Tür und denke daran, wie jetzt unten das Wasser heraufkommt, wie es über die Schräge des Kellerbodens steigt. Ich streiche Butter auf den Toast, und als ich mich umdrehe, um die Tür wieder zu öffnen, steht Solly da, ganz nah vor mir in einer mattschwarzen Regenjacke, und das Wasser rinnt ihm über das Gesicht unter der Kapuze.

»Lark, alles okay?« Er schreit es fast, so laut rauscht der Regen. »Mein Dad schickt diese Wasserflaschen hier. Er sagt, du sollst sie füllen, solange noch Wasser aus dem Hahn kommt – könnte sein, dass der Strom ausfällt.«

Ich trete zurück, um ihn hereinzulassen, und die Kapuze rutscht von seinem nassen Haar zurück. Mir wird bewusst, dass ich ihn nicht mehr aus dieser Nähe gesehen habe, seitdem ich die Schule hinter mir habe – damals begegneten wir uns noch in den Gängen, er hatte das eine oder andere Mädchen im Schlepptau und sah mich an. Es sprach sich herum, dass wir Cousins seien – um unsere Blicke zu erklären – und dass wir zusammen aufgewachsen waren, in zwei Häusern, die wie zwei Flügel ein und desselben Gebäudes sind, nur dass Sollys Haus größer ist. Cousins auch deswegen, weil die Leute glauben, Nonie und Nick Tucci seien um etliche Ecken verwandt, beide alleinstehend mit Kindern, zu beiden Seiten des Gartenwegs, als wären wir alle eine Sippe in der Gegend hier – noch nicht ganz Glasscherbenviertel, aber beinahe. Und wir haben beide diese vermissten Personen in der Familie, wie alte Geheimnisse.

»Möchtest du einen Toast?«, frage ich Solly.

Er blickt auf das Brot in meiner Hand, und dann ist er mit seinen Plastikflaschen am Spülbecken. »Nein danke«, sagt er.

Er zieht seine Stiefel aus, und ich entdecke den Schimmer eines blonden Bartflaums auf seinem Kinn, auf den Wangen, die ausgehöhlt wirken. Er hat so lange Knochen, Solly, und einen Mund, der irgendwie zerschlagen wirkt, als wären seine Lippen ein wenig geschwollen. Als hübsch würden ihn wohl die wenigsten bezeichnen. Sein Gesicht ist zu unharmonisch, das kantige Kinn und die gerade Nase, die tiefliegenden Augen – das passt alles schlecht zusammen. Da steht er neben dem Regal mit Dosen und Flaschen, tropft auf das Linoleum und füllt die Plastikflaschen, schraubt sie zu, und fast entströmt ihm ein Dampf. Der Regen ist kühl und warm zugleich. »Wasser abzufüllen, wenn es in solchen Mengen vom Himmel fällt, ist irgendwie komisch«, sage ich.

»Ja, klar, wenn du am Ende auf dem Dach sitzt, kannst du's mit den Händen auffangen und trinken. So weit kommt's vielleicht nicht, aber der Fluss steigt schnell. Der Wellenkamm wird erst heute Abend erwartet. Die Lumber Street steht dann mit Sicherheit unter Wasser, und sie haben die Brücke geschlossen. Ist Nonie heute bei der Arbeit?«

»Klar. Du machst wohl Scherze! Sie und Charlie – wenn die mal nicht arbeiten, müsste schon die ganze Stadt lahmgelegt sein.«

»Kann leicht passieren. Lark, das Arsenal ist schon offen, als Notunterkunft. Sie haben Essen, Feldbetten, einen Generator. Ich könnte dich und Termite gleich hinbringen, nur für den Fall. Es braucht keine Boote.«

»Er würde gern Boot fahren.« Ich lächle, Solly nicht. Ich klappe Termites Toast zu einem Rechteck, das ich ihm in die Hand drücke. So kann er den Toast selber halten. »Solly, du weißt doch, dass ihm das Arsenal nur Angst macht. Die vielen Leute, der viele Lärm. Wir müssen hierbleiben – es sei denn, wir haben keine andere Wahl. Ich komm schon zurecht, sogar wenn Nonie heute Abend nicht heimkommen kann.«

»Was hast du vor?«

»Wir haben ein Bett auf dem Dachboden stehen und Platz für Lebensmittel und Decken und Wasser. Ich habe hier unten schon Möbel aufeinandergestapelt. Vielleicht kannst du mir helfen, ein paar Sachen nach oben zu bringen. Der Rest wird sich allein durchschlagen müssen.« Ich stehe hinter Termites Sessel, und ich blicke zu Solly hinüber. Es fällt mir schwer, zu ihm zu gehen, über die paar Linoleumplatten hinweg, aber ich tue es. Wir stehen am Küchenfenster, eine Handbreit voneinander entfernt, dem strömenden Regen am nächsten. »Wenn es ganz schlimm wird, kommst du und holst uns.«

»Ja«, sagt er, »mach ich.« Er wird nicht protestieren. Er sieht mich an mit dieser Mischung aus Hart und Weich in den Augen, und er wendet den Blick nicht ab.

Ich öffne den Kühlschrank und greife hinein, als wäre dort etwas, das ich brauche. »Wir schaffen das schon«, sage ich.

Von ihm kommt nichts, als wartete er auf mich. »Na gut, Lark«, sagt er schließlich.

Termite ist still. Ich kann fühlen, wie er auf uns eingestimmt ist, auf die Lücken zwischen unseren Worten, und ich rassle mit dem losen Gitterboden im Kühlschrank, verschiebe Gläser und Milchflaschen, bevor ich die schwere Tür wieder zufallen lasse.

Solly reiht die Wasserbehälter entlang der Wand auf. »Jedenfalls hast du jetzt jede Menge Wasservorräte«, sagt er. Dann geht er an mir vorbei und hockt sich neben Termites Sessel nieder. »He, Termite«, sagt er, »magst du den Regen? Es regnet. Heute kein Ausflug.« Er legt ihm die Hand auf die Schulter. »Dieser Karren würde volllaufen und davonschwimmen«, sagt er leise, dann blickt er zu mir auf. »Früher hat er mit mir geredet. Er gibt mir keine Antwort mehr. Ich weiß aber, dass er mich kennt.«

»Natürlich kennt er dich. Er ist nur nicht mehr so an dich gewöhnt wie früher.«

»Ja. Dieser Karren. Ich seh dich, wenn du ihn darin den Weg entlangziehst. Das mag er immer noch. Aber noch ein paar Jahre, und er passt nicht mehr hinein. Und das Radio, mag er das auch noch so gern? Termite, ich weiß einen Sender, der dir vielleicht gefällt. Jazz, mit Stimmen, aber ohne Text.« Solly schiebt das Radio über den Küchentisch zu Termite hin, aber Termite wendet den Kopf ab. Und ich weiß, dass er nicht essen wird. Es ist zu anders, dass Solly hier ist. Ich werde ihm später was zu essen machen müssen.

»Er wird ein andermal Radio hören«, sage ich zu Solly. »Weißt du, jetzt hört er dem Regen zu. Vielleicht denkt er, er hört es, wenn das Geräusch des Regens sich ändert.«

»Ändert? Ist er jetzt ein Wetterfrosch? Wer weiß, vielleicht kann er's aufhören lassen. Irgendwann hört es auf. Alles hört irgendwann auf.« Solly steht auf. »Soll ich für dich was einkaufen? Oder sonst was tun?«

»Wir haben jede Menge Essen vom Restaurant. Aber im Keller kommt Wasser rein. Vielleicht könntest du mir helfen, ein paar Kisten umzuschichten? Nonie mag ich nicht bitten, und allein schaff ich's nicht.«

»Funktioniert das Licht unten?«

»Neben der Werkbank. Aber ich nehme eine Taschenlampe mit.«

Ich suche in der Schublade nach der Taschenlampe und spüre, wie Termite zu nicken anfängt und in seinem Sessel vor und zurück wippt, wie er es immer macht, wenn er ein neues Vibrieren von Energie wahrnimmt, irgendetwas Angespanntes.

»Yeah, Termite, ich bin's.« Solly berührt Termites Rücken, eine männliche Berührung, ruhig und still, und Termite hört auf.

Ich kehre ihnen den Rücken zu und beginne die Kellertreppe hinunterzusteigen. »Termite kann ruhig oben bleiben«, rufe ich zurück. »Er macht sich schon bemerkbar, wenn's ihm langweilig wird.« Ich höre Solly in seinen Stiefeln auf den Stufen über mir, und in mir ist ein Erschaudern, als wäre er zurückgekommen, als wären wir beide viel kleiner und den ganzen Tag zusammen, wie wir es früher immer waren. Ich ziehe an der Kette über der Werkbank, und das Licht beleuchtet die Wörter, die wir ins Holz geritzt haben, unsere Namen, die kleine Strichmännchenfamilie, auch die notwendigen schlimmen Ausdrücke, die S-Wörter und F-Wörter. Auch Wörter aus Gebeten haben wir eingeritzt. Wir schrieben »Jesus«. In eine Ecke gedrückt, klein, fast wie eine Blume, ist Joeys verblasste Zeichnung eines Hahns.

Solly fährt mit der Hand über das zerschrammte Holz, über Joeys kleine Hieroglyphe. »Joey«, sagt er. »Immer so eine Vaterfigur, nicht?«

Ich leuchte mit der Lampe dorthin, wo die Dunkelheit besonders finster ist, und höre ein Plätschern. Das Wasser steht höher als noch vor zwei Stunden. »Da sind acht Kisten«, sage ich. »Ziemlich groß, übereinandergestapelt.«

»Nonie hatte früher einen Bettüberwurf darüber«, sagt Solly.

»Woher weißt du das?«

»Ich erinnere mich an eine Masse in der Ecke, und der Bettüberwurf war rot kariert. Weißt du nicht mehr? Wir haben Bälle dagegengeworfen. Wir sind raufgeklettert.« Er sieht mich an, ohne zu lächeln. »Was ist los mit dir? Löcher im Kopf?«

»Hab wohl nie groß drauf geachtet. Jetzt ist eben kein Tuch mehr da, und ich war mit Termite zu Hause, und die Kisten sind mir plötzlich aufgefallen, der Absender. Florida. Ich habe eine aufgemacht, und ich glaube, sie kommen von meiner Mutter. Ich kann mir nicht vorstellen, wieso Noreen sie sonst aufbewahren sollte.«

»Frag sie doch.«

»Ich bin noch nicht so weit. Ich will erst wissen, was drin ist.«

»Um Hinweise zu finden.«

»Vielleicht.«

Jetzt lächelt er. »Stellst du dir nie vor, dass sich unsere Mütter womöglich gemeinsam auf einer Luftmatratze in einem Swimmingpool aalen und unter Palmen kühle Getränke schlürfen?«

»Sie haben sich nicht gekannt, oder?«

»Nein, wohl nicht, aber das kommt einem doch ganz unwahrscheinlich vor, findest du nicht? Mein Dad hat sie beide gekannt, und sie sind beide abgehauen und haben ihre Kinder zurückgelassen. Denk daran, wenn dir Nick das nächste Mal schöne Augen macht.«

»Du meinst, der gemeinsame Nenner ist Nick?« Ich lächle, um ihm zu zeigen, dass es ein Scherz ist.

»Nein. Er ist nur eins von mehreren Bindegliedern. Hast du nicht manchmal den Eindruck, als wären sie insgeheim Schwestern gewesen oder vielleicht sogar dieselbe Person?« Er zieht den Reißverschluss seiner Regenjacke auf. »Nachdem sie schon eine Zeitlang weg war, habe ich so getan, als wäre es so. Das machte uns beide noch ein bisschen ähnlicher.«

Er sieht mich so intensiv an, dass ich einen Schritt zurückweiche. Aber er hat mich schon gepackt, und das, ohne einen einzigen Finger zu rühren. Es liegt an dem Raum hier. Jetzt erinnere ich mich auch an das rot karierte Tuch über dem Stapel, zusammengeklappte Gartenstühle lehnten daran, und obendrauf lagen ein paar alte Feldbettauflagen. Nonie hielt die Sturmkellertüren im Sommer offen, und auf diesem Weg kamen wir rein und raus, unter den auf beiden Seiten herabhängenden Zweigen der Fliederbüsche hindurch. Die gibt es jetzt nicht mehr. »Meinst du, du brauchst meine Hilfe bei den Kisten?«, frage ich ihn. »Sie sind ziemlich schwer.«

»Ich werd's schon schaffen, Lark«, sagt er ein wenig gereizt. »Hättest du sie gern auf dem Speicher?«

»Das ist das einzige obere Stockwerk, das wir haben.«

»Keine Sorge. So hoch steigt das Wasser nicht – es sei denn, die halbe Stadt wird überschwemmt. Was vielleicht nicht schlecht wäre. Wir könnten alle davonschwimmen.«

Ich höre die Glocke an Termites Sessel. Er läutet nur einmal. »Er braucht was. Ich geh mal nach oben.«

»Ja, geh nur zu ihm nach oben.« Solly zieht seine Regenjacke aus. Darunter trägt er ein Flanellhemd, aus dem die Ärmel herausgetrennt sind. Seine Arme sind angespannt. Viele Jahre lang war er, obwohl er ein Jahr älter ist, genauso groß wie ich. Jetzt bin ich jedes Mal überrascht, wie groß er geworden ist, schlank und muskulös, als hätte er sich verwandelt, während ich mich nur mal kurz umgedreht habe. In der Schule nimmt er an sämtlichen Sportarten mit dämlichen Sportlern teil und kriegt, was alle dämlichen Sportler kriegen – die Blondinen mit ihren toupierten Frisuren und nach dem Schulabschluss einen Sommerjob an der Tankstelle. Wahrscheinlich tut er jetzt so, als wäre er wie diese Mädchen mit ihren Twinsets und Studienstipendien, als lebte er in diesem Gebrauchtkabrio von Joey, das er wunderbar sauber hält und mit dem er Mädchen durch die Gegend kutschiert. Wahrscheinlich ein guter Plan. Auch wenn ihre

Mamas und Papas das für Kinderkram halten, Highschool-Niveau eben. Sie werden ihre Mädchen jetzt fortschicken, weg von Saul Tucci. Solly ist nicht das, was sie wollen.

»Gehst du denn fort, ans College, Solly?«, frage ich ihn unwillkürlich.

»Wie der Rest der Schafherde? Um fünfzig Meilen von hier Football zu spielen? Nö, eher nicht. Einen Brief gab es, auf den habe ich geantwortet – Fort Lauderdale. Lockruf des Meeres. Meine persönliche Palme.« Er fährt sich mit den Fingern durch die nassen Haare, und ich sehe den dunkleren Haaransatz. Eines dieser Mädchen hat ihm diese Strähnchen in die Haare gemacht, wie sie selber sie hat. Partnerlook. Mein Zwilling. Er sieht mich geradewegs an. »Schuss ins Blaue. Wir sind nur ein Double-A-Team. Ist nicht so, als hätte ich endlos Angebote.«

Solly in Florida, denke ich. Solly in Florida.

»Ob aus diesem einen was wird, weiß man nicht«, sagt er. »Ich habe Nick nichts davon erzählt, überhaupt niemandem.«

»Tja. Gib mir Bescheid, wenn du was erfährst.«

»Ach ja?«

Ich will fort von ihm. »'tschuldige, aber es ist so stickig hier unten. Es wird heiß, wenn man bei Regen die Fenster nicht aufmachen kann.« Ich drehe mich um und steige die Treppe hinauf, und er steht da und schaut mir nach, als marschierte ich aus einer Geschichte hinaus. Einen eigenartigen Augenblick lang meine ich, sein Herz klopfen zu hören, aber es ist das Pochen in meinem eigenen Kopf, ein dumpfes Hämmern, das mir nur auffällt, wenn ich die Treppe hinauf und zurück in die Küche gehe. Alles hört irgendwann auf, hat Solly gesagt. Ich stelle mir vor, wie es wäre, wenn ich für immer und immer hier lebte, und er nicht. Ich stelle mir vor, wie es wäre, selber wegzugehen, ein ganz anderes Leben zu führen, als könnte ich auf einem anderen Planeten existieren, und dieses Leben wüsste nichts von mir und ich nichts von ihm. Ich setze mich dicht neben Termite auf einen Küchenstuhl und sehe seinen Toast auf dem Tisch liegen, wo er ihn hat fallen lassen. »Hast du schon Hunger?«, frage ich ihn, aber meine Stimme hat einen toten, automatischen Klang, und er legt mir die Arme über die Knie. Er riecht nach dem Babypuder, mit dem ihn Nonie und ich nach dem Baden immer noch einpudern, und mir wird klar, dass ich ihn nie allein lassen werde, nicht in diesem Leben. Er ist ganz still und lauscht. Seine offenen Hände in meinem Schoß bewegen sich nur ganz leicht, als erfassten seine dünnen Finger einen Luftstrom, von dem ich, zu unempfindlich und grob gestrickt, wie ich bin, nichts mitbekomme. Die Unterseiten seiner Finger sind weiß wie Alabaster und ohne Linien zwischen den Knöcheln, als wäre er eben erst geboren. Eine zartrosa Färbung ist unter seiner Haut. Wenn er Fieber hat, wird sie gesprenkelt.

Wir hören Solly mit einer Kiste die Treppe heraufkommen. Ich spüre, dass er zu uns hereinschaut. In dem kleinen Flur biegt er ab, geht durch Termites Zimmer und steigt die ausziehbare Leiter, die von der Zimmerdecke herunterkommt, zum Dachboden hinauf. Termite hört Solly in seinem Zimmer. Er liebt diese Dachbodenleiter, das Quietschen, das sie von sich gibt, wenn sie ausgezogen wird, das Knarzen der Stufen unter dem Gewicht einer Person. Es ist, als käme die Luft des Speichers in stäubchenflirrenden Streifen, die durch das Dachfenster oben fallen, diese Leiter herab. Termite kann es riechen und spüren, aber er rührt sich nicht.

»Du sollst ein richtiges Frühstück kriegen«, sage ich. »Ich werde dir und Solly was zu essen machen.« Er lässt mich reden.

Ich schäle ein paar Pfirsiche und schalte den Toaster wieder ein. Während ich die Eier brate, berührt Termite die ganze Zeit mit einem Handgelenk das Radio, aber er lehnt sich zurück, als ich es ihm einschalten will. Ich verteile das Essen auf den Tellern und höre Solly die Kellertreppe hinauf- und hinuntersteigen. Dann ist er in der Küche.

»Ich habe die Kisten an der Wand neben dem Dachfenster gestapelt«, sagt er. »Da hast du genug Licht, um dein Beweismaterial zu sichten. Die können eigentlich da oben bleiben, da sind sie sicher. Nonies Keller steht ja bei jedem größeren Regen unter Wasser.«

»Danke, Solly. Ich hab dir was zu essen gemacht.« Ich schrubbe die schmiedeeiserne Bratpfanne im Spülbecken, und Solly kommt zu mir herüber, ganz nahe, und fasst mich an, legt eine Hand an meinen Hals, unter mein Haar, nur eine Sekunde lang, wie um mich zur Seite zu schieben. Er hat sein Hemd ausgezogen und sich um die Taille gebunden, und er beugt sich vor, um sich unter dem laufenden Hahn Wasser ins Gesicht zu spritzen.

»Diese Kisten waren schmutzig«, sagt er. »Ich hab mich dauernd gefragt, wieso. Als wären sie mit Schlamm bespritzt. Dann wurde mir klar, dass sie auf der Rückseite voller zerfallener Hornissennester waren. Uralte Nester. Schlammiger Staub.« Er knotet das Hemd auf und wischt sich das Gesicht damit ab. Dann setzt er sich neben Termite, gibt ihm den Löffel in die Hand und fängt an, ihm zu helfen. Das Wasser läuft, aber ich höre Solly reden. »Früher waren wir immer am Rangierbahnhof, Lark und ich und du, oder unter der Eisenbahnbrücke am Fluss, und wir hatten Limoflaschen dabei und Ravioli in Dosen, die Joey immer warm machte, wenn der alte Herr nicht zu Hause war, unser Tucci-Abendessen. Ich hab dich gefüttert, und wir haben auf die Züge gewartet. Ich wette, das weißt du nicht. Ich wette, du weißt es nicht mehr.«

Als ich mit dem Abspülen fertig bin, hat Termite gegessen, und Sollys Teller steht immer noch da. Solly dreht am Radioknopf.

»Joey hat immer diesen Sender gehört. Jazz-Piano, und jemand singt dazu Scat. Das sind keine echten Wörter, sondern Laute. Termite gefällt es vielleicht. Wenn er was hören will.« Solly spricht mit mir, sieht aber Termite an. Mit den Fingern wischt er ihm den Mund ab, berührt sein Gesicht. Ich sehe, dass Termite sich ganz leicht zu ihm neigt, das Kinn in Sollys Handfläche legt und still ist.

Als läse er etwas, an das er sich erinnert. Jemanden, den er verloren hat.

Daran habe ich nicht gedacht, die ganze Zeit nicht. Auch Termite hat Solly verloren. Er wusste bloß nicht, warum.

Ich sehe, wie Solly begreift. Sein Gesicht verändert sich, und er legt beide Hände flach auf den Tisch, als hätte ihm jemand einen Faustschlag versetzt, und er braucht einen Moment. Da ist noch etwas anderes zwischen uns, neben allem, was wir getan haben, und allem, was wir nicht wussten. Er blickt zu mir herüber, aber seine Stimme bleibt weich. »Joey ist jetzt unten in Camp Lejeune. Macht dort eine Ausbildung beim Marine Corps. Letzten Monat ist er weg. Du hast gewusst, dass er dorthin will, oder, Lark?«

Ich nicke. Termite wendet den Kopf, um zu lauschen, unsere Stimmen zu hören, aber wir reden nicht. Das Radio spielt leise wie ein Flüstern. Ich strecke die Hand aus, um es lauter zu stellen.

Solly hält mich davon ab. »Lass mich. Hör dir diese Stimmen an, Termite. Sie singen genauso, wie du redest. Ohne Worte.« Er steht auf und schiebt das Radio über den Tisch zu Termite und dreht den Ton lauter. Klavier, Bläser, dazu Stimmen, die tief und hoch trällern, einzelne Silben singen und tremolieren, dann lang dahingleiten. Jammern eines Saxophons. Die Solostimmen vereinigen sich, trennen sich wieder, wogen auf und nieder wie Instrumente. Termite beugt sich vor und berührt die Knöpfe mit beiden Handgelenken, dreht die Lautstärke langsam, stetig voll auf. Dann legt er den Kopf an den Apparat, ein Ohr fest daran gedrückt. Wendet sich von uns ab, taucht in den Klang ein.

»Das gefällt ihm.« Ich sehe Solly an. Wir sind jetzt für uns.

Solly bedeutet mir, dass er mich nicht hört, und zieht mich fort vom Tisch, aus der Küche. »Jeder«, sagt er, »mag das.«

»Geh jetzt lieber, Solly.«

»Wollte ich ja. Nach den Kisten wollte ich gehen. Aber ich musste immer wieder daran denken, was drin ist. Ich hab ja nie ein

Bild von deiner Mutter gesehen – abgesehen von dem Foto, das ihr in der Küche hängen habt, sie als Kind mit Nonie. Da sieht sie aus wie du, ich verwechsle dich mit ihr.« Er tritt näher, damit wir einander trotz der Musik hören können. »Aber wenn ich mir deine Mutter nicht vorstellen kann, dann kann ich mir auch die meine nicht mehr richtig vorstellen.«

Ich gebe keine Antwort. Wir sind jetzt im Wohnzimmer. Ich will, dass er geht.

»Wir lagen mit meiner Mutter im selben Bett.«

»Das hast du erzählt, ja. Ich erinnere mich nicht an sie.«

»Du warst drei. Ich war vier. Du bist erst kurz vorher hierhergekommen. Wahrscheinlich mit diesen Kisten.«

»Ich weiß nicht, wann die Kisten ankamen. Vielleicht mit Termite.« Ich blicke an Solly vorbei durch das Wohnzimmerfenster in den Regen. Aber er redet weiter.

»Sie hatte Zeke in dem Kinderbett neben uns, und wenn er dann schlief, gingen wir mit ihr ins Bett, und sie ließ uns trinken, was übrig war. Sie war in deinem Mund und sie war in meinem Mund. Wir hielten still, und es beruhigte sie. Wir schliefen ein, und sie ebenfalls.«

»Wie kannst du dich nur daran erinnern?«

»Weil ich weiß, dass ich über sie hinwegkletterte, um zu dir zu kommen. Dort schlief ich dann, neben dir.«

Ich sehe ihn an. Dann kann ich nicht mehr wegsehen.

»Mach was mit mir«, sagt Solly.

»Du hast Mädchen, die das tun.«

»Ich will, dass du es tust. Tu, was du früher getan hast.«

»Jetzt nicht mehr. Das ist lange her.«

»Ich bin zwar nicht dein Bruder, aber ich bin *wie* dein Bruder. Wie Termite, außer dass ich mit dir reden kann. Ich kann dich anfassen wie du mich. Ich erinnere mich an Dinge.« Er ist so nah, dass ich seinen Atem im Gesicht spüre. Ich sehe Termite in der Küche, wo er das Ohr vorn an den Lautsprecher drückt und mit geschlossenen Augen das Radio hält. Ich sehe Solly an. Er ist mir so vertraut, als wäre er ich, er ist mein, als wäre er mein Kind, und zugleich ist er ein Fremder, der kalte, heiße Blick, den er bekommt, wie sie alle. Wenn ich ihn tun lasse, was er will, werde ich ebenfalls diesen Blick bekommen, diesen Blick, der alles auslöscht. Das ist wie eine Grube, in die ich fallen könnte. Ich muss mich raushalten.

»Lass mich«, sagt er.

Solly konnte mich zu Dingen überreden, weil er hinter dem älteren Gesicht, das ich sah, vor meinem geistigen Auge immer noch dasselbe Gesicht wie früher hatte. Ich vergaß und dachte, mit ihm Dinge zu tun sei nichts anderes, als täte ich es mit mir selber. Ich bekam früh meine Periode, und das zog ihn immer magnetisch an. Ich war elf und achtete sehr auf Sauberkeit, aber irgendwie sah er es mir immer an. Dann kam er und neckte mich und redete mit mir. Es ging nicht nur darum, dass er was zu sehen bekam. Sondern er versuchte mich dazu zu bringen, dass ich selbst unbedingt berührt werden wollte, er zeigte mir Dinge. Mir gefiel es, ich dachte gern daran, ich sah gern zu, wie sein Körper funktionierte, wie er sich dem so rasch, so mühelos hingab, und es gefiel mir, was er mit mir tun konnte, wie sich alles dadurch, dass ich ihn nicht tun ließ, was er wollte, nur in die Länge zog, wie er einen anderen Weg fand, um zu kriegen, was ich ihn nicht tun ließ. Er hielt meine Handgelenke fest und nahm die Rückseiten meiner Beine in den Mund, bis ich manchmal blau wurde an dieser zarten Haut in den Kniekehlen. Wenn er ohne Worte redete, nur mit Lauten – damit kriegte er mich immer herum. Ich hatte dieses wehe, verkrampfte Gefühl im Bauch, und er sagte, es tut weh, nicht wahr, und dann zog er mich auf sich und streichelte meine Hüftknochen, zwischen denen der Bauch einsinkt, bis der Schmerz sirupartig wurde. Ich lag da und spürte, wie er unter mir hart wurde, und dachte an seine Hände, daran, wie ich in sie hineinblutete. Das wollte er, sagte er. Und andere Dinge. Viele Dinge.

Er sieht mich an, und seine Augen sind gelbbraun und golden, mit grünen Einsprengseln. Seine Wimpern sehen feucht aus. »Lark«, sagt er.

Ich schüttle den Kopf. »Solly, es ist nicht wahr.«

»Was ist nicht wahr?«

»Wir haben nicht dieselbe Mutter. Das weißt du. Aber wie du gesagt hast: Nick kannte sie beide. Und Nick sagt Dinge über meine Mutter.« Ich sehe Solly an, als könnte er es mir sagen. »Angenommen, es ist Nick. Angenommen, Nick ist mein Vater, und er ist ein Grund, wieso deine Mutter gegangen ist – und meine ebenfalls.«

»Nein«, sagt Solly. Obwohl wir uns nicht berühren, spüre ich die Anspannung in seinen Schultern, seiner Brust, seinen geballten Fäusten. »Wenn das wahr wäre und er dich so anschaut, wie er dich manchmal anschaut, dann würde ich ihn umbringen wollen.«

»Wenn wir blutsverwandt wären ...«

»Sind wir nicht, Lark.« Er schließt die Augen, öffnet sie wieder. »Aber wenn wir's wären, spielte es keine Rolle. Was sie getan haben, jeder von ihnen, ist egal.«

»Es spielt doch eine Rolle, für das, was wir getan haben, Solly, und warum wir es wollten.«

Wir müssen damit aufgehört haben, als ich vielleicht dreizehn war, als wir keine Kinder mehr waren. Ein einziges Mal gab es noch, das letzte Mal: Das sagte ich ihm. Danach ging ich ihm aus dem Weg. Dann wurde er böse und ging mir ebenfalls aus dem Weg. Vielleicht nicht direkt aus dem Weg – jedenfalls waren wir nie mehr allein miteinander, versuchten es auch nicht. Ich hatte ihn verlassen, also verließ er mich. Er hatte diese und jene. Ich bin sicher, er kriegte eine Menge Mädchen herum. Er war zu jung, aber so war er eben; wahrscheinlich war ich auch so, aber nur mit ihm. Irgendwie hatten wir uns gegenseitig ins Verderben geführt. Wenn ich ihn sah, wandte ich schnell den Blick ab, aber ich wusste immer, wenn er in einem Raum war oder auf der anderen Straßenseite oder im Flur in der Schule, oder wenn er draußen vor einem Klassenzimmerfenster beim Footballtraining Sandsäcke boxte. Ich spürte es, wenn er losstürmte und zuschlug, auf all die anonymen, verdreckten Körper mit ihren Schutzpolstern und Helmen eintrommelte.

»Lark«, sagt er.

Er legt mir den Zeigefinger auf die Mitte der Brust, ein harter kleiner Punkt, und bewegt ihn abwärts, als zeichnete er auf mir eine Linie. Es ist das Unwetter, denke ich, das Unwetter hat uns hier eingeschlossen, der Regen hat alles andere ertränkt. Ich höre es prasseln, trotz Termites Musik. Die Stimmen sind hohe, klare Glockentöne vor dem rollenden, langen, tiefen Dahingleiten der Musik.

»Bleib mit deinen Händen und deinem Mund weg«, sage ich.

Er kennt dieses Spiel. Es ist ein altes Spiel. Seine wie geschwollen wirkenden Lippen öffnen sich ein wenig, und er atmet, als erfüllte ihn eine ungeheure Erleichterung. Es ist, als hätte uns etwas gepackt, hätte uns einfach verschlungen.

»Okay.« Er formt das Wort unhörbar, als könnte er nicht mehr reden, nicht mal mehr flüstern. Es ist nur die Form eines Lauts auf seinen Lippen, dann beißt er die Zähne zusammen. Jetzt, wo er weiß, dass ich es tun werde, sehe ich, wie ihn das Gefühl mit voller Wucht überkommt, es ist in seinen Augen, seinem Atem, in der jähen Röte unter der gebräunten Haut seines Gesichts.

»Fass mich ja nicht mit den Händen an«, sage ich, aber das braucht er gar nicht: Allein die Kraft, mit der er sich auf mich zubewegt, treibt uns nach hinten in mein Zimmer und drückt uns dort an die Wand. Ich sehe die Schmutzflecken auf seiner Brust. Ein Schimmer aus blonden Härchen und Schweiß füllt mein Gesichtsfeld, und seine Brustwarzen sind hart und klein. Es ist so lange her, dass ich seinem Geruch, seiner Haut so nahe war. Er stemmt die Handflächen neben meinem Kopf an die Wand und hält sie ganz still, wie um zu versprechen, dass er mich nicht anfasst. Ich drücke meinen Mund an ihn, und der braune Knubbel seiner Brustwarze passt zwischen meine Zähne wie ein Kieselstein. Ich zupfe an dem anderen und rolle ihn unter den Fingern hin und her, und es ist, als fingen die Laute, die er von sich gibt, in mir an. Wir haben ein bestimmtes Maß an Zeit zur Verfügung, ehe er mich nicht mehr hören oder mir nicht mehr zuhören kann. Er greift nach unten und zieht den Wäschekorb, in dem sich all die noch nicht zusammengelegten Klamotten und Laken türmen, hinter uns heran, und sein Gesicht gleitet meine Brust, meinen Bauch hinab, über den Hüftknochen hinweg, und er schiebt mich rückwärts auf den Wäschekorb. Er beugt sich über mich, und ich ziehe meine Bluse aus und stemme die Stirn fest gegen ihn unter der Jeans, dann öffne ich den Knopf und taste nach dem Reißverschluss, ziehe ihm die Hose herunter, schließe die Augen. Er fühlt sich hart und seidig an in meinem Mund und unter meinen Händen und an meinem Gesicht, meinem Haar. Er stößt und stößt gegen mich, überall, nicht schnell, aber beharrlich. Ich halte ihn in meiner Halsgrube, dann hebe ich die Arme, schmiege sie an seinem Körper entlang. Der runde Kopf von ihm bewegt seine Träne Flüssigkeit über meine Rippen und Brüste und findet schließlich meine Achselhöhle, und so kommt er, dort und auf meinen Hals und meiner Brust, während ich ihn halte und das Pulsieren spüre, das ihn durchläuft.

»Mach das mit mir«, sagt er, »mach das mit mir, Lark.« Er sinkt auf die Knie und liegt auf mir, und wir rutschen auf verstreuten Handtüchern und T-Shirts und Laken abwärts. Jetzt ist es leicht, als hätten wir nie damit aufgehört, und ich lege die Hand auf die Furche zwischen seinen Gesäßbacken und berühre den geheimen Pelz, stecke den Finger hinein, als gehörte sein Körper mir, so wie ihm der meine gehören würde, ließe ich ihn je in mich hinein. Wenn ich das täte, käme ich nie mehr los.

Ich sagte zu Solly, dass ich nicht weggehen würde. Wir müssten nicht gehen, sagte ich, das sei noch nie notwendig gewesen. Einmal, vor Jahren, stand das Wasser im Keller knietief und stieg im Garten bis zur Küchentür, und wir blieben, wo wir waren. Mal sehen, sagte Solly. Ich packte Essen, Regenjacken, Gummistiefel zusammen. Solly half mir, die Schreibtische auszuräumen, die Wintermäntel einzusammeln, das Bettzeug und den Inhalt des Wäscheschranks auf den Speicher zu schaffen. Ihn auf seinen Schultern kippend und drehend, stemmte er Termites dicken Polstersessel die enge Dachbodenleiter hinauf. Wir holten Wasserflaschen, mein Transistorradio, Taschenlampen, Kerzen und Öllampen, sogar Nonies kleine Tresorkassette. Solly hatte sich als freiwilliger Evakuierungshelfer beim Zivilschutz gemeldet; es wurden jetzt Schutzräume geöffnet, eben auch das Arsenal und einige Kirchen. Vor allem in Flussnähe kann das Wasser sehr schnell steigen, hieß es. Bevor er ging, packte er mich fest an den Schultern, damit ich auch richtig zuhörte. »Wenn das Wasser bis zur Gartentreppe steigt«, sagte er, »dann warte nicht länger, sondern geh in den Speicher hinauf. Und bleib die ganze Nacht oben, auch wenn das Wasser nicht bis ins Haus kommt.« Wir sind gern auf dem Speicher, sagte ich, wir werden da oben kampieren. »Wenn es schlimm wird«, sagte er, »komme ich mit einem Boot, und wir holen nur dich und Termite durch dieses Speicherfenster raus. Halt dich bereit.«

Als ich in der Küche stehe und aus diesem Wunderbrot, das Termite so gern hat, Sandwiches mit Erdnussbutter und Gelee mache, fällt der Strom aus. In der Stille ist das Unwetter noch lauter. Es ist mitten am Nachmittag, aber das Licht im Haus ist perlgrau. Der Regen hat noch einen Beiklang, ein Rauschen und Drängen, und ist so undurchsichtig, dass man nicht sagen könnte, wie weit der Gartenweg bereits überschwemmt ist. Die Straßen von hier bis zur Innenstadt werden auf jeden Fall unter Wasser stehen. Nonie wird heute Abend nicht heimkommen, aber ich schaffe das schon. Ich habe Baked-Beans-Konserven und Wiener Würstchen auf dem Speicher, Wasserflaschen, Käse, das kalte Huhn aus dem Restaurant.

Ich habe Termite so hingesetzt, dass ich ihn sehen kann; mit Kissen abgestützt thront er auf dem Wohnzimmersofa. Die Fenster sind einen Spalt geöffnet, damit er den Regen hört. Er streckt die Hände in die Luft, aber seine Finger sind fast reglos, als wäre die Luft so drückend, dass er sie nicht bewegen kann. Als ich die Sandwiches in eine Plastiktüte stecke, sehe ich ihn sich aufrichten und reglos sitzen. Aber das kann er ja gar nicht, und er tut es auch nicht. Nicht, dass er Angst hätte: Er wartet, erwartet, und was kommt, geschieht jetzt. Ich drehe mich zum Fenster, und auf einmal, wie von Zauberhand, wird der Regen heftiger und dunkler. Der Wind dreht sich und schmettert den Regen flach gegen das Haus. Wie eine Brandungswelle schleudert der Wind das Wasser vor sich her und saugt es wieder zurück, und für einen kurzen Moment sehe ich die Oberfläche der Flut: schlammig trübes Wasser, das wogt wie ein windbewegter flacher See. Es gibt keinen Gartenweg mehr, keine Gärten, und der kleine Zaun zwischen den Häusern ist verschwunden. Es ist, als wären wir auf einem Floß in einer Schale, die jemand zusammendrückt. Das Wasser steigt so schnell, dass man zuschauen kann. Termite hört es kommen.

»Wir gehen nach oben, Termite.« Ich haste durch den Raum und schlage im Vorübergehen die Fenster zu. Es knallt wie Gewehrschüsse, und ich hebe Termite auf, nicht zu schnell, aber doch zügig, denn ich stehe bereits in einer Wasserlache. Die Flut ist im Haus. Fast warm fühlt sie sich an, wie eine sommerliche Pfütze, die tief genug ist, um hindurchzuwaten. Dann sind wir auf der Leiter nach oben.

Auf dem Dachboden ist es beinahe finster, nur durch das eine Mansardenfenster zwischen den Balken leuchtet es schwach grau herein. Dort hat Solly Termites Sessel aufgestellt, dem rechtwinkligen Ausblick zugewandt, aber ich sehe nicht hin. Ich setze Termite mit der Sandwichtüte im Schoß in seinen Sessel und gebe ihm die Taschenlampe in die Hände. Es ist eine lange, ziemlich schwere

Taschenlampe aus Metall, wie Mechaniker sie gern verwenden, und er mag sie. Er hält sie ganz fest, und ich schalte sie ein und richte den Strahl auf die Treppe. »Ich hol noch ein paar Sachen herauf«, sage ich. »Du siehst mich kommen und gehen.«

Ich höre ihn nicht antworten, denn ich klettere schon im Dämmerlicht die steile Leiter hinunter. Was ist unersetzlich, überlege ich, was werden wir brauchen, wenn alles verloren ist.

Ich hole eine leere Schreibtischschublade aus meinem Zimmer und werfe meine Zeichenhefte hinein, meine Bleistifte, nehme meine Zeichnungen, deren Klebstreifen sich unter der Feuchtigkeit lösen, von der Wand. Die Röcke und Blusen, Nylonstrümpfe und Unterwäsche, die eine gute Strickjacke und das Paar Stöckelschuhe, das eine Chefsekretärin brauchen wird, wie Miss Barker meint, sind bereits oben. Alles andere ist mir egal. Die Muschelschalen in ihren Kästchen auf meinem Schreibtisch können meinetwegen ins Wasser zurückkehren, und die Postkarten von Hauptstraßen, die ich an die Wand geheftet habe, sollen sich ruhig verabschieden. Es ist nicht mehr mein Zimmer, das ist es schon eine ganze Weile nicht mehr. Auch meine gesammelten Parfumflakons können volllaufen und mit ihren puppengroßen Traumszenen und Souvenirsprüchen untergehen. Allerdings muss ich Termites mondgesichtigen Liebling finden, sein Mondmanndings, und da ist es ja, mitten auf seinem Tisch wie ein Königszierrat *en miniature*. Vielleicht hat es Solly da hingestellt, als wir das Bettzeug holten – Solly denkt an so was, er weiß, dass es wichtig ist. Wenn das Telefon funktioniert, könnte ich Nonie anrufen. Aber was würde sie mir sagen – dass ich den Erste-Hilfe-Kasten unter dem Spülbecken in Sicherheit bringen soll, die Schmuckschatulle mit ihren Perlen, das Salzfässchen mit Holzdeckel, in dem sie das Haushaltsgeld aufbewahrt. Von Zimmer zu Zimmer plantschend, fülle ich die Schublade, schleppe sie die Leiter hinauf und schiebe sie oben über den Speicherfußboden, und Stambles Formulierung fällt mir wieder ein: in Trümmer zersprengen. Ich muss diesen Rollstuhl holen, den er uns gebracht hat. Meine Stiefel fühlen sich klamm an, als ich barfuß hineinsteige, aber es muss sein – Hochwasser ist reines Gift, angereichert mit allem, was zerbrochen und zerborsten ist. Deswegen kann Termite nicht hierbleiben. Vielleicht können wir alle nicht länger bleiben, und etwas ist gekommen, um uns das zu sagen.

Unten klingt der Regen jetzt ruhiger, stetig, als hätte die Flut, seitdem sie da ist, den Sturm beschwichtigt. Es ist ruhig und merkwürdig. Gleichmäßig steht das Wasser in jedem Raum, zwei Handbreit die Stuhlbeine hoch, undurchsichtig und glatt wie ein Spiegel. Ich öffne die Tür des Wandschranks, in dem wir die Rollstühle – jetzt beide – aufbewahren. Ein Teil des Staubsaugers schwimmt heraus und um meine Beine. Dann ein Hut und ein paar Handschuhe. Ich lasse den schweren alten Stuhl, wo er ist, und ziehe den neuen an den Griffen heraus. Er ist zusammengefaltet, und die Flut reicht nur bis auf halbe Höhe der Räder. Wie ein Schiff oder Spielzeug pflügt er durchs Wasser, und ich zerre ihn auf seinen großen dünnen Rädern hinter mir her die Leiter hinauf. Er funkelt wie ein Wesen und tick-tickt die schmale, noch unverstellte Fläche entlang, den Gang zum Fenster hin, über den Speicherfußboden. Ich fahre ihn bis zu Termites Sessel und parke ihn genau gegenüber, ebenfalls zum Fenster gerichtet, falte ihn auseinander und fixiere den Sitz und die Räder. »Ich sitze hier«, sage ich. »Wir essen zu Abend und beobachten den Regen.«

Er sagt nichts, und ich frage mich, ob er Angst hat. Der Lichtstrahl der Taschenlampe leuchtet an uns vorbei in den Raum oberhalb der Leiter. Ich lasse die Lampe liegen und beuge mich über Termite hinweg, drücke das Gesicht an die Fensterscheibe. Es ist weder Tag noch Nacht. Der Gartenweg ist verschwunden, wie ein seichter Fluss fließt das Wasser auf der Höhe der Fensterbretter im Erdgeschoss zwischen den Häusern entlang. Eine alte hölzerne Hundehütte treibt umgedreht, auf ihrem gegiebelten Bretterdach tänzelnd, vorbei; sie zieht ein Stück dickes Seil hinter sich her, an dem noch ein Halsband hängt. Die kastenähnliche Form und das schwimmende Seil erinnern mich an Termites Handkarren. Warum habe ich nicht an ihn gedacht, ich hätte ihn heraufholen, mir von Solly helfen lassen sollen. Ich weiß, dass wir hier fortgehen werden, ich spüre es. Vielleicht werden wir eine Weile bei Elise in ihrem kleinen Häuschen wohnen, bis wir wissen, wohin, aber er braucht nicht nur seinen Sessel, sondern auch den Handkarren, so groß und schwer er sein mag. Sie sind alles, woran er erkennt, wo er ist.

»Du hättest sicher gern deinen Karren hier oben, stimmt's, Termite. Ich werd mal gehen und ihn holen.«

Werd mal gehen werd mal gehen, sagt er leise, als wäre er nicht recht überzeugt.

»Nimm du deinen Mondmann«, sage ich, »und gib mir die Lampe.«

Ich bewege seine Hände, jeden Finger einzeln, bis er auch die Handflächen um das kleine mondgesichtige Fläschchen schließt, dann stehe ich oben an der Leiter und leuchte mit der Taschenlampe hinunter aufs Wasser. Die Flut hat jetzt die dritte Stufe erreicht, und im Lichtstrahl sieht sie pechschwarz aus, unheimlich, wie Öl oder Farbe. Ich schalte die Taschenlampe aus und lege sie auf eine der oberen Stufen, dann gehe ich hinunter. Es bleibt mir nichts anderes übrig, als hineinzusteigen. Das Wasser reicht mir halb die Waden hinauf und füllt sofort meine Stiefel. Mit einem Schlag ist die Flut eingedrungen, und jetzt ist sie kühl und hat die Farbe von Milchkaffee. Ich stehe in Termites Zimmer. Sein Bett, ein Metallgestell mit zusammenklappbaren Beinen, treibt sacht drehend wie ein Floß. Die dicke, mit Plastik überzogene Matratze ist noch trocken, das Wasser trägt sie wie eine Bühne. Ich wate weiter ins Wohnzimmer, wo der Karren zuletzt stand. Die Tür zum Keller steht offen und bewegt sich mit der Flut hin und her. Ich stelle mir den überschwemmten Keller vor: die leere Fläche, wo die Kisten standen, die

Werkbank, Termites Zeitungsbilder, die sich auf der Wäscheleine auflösen. Das Haus hat ein Fundament aus Granit, sage ich mir, es bleibt stehen, auch wenn es vollläuft. Nichts anderes zählt: das Wasser wird entscheiden. Das Klavier im Wohnzimmer, das im Stich gelassen wurde, hat sich nach links bewegt, das Wasser reicht fast bis zur Klaviatur, und der Klavierhocker treibt mit den Beinen nach oben. Notenhefte kreisen auf dem Wasser, lautlos, aufgeblättert. »Meet Me in St. Louis« schwimmt vorbei und »My Funny Valentine«.

Termites Handkarren wurde halb auf die Rückenlehne des Sofas geschoben. Wie ein langer Hals mit magerem Kopf reckt sich der Metallgriff in die Höhe, sein keilförmiges Gesicht schimmert. Noch ragt der Karren schräg aus dem Wasser, aber wenn ich versuche, ihn fortzuziehen, wird er volllaufen, und dann kriege ich ihn nie die Leiter hinauf. Meine Stiefel sind wie Bleigewichte, doch ich stelle mich mit gespreizten Beinen auf, halte den Karren in seiner Position fest und gebe dem Sofa einen Stoß. Es bewegt sich wie ein schweres, leckgeschlagenes Boot und macht beinahe einen Satz rückwärts, aber ich halte es fest und schiebe. Es sind mir keine Türen im Weg: Ich kann das Sofa durch den Türbogen in mein Zimmer und durch Termites Zimmer bis zur Dachbodenleiter vor mir hertreiben, dann stelle ich es schief und ziehe den Karren die letzten fünf, sechs Stufen hinauf. Nick Tucci hat die Türbögen weit genug gemacht. Ich muss daran denken, wie er damals, als Termite zwei oder drei Jahre alt war, diese Bögen verputzt hat: Nick hat Platz für die Flut geschaffen, für die braune Dreckbrühe von einem Fluss, die er nicht leiden kann, wie er sagt. Ich weiß, dass Nick mit meiner Mutter in der Highschool war. Er ist der Einzige, der sie je mir gegenüber erwähnt, als wäre sie ein Geheimnis zwischen uns beiden, aber das stimmt nicht. Du erinnerst dich doch an ihre Mutter, sagte Nonie einmal zu ihm, als sie dachte, ich könnte sie nicht hören.

Als ich ein Kind war, warf mich Nick über die Schulter, wie er es mit seinen Söhnen machte, nahm mich auf den Schoß, brachte mir Fingerspiele und alberne Lieder bei. Oft bettelte ich, dass er mich zur Arbeit mitnahm, zur Nachtschicht im Werk, und manchmal tat er das auch – wahrscheinlich an den Tagen, an denen Nonie einen Babysitter brauchte. Er trieb einen weichen Sessel für mich auf, den er an die Wand stellte, setzte mich hinein, steckte mir Stöpsel in die Ohren und schärfte mir ein, mich nicht von der Stelle zu rühren. Der Einwickler schleuderte die Ballen mit solcher Wucht, dass die weite Fabrikhalle zusammenfuhr, und es war, als hätte Nick die Erschütterung selbst erzeugt. Das Hämmern lullte mich in den Schlaf. In dem Sommer, in dem er ein Zimmer für Termite machte, durchbrach er mit einem Vorschlaghammer die Wände. Wir Kinder sahen jubelnd zu, während Nonie mit Termite in den Garten hinausging, damit er nicht den Staub einatmete. Solly und ich beschmierten uns gegenseitig mit Kalkstaub und rannten durch die klaffenden Löcher hin und her, die Nick gestaltet und geglättet hatte. Anfangs nannte mich Nick sein Mädchen, aber dann wurde ich älter, und er hörte damit auf. Dafür sagte er jetzt öfter: Du erinnerst mich an jemanden. Lark ist ganz anders als sie, antwortete Nonie dann, und ich bemühte mich sehr, *nicht* anders zu sein. Für Termite habe ich mir immer ein Bein ausgerissen, und es war doch nie genug, er brauchte mich die ganze Zeit. Aber mit Solly war ich wie meine Mutter, von Anfang an. Wir waren Kinder, als wir anfingen, diese Dinge zu tun, und ich erinnere mich, dass ich auch an Nick dachte. Zum Beispiel in diesen Nächten im Werk, wenn ich mit zugestopften Ohren im Halbdunkel saß. Das Hämmern des Einwicklers drang durch den Boden in meine Füße und durch den Sessel in meine Hüften ein. Ich dachte an Nick, der sich mit einer Frau, deren Gesicht ich nicht sehen konnte, an eine Mauer drückte, als wüsste ich, was er mit jemand anderem erlebt hatte.

Der Regen hat nachgelassen. Das Geräusch ist jetzt wie ein plätschernder Bach, leicht, hell und beständig. Manche Teile von Winfield werden noch viel schlimmer überschwemmt als unsere Gegend – Nick wird bei den Männern sein, die Leute aus ihren Häusern und von Autodächern holen. Er wird Solly fragen, wo zum Teufel ich bin und wo der Junior steckt. Solly wird sagen, dass mit uns alles in Ordnung ist, und das stimmt ja auch. Im schlammfarbenen Wasser schiebe ich das Sofa die Wand entlang, aber in den wassergefüllten Gummistiefeln schwanke ich und rutsche immer wieder aus. Vorsichtig steige ich aus den Stiefeln, ziehe sie aus dem trüben Wasser und leere sie in die Flut. Unter den Fußsohlen spüre ich den Boden, und ich werfe die Stiefel auf das Sofa und schiebe es, lang und breit, wie es ist, die Wand entlang vor mir her durch den Türbogen in mein Zimmer. Mein Bett steht unter Wasser. Das hohe Kopfende ragt über seinem dunklen Spiegelbild auf, und ich sehe etwas daran vorbeigleiten. Das Wasser wirft eine Welle und noch eine, eine lange Bugwelle, und ich wende den Blick ab. Diese Katze, denke ich, diese verwilderte Straßenkatze, die schmutzig rot ist und immer dasitzt und Termite anstarrt, die sich im Rangierbahnhof davonschleicht. Ich will sie nicht oben bei uns auf dem Speicher haben. Sobald ich den Karren hinaufgeschafft habe, ziehe ich die Leiter ein. Die Luke schließt dicht, damit im Winter keine Wärme entweicht. Die Unterseite ist eine Sperrholzplatte, die mit dem gleichen hellblauen Paneel verkleidet ist wie die Decke in Termites Zimmer. Das fügt sich so perfekt ineinander, dass man sie von unten gar nicht sähe, wären nicht der hölzerne Griff, der so breit ist wie eine Stufe, und das daran hängende Seil. Die Stufen sind nicht breiter als der Karren. Ich spüre das Sofa blind und stumpf an die Leiter stoßen. Es wird schon dunkel. Ich habe die Taschenlampe in einer Hand.

»Ich komm jetzt rauf, Termite.« Ich umrunde das Sofa, taste mich die ersten überfluteten Stufen hinauf. Die Griffstange kann ich knapp erreichen; der Karren lässt sich leicht über die Rückenlehne des Sofas hieven, aber ich ziehe totes Gewicht in einem steilen Winkel, als ich durch die schmale Öffnung der Dachbodenleiter höher steige. Ich lege die Taschenlampe auf der obersten Stufe ab und balanciere den Karren an Ort und Stelle: Wie ein aus einem Tümpel auftauchendes fremdartiges Reptil reckt er sich auf seinen Vorderrädern empor. Eine Stufe ziehe ich ihn hinauf und noch eine zweite, aber dann dreht sich das Sofa weg und taucht ab. Der schwere Karren macht einen Satz zurück und reißt mich so schnell nach vorn, dass ich im Wasser lande, ehe ich mich irgendwo festhalten kann. Im Fallen spüre ich den Karren auf der nächstunteren Stufe aufprallen, aber zum Glück verkeilen sich die Räder und stoppen den Absturz. Das Wasser ist noch höher gestiegen, es reicht mir fast bis zur Brust – tief genug, um zu schwimmen. Ich recke den Kopf aus dem Wasser und denke an die Sandwiches in Termites Schoß. Sollte etwas passieren, hätte er genug zu essen, bis jemand kommt und ihn rettet. Aber das würde er nicht tun, er würde nichts essen. Ich taste nach den Stufen und ziehe mich bis nach oben, leise und vorsichtig, ohne einen Laut, um nur ja nicht den Karren anzustoßen, und die Räder bleiben eingerastet.

Ich bin nass bis auf die Haut und rieche nach der Flut, ein Geruch nach faulem Obst und altem Motoröl. Ich richte den Strahl der schweren Taschenlampe nach unten, so dass ich den Karren direkt unter mir sehen kann, dann setze ich mich auf den Speicherfußboden, hake mit gespreizten Beinen die Knöchel in die Leiter und ziehe den Karren zu mir her, so dass die Räder von einer Stufe zur anderen rumpeln, und ich sehe, wie unten das Wasser lange Wellen wirft. Das sind Ratten. Ihre Augen funkeln im Licht, und eine von ihnen springt hinten auf den Karren auf und balanciert ziemlich flott die Holzkante entlang auf mich zu. Ich stoße einen Schrei aus, erinnere mich an die Taschenlampe in meiner Hand und werfe sie mit Wucht. Die Ratte plumpst ins Wasser zurück, und ich zerre in panischer Hast im Dunkeln den Karren hinauf. Es gelingt; aber im nächsten Moment wird mir klar, dass sie die Stufen heraufkommen werden. Im Wasser unten bewegt es sich, und ich packe die Seilgriffe der Leiter und ziehe fest daran, um die Stufen aus dem Wasser zu heben. Jetzt schwebt die Leiter halb in der Luft, zu hoch für Ratten, um sie springend zu erreichen. Ich halte Ausschau nach Bewegung, hämmere mit den Fäusten auf das Holz. Das schwankende Trippeln von Ratten ist ganz anders als das hakenschlagende Flitzen einer Maus. Jetzt wünsche ich mir die streunende Katze herbei, dieses böse, verdreckte Vieh, das alles frisst, was ihm über den Weg läuft, und einen Hammer wünsche ich mir oder eine Pistole. Die Luke wird sich dicht verriegeln lassen. Ich ziehe meine Sachen aus, die nach Schlamm und Fäulnis riechen, und lasse sie ins Wasser fallen, und ehe ich uns einsperre, blicke ich hinunter, zähle die langen Bugwellen, die sich unten durch das überschwemmte Haus ziehen. Drei sind es oder vier. Wie glatte Torpedolinien, die glänzen und suchen, dunkle kleine Kugelköpfe. Die Ratten vom Fluss und von der Müllkippe im Polnischen Viertel schwimmen aus der Flut.

»Holzhäuser« – das ist Nonies Ausdruck für rücksichtslose Menschen, waghalsige Einfälle. Ich zünde trotzdem die Kerosinlampe an und die dicken großen Kerzen, die nicht umfallen können. Licht, das durchs Fenster leuchtet, damit Solly was sieht, falls er in einem knatternden Motorboot des Zivilschutzes vor Tagesanbruch herkommen muss. Ich war bis zum Hals in der Flut – dunkle Erde, die von der Wiese im Polnischen Viertel weggeschwemmt wurde, ertrunkene Tiere, die der Fluss hergetrieben hat – und habe mein stinkendes Haar zusammengedreht und mich in eine weiße Bettdecke gewickelt wie ein dem Bad entstiegenes Mädchen. Ich ziehe den Karren zu mir und drehe ihn um, die Griffstange nach innen geklappt, so dass er gerade steht: ein Tisch für Kerzen und Öllampen; und ich breite unser Essen darauf aus, Baked Beans in Dosen und das kalte Huhn auf Wachspapier, packe die Sandwiches aus. »Hier ist unser Picknick«, sage ich zu Termite. »Siehst du, wie hübsch die

Lichter aussehen? Und wir haben ein Bett, in dem du schlafen kannst. Kühler ist es jetzt auch. Die Flut hat die Hitze weggespült.«

Er dreht den Kopf zum Fenster, als diskutierten wir darüber.

Alles schmeckt besser, als es eigentlich schmecken kann, wie ein Märchenessen. Wir sitzen in unseren Sesseln, er in seinem gepolsterten Nest, ich in Stambles Rollstuhl, unsere Knie berühren sich, wie zwei teetrinkende Damen neben einem dunklen Fenster. Ich versuche die schmutzige Scheibe sauber zu wischen, aber wir sehen immer nur das Spiegelbild von zwei Kerosinlampen, zwei breitrandigen Gefäßen nebeneinander, jede Flamme mit eigenem Lichthof.

»Ich höre keinen Regen mehr«, sage ich laut.

Stambles neuer Rollstuhl hat schmale Armlehnen und lässt sich direkt bis ans Fensterbrett schieben. Ich öffne das Fenster und beuge mich weit hinaus. Aus dem Regen ist ein Dunstschleier geworden, eine dünne, stellenweise auseinandergerissene Wolke, und die Flut ist bis auf halbe Höhe der Häuser gestiegen. Gegenstände bewegen sich im Wasser, dunkle Gegenstände, und die Oberfläche schimmert und glitzert, weil der Wind sie kräuselt. Es ist still, kein menschlicher Laut zu hören, und nirgends brennt ein Licht. Kein Kerzenschein, keine Laterne. Man hört nur ein anhaltendes, klares *schsch*, wie ein lautes feuchtes Wispern über dem Rauschen eines geborstenen Wasserrohrs. Der Fluss hat sich mit dem Hochwasser vereint und rast jetzt reißend durch die Gärten dahin, über umgestürzte Autos und überraschte Baumwipfel. Es sind merkwürdige Bäume, neue Bäume, sie strecken sämtliche Blätter in dieselbe Richtung, als hörten sie alle dieselbe Musik. Wie abgehackt ragen die Häuser aus dem Wasser, zeigen nur noch ihre Dächer und die Fenster im oberen Stock. Die Scheiben glänzen wie glasiert. Es ist eine neue Stadt in einer neuen Welt, eine leere Stadt – nichts als Wasser und Wind in der Dunkelheit.

Niemand ist geblieben. Sie sind alle fort, geflohen, und bekamen es nicht zu sehen.

»Nur wir sind noch da«, sage ich zu Termite. »Gehört jetzt alles uns. Komm her. Horch.«

Ich ziehe ihn vorsichtig auf meinen Schoß, in den Rollstuhl, der ihm gehört, und wickle ihn fest mit mir in die Bettdecke ein, damit er es warm hat. Wir beugen uns hinaus in die Dunkelheit, in Luft und Geräusche, und ich kann fast durch seine Haut hindurch spüren, wie sehr ihm das gefällt. Während ich ihn halte, sehe ich das Wasser so, wie er es wahrscheinlich hört: in Schichten, als in die Schwärze gemischte Farben. Morgen wird die Flut braun sein wie verwässerter Schlamm und hässlich, voller aus- und mitgerissener Gegenstände, aber jetzt bewegt sie sich und fließt dahin als ein dunkler, von zartem, nebelverhangenem Mondlicht versilberter Glanz. Termite rührt sich in meinen Armen, beugt sich weit hinaus, wendet in kleinen Rucken den Kopf, als vernähme er Geräusche in den Luftschichten.

»Jetzt ist es aber genug«, sage ich und ziehe ihn wieder an mich, und dabei spüre ich ihn fast vibrieren, in allen Gliedmaßen angespannt wie ein sprungbereites Tier. In der Schule, die er hasste, halten sie die Kinder fest, wenn sie aufgeregt oder durcheinander sind, zwingen die Spannung aus ihnen hinaus. Ich lasse ihn, kämme ihm nur mit den Fingern das Haar, warte, dass er sich an mich lehnt. Ich rede, leise, als erzählte ich ihm eine Geschichte. »Bald wirst du schlafen, nur schlafen, die Lichter lassen wir brennen. Ich bleibe wach. Solly kommt mit einem Boot, das er steuern kann, einem Motorboot. Dann sitzen wir im Boot und fahren durch die Flut, Termite. Vielleicht im Dunkeln, vielleicht wenn es schon wieder hell ist. Wir finden einen Ort, an dem wir bleiben können, bis das Wasser wieder abzieht. Das Wasser läuft in den Fluss zurück und wird überall Sachen hinterlassen. Du wirst sehen.«

So rede ich dahin und höre gar nicht, was ich sage. Hinter mir stapeln sich die Kisten aus dem Keller, und ich beginne sie als feste Masse in meinem Rücken zu spüren, Hitze ausstrahlend wie Steine in der Sonne. Ich weiß, dass der Erste-Hilfe-Kasten eine Schere enthält, damit man den in Papier versiegelten Verbandsmull aufschneiden kann. Ich werde jede Kiste aufmachen. Sie gehören jetzt mir, uns, wie die Flut, die den Gartenweg überschwemmt. Der Keller ist dahin, wie Nonies Küche und Nonies Haus. Jetzt könnte jeder hier aufstehen, in diesem kleinen Raum unter den Dachbalken und Sparren, und auf uns Anspruch erheben, ihren Namen sagen. Ich sage ihn, das gehört jetzt dazu, aber Termite ist an mich geschmiegt, mit dem Gesicht an meinem Hals eingeschlafen. Ich trage ihn zu dem Bett, auf dem sich Kleider und Bettzeug türmen, ein weiches Nest, in dem er versinkt, und breite die Bettdecke über ihn.

Jetzt kann ich anfangen. Durch das offene Fenster weht kühle Luft herein, die auf meiner Haut prickelt. Er schläft, schläft tief, wie immer, wenn zu viel passiert ist. Ich kann also nackt sein, wenn ich die Kisten öffne. Dass sie schmutzig sind, ist mir egal. Das spröde gewordene Klebeband auf den Kisten reißt unter der Scherenklinge mühelos entzwei, und der Schein der Lampen flackert und huscht hin und her. Hier ist die mit Filz ausgekleidete Holzkiste und das Lenox-Silberbesteck. Schüsseln, weiße Teller mit Goldrand, professionell in Pappkartons verpackt. Zwei Kisten mit Leinen: Tischtücher und Servietten, Satinlaken in Rosa, spitzengesäumte Kissenbezüge. Wie jemandes Aussteuer – benutzt, gewaschen, verstaut. Vier Kisten, fünf, sechs. Aber es ist bloß Hausrat, den jemand mit dem einzigen Gedanken, alles zu verschicken, was einen materiellen Wert haben könnte, in ihrer Abwesenheit eingepackt hat. Keine Schleifen, kein Schnickschnack, kein Zeug, das Leute in Schubladen aufheben, Sachen, wie man sie bei Topsy Turvy findet: voller Aussagen über die Personen, denen sie mal gehört haben. Keine Schuhe oder Dessous oder Alltagskleidung, die Auskunft geben, was sie getragen, wie sie wirklich ausgesehen hat. Eine Kiste, die zu nah an dem Riss im Kellerboden gestanden hat, ist innen rosa verfärbt: ausgewaschene Farbe von einem Stapel perlenbesetzter Kleider, wie Kostüme, aber verblasst und von der Feuchtigkeit angeschimmelt. Andere Kisten sind trocken geblieben. Hier ist ein Kleid, zusammengefaltet, wie um eine Schicht eingewickelter Kelchgläser zu polstern, ein weißes Kleid oder Nachthemd. Tailliert, mit weitem Rock, Oberteil und Schultern auf Maß gearbeitet. Elegant. Aufbewahrt, weil es aus Seide ist. Ich probiere es an, um zu spüren, wie es sich für sie angefühlt hat, und weiß, dass es passt. Und da ist eine Robe, japanisch, mit mächtigen Ärmeln, rote Seide mit eingestickten Drachen in Blau, Orange, Weiß. Ich ziehe auch das an und schaue weiter. Keine Bücher, keine Platten, keine gerahmten Fotos, nichts Persönliches. Bis ich das Notizbuch finde. Ein Skizzenbuch, ohne Namen, aber es muss ihr gehört haben: nicht wie meine Zeichenhefte, sondern mit festem Einband, und die Seiten lassen sich nicht so einfach herausreißen. Ich blättere mich von hinten nach vorn durch. Gezeichnet hat sie Schatten an Mauern, Kanten, lichtgesprenkelte Ecken. Eine Hand, die eine kältebeschlagene Flasche hält. Eine Männerhand mit Handgelenk. Seinen Torso. Keine Gesichter, nichts Erkennbares. Aber das alte Ladenschild über Barkers Sekretärinnenschule entdecke ich: *Murphy's Fünf- und Zehn-Cent-Kaufhaus.* Und den Tunnel, die Eisenbahnbrücke über den Fluss. Sie hat sich sehr genau daran erinnert, an die Form des Bogens aus Steinen und Mörtel.

Ich vergesse die Flut. Ich schaue immer weiter, packe die Kisten wie Geduldsspiele aus und wieder ein, damit ich Platz habe, um Sachen auszubreiten. Ich finde geschliffene Punschgläser und zerlegte Glaslampen. Keine Briefe, keine Fotoalben, keine Rechnungen oder Kontoauszüge, nichts, anhand dessen man herausfinden könnte, wo sie war oder was mit ihr passiert ist. Warum ihre eigene Schwester, ja warum überhaupt niemand über sie spricht. Hier ist ein Pappkarton mit einer aufgedruckten altmodischen Illustration der Planeten: *Fabergés himmlische Düfte.* Ein mit Seide ausgekleidetes Parfumset aus einem noblen Drugstore. Darin ein maßgeformter Velourssamteinsatz für kleine Porzellanfläschchen samt Verschluss, mit Aufklebern beschriftet, die noch lesbar sind: Venus, Saturn, Mars, Morgenstern, Kassiopeia, Mond. Die Fläschchen sind alle noch da bis auf das letzte: Termites Mondmann. Es sind winzige Flakons mit plastischen Gesichtern. Vielleicht sind sie sogar besser als Fotografien: Es sind leere Bilder, die einen Duft verströmen, als ich nacheinander die Korken herausziehe. Das Parfum selbst ist verflogen. Auf jedem Korkstöpsel ist ein Plastikstern. Eine Karte liegt dabei, wie man sie vielleicht mit einem Blumenstrauß verschickt: *Greif nach den Sternen!! Alles Liebe von deinen Mädchen.* Herzen unter den Ausrufezeichen. Wer waren ihre Mädchen? Aber ich weiß schon, was passiert ist. Sie ließ Termite das Mondfläschchen halten, und er hat es auf Anhieb geliebt und sich gewehrt, als sie versuchte, es ihm wegzunehmen. Er mochte den Geruch, wenn es ihr Geruch war, und die Form des höckrigen Gesichts, so klein und so dick: Er mochte *sie*. Er war ihr Kind, und ich ebenfalls. Ich war ihr Kind.

Ich ziehe das Seidengewand fester um mich und trete ans Fenster. Bald wird es hell werden. Der Regen hat aufgehört, aber in der feuchten Luft hängt dichter Nebel. Kalt, klamm. Das Wasser ist noch höher gestiegen und sieht zornig aus, windgepeitscht und bewegt. Solly wird uns holen kommen. Es ist noch eine Kiste übrig. Gleich obenauf liegt eine zusammengefaltete Quittung der Spedition Bekins, ausgestellt auf Gladys Fitzgibbon, 40 Beech Road, Coral Gables, Florida. Ein Irrtum des Sekretariats. Gladdy spricht von ihrem Haus an der Beach Road, der schmalen Sandstraße entlang dem Strand, und dass sie von ihrer kleinen Veranda aus das Meer sehen kann. Wie sie zu den Sachen meiner Mutter kommt oder warum sie sie auf ihre Kosten verschicken lässt, ist mir ein Rätsel, aber ich weiß jetzt, warum so viel fehlt. Gladdy hat alles weggeworfen, die ganzen persönlichen Habseligkeiten, Fotografien und Briefe, alles, was Geheimnisse lüftet oder Fakten verrät, und danach hat sie jemanden beauftragt, den Rest zu verpacken. Ich hätte gern Hochzeitsbilder gesehen, irgendwas von irgendjemandem. Mit meinem

Vater war Lola wohl nicht verheiratet, mit Termites Vater schon. Er war Soldat, und er ist gefallen, aber nichts davon findet sich hier. Da ist nur eine zu einem festen Dreieck gefaltete amerikanische Flagge in einer Plastikhülle, und der harte Klumpen unter dem Stoff, stelle ich fest, ist eine kleine Waffe mit gekrümmtem Perlmuttgriff. Sie sieht aus wie ein Spielzeug, aber sie ist schwer, und sie ist echt. Ich weiß, dass die Army eine Flagge zum Grab jedes gefallenen Soldaten schickt, aber ihn hat man nie gefunden, er hat kein Grab. Diese Flagge ist das Einzige, und ich wickle die Pistole wieder ein. Eine Trompete ist auch noch da, in einem schweren, hartschaligen Instrumentenkoffer, das Mundstück mit einem Seidentuch umwickelt. Darin finde ich einen Schnappschuss: Etwa zwanzig Soldaten, Mannschaften in Uniform, sitzen unter einer Markise, auf der *The Match Club* geschrieben steht. Sie sind ohne Instrumente, also ist auch das kein Anhaltspunkt. Anonyme Gesichter. Das Foto gibt es noch, weil Gladdy sich nicht die Mühe gemacht hat, den Koffer zu öffnen.

Darunter ist etwas anderes, dick und unförmig zusammengefaltet, mit mehreren Schichten Papier umhüllt und verklebt, wie um das Paket wasserfest zu machen. Ich muss die Schere benutzen, um es aufzukriegen. Es ist schwer: Eine Militärjacke ist es, ein Uniformrock mit Messingknöpfen und einem Namensschild: Leavitt. Das hat er getragen. Ich falte die Jacke auseinander, um die Breite seiner Schultern, die Länge seiner Arme zu ermessen. Stark muss er gewesen sein, es ist, als stünde er hier in der Gestalt, in die Termite hätte hineinwachsen können. In der Brusttasche finde ich eine kleine Blechschachtel. Sie hat einen Metallverschluss, und auf dem Boden ist mit Klebestreifen ein Schlüssel befestigt. Auch die Schachtel ist nur hier, weil Gladdy nichts von ihr wusste: Sie hat das von meiner Mutter eingewickelte und verklebte Paket nicht geöffnet. Mein Herz klopft wild, aber die Schachtel enthält nur ein paar Papiere. Oben ein geschäftsmäßiger Briefumschlag, aufgerissen, mit einem spröde gewordenen Gummiband rundherum, das reißt, als ich es abziehen will. Darin steckt, mit schlechtem Farbband auf einer Maschine mit springendem »h« auf Durchschlagpapier getippt, ein Brief an Lola Leavitt von Sgt. Ervin Tompkins, abgestempelt am 10. April 1951 in Belle Glade, Florida.

> Liebe Lola, ich war mit Ihrem Mann in Japan und Korea und wurde an dem Tag, an dem er verschwand, schwer verwundet. Es tut mir leid, dass ich so lange gebraucht habe, um Sie zu finden, aber ich war im Lazarett und dann in Reha in den Staaten. Ich hatte Ihre Anschrift in Louisville, und Mr Onslow gab mir Ihre Adresse in Florida. Irgendwie ist Ihr Foto, das Bobby immer mit sich herumtrug, in meine Sachen geraten. Ich möchte es Ihnen zurückgeben, außerdem einen Brief, den er an Sie schrieb. Ich wohne in Belle Glade. Meine Frau und ich würden Sie gern besuchen.

Dann sein Name: Sgt. Ervin Tompkins.

Er hat keine Telefonnummer angegeben. Aber ich kann die Auskunft anrufen und herausfinden, ob er noch registriert ist. Mir – und Termite – von ihm erzählen lassen, was passiert ist. Unter dem Brief finde ich ein flachgedrücktes Zigarettenpäckchen, Lucky Strike, noch in der Zellophanhülle. Als ich es umdrehe, sehe ich das Foto, klein, so zurechtgeschnitten, dass es in das Päckchen passt. Ich betrachte es aufmerksam; sie ist es wirklich, erwachsen; sie liegt, auf Kissen gestützt, in einer Hängematte, einen Arm hinter dem Kopf. Lächelnd, glücklich. Langes helles Haar, nicht dunkel wie meines; eine Hand auf dem Bauch. Auf der Rückseite steht in ihrer Handschrift: *Im achten Monat.* Jetzt erst sehe ich, dass sie schwanger ist. Es ist ein Foto, das sie ihm geschickt hat, das er im Krieg bei sich hatte, in Korea.

Andere Briefe gibt es nicht. Nur den Schnappschuss von ihr und ihrer Schwester als Kinder, dasselbe Foto, das auch Nonie noch hat. Und vier Schulfotos von mir, kleine Abzüge, mit einer Büroklammer zusammengeheftet, hinten von Nonie beschriftet: Name, Jahr, Klassenstufe. Von der ersten bis zur vierten. Damals war ich neun. Sie starb. Termite kam zu uns. Es sollte einen Totenschein geben, eine Bestattungsanzeige, irgendwas, aus dem hervorgeht, wie oder wann. Aber es ist nichts da. Allerdings sind unsere Geburtsurkunden da: zwei halbseitengroße Blätter, im selben Format wie die Schachtel. Beide ausgestellt vom Central Baptist Hospital in Louisville, Kentucky. Termites amtlicher Name ist Robert Onslow Leavitt. 27. Juli 1950. Auf meiner Urkunde stehen mein Name und mein Geburtstag. Ihr Name. Und der Name meines Vaters, schwarz auf weiß, hier in meinen Händen: Charles Fitzgibbon.

Zuerst denke ich, es ist ein Missverständnis, irgendeine Verwechslung. Er war doch hier, mit Nonie, und mein Vater war dort, wo Lola zu der Zeit lebte. Oder sie wussten nicht, wer mein Vater war, und Charlie hat sich angeboten. Aber so läuft das nicht. Wenn der Vater unbekannt ist, dann steht das auch so in den Papieren: Vater unbekannt. Keine Lügen. Der Dachboden gerät für einen Moment ins Wanken, fängt sich wieder. Ich halte das Motorengeräusch des Bootes für ein Summen in meinen Ohren, dann ruft eine Stimme in meinem Kopf meinen Namen, wieder und wieder. Auch Termite sagt ihn, meinen Namen als Laut, im selben nachdrücklichen Ton. Dann schaltet Solly den Motor am Boot ab, und ich höre ihn meinen Namen schreien.

Die Luft ist weiß vor Wolken und die Sonne eine flache helle Klinge am Horizont, wie ein erleuchteter Türschlitz. Alles andere ist nebelverhangen, wabernder Dunst. Die Wärme des Bodens steigt als Dampf über dem kalten Wasser auf und weht in langsamen Schwaden über einer dunklen, rasch fließenden Schwere dahin. Das Boot, ein Aluminium-Ruderboot mit Außenborder, tänzelt auf und nieder. Wenn ich vom offenen Fenster senkrecht nach unten schaue, ist das Wasser kaum mehr als anderthalb Meter vom Fenstersims entfernt und schlägt in den langen Ausläufern der Heckwelle, die Solly beim Heranmanövrieren verursacht hat, gegen die Hausmauer. Solly wendet mir sein erleichtertes Gesicht zu, und zu meiner Überraschung ist Stamble bei ihm im Boot, völlig reglos sitzt er da, ohne Brille, ohne Hut, ohne Anzugjackett oder Regenklamotten, nur in seinem langärmeligen weißen Hemd, der dunklen Hose, den eleganten Schuhen. So könnte er hinter einem Schreibtisch sitzen: die Schultern gekrümmt, die Knie angezogen, vor aller Augen und doch unsichtbar. Er blickt zum Fenster hinauf und in uns hinein. Sein weißes Haar weht ihm aus dem Gesicht, und er sieht uns mit seinen schwachen blauen Augen an, als spürte er, wo wir zu finden sind.

Solly hat das Boot nah ans Haus herangebracht und wirft ein Seil zu mir hinauf. »Lark? Alles in Ordnung? Hast du mich nicht rufen hören? Die Flut hat um Mitternacht den Höchststand erreicht. Schlimmer wird's nicht mehr, aber die Strömung ist stark. Sie wollten mir das Boot nicht vor Tagesanbruch geben. Mach das Seil an irgendwas Solidem fest, damit wir das Boot stabil halten können. Wir holen erst ihn herein und setzen ihn hier vor meinen Füßen auf den Boden, dann heb ich dich runter.«

Ich wickle das Seil unter und um Termites massigen gepolsterten Sessel und schlinge es durch die Stahllager der schweren Räder, verknote es zwei-, dreimal. »Wart noch eine Minute. Ich muss seine Regenjacke finden.«

»Deine auch«, sagt Solly. »Was hast du denn an?«

»Ein Fundstück.« Ich lasse das lange Gewand zu Boden gleiten, und es sinkt in einer roten Schleppe in sich zusammen. Ich werde noch mal zurückkommen, um es zu holen, auch die Blechschachtel, die ich zwischen die Kissen in Termites Sessel stecke, überhaupt alles, was ich retten will. Ich habe Termite in den Armen, aber in dem Durcheinander hier finde ich nur eine Regenjacke, die ich ihm rückwärts anziehe.

Ich halte ihn zum Fenster und rede leise, mein Gesicht an seinem, mein Mund an seinem Ohr, auf ihn ein. »Siehst du, Termite? Hier ist das Boot. Wie die Arche Noah. Sie sind zwei und wir sind zwei. Ich hebe zuerst dich hinunter. Wir müssen jetzt weg, Termite. Wir fahren auf der Flut dahin und kommen wieder, wenn das Wasser gesunken ist, nach dem Unwetter.«

Dem Unwetter. Er sagt es einmal, leise. Er hört die Nervosität in meiner Stimme. Aber er versteift sich, krümmt sich von mir weg, wendet den Kopf ab, ein Handgelenk eingerollt an die Brust gezogen, das andere um die Armlehne des Rollstuhls geschlungen, den er vorher nicht anfassen wollte. Er will hier am offenen Fenster bleiben, in den Geräuschen und dem Wind, Wasser unter uns, einem aus vielen Schichten um uns errichteten Nest.

»Er will nicht weg«, sage ich zu Solly. »Wenn's nicht schlimmer wird, sollten wir vielleicht bleiben.«

Solly steht im Boot auf, sein dichtes Haar ist feucht und strähnig. »Ihr könnt nicht bleiben. Auch wenn das Wasser jetzt fällt, gibt es keinen Strom, kein Licht, nichts. Ich lass euch nicht hier.«

Wir beugen uns aus dem Fenster, aber ich kann Termite zu nichts bewegen. Ich sehe Stamble an, und auch er steht mühelos und wie selbstverständlich im Boot auf und reckt uns einen weißen Arm entgegen. Sein glattes weißes Gesicht leuchtet fast. Er erreicht uns nicht, aber das muss er auch nicht, er öffnet nur die Hand und weist uns den Weg, und es ist, als gingen wir durch eine Tür. Termite entspannt sich in meinen Armen, und ich reiche ihn durch das Fenster hinab in den wolkigen Dunst. Sollys Hand berührt die meine unter der Regenjacke, als er mir Termite abnimmt. Ich bin mit einem Mal federleicht geworden und vor Müdigkeit wie betäubt. Ich hole keinen Pullover, keine Schuhe, nichts, sondern klettere einfach rückwärts aus dem Fenster, spüre Sollys Hände an meinen Knöcheln, Beinen, Hüften, bis er mich um die Taille hält und zu sich herunterhebt. Er setzt mich so geschickt im Boot ab, dass ich nicht darin stehen muss, ich brauche nur mit dem Rücken zu Stamble auf der harten Metallbank zu sitzen, wo ich Termite sehen kann. Solly hat einen Rettungsring um Termite gelegt und ihn in einen zweiten auf den Boden gesetzt, so dass er sich mit geneigtem Kopf zurücklehnen kann. Er ist nahe am Wasser, sehr nahe.

Wir fahren. Der Außenbordmotor knattert, und der flache, verhangene Sonnenaufgang scheint sich nicht recht entscheiden zu können. Das schlammige Wasser ist braun und dick. Solly sieht mich an, dann schaltet er den Scheinwerfer am Bug ein und starrt so angestrengt in den Nebel, als müsste er uns in einer schmalen Fahrrinne hindurchschleusen. Seine gebräunte Haut lässt seine grüngoldenen Augen heller wirken. Es ist, als wäre er das einzig Lebendige in der beigefarbenen, ausgewaschenen Luft: seine harten Schultern in der schwarzen Regenjacke, sein voller roter Mund, die kräftigen Linien seines Gesichts. Wie eine Tiermaske umrahmen Bartstoppeln seine Lippen und seine Kehle, und ich möchte in ihn hineingleiten, in seine Gliedmaßen und langen Muskeln. Der feuchte Wind riecht nach Erde, und überall ringsum sind das Geräusch von rauschendem, fließendem, strömendem Wasser und das Gefühl einer turbulenten Strömung unter dem Boot. Die Flut ist voller Laute, die wir nicht sehen können.

Termite lauscht mit gerecktem Kopf, hält die Hände vor sich hin, und seine Finger bewegen sich. Er hört die Luft.

Auch Solly hat nicht geschlafen. Er trägt dieselben Sachen wie gestern, hüfthohe Watstiefel über der Jeans und eine Rot-Kreuz-Weste über dem Hemd, unter der Regenjacke. Er streckt eine Hand nach mir aus, umfasst mein Knie. Er muss sich recken, um mich zu erreichen. Mit einer kleinen Kopfbewegung deute ich zu Stamble hinüber. »Wo hast du ihn gefunden?«

»Wen?«, antwortet Solly.

Er sieht mich an, seine Hand ist warm auf meiner kalten Haut, neben uns taucht etwas Dunkles aus dem Dunst. Es ist, als knallten wir im Nebel gegen eine Wand, aber es ist ein mächtiger Ast oder toter Baum, den die Flut mitgerissen hat und uns jetzt entgegenschleudert wie einen Rammbock. Der Bootsrumpf kreischt, als der Baum unter uns hindurchschrammt. Wir werden alle nach oben und nach vorn geworfen, aber Sollys Hand hält mich im Boot fest. Ich sehe Stamble als weißen Schatten an mir vorüberwischen, schneller als ich ist er bei Termite, dann torkelt er noch weiter, an Termite vorbei und ins Wasser, und ist im nächsten Moment verschwunden.

Ich höre mich aufschreien und stürze nach vorn, halte Termite, versuche, nach Stamble zu greifen. Die Metallkante des Bootsrands ist kalt und das Wasser so trüb, dass ich meinen eingetauchten Arm nicht mehr sehe.

»Alles gut, Lark«, sagt Solly, »alles in Ordnung.«

»Aber nein, nein, er ist doch ins Wasser gefallen. Er ist weg! Irgendwo da unten ist er, ich hab ihn fallen sehen.«

Solly zieht Termite an sich und tastet nach dem Ruder am Boden. »Nein, ich hab ihn, Lark. Schau, da ist er.« Der Motor ist abgeschaltet, und Solly stabilisiert das Boot gegen die dunkle Gestalt des Baums, der sich jetzt auf der anderen Seite an uns vorbeiwälzt.

»Aber schau doch, Solly. Dort, wo das Wasser so hell ist.«

»Das ist Schlamm, Lark. Aufgewühlt von diesem Baumstamm, der seine Äste nachzieht.«

Jetzt knie ich und klammere mich an den Bug des Bootes. »Aber er saß doch genau hier, als du gekommen bist, um uns zu holen.«

»Lark, um Himmels willen, halt still, du bringst uns noch zum Kentern.« Das Ruder in einer Hand, schiebt Solly sehr vorsichtig die ausladenden Äste des skelettierten Baums fort, bis wir wieder frei sind und zurück in die Strömung gleiten. Der Baum dreht sich, in einem Strudel gefangen, langsam um die eigene Achse und bleibt stecken, wo er ist, wie eine Insel. Die Strömung trägt uns an ihm vorbei. »Lark, außer mir war niemand hier. Ich habe niemanden mitgebracht. Hier, gib mir die Hand. Hör mir zu. Es sieht alles sehr fremd aus. Du warst die ganze Nacht im Dunkeln auf dem Dachboden, während ringsum das Wasser immer höher stieg. Du hast nicht geschlafen. Du siehst Sachen.«

»Wo ist Nonie?«

»Im Arsenal, mit Elise. Sie haben Gladdy im Auto nach Hause gefahren, dann konnten sie nicht zu Elise nach Hause, und hierher konnten sie auch nicht. Charlie ist im Restaurant geblieben. Sein Stadtviertel ist ja hochwassersicher, deswegen ist er der Anlaufpunkt, wo die Zivilschutzleute und sonstigen Helfer verpflegt werden. Es ist nur noch ein kurzes Stück durch die Flut. Setz dich neben Termite und leg diese Decke hier um euch beide.«

Ich ziehe Termite an mich und schließe die Augen. Das Boot gleitet sanft dahin, gleitet fort. Ich spüre, wie Solly mich streift, als er das Ruder verstaut und wieder seinen Platz einnimmt. Ich spüre, wie er sich setzt, das Anlasserkabel einmal, zweimal zieht, dann stottert der Motor kurz und springt an. Bald verfällt er in ein gleichmäßiges Tuckern, wir setzen uns wieder in Bewegung. Ich spüre Stamble im gewaltigen Gewicht des Wassers, er hält und bewegt die Flut mit seinen bleichen Händen, als hätte er sie gewollt und herbeibefohlen: in Trümmer zersprengen.

»Lark, schau mich an. Ist alles in Ordnung? Ist was passiert, bevor ich zu euch gekommen bin?«

»Es ist heute«, sage ich.

»Was ist heute?«

»Termites Geburtstag. Ich habe in den Kisten unsere Geburtsurkunden gefunden. Heute, an seinem Geburtstag.«

»Das ist gut«, sagt Solly, »dass wir jetzt seinen Geburtstag wissen. Der beste Tag, um es zu erfahren. Wie ein Geschenk.«

Er wartet auf eine Antwort, aber ich sage nichts, und er fragt nicht. Er wendet und drosselt den Motor zu einem leisen Brummen und steuert uns langsam in den Lichtstreifen hinein, der durch den Nebel fällt. In den Wirbeln, die plötzlich über versunkenen Gegenständen entstehen, die sich gegen die Strömung stemmen, und dem zurückdrängenden Wasser gerät das Boot ins Schlingern. Wie über einem weiten, wogenden See erscheint vor uns der Anstieg der Main Street, wo das Wasser aufhört, dann umschließt uns der Nebel.

Nonie

Charlie schickte uns heim. Er verabschiedete uns mit der strikten Anweisung, zu Hause abzuwarten, bis das Unwetter vorbei sei. Elise wohnt auf einem Hügel, und Gladdys Stadtteil ist selten überschwemmt, obwohl manchmal ihr Keller unter Wasser steht; aber ich war beunruhigt. Gladdy wollte von Charlie persönlich nach Hause gebracht werden und weigerte sich, zu Elise ins Auto zu steigen. Wir drohten ihr, sie im Zivilschutz – so nennt Charlie das Restaurant, wenn die Fluthelfer einlaufen – zurückzulassen. Schließlich gibt sie nach, und wir verstauen sie mit ausreichend Essen in zwei Stofftaschen – Taschen, die nicht zerreißen, wenn sie nass werden – auf dem Rücksitz. Schäumend vor Schmach, sitzt Gladdy zwischen ihrem Proviant.

»Man möchte doch meinen, er könnte sich mir zuliebe einen winzigen Augenblick frei machen«, sagt sie. »Ich habe ihm mein Leben geschenkt! Aber das zu erwähnen ist ja sinnlos.«

»Das haben Sie wohl, Gladdy«, antwortet Elise, »so wie gewisse andere. Ich würde sagen, das haben Sie und Noreen gemeinsam.«

»Selbstverständlich weiß ich nicht, wovon Sie reden!« Ihr Mund klappt zu, aber sie hält es nicht aus und muss wie immer alles sagen, was sie denkt. Mit einem bitteren Kollern in der Stimme schnauzt sie: »Wie können Sie es wagen, so mit mir zu sprechen! Mich in eine derartige Lage zu bringen! Sie, als Angestellte!«

»Das bin ich allerdings«, sagt Elise. »Und Sie sind die pensionierte Eigentümerin einer Abspeise in einer schrumpfenden Stadt, in der nicht mal Durchreisende vorbeikommen.« Sie hält inne, wütender, als ich sie je erlebt habe, aber sie reißt sich zusammen, und ihr Tonfall bleibt besonnen und kühl. »Sie sind jetzt sicher sehr einsam in diesem riesigen Haus. Charlie ist schließlich nicht oft da.« Mit einem jähen Schlenker fährt sie vor dem Haus an den Straßenrand und stellt abrupt den Motor und die Scheibenwischer ab. Augenblicklich überschwemmt die Sintflut das Auto. »Immerhin, Gladdy«, sagt sie in den von Wassermassen umschlossenen Raum hinein, »haben Sie die Reste gekriegt, und Sie haben Noreen, die Ihnen beim Tragen hilft.«

Wir sitzen im Auto, während von allen Seiten der Regen auf uns herunterprasselt. Wasser trommelt auf die Karosserie und schwappt in Kaskaden an den Scheiben herab, und auf dem Rücksitz rudert Gladdy von einer Seite zur anderen und tastet nach den Türgriffen. »Gladdy«, sage ich, »bleiben Sie, wo Sie sind.« Dann versuche ich meine Stimme zu beruhigen. »Sie werden dieses Essen vielleicht noch brauchen. Und Sie werden bei diesem Regen jemanden brauchen, der Ihnen die Stufen hinaufhilft.«

Mit einem Ruck schwingt die breite Tür von Elises Wagen auf, und ich bin augenblicklich nass. Wie eine Ohrfeige treffen mich Kälte und Nässe, und es ist fast eine Erleichterung. Mich selbst vor dem Regen zu schützen ist mir zu mühsam, aber Charlies großer Schirm wird wenigstens seine Mutter samt ihren Stofftaschen mit Essen halbwegs trocken halten. Den Schirmgriff unter den Arm geklemmt, packe ich mit einer Hand die Trageriemen beider Taschen, greife mit der anderen ins Wageninnere nach Gladdy und zerre sie unter dem unzulänglichen Schutz aus dem Wagen. Sie zittert vor Wut, als ich sie zum Haus steuere. Ich muss daran denken, wie heftig es geschneit hat an dem Weihnachtsabend, bevor Charlies Vater starb, bei dem einen Mal, das mich Charlie zu einem Festessen im Familienkreis oder überhaupt zu einem Essen zu sich nach Hause mitnahm. Winfield vor dreißig Jahren war eine andere Stadt. Bis zur Querstraße vor Gladdys Haus war die Main Street mit Lichtern geschmückt. Ihr Wohn- und ihr Esszimmer erstrahlten vor Christbäumen und Tannenzweigen und Kerzen, der lange Tisch war mit Kristall gedeckt, aber nicht für mich. Sie setzte ihr Märtyrergesicht auf und ließ keinen Zweifel daran, wie sehr sie unter meiner Gegenwart litt. Einmal stand ich auf, um ihr in der Küche zu helfen, aber Charlies Vater stand mit mir auf und legte mir eine Hand auf die Schulter. Setz dich nur wieder hin, sagte er, bleib bei uns. Charlie und ich, wir liebten uns, und sonst zählte nichts auf der Welt. Er schien sich für Gladdy zu genieren, und im Frühjahr war er tot.

»Wie können Sie es wagen!«, faucht Gladdy. »Wie können Sie beide es wagen!«

»Gladdy«, sage ich, »wenn Sie nicht wollen, dass man mit Ihnen spricht, seien Sie still.«

Sie fummelt mit den Schlüsseln herum, und ich muss die Taschen absetzen, den Schirm beiseitelegen und ihr helfen. Der Sturm fegt den Regen waagerecht vor sich her. Wir fallen beinahe ins Haus; Gladdy rauscht weiter in die Küche und erwartet von mir, dass ich ihr mit den schweren Taschen folge. Inzwischen bin ich es einfach nur noch leid. Ich weiß nicht, wie Charlie sie erträgt, wie er dieses Haus erträgt. Ich fasse den Entschluss, ihn bei mir aufzunehmen, bevor es zu spät ist, bevor sein Herzleiden ihn umbringt und er nie mit einer anderen Frau zusammengelebt hat, außer ein knappes Jahr lang mit Lola und mir gemeinsam, und auch das ist jetzt schon bald zwanzig Jahre her. Sein ganzes Leben lang hat Gladdy nur an ihm herumgenörgelt, war immer enttäuscht, nie konnte er es ihr recht machen. Als ich in die Küche komme, steht sie in der offenen Kellertür und späht die Treppe hinab. Dann fährt sie herum und funkelt mich wild an, als wäre es meine Schuld, dass ihr Keller vollläuft. »Ihr beide!«, stößt sie wütend, beinahe stotternd, hervor.

Ich denke, sie meint Charlie. »Ja«, sage ich bestätigend.

»Harpyien!«, kreischt sie zurück – anscheinend meint sie Elise und mich.

Ich stelle die Taschen auf dem Küchentisch ab. »Charlie hat uns gebeten, Sie nach Hause zu bringen, und das haben wir getan«, sage ich. »Ich gehe jetzt.« Aber sie tritt mir in den Weg, bebend vor Wut und knallrot im Gesicht, und ich frage mich, ob sie jetzt der Schlag treffen wird oder ob sie vielleicht als Rauchwölkchen verpufft. Nein, das wäre zu einfach.

»Sie wissen, was Ihre Schwester für eine war, und Sie sind keinen Deut besser!« Bei jedem zweiten Wort schlägt sie mit den ausgestreckten Fingern einer Hand nach mir, dann versucht sie mir mit den Fäusten an die Brust zu trommeln. »Sie! Eine zweifach Geschiedene! Gottlose Person! Und *sie*, sie war ja angeblich eine Hure, eine Prostituierte! Dieses Kind kann von *irgendwem* sein. *Niemals* werde ich glauben, dass es Charlies Kind ist.«

Jetzt weiche ich ihr nicht mehr aus, sondern gehe auf sie zu, dränge sie zurück. Natürlich. Sie meint Lola und mich. Und Lark. Eigentlich vor allem Lark. Für Gladdy sind wir die Welt. »In Gottes Namen, Gladdy, sehen Sie sie doch an. Erkennen Sie ihn denn nicht?«

»Niemals! Meinen Sohn erkenne ich in keiner von euch!« Jetzt schreit sie. »Und dieser Junge, dieser verkrüppelte Idiot! In einem Heim sollte er sein!«

»Er ist in einem Heim, Gladdy, in meinem Heim. Und Sie, Gladdy, Sie sind nicht mal so viel wert, dass Sie's verdienen, im selben Raum mit ihm zu sein, dieselbe Luft zu atmen!«

Jetzt fällt sie mich an, schlägt mit beiden Fäusten auf mich ein wie ein tobendes Kind. »Wieso sind Sie nicht weggegangen und dort geblieben! Sie haben ihn mir weggenommen, ihn und das Geschäft. Alles wollen Sie haben! Aber das kriegen Sie nie, nicht auf gesetzlichem Weg. Dafür habe ich gesorgt, verstehen Sie? Allein der Gedanke, dass er das alles – ach was: dass er *irgendwas* ausgerechnet *Ihnen* …«

Ich versuche sie von mir zu schieben, sie aber packt mit beiden Händen meinen Arm, mein Handgelenk, und zerrt mich zu sich. »Geben Sie das her!« Der Regen peitscht ans Haus, dass es klingt wie Brandungswellen, und sie hat uns genau vor ihre offene Kellertür manövriert. Hinter ihr sind die dämmrigen Stufen, unten plätschert das steigende Wasser wie ein Bach, wie die Kaskade aus einem gebrochenen Rohr. Sie hat meine Uhr gepackt und zieht, hängt sich mit ihrem gesamten Gewicht daran, und das Armband reißt in ihren Händen. Für einen Moment bleibt die Zeit stehen. Ihre Augen weiten sich und meine ebenfalls, und in der nächsten Sekunde kippt sie jäh nach hinten, fällt von mir fort in die Dunkelheit.

Ich sehe nicht bis hinunter, und ich bin wie erstarrt. Die Luft selbst scheint sich zu verlagern, fügt sich nahtlos in dem Raum, den sie frei gemacht hat, zusammen. Ich trete bis an die Schwelle der Kellertür. Die Zugschnur an der nackten Glühbirne über meinem Kopf schwingt noch, und ich, die Finger mit dem feuchten Bündchen meines Pulloverärmels verhüllt, ziehe daran. Das Licht geht an. Gladdy liegt, mit dem Gesicht nach unten, schräg auf der Treppe, der Kopf direkt am Rand der spiegelnden Wasserfläche, der Hals im spitzen Winkel an der betonierten Kellerwand umgeknickt. Sie ist mit dem Kopf voraus gefallen, hat sich gedreht wie eine Turmspringerin, als wollte sie wissen, wohin sie unterwegs ist. Ich kann ihr Gesicht nicht sehen, nur ihre Rückseite in dem regenfeuchten Kleid und ihre Slingpumps, deren dünne Absätze nach oben zeigen. Klein und zerbrochen sieht sie aus, aufgebraucht wie ihre zerschrammten Schuhsohlen. Ausgesetzt. Die Zugschnur schwingt nicht mehr. Ich ziehe daran, noch immer mit verhüllter Hand, und sie ist im Dunkeln.

Ich weiche zurück, stoße gegen den Tisch, schlinge die Arme um mich und atme durch. Ein tiefer Atemzug, zwei. Ich berühre nichts. Der Raum schwebt im Rauschen des Regens und im Plätschern des Wassers; ein Sakrament, das ich nie für möglich gehalten hätte. Wie seltsam, dass ausgerechnet Gladdy mich über den Tod belehrt. All die Jahre habe ich versucht, sie weder zu sehen noch zu hören. Sie ist allein, vollkommen allein in diesem Haus, aber das Wasser wird steigen und sie sanft in sich hereinholen. Sie wird nicht lange dort liegen. Ich merke, dass ich schluchze, dass mich lange tiefe Schluchzer würgen, die nicht aufhören wollen.

Gladdys Haustür öffnet sich wie eine Tür zur restlichen Welt. Charlies Schirm, den der Wind bläht und umherfegt, jagt über die Veranda. Ich merke, dass ich mein Handgelenk nicht mehr bewegen kann; mit der anderen Hand nach dem schmiedeeisernen Treppengeländer tastend, an das sich Gladdy jeden Tag geklammert hat, wie sie ja immer alles packte und festhielt, trete ich in den Sturm hinaus. Sechs Betonstufen und einen schmalen Gehsteig entfernt steht direkt vor mir Elises Wagen; vernebelte Scheinwerfer senden kurze Strahlen in den strömenden Regen.

»Wieso hast du so lange gebraucht?« Elise hat das Fenster einen Spalt geöffnet, um den Rauch ihrer Zigarette hinauszulassen, aber im Wagen riecht es intensiv nach Tabak und Feuchtigkeit und dem Essen, das Charlie eingepackt hat. Elise beäugt mich prüfend. »Du weinst ja. Was ist los? Was hat sie zu dir gesagt?«

»Ich hab mich am Handgelenk verletzt.«

»Wie das?« Sie beugt sich zu mir herüber.

»Gladdy hat mir die Uhr abgerissen. Kaputt.«

»Was ist kaputt? Die Uhr? Sie hat dir die Uhr weggenommen? Jesusmaria. Los, wir gehen noch mal rein und holen sie.«

»Fahr einfach, Elise.«

»Aber schau dir doch dein Handgelenk an, das sieht ja übel aus. Damit lass ich sie nicht durchkommen. Du bleibst hier. Ich gehe rein und hol die Uhr.«

»Elise, es ist jetzt egal. Ich mach mir Sorgen um die Kinder. Wenn wir Glück haben, kommen wir noch durch, bevor sie die Straßen sperren. Diesmal ist es wirklich schlimm. Das Haus wird unter Wasser stehen. Lark wird mit Termite auf den Dachboden müssen. Bitte fahr.«

Unter Protest lässt sie den Wagen an. »Diese Frau ist ungeheuerlich. Wieso sind Leute wie sie am Leben?«

»Weiß ich nicht«, sage ich. »Ich weiß nicht, wieso irgendwer am Leben ist. Sie ist Larks Großmutter und hat sich nie mit ihr beschäftigt, hat sich nie um sie gekümmert.« Ich sehe Lark vor mir, wie sie sich in ihrem Ballerinakostüm mit Termite in den Armen im Garten im Kreis dreht; und ihn, wie er sie mit seinem verschwommenen Lächeln ansieht; Jahre ist das her. »Was für ein Verlust.«

»Verlust für wen?«

Für Gladdy, will ich sagen, aber ich kann nicht sprechen. Nicht Gladdy sehe ich, die gestaucht auf ihrer engen Kellertreppe liegt, sondern Lola: ihren langen, schlanken Körper, wie ich sie zuletzt sah, in einem weißen Seidennachthemd in einem Krankenhausbett, nach Larks Geburt. Sie lag auf der Seite, in ihrer weißen Bettwäsche, wie eine Opfergabe, das Baby in einem Arm. Es war keine leichte Geburt, und als sie mich ansah, leuchteten die Sommersprossen aus ihrem weißen Gesicht. Alles war weiß, das Zimmer, das ordentlich gemachte Bett, das gewickelte Neugeborene, das ich nie anfasste, Lola in ihrem Nachthemd, das wie ein Kinderkleidchen aussah. Sie wirkte überwältigt und verklärt, wirr vor Glück, Seligkeit, Erschöpfung. Eines Tages wirst du mir verzeihen, sagte sie.

Ja, vielleicht. Sicher ist das der Grund, warum ich immer noch weine, leise, so wie Lola geweint hat.

»Was ist da drin passiert, Noreen?« Elise, die das Steuer umklammert, blickt starr in den Regen. Sie wartet nicht auf eine Antwort, und mir wird klar, dass sie keine hören will. »Gott sei Dank ist außer uns niemand unterwegs. Hörst du mich? Niemand.«

»Nein«, sage ich. Und es war niemand bei Lola. Jemand deckte sie später zu, jemand hob sie auf, und das war nicht ich. Ich war nicht bei ihr, als sie starb. Ich weiß, dass sie vor der Polizeistation auf dem Gehsteig lag, ein paar Querstraßen von Onslows Club entfernt, damit er in den Berichten nicht erwähnt würde, und die Anrufe erledigten fremde Leute. Sie war nach Louisville gefahren, zu den Menschen, die sie kannte, hatte ihr Baby näher zur Heimat, näher zu mir gebracht. Eine Woche war sie dort geblieben, gerade lang genug, um sicherzugehen, dass sie wussten, welche Pflege er brauchte, und um ihre getippten Anweisungen zu hinterlassen. Ein Soldat, der sich mit ihr in Verbindung gesetzt hatte, ein Freund ihres Mannes, sollte das Baby nach Winfield bringen. Sie benutzte den kleinen Derringer, den ihr Mann ihr dagelassen hatte. Zu ihrem Schutz, hatte er gesagt, und so benutzte sie ihn auch: um sich vor weiterem Leid zu schützen.

»Kannst du deine Hand bewegen?«, fragt Elise.

Mit der heilen Hand bewege ich das Handgelenk, in das sich das Uhrenarmband tief eingegraben und eine blau unterlaufene, blutende Schramme hinterlassen hat. Die Straßen sind verschwommen. Elises großer Ford fährt noch, aber ich spüre das Wasser unter den Reifen, von denen in hohem Bogen Fontänen aufspritzen. Es sind keine Häuser, keine Bäume, kein Straßenrand mehr zu sehen, nur wallende Formen, die sich im Vorbeifahren verändern. Hinter der wogenden Verzerrung durch den Regen, die kurz beiseitegewischt wird und sich gleich wieder füllt, rinnen Farbkleckse ineinander und trennen sich wieder, alle Ränder zerfließen.

»Es ist nur verrenkt«, sage ich.

Wir gleiten über die Kreuzung, und auf einmal sind wir in seichtem Wasser.

»Ich weiß nicht, Noreen, die Lumber Street wird überflutet sein. Ich versuche durchzukommen, aber ich glaube nicht, dass ich dich heimbringen kann.«

Heim. Später brachten sie mir die Pistole, die winzig war, nicht mal so groß wie eine Männerhand, und von allen Spuren gereinigt, außerdem die zusammengefaltete Flagge von der militärischen Zeremonie Monate zuvor, bei der ich auch nicht war. Dieses Haus in Florida habe ich nie gesehen. Nur Fotos. Latten eines Gartenzauns. Ein über und über mit Muscheln beklebter Briefkasten. Die mickrige Palme. Lola hat nie gelogen, wenn jemand fragte. Sie konnte immer nur die Wahrheit sagen. Auch in Bezug auf Charlie. Es lag immer alles offen, für jedermann sichtbar, falls sich jemand die Mühe machte, hinzuschauen. Ich wollte die Pistole zusammen mit ihrer Asche in den Fluss werfen, aber dann bewahrte ich sie doch auf, zusammen mit der Flagge, die ihr die Army geschickt hatte. Sie hatte sie bei sich an dem Tag, klein zusammengefaltet, in derselben Plastikhülle, die danach jemand abwischte. »Soldatenwitwe begeht Selbstmord«: So berichtete in Louisville die Presse darüber – eine Kriegsgeschichte. Sie beschützte diese Flagge. Später steckte ich die Pistole zwischen die dicken Stofffalten. Und beides legte ich in eine der Kisten, die Gladdy aus Florida geschickt hatte, die einzige, die ich je geöffnet habe, und auch nur, um dieses Paket darin zu verstauen. Gladdy durchkämmte das gesamte Haus in Coral Gables und beauftragte Profis damit, alle Spuren von Lola zu beseitigen. Alle Gegenstände von irgendeinem Wert, sagte sie, gingen an mich, der Rest an die Wohlfahrt. Mir war es egal. Ich war Gladdys willige Helferin bei der Beseitigung von Lolas Leben: keine Fotos, sagte ich, nichts Persönliches. Hätte ich diese Pistole nur nie gesehen, sie nie angefasst. Läge sie nur im Fluss, als silbernes Flimmern, das, von einer Strömung erfasst, über einen aufgewühlten Schlammboden dahingleitet, Meilen und Jahre entfernt.

Elise fährt noch, aber ich spüre den Wagen im steigenden Wasser schlingern und rutschen. Es ist, als wären wir in den Fluss geraten oder als hätte der Fluss uns eingeholt.

Dieser Soldat, ein Sergeant Tompkins, kam in Uniform und in Begleitung seiner koreanischen Frau. Sie hatten Lola in Coral Gables besucht. Sie kannten einander praktisch nicht, aber Lola bestand darauf, dass sie Termite zu mir brächten. Sie hatten auch ihre Nachricht dabei, ihre Anweisungen an uns alle, und die Urne mit ihrer Asche, die in den Fluss geleert werden sollte. In der Nachricht hieß es, sie wolle verschwinden, wie er verschwunden sei. Sie könne das Baby nicht mitnehmen, schrieb sie, der Junge sei schön und ruhig, er wisse vieles, und er sei alles, was sie für Lark habe. Er sei Larks Kind, schrieb sie, wie Lark mein Kind sei. Ob ich mich Lark zuliebe bitte so lange seiner annehmen könne, bis das Mädchen selbst dazu in der Lage sei. Damals war ich entsetzlich wütend. In Sichtweite der Brücke fuhr ich mit der Hand in die Urne und streute die Asche über dem Wasser aus, während der Soldat das Baby hielt. Seine Frau, die so schmächtig war, dass sie selbst wie ein Kind wirkte, hielt die zusammengefaltete Flagge und psalmodierte auf Koreanisch. Ich war froh darum, denn ich hatte keine Worte. Später, wieder in meiner Küche, verbrannte ich Lolas Anweisungen im Spülbecken. Lark zuliebe! Lächerlich und traurig, sagte ich mir. Lark war ein neunjähriges Kind! So alt, wie Termite jetzt ist, wird mir auf einmal bewusst.

Lark zuliebe, Lark zuliebe. Die Worte hämmern den Takt zu den raschen Schlägen der Scheibenwischer. Und dann gerät der Wagen ins Stocken, der Motor stirbt ab, die Scheibenwischer stoppen.

Umso lauter klingt das Geheul des Sturms. Es ist jetzt das einzige Geräusch. Durch den Regen sehen wir einen orangefarbenen Pick-up des Zivilschutzes, der wie eine sich öffnende Blüte auf uns zuschlittert.

»Ein Glück«, sagt Elise, »wir sind gerettet.« Sie kurbelt das Fenster herunter und beugt sich über mich, um die Beifahrertür zu öffnen.

»Elise, was tust du?«

»Du steigst aus, Noreen, wo sie dich sehen können. Dann greifst du rein und hilfst mir. Ich werde Hilfe brauchen.«

Die Flut erfasst die offene Tür und zieht uns tiefer hinein, und der Wagen läuft so rasch voll, dass uns das Wasser schon in den Schoß rinnt.

Termite

Er hört den Regen sich öffnen und schließen, verstummen und strömen und prasseln, auf den Wind warten. Regen verhängt das Dach in langen Schleiern, versilbert die Fenster und füllt die Fahrrinnen des Gartenwegs. Er hätte den Regen gern lauter, doch die Fenster sind geschlossen, und Wasser sprenkelt die Scheibe in klaren runden Tropfen. Jeder Tropfen rinnt schnell und langsam, in hohen dünnen Tönen, die erzittern, ehe sie fallen. Regen rinnt rasch, wie der Fluss ränne, könnte er aufstehen. Er möchte draußen sein im harten Prasseln des Regens, aber Lark schließt nur die Tür und öffnet sie, zieht das Geräusch und schiebt es. Er hört den Fluss anschwellen, mit dem Regen warten, und die zottige rote Katze steht auf ihrer steinernen Klippe hoch oben in der Tunnelmauer, wittert den Fluss und wartet. Die Hunde im Tunnel drehen sich im Kreis und knurren, dann jaulen und winseln sie und wühlen sich eng aneinander. Die rote Katze weiß, dass sie warten muss, bis sie schlafen, warm in ihrem feuchten Pelz, jede Zunge eine lange rote Schliere. Wenn die Wiese im Polnischen Viertel überflutet ist, wenn die Wälder im Geplapper des Regens still stehen, wird die Katze den steilen Felshang zum Rangierbahnhof hinaufklettern. Der Regen wird noch heftiger trommeln und im Wind wirbeln, vorläufig aber erklingt nur eine lange glatte Stille, wo die höchsten Bäume am docksten sind. Hoch oben halten ihre übereinandergeschichteten Äste ein plattgedrücktes Geflecht aus glitschigem nassem Laub und Nadeln. Sie blenden den Himmel aus, biegen sich unter dem Gewicht des Wassers, und die Hirsche stehen überdacht, Flanke an Flanke. Sie lehnen sich aneinander und lauschen.

Die weißen Steine des Gartenwegs treiben im versinkenden Gras. Termite hört sie sich bewegen, und das Gras ist eine einzige gestauchte Wurzel. Lark weiß nicht, sie sieht nicht. Sie öffnet die Tür, und Solly steht am Spülbecken und versetzt alle Luft in Bewegung. Seine schwarze Jacke glänzt und tropft und seine langen dünnen Hände drehen den Wasserhahn von einer Seite zur anderen. Solly hält die Gefäße, während das Wasser rinnt und steigt und, in einer Form gefangen, sein Geräusch verändert. Solly macht die Änderungen und Geräusche. Er sagt, Nonie wird nicht heimkommen, wenn Hochwasser ist.

Dieser Karren würde volllaufen und davonschwimmen. Ich weiß aber, dass er mich kennt.

Solly, die vielen Leute, der viele Lärm.

Termite hört das Wasser leise rauschend über die dunkle Schräge im Keller ansteigen. Lark gibt ihm Toast, und das warme Viereck riecht nach Butter, aber dann drehen sie sich um und gehen. Er hört sie auf der Kellertreppe, aber er sagt nicht, sagt nicht. Das höher steigende Wasser ist der grüne, erdverklumpte Rand des Regens, in einer beweglichen Linie sickert es durch den Betonboden, es schmeckt und reckt sich langsam. Die Kisten, die Lark bewacht und berührt, sind voller Gewicht. Jedes Ding darin ist eingewickelt und verschlossen. Solly steht im Kellerdunkel, und die eine Glühbirne, die von der Decke hängt, wirft einen gelben Schein. Seine starre schwarze Jacke liegt auf dem Boden, und Lark weicht zurück und fort und die Treppe hinauf. Termite hört sie jede einzelne Stufe heraufkommen, bis sie bei ihm sitzt und zu sagen versucht. Sie riecht nach warmen Blumen wie ihr Haar und dunkel wie das Wasser auf dem Boden. Hoch wird das Wasser steigen. Vielleicht könnte er den Regen beenden, aber er hält still und lauscht.

Lark macht die Eier mit dem gelben Geruch. Wasser in Sollys Gesicht und der Seifengeruch an seinen Händen. Der Löffel kommt und geht, und Termite hört den Fluss in Sollys Haut, das lange Fließen in Sollys Armen, die Nässe in Sollys Haar. Hör dir diese Stimmen an, Termite. Sie singen genauso, wie du redest. Solly hält das Radio und findet Töne, die gleiten und stürmen, schlittern und schwenken, schwingen und stocken und von Neuem einsetzen. Termite dreht den Knopf laut und lauter, um den Tönen dahinter zu lauschen. Tief in den Drähten ist ein Klicken und Piepsen, ein Stoppen und Ticken, das einschnappt. Er will das Summen der Luft dazwischen hören, das gespannte Halten und Fallen innerhalb des Trällerns und Schmetterns. *Er riecht den Schnee, der auf die Gasse hinter dem Restaurant niederfällt, wie verwischte weiße Blütenblätter fliegen die Flocken und decken zu.*

Noreen, werden Sie den Kelch halten?

Pater Salvatore, ich war nie damit einverstanden.

Noreen, Charlie hat mich gebeten, das Sakrament zu spenden …

Ich wollte Lark nicht taufen lassen. Kein Kreuzeszeichen wird Termite reiner machen, als er ist.

Noreen, Lark mag selbst beschließen, zu Gott zu kommen, aber dieser Junge kann es nicht. Gottes Kirche lebt, wo Seine Sakramente erteilt werden. Das Kind ist gefährdet. Gewähren Sie ihm den Schutz der Gnade Gottes.

Ich weiß nicht, wo Gottes Gnade war, als Termite sie brauchte, und sein leiblicher Vater war ein Jude, falls das irgendeine Rolle spielt.

Sie schweigen.

Charlie hält ihn.

Nonie, ich betrachte ihn als meinen Jungen, meinen Sohn, genauso wie Lark meine Tochter ist.

Ich nehme ihn dir nicht weg, Charlie. Weil ich ihn nicht aufregen will.

Aber ich bin nicht bereit, den Kelch zu halten oder sonst wie hier mitzumachen.

Na komm, sagt Charlie. Ihm macht es nichts aus.

Eine große Hand hinter Termites Kopf, eine warme Handfläche auf seiner Stirn, die ihn nach hinten neigt, dann rinnt ihm Wasser in die Ohren. Das Wasser in seinen Ohren steigt und schwillt an, und er bewegt sich und sagt, um zu hören. Lark weiß nicht, aber Termite hört, wie sich im Fluss und im Wind eine Regenmauer bildet, eine Woge aus Gewicht und Wolke. Er spürt, wie sie gegen das Haus donnert, und dann ist die Flut schon drinnen, ausgestreckt wie ein silberner Finger, der dunkler wird, während er sich bewegt und zerrt. Lark platscht auf ihn zu, ehe sie in den Speicher gehen. Er mag diesen Speicher, in dem sich bis zur Decke hinauf Formen im Dunkeln türmen, und sie gibt ihm die schwere Taschenlampe zu halten. Er will es dunkel haben, aber sie dreht die Lampe so, dass ein schmaler Lichtstrahl scheint, und sagt, sie kommt und geht. Sie sagt, er liebt doch Stürme, und da hast du dein Unwetter, und sie steigt die enge Dachbodenleiter hinauf und hinunter. Die Leiter faltet sich von der Decke seines Zimmers aus wie ein nach oben oder unten gereckter Arm, und die Luft fällt zerschmettert rings um Lark nieder, während sie sich hin und her wendet. Die Kisten, die Solly im Speicher gestapelt hat, atmen allen Raum ein. Er spürt den Speicher mit jedem Laut dunkler werden. Lark sagt, sie können am Mansardenfenster essen und das steigende Hochwasser beobachten. Sie sagt, Solly kommt mit einem Boot. Das gefällt dir bestimmt, Termite, eine Fahrt im Boot durchs Wasser.

Lark hört nicht. Der Regen ist eine schwarze Wiese, er fällt und zerrt am Wind. Die zottige rote Katze pfotet über die zersplitterte Verladevorrichtung bis zu einem geborstenen Überhang und macht sich klein. Die Wiese im Polnischen Viertel ist tief und niedergedrückt, zum Schweigen gebracht, zugedeckt und gefüllt. Termite hört den Fluss in der Flut mitfließen und die Insel angraben und lockern. Ächzend und schmatzend beginnt die Insel zu gleiten, dann dreht sie sich und treibt davon. Hirsche klettern den Hügel hinauf und stehen dort und bewegen sich auf einem Haufen aus Schlamm und Schlick und Wurzeln. Sie knien nieder und rollen über den aufgeweichten Boden, stemmen sich tief hinein, um in dem Regenguss Halt zu finden. Er spürt, wie Lark sich im Dunkeln über ihn beugt, und die Wölbung ihrer Stirn ist wie das Schimmern eines Tellers. Unten hält die Flut still, und die Plastikmatratze aus seinem Bett kann sich bewegen und kreisen und stößt an die Wände. Die Ratten sind weiche dunkle Klumpen, die krabbeln und kippen und rutschen. Sie halten still und reiten und bewegen ihre kleinen Gesichter. Der Koch, der hat ein Messer, aber Lark singt das Lied von dem Käse und füttert ihn mit den Fingern. *Sommer ist, und Lark sagt, sie trägt das Kleid, das er mag, das Kleid, das ihre Mutter getragen hat, das Nonie noch im Schrank hängen hat. Lark ist ein weißes Wischen, das den Karren zieht und mit der Grasnässe an den Füßen den gemähten Streifen zwischen den Steinen entlanggeht. Der Karren knirscht über den Kies bis zu den hohen Verandastufen der Tuccis. Ein elektrisches Summen tobt und schmettert im Haus.* American Bandstand, *das tut dir doch nichts, Termite, aber sie ruft Solly auf die Veranda heraus. Er brüllt Joey zu, dreh das ab, Lark ist da und macht uns Essen. Knisternd geht der Fernseher aus und stoppt das Hornissengebrumm, das immer weiter und weiter anschwellen könnte.*

Solly bringt ihn hinein, und Nick Tucci trinkt ein Bier. Er sagt, dieses Kleid kennt er noch, sie hat es immer zu roten Schuhen getragen, aber an Lark sieht es besser aus, sogar barfuß. Hey, Junior, sagt er, Lark macht Abendessen für die Knilche, während der alte Herr während der Nachtschicht mit einem Henkelmann vorliebnehmen muss. Ist doch keine Art. Er stapft die Treppe hinunter, und die Autotür geht auf und knallt zu. Solly sitzt still. Joey bleibt am Tisch und mischt Karten, schnalzt und hebt ab. Die Karten stocken, als die Autogeräusche verebben. Lark ist in der Küche. Wasser rinnt, und der Kühlschrank summt. Joey und Solly sind am Tisch, und Joey hebt die Karten ab.

Joey, hast du gesehen, wie er sie anschaut.

Alle schauen sie an, Solly. Du müsstest schon blind sein. Sie erinnert ihn an jemand.

Jemand. Ihre Mutter, die sich verdünnisiert hat und ihre Kinder sitzen lässt.

Und unsere hat uns sitzen lassen. Was soll's. Dad sagt nicht, warum, und wir wissen es nicht.

Ich kenne Lark. Wir kennen uns. Niemand anderes hat uns aufgezogen.

Schnippen der Karten auf dem Tisch. Joey mischt sie rasch und zieht sie in einer fallenden Linie auseinander. Zeke lässt oben einen Basketball springen. Es hämmert hämmert hämmert auf den Holzfußboden.

Dad würde sagen, verdammter Blödsinn, er *hat dich aufgezogen, er und Nonie. Er würde sagen, Lark ist wie eine Schwester für dich und schreib dir das hinter die Ohren.*

Ach ja? Dann ist sie für ihn wie eine Tochter?

Das hätte er gern. Er denkt, er hätte sie besser behandelt.

Ich werde es besser machen.

Du? Solly, du bist fünfzehn. Alt genug, um was anderes zu tun. Du solltest abends mit mir im Auto rumfahren und alles vögeln, was sich bewegt, nicht hier rumsitzen und Familie spielen. Sie hält dich von sich fern, und du bist an ihr festgeschweißt. Das sieht doch jeder. Verdammt, sogar Termite sieht es. Vergiss sie!

Dann sind sie still. Joey gibt Termite die Karten in die Hand, und sie springen auseinander wie kleine scharfkantige Seiten.

Ich bleib eine Weile bei ihm, sagt Joey. Dann bin ich weg. Ich habe jemanden, den ich treffe. Vielleicht würde sie dich auch gern kennenlernen, aber gut. Also los, geh rüber.

Solly geht in die Küche. Der Ventilator läuft laut. Joey lässt die Karten wie ein Flüstern in Termites Ohr erscheinen. Nahe Termites Gesicht, wo er sie sehen kann, stellt er sie auf und lässt sie dann über seinen Unterarm herabfallen. Bevor die Kartenblätter verschwinden, wirbeln ihre Zahlen an ihm vorbei. Dann sagt Joey, er geht jetzt und wird den Fernseher laut auf-

drehen, damit die beiden wissen, dass er geht. Er streicht Termite das Haar zurück und nähert sich ihm einen Moment lang mit der Stirn, dunkel und rasch und verschwommen.

Du bist mein Junge, sagt er. Da kriegst du einen Kuss.

Sein Mund ist an Termites Haar, aber es folgt kein Kuss. Mit zwei großen Schritten wendet Joey sich ab, und der Fernseher explodiert in hellen Linien, plärrt und schreit in übereinandergeschichteten Rufen und Worten und eingeschobenem Gebrumm. Joeys Auto quietscht, als er rasch zurücksetzt, und vom Gartenweg stiebt der Kies auf. Termite beginnt zu sagen, bis Lark ihn aufhebt und sagt, sie kommen nicht mehr her, sie macht ihm zu Hause das Abendessen. Die Karten fallen aufs Gras, und er ist in seinem Sitz im Karren. Er kann Joeys Auto riechen, es riecht wie abkühlender Rauch. Lark geht schnell, und sie sagt, es ist niemandes Schuld. Lark lässt die Kerzen kleine lodernde Feuer werfen. In jeder Flamme steht der geschwärzte Docht auf. Der Dachboden ist fest abgeriegelt, aber Lark öffnet das Fenster weit, um das Geräusch hereinzulassen. Der Regen ist eine Wolke, Termite, setz dich zu mir und schau. Sie hebt ihn hoch und lehnt sich mit ihm hinaus, um ihn horchen zu lassen. Sprudelnd und schäumend in den Baumwipfeln, in schnellen weißen Strömen breit dahingleitend, braust die Flut um die Häuser. Er wendet den Kopf, um zu hören, wie sie rast und rauscht und eine Schicht an die andere stößt, aber dann steckt ihn Lark ins Bett. Das Bett ist ein Nest, und die Kerzen leuchten in seinen Schlaf hinein, die zottige rote Katze aber sieht die Flut ihre bleichen Gestalten formen. Das zersplitterte Holz der Verladevorrichtung, hoch über der Stadt, ist flauschig vor Nässe, und im Dunkeln ist die Flut wie ein emporblickender Himmel in Bewegung. *Jockel klingt wie Gockel Termite ist aber ein Name und in dem Gedicht ein Knecht, kein Kind wie du. Der Herr der schickt den Jockel aus er soll den Hafer schneiden der Jockel schneidt den Hafer nicht und kommt auch nicht nach Haus. Ein Prügel ist ein Trumm Holz und soll den Pudel schlagen der den Jockel nicht beißt. Ein Gedicht macht eine Geschichte schnell oder langsam so wie der*

Fluss das Wasser schiebt. Schnell macht es sie lustig und langsam macht es sie traurig. Jetzt hör zu ich sag dir das ganze Gedicht auf und langsam. In weiter Ferne hört er das Boot brummen und summen wie eine im Glas gefangene Fliege. Die gähnende Flut wühlt, wo niemand sie sieht, öffnet sich tief, wo das Boot nicht schwimmen, nicht fahren kann. Das Boot rückt hoch ans Haus heran, zieht an dem Seil, das knarzt, und schwankt auf dem Wasser. Das Boot wird den Fluss in der Flut finden, und die Flut wird sich öffnen. Die Flut kann sich drehen und kreiseln, sie ist ein Schwallen und Schäumen wie Musik. Stambles kühles bleiches Licht ist in der Luft. Wolken schweben über der trüb-braunen Brühe und bewegen sich mit der Flut. Die Propellerflügel des Bootes drehen sich im schlammigen Wasser und stemmen sich gegen den Sog der Flut. Termite spürt, wie der dunkle Ast sich unter ihnen bäumt, aufgespießt wie eine Hand mit Fingern, die greifen. Das Boot kracht und kreischt, und er will fort, aber fort geht Stamble, es schleudert ihn hinaus wie ein weißes Tuch, und er findet die Dunkelheit und die Formen und das Licht in der Kurve.

Die bewegte Luft ist voller dichter nasser Wolken. Termite hört es regnen und regnen, es regnet die Geschichte des Eisenbahnzugs. Das Wasser und der Zug und das Hämmern regnen und fließen hindurch. Sogar an einem klaren Tag kann er es hören. Jetzt ist das Geräusch ganz weit. Er lauscht.

NÖRDLICHE PROVINZ CHUNGCHONG, SÜDKOREA

28. Juli 1950

Unteroffizier Robert Leavitt
24. Infanteriedivision

Mashuhyo, mashuhyo. Das Mädchen spricht im Dunkeln. Sie ist zurückgekommen; es muss doch fast Tag sein. Trink, flüstert sie. In ihrer Sprache ist das Wort ein huschendes Zischen, wie das Gemurmel des Wassers im Bach, zu dem niemand gelangen kann. Sie liegt neben ihm, sie drückt ihm den tropfnassen Stoff ihres Hemds an den Mund. Es schmeckt salzig und schwarz. Er denkt die Worte oder spricht sie. Nein, sagt sie auf Koreanisch, das Wasser ist rosa. Es sind so viele Leichen im Wasser. Sie presst ihm den nassen Stoff an die Lippen, die Zähne, berührt seine Zunge mit dem blutigen Wasser. Er meint sich zu bewegen, sie von sich zu schieben, aber er öffnet nur eine Hand. Sie lässt die Stirn auf seine Handfläche sinken, und das Pochen in ihrer Schläfe pulsiert wie ein kleiner Fisch, der still im Wasser steht.

Am Tag vor seiner Abreise aus Louisville hat er Lola den kleinen Derringer seiner Mutter gegeben, die Pistole mit Perlmuttgriff, die sie, vor Blicken verborgen, neben der Ladenkasse aufbewahrte. Sie musste sie nie benutzen, hatte sie aber stets geladen. Die Musiker und Junkies nahmen Drogen, mit denen sie sich um den Verstand brachten, und die Betrunkenen und Seeleute von der Handelsmarine wurden spät am Abend, wenn sie keine Frauen gefunden hatten, oft bösartig. Sie war immer allein, wenn sie den Laden schloss. Der Alte war immer unterwegs. Zu der Zeit war auch Bobby schon unterwegs, ein minderjähriger Knabe, der in allen Clubs verkehrte, in denen man ihn bei der Band sitzen ließ, wo er so viel wie möglich aufschnappte. Ma, fragte er, weißt du überhaupt, wie man sie benutzt, diese Pistole? Funktioniert sie? Natürlich funktioniert sie, sagte sie, du musst einfach nur auf den Kopf zielen, oder auf ein Knie, um einen, der davonrennt, zu stoppen. Hast du je damit geschossen?, fragte Bobby. Was wird daran schwer sein, antwortete sie. Ich sagte dem Mann, dass ich eine Damenpistole will, klein, kein Rückstoß, eine, die ich auch in die Handtasche stecken kann. Und wozu, Ma, wozu willst du sie in die Handtasche stecken. Vielleicht mache ich einen kleinen Ausflug, sagte sie. Abends machte er sich keine Sorgen um sie. Das Lebensmittelgeschäft führte keine Spirituosen, nicht mal Bier. Nach zweiundzwanzig Uhr war der Laden der sicherste Ort in ganz Philly. Die Kundschaft bestand aus Kellnerinnen und Frauen und Polizisten, Busfahrern nach ihrer Schicht. Er überredete sie, den Derringer nachts mit nach oben zu nehmen. Damit er sicher ist, sagte er, stell dir vor, jemand bricht ein, trotz der Eisengitter vor der Tür und den Fenstern. Sie öffnen die Kasse und entdecken die Pistole, die sie nützlicher finden als Bargeld und das Brot von gestern. Aber das war es nicht, was er fürchtete: Bewaffnet wissen wollte er sie für den Fall, dass der Alte geladen heimkam und Bobby noch nicht da war. Er hatte schon längst Partei ergriffen, war ihr Partner geworden; aber als sie dann starb, allein auf dem Fußboden, in einer Stille, wie er sie nur erahnen konnte, trat er alles Territorium ab. Ohne sie gab es kein Territorium. Er hat den Laden gehasst, weil er für sie beide ein schäbiges, permanentes Gefängnis gewesen war, er hatte fortgewollt, aber er hat sie nicht beschützt, er ist nicht da gewesen. Blutgerinnsel im Gehirn, sagten sie, seine Anwesenheit hätte nichts geholfen. *Ihm* hätte es geholfen. Er ließ nicht zu, dass jemand ihre Sachen anrührte. Als er ein paar Wochen später auszog, war der Derringer das Einzige, was er aus ihrem Zimmer mitnahm.

Er hatte sich schon mit sechzehn als Mann gesehen; er fühlte sich frei, unbelastet, lebenstüchtig. Seit Jahren verkehrte er mit Mädchen und hatte immer mühelos Frauen gefunden, aber vor Bindungen scheute er zurück, vielleicht aus Loyalität mit der Einsamkeit seiner Mutter, ihrem Leben und Tod, aber ohne je an sie zu denken; bis Lola kam. *Mutter, darf ich.* Lola wusste beinahe instinktiv, wer er war. Etwas in ihr war genauso allein. Mit Worten und mit ihren Körpern begannen sie einander zu erzählen, weshalb. Lagen rauchend im Bett und redeten, stundenlang. Die Nachkriegs-Army war ein guter Job, ein Anfang, Ernstfälle gab es nicht. Sie konnten ihr ganzes Leben planen.

Die Knarre seiner Mutter sei ein Hochzeitsgeschenk, witzelte er. Er mache sich keine Sorgen um Lola, sie habe ja ihre Mädchen und Onslow um sich, er sei nicht beunruhigt wegen ihrer *Sicherheit*, sagte er. Nicht beunruhigt – die Formulierung an sich war ein Schatten, ein düsteres Nagen in ihm. Jede Frau sollte eine Schusswaffe haben, sagte er zu Lola, zu ihrem Schutz. Sie hat deiner Mutter gehört, antwortete Lola. Deswegen werde ich sie für dich aufbewahren. Sie legte sich den Perlmuttgriff an die Wange, dann auf die flache Hand wie ein Schmuckstück, ein Objekt. Die kleine Pistole war gerade so lang wie ihre Hand. Leavitt sieht ihre Hand und die der alten Frau mit seinem Dienstrevolver. Die beiden Bilder sind erschreckend deutlich: eines überlagert das andere. Das Weiche einer Frauenhandfläche, die Waffen, der Winkel und die Handhaltung – alles ganz gleich; aber die größere Dienstwaffe ließ die kleine Hand der alten Frau winzig erscheinen, und die Trommel schimmerte im Dunkeln. Eure Waffe ist euer Leben. Das hatten sie ihnen in der Grundausbildung eingetrichtert. Er hörte das Mädchen auf sie einreden. Lass ihn bei uns bleiben. Und die alte Frau gehorchte und nahm stattdessen sich selbst das Leben. Nahm ihnen allen das Leben – falls sie den Soldaten draußen damit einen Vorwand geliefert hatte, zu behaupten, die Flüchtlinge seien bewaffnet. Aber vielleicht spielte es auch keine Rolle, hatte keine Auswirkung. Die Armeeführung hatte die Tunnel abgeriegelt, hatte die Flüchtlinge von Anfang an als Kämpfende betrachtet.

Er kann das Mädchen, den Jungen nicht sehen, aber er spürt sie in der Nähe, als wäre dauernder Körperkontakt das einzige Heil für sie alle, das einzig Reale in der Dunkelheit.

Er ist bei ihnen, und er bleibt bei ihnen.

Er wird aus diesem Tunnel nie mehr hinauskommen. Keiner von ihnen. Was er sieht, ist ungewiss, unwirklich. Real ist nur, was in ihm ist; nicht außerhalb. Er sieht – er kann immer noch sehen – die Röhre eines Tunnels, sieht Stein und rissigen Beton. Es ist Lolas Zeichnung eines bogenförmigen Tunneleingangs, die gekrümmten Wände neigen sich wie Gesichter, die er hätte erkennen sollen, der Bogen, die Steine und der breite Fluss daneben, nicht hier, nicht dieser Bach, der klein und blutig ist, ihn tränkt, sein Gesicht nässt. Er hört das Mädchen gegen seine Hand flüstern, hört jede einzelne Silbe, ein rhythmischer Schwall von Worten. Er spricht nicht, kann nicht sprechen, und sie denkt, er kann sie nicht hören, aber er erkennt den Wortlaut einer buddhistischen Rezitation, die von Reisen, von Läuterung handelt.

Draußen ist jetzt eine Bewegung, ein Ächzen von Rädern und schwerem Material. Er hört sie nach dem Jungen greifen. Sie legt sich hinter Leavitt nieder und zieht ihn an sich, das Kind zwischen ihnen.

Das Geräusch verstummt, wie verabredet oder aus beiderseitiger Einsicht. Leavitt hört das Klicken eingeschalteter Suchscheinwerfer. Unmöglich, aber er hört es. Es sind enorm leuchtstarke runde Scheinwerfer auf Rädern, jeder so groß wie ein Flugzeugmotor; die Nordkoreaner setzen sie im Kampf ein, und die Amerikaner verwenden sie jetzt ebenfalls. Die Scheinwerfer sind an beiden Enden des Tunnels in Position gebracht, und ihre weißen Strahlen kreuzen sich in der Mitte. Die amerikanischen Einheiten leuchten den Tunnel aus. Und sie werden so lange feuern, bis sich nichts mehr rührt.

Hinter sich spürt Leavitt die Koreanerin, die das Kind hält. Er spürt ihren Mund in seinem Nacken, spürt ihn lautlos Silben formen. Es ist so weit, er weiß es. Sein Baby ist auf der Welt, er spürt es tief in sich, wo der Schmerz pocht. Es ist ganz verkehrt, und es ist wahr, seine Beine sind tot und seine Eingeweide zerfetzt, aber sein Rückgrat entfaltet sich wie ein Stern. Er spürt, wie es Lola entzweireißt, wie das Baby gegen sie kämpft, sich den Weg freistemmt. Der Arm des Mädchens schlingt sich fester um Leavitt. Reglos hält sie den Jungen und zieht Leavitt noch näher zu sich, an die Tunnelwand. Er sinkt hinein in ihre harte, dünne, grenzenlose Brust, in ihre Umarmung.

Weiß leuchten die Leiber in dem überwölbten Raum. Wer noch am Leben ist, rückt enger zusammen; Mütter drücken sich flach an den Boden, um ihre Kinder abzuschirmen. Licht strömt zwischen ihnen hindurch und über sie hinweg wie eine Lawine. Leavitt sieht nichts, aber hört es messerscharf, in langsamem, bedächtigem Takt: das Geräusch der Maschinengewehre, die sich auf ihren Zapfen drehen. Er hört von allen Seiten her einen sich verstärkenden Druck, eine heranrückende Dichte, wie das Dröhnen eines gewaltigen Eisenbahnzugs, so breit und schwer, dass er in alle Ewigkeit fallen kann, ein Sperrfeuer, das so laut und lang über sie hinweg- und durch sie hindurchbrüllen wird, dass es den Krieg mit sich ins Nichts reißen wird.

Als das Knattern beginnt, wird das Licht auf seinem Gesicht blau. Schau in dein Inneres, sagt er zu seinem Sohn, dort drin existierst du wirklich. Er möchte sein Baby aus dieser schönen, tödlichen Welt herausheben. Die Flugzeuge kommen immer, will er sagen, wie umlaufende Planeten, ein wiederkehrendes, unterschiedlich begründetes Blutvergießen. Teil einer langen Musik. Schau nicht, horch nur. Sein Sohn ist geboren. Leavitt spürt ihn sich winden in Salz und Blut, schreien und kreischen in der engen, heißen Nässe. Hör auf zu schreien, sagt Leavitt. Schrei nie. Sie finden dich schon. Bleib still. Horch. Du kannst jetzt nicht mit mir kommen. Atme, atme. Du bist dran.

31. JULI

WINFIELD, WEST VIRGINIA

31. Juli 1959

Lark

Ich setze Termite in den Rollstuhl, den wir von Stamble bekommen haben, und fahre mit ihm an Barkers Sekretärinnenschule vorbei in die Innenstadt. Murphys Kaufhaus steht unter Wasser, aber diese alten Räume sind hoch. Barker hat geöffnet wie immer, oder wird wieder öffnen, zu Beginn des dritten Semesters in zwei Wochen. Ich muss an Nonie denken, wie sie heute Morgen, den Arm in der Schlinge, auf dem Schlammpfad, den Nick Tucci zwischen den Gärten freigeschaufelt hat, auf den Sheriff und mich zukommt. Rechts und links von ihr türmt sich Schlamm wie zusammengesackte alte Schneehaufen, hinter ihr die vernagelten Küchenfenster eines Hauses. »Es tut mir leid, Noreen«, sagte der Sheriff neben mir, »aber es wird eine Untersuchung geben. Wir müssen Sie festnehmen, bis wir diese Sache aufgeklärt haben.«

Gladdy Fitzgibbon war ein bisschen aufgedunsen, als man sie aus ihrem überfluteten Keller zog, und in ihrer fest geschlossenen Faust hielt sie Nonies Armbanduhr. Wäre das nicht gewesen, hätte man aus der klaffenden Kopfwunde und dem verdrehten Knöchel vielleicht den Schluss gezogen, dass sie die Treppe hinuntergefallen war, als sie allein im Haus war. Niemand sagte, es sei *nicht* so gewesen – Charlie rührte sich zwei volle Tage nicht aus dem Restaurant, das voller Zivilschutzmitarbeiter und freiwilliger Helfer war. Jeder wusste, dass Nonie und Elise Gladdy im Auto heimgebracht hatten, dass es sintflutartig geregnet und Nonie sie zweifellos ins Haus begleitet hatte. Gladdy fürchtete sich vor Eis und Unwetter. Bestimmt hatte sie verlangt, dass man ihr die vom Regen glitschigen Verandastufen hinaufhalf, und dabei wird Nonie die Taschen mit Essen getragen haben, die Gladdy aus dem Restaurant mitgenommen hatte, mehr als sonst, weil sie ja wusste, dass sie etliche Tage ans Haus gefesselt wäre.

Aber niemand wusste, wie lange Elise im Wagen gewartet hatte. Wie sehr viele andere schafften auch sie es in der Flutnacht nicht mehr nach Hause. Sie konnten nicht auf die Flussseite der Stadt hinüberfahren, weil das Wasser schon zu hoch gestiegen war und weil dann auf einmal eine Flutwelle kam, die im Handumdrehen das Auto halb unter Wasser setzte. Die Rettungsmannschaft hatte sich geweigert, den Wagen auf trockenen Boden zu schieben: Sie hätten genug zu tun, sagten sie. Wenn Elise und Nonie nicht aufs Autodach klettern und auf bessere Zeiten warten wollten, sollten sie lieber zu ihnen in den Pick-up steigen und sich ins Arsenal fahren lassen, wo Evakuierte übernachteten.

Die ganze Nacht war Nonie fort, ihr Handgelenk war verstaucht, die Haut vom Uhrenarmband aufgerissen. Jemand hatte sich mit aller Kraft daran festgeklammert, so wie es Gladdy bei allem tat.

Ich gehe mit Termite weiter, nach links in die Spring Street zu Miss Barkers Haus. Wir biegen in den Weg zu ihrer Haustür ein. Ihre Veranda ist voll, wie bei allen Häusern der Gegend. Teppiche sind zum Trocknen ausgebreitet. Auf der Wiese liegen ruinierte Sachen. Miss Barker hat sicher so viel wie möglich nach oben geschafft und eine Menge gerettet. Sie ist sehr praktisch, Miss Barker, verzettelt sich nie. Ich muss mit der Bremse die Rollstuhlräder fixieren und Termite am Fuß der Verandatreppe stehen lassen, während ich hinaufgehe und ohne zu zögern auf die Klingel drücke. Dann klopfe ich mit Nachdruck an die Tür.

Kunterbunt sieht sie aus, wie wir alle, als sie die Tür öffnet. Diese rot-schwarze Jägerjacke hat sicher ihrem Vater gehört. »Lark«, sagt sie mit geweiteten Augen, als stünde sie vor einem Geist.

»Tut mir leid, Sie zu stören, Miss Barker. Aber ich komme wegen meiner Beurteilung. Wir ziehen hier weg, Termite und ich. Wir werden bei meiner Mutter leben, unten im Süden.«

Die Neuigkeit lässt sie zurückweichen. »Bei Ihrer Mutter?«

»Ja. Sie hat gehört, was hier los ist, und wir können nicht bleiben. Außer dem Dachboden ist unser Haus praktisch ruiniert. Jedenfalls suche ich mir eine Stelle, in einem Büro hoffentlich, und in der Beurteilung müsste stehen, was ich bis jetzt gelernt habe, meine Geschwindigkeiten und alles.«

»Aber was wird aus ihm?«, fragt sie mit gesenkter Stimme und einem Blick auf Termite, der unten in seinem Rollstuhl sitzt. »Wie können Sie sich eine Stelle suchen, wenn Sie sich um ihn kümmern müssen?«

»Meine Mutter hilft mir. Schließlich ist er ihr Sohn. Sie freut sich schon darauf, mit ihm zusammen zu sein. Vielleicht finde ich auch einen Arbeitsplatz, wo ich ihn mitnehmen kann. Er kann ganz ruhig sein, wenn er sich sicher fühlt. Wissen Sie, in Kleinstädten sind die Leute ja oft verständnisvoller. Vor allem wenn ich eine gute Beurteilung habe und ein Empfehlungsschreiben, das, wie Sie sagen, Vertrauen weckt.«

Sie nickt, obwohl sie die Idee, Termite an einen Arbeitsplatz mitzunehmen, sicher komplett unprofessionell und vollkommen abwegig findet. »Natürlich«, sagt sie. »Ich habe Ihre Beurteilung fertig, außerdem ein Empfehlungsschreiben. Es ist schon alles getippt, und ich habe meine gesamten Akten hierhergebracht, bevor das Gebäude evakuiert wurde. Sie waren Klassenbeste. Sie haben das Zeug zur Chefsekretärin. Denken Sie daran – größere Firmen, Versicherungen, Anwaltskanzleien. Aufstiegsmöglichkeiten. Natürlich wird die Beurteilung helfen, und der Brief dient Ihnen als Referenz.« Sie ist dieselbe Miss Barker, mit ihrem ungelockten Haar, den sonderbaren Männerklamotten, die nach Kampfer riechen. Der Zedernholzkasten steht sicher oben. Alles darin ist trocken geblieben.

»Es tut mir leid, dass ich den Kurs nicht abschließen kann, Miss Barker.« Ich drehe mich zu Termite um. »Nur eine Minute«, rufe ich zu ihm hinunter. »Bin gleich da, Termite.« Jetzt überrascht er mich, denn er legt los, so gut und laut er kann. *Gleich da gleich da gleich da.* Hämmert mit dem Handgelenk auf die rechte Armlehne, als wäre dort die Glocke von seinem alten Sessel zu Hause, was natürlich nicht der Fall ist. Schwenkt den Kopf hin und her.

»Lassen Sie mich alles holen«, sagt Miss Barker. »Ich würde Sie ja hereinbitten, aber man kann leider nirgends sitzen. Gehen Sie nur zu ihm hinunter, damit er sich nicht aufregt. Ich bringe Ihnen die Sachen raus.«

Sie verschwindet im Haus, und ich warte hinter Termites Stuhl, bis sie mit einem großen braunen Umschlag wiederkommt. »Hier haben Sie mehrere Abschriften des Empfehlungsbriefs *und* der Beurteilung, und wenn Sie noch mehr brauchen, lassen Sie es mich wissen. Sehen Sie, es ist durchaus angemessen, sich für mehrere Posten gleichzeitig zu bewerben.« Sie ergreift meine Hand und schüttelt sie, wie sie es uns bei gestellten Bewerbungsgesprächen gezeigt hat. Nur dass sie jetzt mit beiden kleinen trockenen Handflächen meine Hand umschließt. »Wie wunderbar, dass Ihre Mutter sich bei Ihnen gemeldet hat. Dass Sie jemanden haben, wo Sie hinkönnen, bis das alles hier … in Ordnung kommt.«

»Das stimmt.« Ich weiß, dass sie es in den nächsten Tagen, wenn die Leute zu fragen beginnen, diskret weitererzählen wird. »Auf Wiedersehen, Miss Barker.«

»Also wenn jemand eine telefonische Referenz wünschen sollte, geben Sie ruhig meine Telefonnummer weiter. Ich bin hier.«

»Danke, Miss Barker. Danke für alles.«

»Selbstverständlich, meine Liebe. Selbstverständlich.«

Höflich bleibt sie stehen, während ich auf dem schmalen Weg den Rollstuhl wende, dann höre ich sie mit flinken kleinen Schritten ins Haus zurückkehren, während wir den Weg entlang und durch die Toröffnung gehen. Früher hielt sie ihr Gartentor stets geschlossen, aber jetzt ist es nicht mehr da. In den Schnörkeln des schmiedeeisernen Zauns hängen braune Büschel, Gräser, schlammverkrustete Pflanzenreste.

»Jetzt gehen wir zu Elise in den Mini-Mart«, sage ich zu Termite. »In der Main Street gibt es Strom. Wahrscheinlich macht sie gerade auf.« Ich kann ihr Telefon benutzen, denke ich. Dann kommen wir zu der Telefonzelle an der Ecke Spring und Main Street, und ich sehe ein, dass es besser ist, von hier aus zu telefonieren. Ungestörter. Ich ziehe die Glastür auf. Die Scheibe ist gut einen halben Meter hinauf hellbraun, aber als ich zehn Cent in den Schlitz werfe, ertönt prompt das Freizeichen. Ich wende Termites Stuhl, so dass er mich sehen kann. »Es funktioniert, Termite. Ich mache einen Anruf, und du schaust mir zu, gut?«

Er wendet den Kopf, um an mir vorbeizublicken.

»Ich komm gleich wieder raus«, sage ich.

Ich weiß, dass er mich hört, aber seit der Flut ist er sehr still. Ständig ziehen wir herum, Gewohntes fehlt oder ist anders geworden. Dafür kann ich nichts. Vielleicht denkt er, ich kriege es nicht hin, und weiß nicht, dass es genau umgekehrt sein wird. Ich staple ein paar Zehn-Cent-Münzen auf dem kleinen Metallregal in der Zelle und schließe die Tür. Wenn jemand vorbeikommt, will ich nicht gehört werden. Ich wähle, der Sozialdienst meldet sich und klingt genau wie immer, als hätte es nie eine Flut gegeben oder ein Zivilschutzboot im Nebel.

»Sozialdienst Winfield County?« Sie sagt es wie eine Frage.

Ich kenne die Stimme dieser Empfangsdame. Schon seit Jahren

ist sie dort. »Hallo? Ich möchte bitte wegen Mr Stamble mit jemandem reden.«

»Ist das ein Klient, Miss?«

»Nein, er war Mitarbeiter. Er war mein Betreuer.«

»Und Ihr Name?«

Ich sage ihr meinen und Noreens und Termites Namen. Ich bin sicher, sie weiß, wer wir sind, aber sie lässt sich nichts anmerken. Vertraulichkeit. Ich höre, dass bei ihr mehrere Telefone gleichzeitig läuten. Dort ist offensichtlich die Hölle los, das ist gut.

»Stamble, sagten Sie? Ich bin fast sicher, dass niemand mit diesem Namen hier arbeitet, aber ich werde in den Personalakten nachsehen.«

Ich kann hören, wie sie Aktenschubladen öffnet, in Papieren blättert. »Er ist nicht mehr da«, sage ich. »Aber er hat bei Ihnen gearbeitet. Ein junger Mann, dünn, hellblond. Stamble, Robert Stamble.« Ich brauche seine frühere Adresse, möchte ich sagen, Namen von Angehörigen, irgendeinen Anhaltspunkt, um mehr zu erfahren.

»Nein, hier ist nichts. Wahrscheinlich verwechseln Sie was? Ich kann Ihnen versichern, dass niemand mit diesem Namen hier gearbeitet hat, nicht in den acht Jahren, die ich schon hier bin.«

»Er war nur ein paar Wochen da. Er war neu.«

»Oh, dann ganz bestimmt nicht. Unser letzter Betreuer wurde vor zwei Jahren eingestellt. Natürlich könnten wir mehr Hilfe gebrauchen, aber leider ...«

»Könnte ich vielleicht mit Ihrem Abteilungsleiter sprechen?« Ununterbrochen läuten die Telefone.

»Fräulein? Lassen Sie mich in Ihrer Akte nachsehen, dann stelle ich Sie zu Ihrer persönlichen Betreuerin durch. Was immer das Problem ist, sie kann Ihnen helfen. Sie werden sicher verstehen, dass die größte Not jetzt Vorrang hat, aber wir tun alles, was wir können, um die Fluthelfer zu unterstützen.«

»Nein, nicht nötig«, sage ich. »Sicher habe ich mich geirrt.« Ich will nicht weiterverwiesen werden und ich will keine Aufmerksamkeit erregen. Ich lege schnell auf, bevor sie fragen kann, ob ich eine Nachricht hinterlassen will. Normalerweise sind sie ja angehalten, Anrufe zu protokollieren, aber es geht derart zu bei ihr, dass sie es vielleicht vergisst.

Stamble hat nie beim Sozialdienst gearbeitet. Deshalb gab es keine Formulare wegen des Rollstuhls. Ohne Formulare in zwei- und dreifacher Ausfertigung, sagt Nonie, betätigt der Sozialdienst nicht mal einen Lichtschalter. Der Rollstuhl war einfach plötzlich da, genau wie Stamble. Greifbar allerdings, was Stamble nicht war. Er war real auf seine Weise, aber nicht im Hier und Jetzt. Und er hatte Recht – ein kleinerer Stuhl ist wirklich leichter, vor allem wenn man wohin muss. Wir müssen ihn mitnehmen, bevor jemand fragt, woher wir ihn haben. Was soll ich denn sagen, wenn jemand fragt?

Termite lauscht. Ich sehe ihn durch das Glas an und drehe mit den Fingern die Wählscheibe des öffentlichen Telefons. Es klickt und gibt glockenähnliche Laute von sich, wie ein Anruf nach Nirgendwo. Vielleicht kam Stamble von dorther und ist dorthin zurückgekehrt. Ich weiß nicht, ob sie ihn finden werden, vielleicht unter den Bergen aus Schlamm und Trümmern und Schutt begraben, die sie mit Bulldozern beiseitegeräumt haben. Oder ob er woanders ist. *Ich komme und gehe*, sagte er. Vielleicht hat Solly Recht, und Stamble war gar nicht im Boot. Vielleicht musste er nicht leibhaftig da sein, dass wir ihn sehen konnten. Und er musste nicht beim Sozialdienst arbeiten, um uns einen Rollstuhl zu bringen, den wir nicht beantragt hatten. Ich spüre, dass er fort ist. Er hat uns gebracht, was wir brauchten, als hätte er gewusst, wer wir sind und wo wir hinmüssen. Der Rest ist jetzt meine Sache.

Ich blicke die Straße entlang und sehe im Mini-Mart schwache Lichter brennen. Elise wird wegen Nonie mit Anwälten und Polizisten reden. Es ist besser, wenn ich ihr nichts sage, aber es gibt Dinge, die ich von ihr erfahren muss.

Nonie sagt, es ist erstaunlich, wie schnell die Fluthilfe zu uns gekommen ist – das kommt davon, wenn man Leute kennt. »Charlies Kommandozentrale« nannte sie das Restaurant. Wir übernachteten zweimal bei Elise, dann kehrten wir nach Hause zurück. Der Garten war festgebackener Schlamm, aber das Haus war geschrubbt und fast vollständig ausgeräumt, bis zu den kahlen, stockfleckigen Wänden. Die Fluthilfeleute sagten, es sei zwar noch »relativ solide«, aber nicht renovierungswürdig. Sie runzelten die Stirn wegen der Reinigungskosten, eines Missbrauchs von Ressourcen: Sie würden unser Haus auf die Entschädigungsliste setzen. Elise bot uns an, bei ihr einzuziehen. Sie hat ein Gästezimmer und ein Bettsofa, und die Behörden werden Wochen brauchen, um den Papierkram zu erledigen oder einen Scheck auszustellen. Wir hatten keinen Strom, aber die sanitären Anlagen funktionierten, und es gab jede Menge Wasser in Flaschen. Solly holte Termites Karren vom Dachboden, auch seinen gepolsterten Sessel, damit er darin sitzen konnte. Die Fluthelfer ließen uns Decken und Feldbetten da, die ich im Wohnzimmer aufstellte. Hier war unser Sofa, sagte ich zu Nonie. Sozusagen, antwortete sie. Das vollgesogene Klavier, zu schwer für den Abtransport, blieb, wo es war, aber der Deckel diente als Ablagebrett, und der Klavierhocker wurde ein Tisch. »Du würdest dich noch in einem Straßengraben häuslich niederlassen«, sagte Nonie. »Mach's dir hier bloß nicht zu gemütlich.«

Ich musste ihr nicht sagen, was ich entdeckt hatte. Sie erriet alles in dem Moment, als ich mit ihr auf den Speicher ging und sie die geöffneten Kisten sah, das rote Kimonogewand, das noch auf dem Boden lag. Sie strich über Robert Leavitts Uniformjacke, die ich zusammen mit der Blechschachtel meiner Mutter auf das Bett gelegt hatte. »Du hast so viel gerettet, Lark«, sagte sie, und ich wusste, dass sie es ernst meinte. Ich hatte Fragen, aber sie sah so erschöpft aus mit ihrer bandagierten Hand, dem Arm in der Schlinge. Sie bat mich, alles zusammenzupacken, alle Kleider, das Bettzeug, die geöffneten Kisten wieder zu verschließen; alle Papiere und Dokumente kämen in den Safe des Restaurants, und jemand würde unsere Sachen wegbringen. Wir saßen auf dem Bett, und ich sah auf dem festgebackenen Schlamm, der unser Gartenweg gewesen war, ein Polizeiauto vorfahren.

»Da ist der Sheriff«, sagte ich. »Kauft uns die Fluthilfe jetzt schon das Haus ab?«

Nonie beugte sich an mir vorbei, um aus dem Fenster zu schauen. »Nein«, sagte sie, »der Sheriff kommt wegen Gladdy. Sie haben sie gestern gefunden, noch bevor Charlie heimkam, und sie wollen mit mir reden.« Aus der knappen Distanz zwischen uns sieht sie mich an. »Lark«, sagt sie, »Gladdy ist während der Flut ihre Kellertreppe hinuntergestürzt und gestorben. Bevor die Polizei Entwarnung gab und die Evakuierten zurückkehren ließ, hat sie ein Haus nach dem anderen durchsucht, und dabei wurde Gladdy in ihrem überfluteten Keller gefunden.«

»Oh.« Ich dachte an Charlie. Seine Mutter ist ganz allein gestorben, wie meine. Glaube ich jedenfalls. »Nonie, warum wollen sie mit dir reden?«

»Weil ich die Letzte war, die Gladdy lebend gesehen hat, als Elise und ich sie mitten im Unwetter nach Hause gebracht haben. Und weil sie mir die Uhr weggenommen hat, vielmehr hat sie das Armband abgerissen und die Uhr umklammert, wie sie ja immer alles umklammert hat. Ihre Leiche lag fast zwei Tage im Wasser, aber die Uhr hatte sie noch in der Hand. Vermutlich wird es eine Vernehmung geben.« Sie saß neben mir auf dem hoch beladenen Bett und sah, dass ich nicht verstand oder es nicht glauben konnte. »Elise weiß, was mit meinem Handgelenk passiert ist, aber sie untersuchen, wie Gladdy gefallen ist, ob ich sie gestoßen habe.« Nonie berührte mein Haar, strich es mir aus dem Gesicht. »Vielleicht hätte es Gladdy verdient, gestoßen zu werden, aber nicht in so einen Tod. Und ich hätte ihr nie was zuleide getan. Du weißt jetzt, dass sie deine

Großmutter war, und du hast jedes Gramm ihres Schneids und ihrer Zielstrebigkeit geerbt, zum Glück ohne ihre nervtötenden Eigenschaften.«

Durch das offene Fenster hörten wir die Wagentür zufallen und sahen den Sheriff in kniehohen Gummistiefeln auf dem Weg stehen.

»Lark«, sagte Nonie, »dieses Gespräch eben hat nicht stattgefunden. Du weißt nur das, was der Sheriff dir von sich aus verrät. Wenn sie mich einsperren wollen, bleibe ich freiwillig, weil ich nicht verhaftet werden will, und das Untersuchungsgefängnis für Frauen ist wirklich komfortabel. Mach dir keine Sorgen und halt dich raus. Mach die Leute nicht darauf aufmerksam, dass du mit der Betreuung von Termite jetzt allein bist. Es wird vielleicht eine Weile dauern, bis die Sache aufgeklärt ist, und wenn das der Fall ist, versucht die Bezirksverwaltung womöglich, eine amtliche Unterbringung für euch beide zu erzwingen.«

Ich dachte bereits nach, versuchte zu planen.

»Du bist noch nicht volljährig«, sagte Nonie. »Ich werde zusehen, dass sie Elise als Vormund einsetzen, aber es kann sein, dass sie Termite in einem Heim unterbringen wollen, bis …«

»Wird der Sozialdienst denn Elise akzeptieren? Sie ist ja keine Angehörige.« Und sie ist klein und dürr und wird allmählich alt, wollte ich hinzufügen, und sie arbeitet zehn Stunden täglich im Mini-Mart. Sie raucht Kette, und das ist nicht gut für Termite. »Ich lass mir was einfallen«, sagte ich. »Ich geh jetzt raus in den Garten. Nicht, dass er ins Haus kommt und findet, es wäre schlecht für uns, hierzubleiben.«

»In dem Salzfässchen mit unserem Bargeld sind über zweihundert Dollar«, sagte Nonie. »Nimm die, was immer du sonst brauchst, gibt dir Charlie.«

Ich sah kurz nach Termite in seinem Sessel im Wohnzimmer und ging raus und fragte den Sheriff fröhlich, ob er wegen der Entschädigung hier sei. Nein, sagte er, ob meine Tante Noreen zu Hause sei. Sonst sagte er nichts, bis Noreen herauskam, und dann stieg sie zu ihm ins Auto, setzte sich auf den Beifahrersitz, als wären sie zu einem Geschäftstermin unterwegs. Im Streifenwagen fuhren sie auf dem Gartenweg davon. Das Auto hatte Schneeketten an den Reifen, aber sie waren dick mit Morast verklumpt und lautlos. Die Oberfläche des Schlamms war so weit abgetrocknet, dass sie unter den Reifen einbrach, und was darunter zum Vorschein kam, roch nach Nässe und dunklem Keller. Ich sah ihnen nach, und irgendwoher tauchte diese schmutzige rote Katze auf, die Termite überallhin folgt, und setzte sich vor mich hin, keine drei Meter entfernt, wie eine Warnung. Bald würde noch jemand mit dem Auto vorfahren und Termite mitnehmen. Ich sah zum Haus der Tuccis hinüber. Solly kam auf mich zu.

Der Mini-Mart hat das »Geschlossen«-Schild an der Tür hängen, aber ich sehe Elise drinnen die schmale Theke wischen. Elises Laden ist gestaltet wie eine Imbissstube. Sie sagt gern, dass sie Sitzplätze für acht Personen hat und jeder Platz ein Fensterplatz ist, aber in Wirklichkeit ist der Mini-Mart bloß ein Lebensmittelladen, der Hot Dogs und Zigaretten und Kaffee verkauft. Ich klopfe an die Scheibe, und sie öffnet die Tür, um uns hereinzulassen, dann beugt sie sich zu Termite hinunter und macht einen kleinen Wirbel um ihn, zerzaust ihm das Haar und ruft aus: »Jetzt sieh dir nur diesen hübschen neuen Stuhl an, in dem du herumkutschierst! – Der Strom geht wieder«, fügt sie hinzu. »Wollt ihr Musik hören?« Elise hat eine Musikbox an der Wand stehen. Mit ihren Lieblingsliedern, egal, was gerade in Mode ist. Jetzt rüttelt sie an der Münzschublade, klaubt ein paar Vierteldollars heraus und dreht Termites Rollstuhl so, dass er vor dem kleinen Fenster sitzt, hinter dem der Greifarm die 45er herausnimmt und auflegt. »Chet Baker«, sagt sie. »Er hat was Neues rausgebracht. Termite kann zuhören, während wir reden.« Sie weiß, dass er es gern laut hat, aber das Lied ist melodisch, und ich kann Elise trotz der Lautstärke verstehen. »Möchtest du einen Kaffee, Lark?« Sie hat ihren Aschenbecher und eine Tasse am Ende der Theke stehen und winkt mich zu sich. »Dieser Chet Baker«, sagt sie, »hübsch wie eine Frau und hört sich auch an wie eine.«

Ich setze mich neben sie. »Elise, weißt du, wer mein Vater ist?«

»Das weiß ich, Schätzchen, aber auch wenn's mir Nonie nicht gesagt hätte, würde ich mir zutrauen, es zu erraten.«

»Wieso? Warum kannst du's erraten?«

»Charlie hat dich zusammen mit Noreen in diesem Restaurant großgezogen, und er liebt dich abgöttisch. Sogar Gladdy hat das akzeptiert. Alles andere hätte Charlie nicht zugelassen.« Sie sieht mich an, zündet sich ihre Zigarette an und nickt. »Ist ja nichts Ungewöhnliches, dass eine Tante die Kinder ihrer Schwester aufzieht.«

»Aber wieso sollte Charlie ein Kind mit meiner Mutter kriegen? Und wieso ist Nonie zu ihm zurückgekommen, nachdem er *das* getan hat?« Ich frage, aber ich weiß es ja, ich erinnere mich. *In dir. Wenn du jung bist, musst du aufpassen. Jetzt hast du's erfasst.*

»Lola …«, beginnt Elise und bricht wieder ab. »Weißt du«, fährt sie dann fort, »sie hatte es nicht leicht. Überall war sie fehl am Platz. Und sie hatte kein Glück, von Anfang an nicht. Du bist anders als sie, Süße. Du bist genauso hübsch, aber nicht flatterhaft – darin bist du ganz dein Vater. Es gibt keinen zuverlässigeren Menschen als Charlie, keine treuere Seele. All die Jahre hat er bei Gladdy ausgehalten, einer Frau, die nur ein Heiliger lieben kann, sogar wenn er ihr Sohn ist. Und er hat auf seine Weise auch immer zu Noreen gehalten. Ich weiß, du nimmst es ihm übel, dass er sie nicht heiratet, aber da tust du ihm Unrecht: Es war Noreen, die Charlie nicht heiraten wollte, nachdem sie nach Winfield zurückgekehrt war. Er hatte sie betrogen, und dass er es tief bereute, änderte nichts daran. Er hat sie schließlich rumgekriegt, dass sie zu ihm zurückkam, und sie half ihm, dieses Restaurant zu retten. Sie hat ihn auch später nicht geheiratet, weil sie mit ihrem Leben, wie es ist, ganz zufrieden ist.«

»Ich war es«, sage ich, »ich bin der Grund, warum nie jemand meine Mutter erwähnt.«

Elise hebt ihre dünne Hand. »Nicht du, Lark. Seit dem Tag, an dem du gekommen bist, warst du für Noreen die Freude ihres Lebens, und für Charlie ebenfalls. Noreen konnte keine Kinder kriegen. Sie waren dankbar, mit jedem Tag mehr. Lola hat ihnen das Kind geschenkt, das sie sonst nie gehabt hätten. Und zu Noreen sagte sie, dass sie es genau so geplant hatte – du warst kein Unfall.« Ihr vogelähnlicher Blick ist durchdringend, als sie sich vorbeugt und meine beiden Hände ergreift. »Das sage ich dir um deiner Mutter willen, Lark. Meine Mutter sagte immer: Bei Babys gibt es keine Unfälle. Und sie hatte Recht. Wir können das Schlechte planen, aber können wir auch das Gute planen?«

Sie sieht mich an, als hätte ich eine Antwort darauf. »Ich weiß es nicht, Elise.«

Elise lacht. »Du kannst dir denken, dass Noreen seinerzeit kein Verständnis für Lolas Absichten hatte. Aber sie blieb bei ihr, in Louisville, bis du auf der Welt warst. Und nicht lange danach trennte sie sich von ihrem zweiten Mann, dem Nachtclubbesitzer, und kam heim.« Elise lehnt sich zurück, zündet sich eine neue Zigarette an, blickt aus dem Fenster des Mini-Mart. »In Kleinstädten wird viel getratscht. Nur um dich zu schonen, dir den Rest der Geschichte, die Geschichte deiner Mutter zu ersparen, hat dir Noreen nichts von Lola erzählt. Es tat ihr weh, tut ihr immer noch weh. Sie fand, du solltest erwachsen sein, bevor du das alles erfahren musst. Und das bist du ja jetzt.« Der Rauch ihrer Zigarette kräuselt sich empor und weht zum offenen Fenster.

»Was ist mit ihr passiert, Elise?«

Sie antwortet nicht gleich. »Traurigkeit«, sagt sie dann. »Passiert ist der Krieg. Dieser Junge, den sie geheiratet hatte, kam in Korea ums Leben. Die Leute vergessen gern, dass der Tod eines Soldaten eine Sache von Jahren ist – eigentlich einer ganzen Generation. Sie lassen Angehörige zurück. Wäre er zurückgekommen, hätten sie es mit dem Baby schon hingekriegt.«

»Ist er gestorben, bevor Termite auf die Welt kam?«

»Das weiß niemand. Jedenfalls erhielt Lola die Nachricht etwa um die Zeit, als Termite geboren wurde. Etwas später zog sie nach Coral Gables.«

»Nach Coral Gables?«

»Oh ja. Es war ja Lolas Haus, dort wollte sie mit ihrem Mann leben. Und sie wollte, dass Nonie dich zu ihnen ziehen lässt, was Noreen bestimmt nicht vorhatte.«

»Aber er ist gestorben«, sage ich.

»Es war ein schrecklicher Wirrwarr drüben in Korea, in diesen ersten Kriegswochen«, sagt Elise. »Sie haben Lola nie gesagt, wie oder warum er fiel, haben auch keinen Sarg nach Hause geschickt.« Sie blickt zu Termite hinüber und beugt sich ein wenig näher zu mir, senkt trotz der Musik die Stimme. »Und das Baby – am Anfang wusste sie nur, dass er nicht normal ist, er weinte nie. Mehr als ein Jahr hielt sie durch, dachte nach, was zu tun wäre, und traf dann eine Entscheidung. Bei der intensiven Betreuung, die er braucht, kann ich mir vorstellen, dass sie immer wieder überlegte, ihn mitzunehmen. Und dann aus irgendeinem Grund beschloss, es nicht zu tun.«

»Sie wusste es besser«, sage ich.

Elise sagt weder ja noch nein, sie sieht mich nur an.

»Und Gladdy hat das Haus übernommen.«

»Es hat ihr nie gehört. Ursprünglich wollte sie es für Charlie verkaufen und fuhr deswegen nach Coral Gables hinunter, aber dann gefiel es ihr so gut, dass sie fand, sie sollten es behalten. Sie nannte es ihren Altersruhesitz. Charlie war kein einziges Mal dort.«

»Meine Mutter«, sage ich zu Elise. »Wie hat sie es getan?«

»Lark, Nonie würde nicht wollen, dass ich dir das erzähle.«

»Nonie sagt mir nichts. Aber jemand muss es mir sagen, Elise.«

»Ich sag's dir«, antwortet sie, »aber nur, weil es Charlie so schwerfiele.« Sie drückt ihre Zigarette aus und versucht mit wedelnden Händen den Rauch zu vertreiben, aber er hängt in der Luft. »Sie hat alles bis ins Letzte geplant. Sie hat dieses kleine Häuschen abgeschlossen und einen Wagen gemietet, der sie nach Louisville brachte, zu Billy Onslows Club. Das war Noreens zweiter Ehemann, älter – na ja: viel älter. Für Lola war er wie ein Onkel. Besaß einen Nachtclub. Lola ging also dorthin zurück, wo sie die ganzen Vierziger hindurch gewesen war, wo sie auch diesen Soldaten kennengelernt hatte. Sie kannte noch immer die meisten Mädchen, die dort wohnten.«

»Wieso wohnten sie da?«

»Ihm gehörte das ganze Haus. Also«, fährt sie fort, »in seinem Club hat Lola jahrelang gesungen. Tolle Stimme, sag ich dir. Zart und rauchig, wie – was weiß ich – Rosemary Clooney. Aber so berühmt war sie natürlich nie. Für sie war es einfach ein Job, den sie mochte. Sie dachten, sie sei zurückgekommen, um wieder zu singen, schließlich bekam sie hier Hilfe mit dem Baby. Aber nachdem sie vielleicht eine Woche da gewesen war, bestellte sie eine Babysitterin und brachte ihn ins Bett, die Babysitterin war unterwegs, aber noch nicht da. Es war Abend, der Club hatte noch nicht offen, jede Menge Leute waren da. Sie ging nach unten, sagte allen, sie ist gleich wieder zurück, will nur kurz raus, um eine zu rauchen, und ob jemand bitte gleich nach dem Baby sehen könnte. Lächelte. Winkte. Ging ein paar Straßen weiter und erschoss sich mit diesem kleinen Derringer, den der Soldat ihr dagelassen hatte.«

Die Waffe in der Flagge. Jemand hat sie in eine der Kisten getan.

»Lola war tot«, sagt Elise. »Was hätte Nonie anderes tun sollen, als das Baby zu nehmen? Sie schickte dich weg.«

»In das Jugendlager der Kirche«, sage ich.

»Ja. Also *das* war wirklich untypisch – du weißt ja, wie sie über Religion denkt. Aber es war das Einzige, was sich so kurzfristig finden ließ. Ein Veteran, jemand, der mit dem Jungen in Korea gedient hatte, brachte das Baby. Er war in Uniform, das weiß ich noch, und er hinkte schlimm. Deshalb ließen sie ihn ja überhaupt nach Hause, denn das war ’51 und der Krieg noch nicht aus. Wahrscheinlich wurde er schwer verwundet und lag monatelang in einem Veteranenkrankenhaus. Dann suchte er nach Lola, brachte ihr einen Brief mit. Der Junge hatte ihn gebeten, den Brief persönlich zu übergeben, irgend so was. Jedenfalls war Lola ein paar Wochen später tot.«

»Sergeant Ervin Tompkins«, sage ich.

»So hieß er? Kam mit seiner Frau. Koreanerin, Kriegsbraut. Hatte eine Kinderschwester dabei, die sich um das Baby kümmerte. Billy Onslow hatte sie angeheuert und auch den Wagen zur Verfügung gestellt, einen riesigen Packard.«

»Ist Billy Onslow noch in Louisville?«

»Nein. Ist vor ein paar Jahren gestorben, Herzinfarkt. Aber er hat getan, worum ihn Lola gebeten hat. Ließ das Baby hierherbringen, wo ihre Familie lebt.« Elise blickt zu mir her. »Also du.«

Ich weiß nicht, wann die Musik aufgehört hat, aber jetzt ist es still. Elise sieht sich um, als hätte sie es ebenfalls erst jetzt gemerkt. Termite ist still, hat den Kopf schief gelegt, zur Musikbox hin und zum Fenster, das auf die Main Street hinausgeht.

»Tja«, sagt Elise tränenselig. »Wir stehen das durch, und ihr beide, du und Termite, ihr bleibt so lange bei mir.« Sie schnieft und steht auf, atmet durch. »Mach dir bloß keine Sorgen um Noreen. Der Bericht des Coroners wird sie von allem Verdacht freisprechen, und meine Aussage ebenfalls. Sie haben schon im Auto wegen dieser Uhr gestritten. Gladdy riss sie ihr vom Handgelenk, vor meinen Augen, und dabei ging das Armband entzwei. Trotzdem trug ihr Noreen noch diese schweren Essenstaschen die Treppe hinauf.« Elise blickt an mir vorbei und nickt entschieden. »Hätte ich nie getan, aber Noreen schon. Sie war nicht mal eine Minute weg. Hat praktisch keinen Fuß ins Haus gesetzt.«

»Nonie hat mir erzählt, wie es war«, sage ich. »Heute Morgen, bevor der Sheriff kam.«

»Ja, natürlich hat sie das.« Elise starrt mich mit ihrem kurzsichtigen Blick an. »Hat sie dir erzählt, dass sie mir das Leben gerettet hat? Hat mich mitten in der Flut aus diesem Auto rausgezogen. Ich habe eine panische Angst vor Wasser und war völlig von Sinnen. Ich habe mich dermaßen gegen sie gewehrt, dass ich ihr das Handgelenk ausgerenkt habe. Das werde ich aussagen, auf einen ganzen Stoß Bibeln werd ich es schwören.«

Die Musikbox entlässt ein mehrfaches abschließendes Klicken in die Stille.

»Ich muss den Laden bald aufmachen, Süße«, sagt Elise. »Du bleibst jetzt einfach hier sitzen, während ich nur einen Sprung hinüber mache, ja? Sobald ich zurück bin, redest du mit deinem Vater.« Damit ist sie aus der Tür.

Ich gehe zu Termite und stelle mich neben ihn. »Mein Vater«, sage ich, »Charlie ist mein Vater, und deiner ist im Krieg gefallen. Er wollte dich nie im Stich lassen.« Ich beuge mich zu ihm hinunter. »Wir fahren nach Florida, Termite, ans Meer.« Ich stecke noch ein paar Vierteldollarmünzen aus der offenen Schublade in die Musikbox und drücke auf »Wiederholen«. Die Straße vor dem Fenster ist leer, die meisten Läden haben geschlossen, aber Elises Musik gleitet dahin wie die Tonspur zu einem Film, den wir nicht sehen. Eine Trompete, ein klimperndes Klavier. Paare füllen die Gehsteige, langsam tanzend, als bewegten sie sich in einer anderen Welt.

Heute Morgen auf dem Gartenweg habe ich Solly gesagt, dass ich mit Termite weggehe. Bald, heute Abend schon. Gladdys Haus in Coral Gables steht ja leer, sagte ich, und dorthin würden wir gehen und hoffen, dass sie uns nicht finden. Bei dem Chaos der Flut und den anschließenden Aufräumarbeiten suchen sie uns vielleicht gar nicht. Wenn wir weg sind, aber unsere Angehörigen sagen, sie wissen, wo wir stecken, sagen sich die Behörden vielleicht, dass wir nicht ihr Problem sind. Charlie wird mir die Schlüssel geben und den Weg beschreiben. Die Geschichte, die ich Miss Barker erzählt habe, wird sich herumsprechen.

»Lark, wenn du gehst, gehe ich mit.« Solly begleitete mich zum Haus zurück, zog mich hinein. Die Häuser entlang dem Gartenweg waren leer. Zwar stehen sie jetzt alle zum Abbruch, aber Solly war bereits auf der Hut. »Das Wasser hat Joeys Auto ruiniert«, sagte er. »Ich habe nur das Motorrad. Ich konnte es vor der Flut mit dem Aufzug in den ersten Stock über der Werkstatt hinaufschaffen, aber es ist halb entzwei.«

»Mit dem Auto zu fahren wäre schlecht«, sagte ich. »Autos sind so leicht aufzuspüren. Wir fahren mit dem Zug, in einem Güterwaggon, direkt vom Rangierbahnhof. Unmöglich, uns zu verfolgen. Die Chessies fahren direkt nach Miami, und ich weiß genau, wann. Sie schaffen jetzt alle Waggons fort, schleusen sie durch. In ein paar Tagen soll der Bahnhof geräumt sein. Es muss heute Abend sein.«

Wir standen bei Termite in Nonies nahezu leerem Wohnzimmer. »Ich war sowieso mehr oder weniger auf dem Weg nach Florida«, sagte Solly. »Ich habe Nick schon gesagt, dass ich aufs College gehe, und in der Werkstatt gekündigt.« Er kauerte sich neben Termite nieder. »Termite«, sagte er, »stört's dich, wenn ich mitkomme? Wir legen einen Garten an, vielleicht bauen wir eine Terrasse. Ich geh mit dir zum Strand. Wir schauen uns das Meer an. Wie wär das?«

Termite atmete nur, kurze seufzende Atemzüge. »Er möchte sein blaues Band«, sagte ich. »Termite, dafür ist jetzt keine Zeit.«

Solly strich Termite übers Haar. Er ließ seine Hand dort liegen, auf Termites Kopf, an seinem weißen Hals. »Er hatte nie eine Mutter oder einen Vater, wird nie Eltern haben. Er hat uns.« Solly zog mich an sich, bis sein Mund fast an meinem war, und sprach ganz leise, jedes Wort klar und deutlich: »Wir gehen fort von hier, und wir nehmen ihn mit. Wir heiraten, sobald du volljährig bist. Du hast die Geburtsurkunden. Du kannst beweisen, dass du seine Schwester bist. Selbst wenn sie uns finden, kann ihn uns keiner wegnehmen.«

»Solly, ich bin erst in sieben Monaten achtzehn.«

»Das ist nicht mehr lang. Wir fahren nach Florida, verkriechen uns in Coral Gables. Ein guter Automechaniker findet immer Arbeit. Das College kann warten.«

»Muss vielleicht nicht sein – Lauderdale ist nicht weit. Aber wenn du mitkommst, Solly, dann machen wir's so, wie ich sage. Kein Hinweis darauf, wo wir sind und wie wir dort hinkommen. Und erzähl niemandem, dass du mit uns zusammen bist, weder Nick noch Zeke – gar niemandem. Du fährst einfach schon früher zum College, weiter nichts. Sei um zwanzig nach acht am Rangierbahnhof, wenn es gerade dunkel geworden ist. Wenn du's nicht schaffst oder wenn du's dir anders überlegst, versprich mir, dass du kein Sterbenswort sagst. Die Waggons fahren um acht Uhr siebenundzwanzig ab. Wir müssen einen leeren Chessie finden.«

Er sah mich an. »Ich werde dort sein. Du fährst nicht allein mit ihm in einem Güterwaggon nach Florida. Ich werde da sein.«

Jetzt sehe ich Elise aus dem Restaurant kommen und frage mich, ob alles, was ich plane, ein Traum ist, wie diese Musik. Wenn ich in Panik bin, spüre ich nichts und kann nicht richtig denken. Aber Elise hebt den Kopf und sieht mich durchs Fenster und winkt mir zu. Ein kleines Winken, wie um zu sagen: Alles klar, komm nur rüber. Und in dem Moment, einfach so, steht fest, dass wir fahren.

»Ich frag dich nicht, warum«, sage ich zu Charlie.

»Das Warum warst du«, antwortet er. »Das wusste ich in der Minute, in der ich dich sah. Alle Reue verflog. Auch bei Noreen. Und außerdem – du bist, wie du bist. Es hätte anders kommen können, aber es kam eben so.«

»Es tut mir leid wegen Gladdy.«

»In ihrem Leben gab es vieles, das sie nicht sehen konnte. Verpasste Chancen. Ich hab versucht, mich um sie zu kümmern, ohne dieselben Fehler zu machen.«

Früher hätte ich protestiert, aber jetzt bin ich froh, dass sie ihre Geheimnisse für sich behalten haben, bin froh, dass es keinen Grabstein gibt und kein öffentliches Wissen darum, was meiner Mutter zugestoßen ist, was sie getan hat oder wo sie ist. Jedenfalls nicht hier und auch nicht dort, wo wir hinwollen. Ich lege die Hand auf Charlies Hand.

»Mich hat manches eingeholt«, sagt er. Er ist sehr bleich. Bis auf uns ist das Restaurant leer. Er ist so allein hier ohne Nonie. Er nimmt meine Finger in seine mächtige Handfläche und hält sie fest. »Ich möchte nicht, dass du dir Sorgen um Noreen machst. Elise hat's dir erzählt. Sie hat gesehen, was passiert ist, und Noreens Unschuld wird bald erwiesen sein.«

»Hört bloß auf, mich zu beschwichtigen, ihr alle! Ich bin kein Kind mehr. Wir wissen nicht, was passieren wird oder wie lang es dauert.«

Termite sitzt in seinem Rollstuhl, der an unseren Tisch geschoben ist, als bildeten wir drei eine Sitzung, die Nonie und der Sheriff verpasst haben. Charlie sieht ihn an und nickt.

Es ist alles ausgebreitet, wie Spielkarten, die jemand in der Hand hält und noch nicht ausgespielt hat. Ich streiche Termite das Haar aus dem Gesicht. »Nach allem, was passiert ist, wird der Sozialdienst Termite in eine ›Pflegesituation‹ bringen wollen, von der sie immer wieder mal reden. Wir müssen jetzt fort, während sie noch mit dem Schlamm und dem Chaos beschäftigt sind. Wir können nach Florida, in Gladdys Haus. Niemand wird erfahren, dass wir dort sind. Niemand wird nach uns suchen. Ich erzähle herum, dass wir bei meiner Mutter wohnen. Dass sie sich mit mir in Verbindung gesetzt hat. Aber ich sage nicht, wo, und du bitte auch nicht.«

Charlie steht auf und geht zum Safe, der sich unter der Theke befindet, hinter einem flachen falschen Regal, das er sein Sicherheitssystem nennt. Ich höre ihn die Kombination einstellen und die schwere Tür des tiefen Kastens öffnen. »Dieses Haus in Coral Gables, Lark, das gehört dir. Ich hab es vor Jahren, nach dem Tod deiner Mutter, auf dich eintragen lassen.« Er setzt sich wieder zu uns und schiebt mir einen Umschlag zu. »Das ist eine Abschrift der notariellen Urkunde. Darin ist alles schriftlich festgehalten, auf deinen Namen, mit Noreen als Sachwalterin bis zu deinem achtzehnten Geburtstag, falls ich ins Gras beiße, bevor du volljährig bist. Es war immer dein Haus, nicht Gladdys und nicht meines. Ich habe eine Hypothek auf das Restaurant aufgenommen, um es für deine Mutter zu kaufen, aber inzwischen ist es abbezahlt und frei. Sie hat damals, kurz vor Termites Geburt, die Anzahlung gemacht, aber dann kam sein Vater nicht aus Korea zurück, und Noreen und ich wollten ihr helfen.«

»Wir fahren heute Abend«, sage ich, »Termite und ich.«

»Wie?«

»Wir haben ein Transportmittel nach Miami«, sage ich, »und dann nehmen wir ein Taxi.«

Er blickt zweifelnd drein, ist im Begriff, etwas zu sagen.

»Mehr verrate ich dir nicht«, komme ich ihm zuvor. »Du musst mir vertrauen. Wir reden ein andermal darüber.«

»Ich möchte nicht, dass du allein fährst«, sagt Charlie.

»Ich fahre nicht allein.«

Er will fragen, lässt es aber bleiben. »Das ist die Adresse.« Er schreibt sie auf.

»Beach Road«, sage ich. »Weiß ich.«

»Es gibt dort ein Telefon«, sagt er, »und ein gebrauchtes Auto, das Gladdy gekauft hat. Die laufenden Kosten trägt das Restaurant, aber sie hat ein Scheckkonto bei einer Bank dort. Wenn hier alles geklärt ist, lasse ich es auf deinen Namen umschreiben. Nimm bis dahin das.« Er reicht mir ein paar zusammengefaltete Geldscheine und die Schlüssel an einer Plastikgänseblume als Schlüsselring. »Gladdys Schlüsselbund, für Auto und Haus.«

Ein Auto, denke ich. Solly kann mir das Fahren beibringen. Auf einer Sandstraße am Strand.

»Ruf uns an, sobald du dort bist«, sagt Charlie.

»Das tu ich«, verspreche ich ihm. »Aber nicht vom Haus aus.«

Wir stehen beide auf, und er nimmt mich in seine breiten Arme. Das hat er schon oft getan, viele Male, aber diesmal fühlt es sich anders an. Ich wende Termites Stuhl, um zu gehen, dann fällt mir noch etwas ein. »Charlie«, sage ich, »schick mir doch bitte die Sachen meiner Mutter. Und meine und Termites Sachen, alles, was bei Nonie auf dem Dachboden ist. Es soll wieder Lolas Haus werden, und unseres.«

Ich höre jemanden an der Küchentür. Solly, denke ich. Aber als ich durch die Glasscheibe blicke, ist es Nick. Fast will ich ihn nicht hereinlassen, dann öffne ich doch die Tür. »Bist du heute früher von der Arbeit gekommen, Nick?«

»Heute ist Nachtschicht«, sagt er. »Bin auf dem Weg. Ich komme gerade von Noreen.«

»Zu mir hat sie gesagt, ich soll mich fernhalten. Charlie sagt ...«

»Charlie«, sagt Nick. »Wenn Charlie nicht wäre, säße Noreen nicht in Untersuchungshaft. Ich könnte ihn erwürgen. Markiert hier den großen Zampano! Wieso hat er seine Mutter beim Gewitter nicht selber heimgebracht?«

Charlie bereut es jetzt, dass er's nicht getan hat, könnte ich sagen. Aber ich schweige. »Elise meint, Nonie wird von allem Verdacht freigesprochen.«

»Vielleicht«, sagt Nick. »Und wie lange das dauert, hängt ganz davon ab, wie aggressiv sie sein wollen.«

Wenigstens wird Nick mir die Wahrheit sagen. Ich trete gerade so weit zurück, um ihn in die Küche zu lassen. Ich will nicht, dass er ins Wohnzimmer kommt und mich auf gepackten Koffern sitzen sieht.

»Ich hab mit einem Anwalt gesprochen«, sagt er.

»Das freut mich, Nick, aber sie wird hoffentlich keinen brauchen.« Ich mache Anstalten, mit ihm hinauszugehen, aber er nimmt meinen Arm, berührt meine Schulter. Fast als tanzten wir, dreht er mich leicht herum, bis ich in der leeren Küche an der Wand stehe, und er ist mir sehr nah.

»Ich muss zu Termite zurück«, sage ich.

»Das ist jetzt nicht für seine Ohren bestimmt«, sagt Nick leise. Seine Hand ist warm und gepolstert, und ich erinnere mich, wie stark seine Arme sind. Wie ich an seiner Brust eingeschlafen bin. »Hör mir zu, Lark. Es ist nur eine Frage der Zeit, bis sie ihn holen, und sie holen ihn eher früher als später. Das anzufechten kann Wochen dauern, und ihr habt kein Zuhause, kein Dach über dem Kopf. Sie werden nicht damit zufrieden sein, wenn du mit Termite bei Elise wohnst, und bei Charlie kannst du nicht wohnen – wie sähe das denn aus. Er steckt viel zu tief drin.«

Am liebsten würde ich ihm alles sagen – dass ich weggehe und Termite mitnehme –, aber mit seinen Händen an mir kann ich nicht reden.

»Wärst du verheiratet«, sagt er, »mit jemandem, der dir ein Heim zu bieten hat, einem älteren Mann, der eine gute Arbeit hat und eine Familie, die dich unterstützt und dir hilft, würden die Behörden die Sache nicht weiterverfolgen. Sie würden dich in Frieden lassen. Meinen Jungs bist du wie eine Schwester, du bist mit ihnen aufgewachsen. Ich hab dich immer lieb gehabt, Lark …«

Ich schnappe nach Luft, drehe mich, und er dreht sich mit mir.

»Ja, genau«, sagt er, »schon seit Jahren, zu lange.«

Ich kann nicht atmen, kann mich nicht rühren, solange sein Mund so dicht bei meinen Augen ist. Ich spüre die Hitze, die er ausstrahlt, ganz nah; wie geübt sein Körper ist, wie stark.

»Ich hätte nichts gesagt, vielleicht nie, aber jetzt ist alles anders. In diesem Bundesstaat kannst du mit elterlichem Einverständnis mit sechzehn heiraten.«

»Hast du Noreen gefragt, ob …«

»Ich frage nicht Noreen«, sagt er. »Ich frage dich.« Er legt mir die Hände ans Gesicht, bewegt sie, streicht mir über die Wangen, bis seine Finger schließlich hinter meinem Kopf verschränkt sind, aber er zieht mich nicht zu sich heran. Er wartet, dass ich etwas tue, ihn vielleicht sogar wissen lasse, dass ich es will. Irgendwas, ein Atmen, ein Blick. »Ich möchte nicht, dass du dir den Falschen aussuchst oder in falsche Kreise gerätst. Das darfst du nicht. Es steht zu viel auf dem Spiel. Und ich –« Er verstummt, bebend vor Anspannung, und seine dunklen Augen sind feucht, als hielte er etwas Zentnerschweres und strengte sich sehr an, still zu halten.

Ich spüre diesen sirupartigen Schmerz in mir aufsteigen, der sich anfühlt wie etwas Wundes, wie Tränen, die ich zurückdrängen will. Ich möchte in den dunklen, dichten Pelz auf seiner Brust greifen und fest daran reißen, den Laut hören, den er von sich gäbe, seine Augen sehen.

»Das weißt du«, sagt er, beinahe überrascht. Dann weicht er zurück.

Ich widerstehe dem Bedürfnis, ihm zu folgen. Auf der anderen Seite des kleinen Raums steht er am Küchenfenster, schaut mich an, schaut. So werden Leute eingefangen. Hinter seiner Schulter sehe ich, dass es dämmert.

»Ihr solltet heute Nacht nicht hierbleiben«, sagt er.

»Termite will es.«

Er schüttelt den Kopf. »Sperr die Türen ab. Dieser Teil der Stadt ist menschenleer. Ich schau nach euch, wenn ich heimkomme. Ich weiß nicht, wo Solly steckt, aber ich kann Zeke rüberschicken, dass er euch Gesellschaft leistet.«

»Ist schon okay, Nick. Uns geht's gut.« Ich öffne die Küchentür, und er geht an mir vorbei in den Garten. All das dunkle, warme Feuchte quillt mit ihm hinaus.

Auf halbem Weg zu seinem Auto dreht er sich noch einmal um,

seine Augen leuchten warm. »Du bist mein Mädchen. Ich werd mich um dich kümmern, um euch beide.« Ich sehe ihm nach, als er davonfährt. Der Einwickler, dieses Stampfen. Wahrscheinlich hat er sein Auto beim Werk gelassen, um es vor der Flut zu retten. Nick ist fort. Er hat es vollkommen richtig gemacht, denke ich, nämlich so, dass es so oder so ausgehen konnte. Mir wird warm, beinahe schummrig vor Erleichterung, ich könnte mich auf den Boden legen und einschlafen, aber die Zeit läuft uns davon. Wir müssen uns beeilen.

In der Stille höre ich Termite, der mich erinnert: *Uns geht's gut. Uns geht's gut. Uns geht's gut.*

»Du musst darin sitzen«, sage ich zu ihm. »Noch mal. Es muss sein.«

Ich gurte ihn fest an und klappe ihm die metallenen Fußstützen herunter. Er wollte nicht aus seinem weichen Sessel fort, und er will ihn nicht zurücklassen. Ich werde Charlie fragen, ob er ihn uns irgendwie schicken, vielleicht mit einem Transporter bringen kann. Inzwischen ist es etwas kühler geworden. Ich ziehe einen alten Pullover von Nonie an, denn Termite wird Heimweh nach ihr haben und den Geruch des Pullovers mögen. Dann binde ich mit einem Stück Seil den Handkarren an Stambles Rollstuhl fest und verstaue darin den Matchbeutel mit Kleidern, die Schlafsäcke, die von Solly gefüllten Wasserflaschen, einen Wäschesack voller Proviant. Wenn ich direkt hinter dem Rollstuhl gehe und ihn schiebe, spannt sich das Seil neben meiner Hüfte, und der Karren folgt uns in einigermaßen gerader Linie. Zum Rangierbahnhof geht es nicht bergab, sondern fast aufwärts, eine lange, flach ansteigende Schräge. Ein Glück, dass du ein starkes Mädchen bist, würde Nonie sagen. Als es gerade dunkel geworden ist, machen wir uns auf den Weg. Zwischen den Gärten ist es noch schwierig, aber auf der Straße, die aus dem dumpfigen Überschwemmungsgebiet wegführt, wird es leichter. Der rissige Weg zum Rangierbahnhof hin ist eine harte Oberfläche, und wir machen nicht viel Lärm. Fast lautlos gleitet der Rollstuhl auf seinen Reifen dahin, und wir müssen Stamble in seinem Nichts, wo immer er herkam, wohin immer er verschwunden ist, dankbar sein. Der Rollstuhl sieht praktisch neu aus, und in den um die Rückenlehne geschlungenen Rucksack habe ich Termites Decke gestopft, außerdem sein Kissen, den Mondflakon, die Urkunde, die mir Charlie gegeben hat, das Geld und die Schlüssel. Im Matchbeutel, zwischen unseren Kleidern, stecken die Flagge und die Pistole und die kleine Blechschachtel meiner Mutter.

Alles Übrige ist fort, liegt hinter uns – der Gartenweg und das Haus und die Stadt, die Läden und die Flut. Die Fluthilfe wird das Haus kaufen und abreißen. Nonie sollte zu uns in den Süden kommen und sehen, was noch da ist, wo es nie Winter wird. Charlie könnte dort, wo das Meer eine Flut ist, die an Ort und Stelle bleibt, ein Lokal eröffnen. Der Fluss wird uns folgen, wird sich winden und verzweigen, nur eine Zeitlang sichtbar sein, dann neben den Gleisen abtauchen, in die Wälder zurückweichen, neben und unter uns kreuzen, während der Zug darüber hinwegdonnert. Wir müssen es rechtzeitig zum Rangierbahnhof schaffen. Einen Chessie-Waggon finden. Um dem Glück nachzuhelfen, stelle ich mir das Katzengesicht an den stählernen Seitenwänden der Güterwagen vor, das Signet der Chesapeake & Ohio Railway, so groß wie wir selber, und für den Fall, dass außer uns niemand dort ist, sage ich mir: Ich schaff das schon, ich schaff das schon.

Ich muss es laut gesagt haben, denn Termite sagt es ebenfalls. In leisen, vorsichtigen Tönen. *Schaff das schon schaff das schon.* »Psst«, sage ich zu ihm, und gleich ist er still und ich ebenfalls. Es wird nicht reichen, Selbstgespräche zu führen, es wird nicht reichen bei Vorstellungsgesprächen oder in Büros in einer Stadt, in der den ganzen Winter die Blumen blühen.

Schon in der Nähe des Bahnhofs entdecke ich die streunenden Hunde, die auf der eingetrockneten Schlammschicht und dem ertränkten Gras zwischen zerstörten Häusern herumschleichen. Flach wie ein Floß liegt eine aus den Angeln gerissene Tür auf dem Boden, ein durchweichter Schuh lugt darunter hervor. Alle polnischen Kinder sind fort, die Häuser geräumt. Die Fluthilfe ist vielleicht eine Chance, es besser zu machen. Aber Nonie sagte, die meisten werden in die Sozialwohnungen auf der anderen Seite der Stadt ziehen, wo es keine Überschwemmungen, kein Hochwasser gibt, nur Ziegelgebäude mit betonierten Innenhöfen. Sie sagt, Nick wird sein Haus behalten, die Veranda und den Küchenfußboden vom Schlamm befreien, mit Fluthilfegeldern renovieren. Zeke und Solly haben praktisch alles nach oben geschleppt, bis hin zu den Teppichen. Endlich ein Grund, Söhne zu haben, sagte Nick zu ihr, und wenn Joey da gewesen wäre, hätte er die Flut an sich abgehalten.

Das Wasser ist inzwischen fast fort, aber die Spuren und der Geruch sind überall. Der Rangierbahnhof liegt höher als der Fluss und die Häuser entlang dem Gartenweg, ich sehe, wie der Stahl der Schienen als undeutliche Linien schimmert. Niemand außer den Hunden sieht uns, und die sammeln sich bei einem Haus ein Grundstück weiter, sechs oder sieben sind es, die sich verstohlen bewegen, voneinander getrennt, als begleiteten sie uns zum Abschied. Sie müssen sehr hungrig sein, es ist ja nichts mehr da, keine Mülltonnen zum Umkippen, kein Abfall. Als wir beim Bahnhof angelangt sind, haben sie sich hinter uns zusammengerottet. Sie sind langsam geworden und ziemlich weit zurückgefallen, haben instinktiv etwas gewittert, taxieren uns. Ich beschleunige ein wenig, aber nicht sehr. Mit ein paar gut gezielten Steinwürfen könnte ich sie in die Flucht schlagen, wenn ich mich umdrehen und sie anbrüllen würde, aber ich kann ja nicht brüllen. Zwar sieht es so aus, als wäre niemand da, aber jemand ist immer in der Nähe, und es darf uns niemand sehen oder hören oder eine Spur von uns entdecken. Ich muss einen offenen Waggon finden und alles rasch hineinschaffen.

Der Bahnhof ist fast wie immer, nur dass der Graben, der ihn abschließt, voller Flutwasser ist und breiter, wie ein kleiner Kanal. Die von der Verladevorrichtung abwärts führende Rinne gibt es schon seit Jahren nicht mehr. Die doppelte Auffahrtsrampe, die Plattformen, von denen aus beladen wurde, sind noch da, sie stehen entlang den Gleisen wie die Schienenkonstruktion einer unvollendeten Achterbahn. Auf der schrägen Zufahrt sind noch die Schienen für die Kohlenwagen zu erkennen: Sie ließen immer mehrere Wagen auf einmal hinauffahren und leerten sie in die Verladevorrichtung, um die langen Tiefladewaggons zu befüllen, die dann nach Cleveland im Norden, nach Pittsburgh im Osten, im Süden nach Memphis und anderswohin fuhren. Die untere Plattform, mit einem breiten Dock dahinter, ist für die Frachten. Zum Entladen rangierten sie die Güterwagen auf die gegenüberliegende Seite. Früher führte eine breite stählerne Rampe direkt zu den Waggons hinüber. Es herrschte jede Menge Lärm und Trubel. Männer gingen hin und her und stemmten und zerrten, jetzt aber werden keine Frachten mehr verladen, und die hier abgestellten Güterwagen sind leer. Manche fahren mit offenen Schiebetüren. Die Rangierloks, die sie hin und her befördern, haben nicht mal mehr Lokführer. Automatisch fahren sie von einem leeren Bahnhof zum nächsten, passieren Weichen, rangieren und hängen sich aneinander, bis sie unten im Süden sind und beladen werden. Winfield ist nur ein Rangiergleis – seitdem die von Nordost herkommenden Gleise herausgerissen sind, vielleicht nicht mal mehr das. Es gibt keinen Grund, sie zu reparieren. Hier fahren bald überhaupt keine Züge mehr. Diese Waggons werden planmäßig in Bewegung gesetzt und nach Süden verschoben, ganz hinunter in den Süden. Wir haben noch fünfzehn Minuten.

Drei Chessie-Waggons stehen auf dem Gleis, und ich bleibe vor dem mit den offenen Türen stehen. Soweit ich sehen kann, sieht alles sauber aus. Von hinten fällt schräg das Mondlicht herein wie durch ein Fenster. Anscheinend sind auf der einen Seite Lamellen, als Belüftung für Viehtransporte. Tagsüber werden wir vorsichtig sein müssen, aber immerhin haben wir Luft und können hinausschauen. »Das ist unser Waggon, Termite.«

Er blickt auf, den Kopf im Nacken, als überlegte er es sich. Ich fange an, ihn aus dem Rollstuhl zu heben, und merke, dass er angestrengt lauscht. Die Hunde. Er hat gehört, wie sie sich anschleichen, und ich packe eine Handvoll Kieselsteine und werfe sie mit aller Kraft in einem gleichmäßigen Bogen hinter uns. Sie weichen zurück. Der Boden des Güterwagens ist so hoch, dass er mir bis zur Brust reicht. Ich werfe die zugeschraubten Wasserflaschen hinein und höre sie über den Boden rollen, hebe den Matchbeutel in den Wagen, dann unseren Proviant, schiebe beides so weit nach hinten, wie es geht, und setze dann Termite daneben. Er kippt seitlich auf die Säcke, bis er liegt wie ein Radscha auf seinen Kissen, die Hände in der Luft, die Finger still. Sprachlos. Weiche Mondstrahlen fallen auf sein Gesicht und sein helles Haar. Seine Augen bewegen sich. Er sitzt in einer erblindeten, gesprungenen Glasmurmel mit darin erstarrten Farben und wartet im Inneren eines Dröhnens, das er zweifellos kommen spürt. Er kann mich nicht sehen, aber er hört mich den Rucksack, die Schlafsäcke einladen. Güterwagencamping, sage ich, drei Tage und Nächte, vielleicht vier.

Solly ist nirgends. Ich sehe ihn nicht, höre ihn nicht. Ich werde es schaffen. Irgendwie muss ich den Handkarren und den Rollstuhl in den Waggon bugsieren, ich darf nichts zurücklassen, das verrät, dass wir hier waren, wohin wir unterwegs sind, wie wir dorthin gelangten. Der Boden des Waggons ist eben, keine Spalten; ich lege ein paar große Steine hinein, um die Räder des Karrens zu blockieren, sobald ich ihn hineingehievt habe. Der Rollstuhl ist weniger schwer als der Karren. Ich falte ihn zusammen, schiebe ihn seitlich nach oben und habe ihn gerade drinnen, als ich den Hund hinter mir spüre. Ich habe einen Stein in der Hand, als er einen Satz macht und mich knurrend, sehnig und hart anspringt. Die Wucht lässt uns gemeinsam in einer Drehung an die Seite des Waggons prallen. Dabei reißt Nonies dicker Pullover unter seinen Zähnen, und ich schlage ihm den Stein auf den Schädel, knalle seinen Kopf so fest an den Stahl, dass ich meine, die Welt aufstampfen zu spüren. Aber es ist der Zug, der sich mit einem Ruck in Bewegung gesetzt hat. Irgendwo weit entfernt am Gleis beginnt ein Beben und schwillt an. In dem Lärm fällt der Hund lautlos zurück, zuckend wie ein zerbrochenes Spielzeug. Ich höre sein betäubtes oder zerschmettertes Gehirn schmatzen und will, dass er fortschleicht, notfalls auch kriecht, nur weit, weit weg. Für den Fall, dass er wiederkommt, werfe ich den blutigen Stein ins dunkle Waggoninnere. Ein fast menschliches, überwältigtes Ächzen ertönt, als der Zug einen scharfen Satz rückwärts macht. Weil der Karren am schwersten zu wuchten ist, hebe ich ihn schräg an, bis die Vorderräder im Zug stehen, stemme mich dagegen und schiebe. Der Güterwaggon erzittert und kommt mir zu Hilfe, denn er zieht mit seiner Bewegung den Karren herein. Es folgt ein Augenblick, in dem mir klar wird, dass das Schmatzen, das ich gehört habe, verlorene Zeit war, ein kurzer Moment der Ablenkung, aber lang genug. Im Rennen denke ich an die kleine Pistole meiner Mutter, die auf dem Boden des Matchbeutels versteckt ist, an Termite und dass ich uns beide erschossen hätte, wenn mir der Gedanke gekommen wäre, wir könnten getrennt werden. Mit einem Satz vorwärts lange ich nach der Türöffnung des Waggons, spüre die harte Metallkante unter meinen Handflächen und springe, schwinge die Beine hinauf und hinein und werfe mich nach vorn, um nicht wieder zurückzufallen.

Erst bin ich mir nicht sicher. Dann spüre ich das Rollen der Bewegung unter mir und begreife, wie blitzschnell etwas gut oder schlecht ausgehen kann. In einer oder zwei Meilen werden wir Fahrt aufnehmen und parallel zur Straße fahren, ehe wir den Highway kreuzen. Dort am Bahnübergang bleiben die Autos stehen, während der Zug direkt an ihnen vorbeifährt. Als Kinder haben wir jeden einzelnen Wagen beobachtet, um dieses seltsame, prickelnde Gefühl einer Rückwärtsbewegung zu verspüren. Der Waggon muss für jeden, der ihn vorbeifahren sieht, leer wirken. Nach dem Bahnübergang rollen wir aus der Stadt, über die Eisenbahnbrücke und den Fluss. Ich überlege kurz, die Pistole ins Wasser zu werfen, aber ich will sie lieber zum Meer mitnehmen – sollen die Wellen sie weit forttragen. Ich schiebe den Karren in die Ecke, blockiere die Hinterräder mit Steinen. Den anderen Stein werde ich später suchen, den will ich aufbewahren, denn der Fleck darauf, beschließe ich, ist heilig. Im Lichtstrahl der Taschenlampe werde ich ihn unter dem rechten Vorderrad verkeilen, vorläufig kann ich nur hoffen, dass der Karren bleibt, wo er ist. Ich ziehe Termite auf die andere Seite des Waggons in die Ecke mit unserem Gepäck und den zusammengerollten Schlafsäcken, die ihn weich stützen. Von hier aus kann er hinausschauen, ist aber von der Tür weit genug entfernt, dass niemand ihn sehen kann. »Jetzt kannst du reden«, sage ich, »wir sitzen im Zug. Niemand hört uns.« Aber er schweigt. Er hat Angst – aber vielleicht auch nicht. Sicher hört er mein abgehacktes Atmen. Er weiß, was beinahe passiert wäre. Oder er weiß es nicht. Bitte lass es ihn nicht wissen.

Ich werde es vielleicht nicht schaffen, die Türen aus eigener Kraft zu schließen. Bestimmt sind sie schwer, vielleicht verrostet, allerdings müssen diese Waggons von irgendwo anders hergekommen sein – hier riecht nichts feucht oder nass. Ich stehe an der Kante der offenen Türen. Jetzt, wo wir drin sind, ist der Zug langsamer geworden, fährt dahin wie im Traum. Als hielten wir still und alles bewegte sich in Blau und Grau an uns vorbei. Wir sind noch immer im Rangierbahnhof.

Dann sehe ich Solly. Er sitzt auf der Harley, hält mit uns Schritt. Er nickt mir zu, wie ein über die Straße zugerufenes »Hey«.

Er kommt zu spät. Ich sehe ihn über eine Million Meilen hinweg.

Er fährt parallel neben uns, und ich weiß nicht, was er vorhat, er blickt zu uns her und wieder zurück, her und zurück, kalkuliert, dann braust er los, am Nachbargleis entlang zum Frachtdock hinauf, während der Zug langsam und stetig die gemächliche Steigung zur Verladestelle nimmt. Durch die weit offenen Türen des Waggons sehe ich ihn an der Kante der Plattform scharf abbremsen; dort steht er und wartet, das helle Licht des Scheinwerfers ist ein grellweißer Strahl. Wieder und wieder lässt er den Motor aufheulen. Wir nähern uns, holen auf, und in dem Moment gibt er Gas und fliegt durch den Raum auf uns zu. Die Maschine prallt auf dem Boden des Waggons auf und jault und jammert, als er den Schlüssel abzieht und abspringt und auf mich fällt. Wir gehen beide zu Boden, und in dem Moment erschüttert ein mächtiger Schlag wie ein Kanonenschuss den Waggon. Das Motorrad prallt von der Rückwand ab und kippt rauchend, verwirrt, röhrend, mit durchdrehenden Reifen zur Seite. Sofort ist Solly wieder auf den Beinen und schwingt sich in einer Rauchwolke, im schneller werdenden Rattern des Zugs mit gegrätschten Beinen auf das Motorrad. Über die Harley hinweg, deren große Räder sich immer noch drehen, blickt er zu uns herüber, und er lächelt.

Nonie

Da saßen wir alle im Gerichtsgebäude in einem Vernehmungsraum. Elise nickte den Männern rund um den Tisch zu, auch dem Stenografen, der für das Protokoll zuständig war. Wir kannten sie alle seit dreißig Jahren. Manche von ihnen arbeiteten beim Zivilschutz, auch jetzt noch, bei der Beseitigung der Hochwasserschäden. Nun aber trugen sie Anzüge und wirkten müde. Wie wir alle, außer Elise. Sie trug ihren runden weißen Pillbox-Hut und Perlenohrringe und den schwarzen Regenmantel, den sie gar nicht erst auszog, als hätte sie es eilig.

Gladdy sei eine fleißige Frau gewesen, sagte Elise, aber anstrengend. Das wüssten sie sicher alle. Ob sie nicht dieses Tonband einschalten wollten? Sie wollten, und Elise fuhr fort. Kaum hatte ich angehalten, sagte sie, verlangte Gladdy die Uhr und riss so fest dran, dass das Armband entzweiging. Noreen half ihr trotzdem und schleppte diese schweren Taschen die Treppe hinauf. Hätte ich nie getan, sagte Elise, aber Noreen schon. Sie hatte sie gerade im Haus abgestellt, da knallte ihr Gladdy die Tür vor der Nase zu. Schickte sie zurück ins Unwetter, obwohl es dermaßen tobte. Sie habe dem Himmel gedankt, sagte Elise, dass Gladdy, als sie die Uhr hatte, Ruhe gegeben habe. Wäre ich allein weggefahren, säße ich jetzt nicht hier. Dann schwieg sie und saß kerzengerade auf ihrem Stuhl, als spräche sie nicht nur mit ihnen. Gott ist mein Zeuge, sagte sie, dass ich es war, die Noreen verletzt hat. Ich habe ihr das Handgelenk ausgerenkt, als sie mich in der steigenden Flut aus dem Auto zog. Mein Leben lang hatte ich Angst vor Wasser, sagte Elise, ich habe einfach den Kopf verloren. Ich schlug um mich und setzte mich schrecklich gegen Noreen zur Wehr. Ich war in Panik, das Wasser stieg so unglaublich schnell. Also, die Männer, die mit diesem Pick-up kamen, sahen, wie schnell unser Auto volllief, sie sahen, wie Noreen mich herausholte und ich mich auch nachher noch an sie klammerte, bis wir alle merkten, dass sie verletzt war. Behalten Sie Noreen in Haft, sagte Elise, aber Sie müssen wissen, dass sie mir das Leben gerettet und niemandem was zuleide getan hatte. Dann, als wüsste das niemand, fügte sie hinzu, dass Charlie Fitzgibbon Gladdys Sohn sei, der Nachsicht mit allen ihren Launen gehabt habe. Wenn er damit zufrieden sei, dass Gladdys Sturz ein Unfall war, warum ließen sie ihn dann nicht endlich ungestört um seine Mutter trauern. Empört blickte sie in die Runde, und ihre Tränen waren echt.

Ich hatte keine Tränen, und das war ein Glück. Ich hatte bereits ausgesagt, dass alles so gewesen war, wie Elise es beschrieb. Ich sagte, ich hätte nichts dagegen, in Untersuchungshaft zu bleiben, bis der endgültige Bericht des Coroners vorliege. Das Frauengefängnis sei komfortabler als mein Haus, wo man nirgendwo schlafen könne als auf dem Speicher. Das war vermutlich ein plausibles Argument. Ich wusste, dass Elise und Charlie sich um alles kümmern würden, und Lark ist absolut tüchtig. Charlie beugte sich vor und nahm meine Hand. Er weiß, dass ich seine Mutter nicht gestoßen habe, aber niemand kann beweisen, dass ich es getan oder nicht getan habe, und Elises Geschichte musste die einzige sein. Sie ging ein ziemliches Risiko ein. Das hätte ich nicht zugelassen, wenn ich mir nicht vollkommen sicher gewesen wäre, dass Gladdy, als ich an der Schnur über ihrer dunklen Kellerstiege zog und das Licht auf sie fiel, nicht mehr atmete. Am Ende habe ich auch Lola gehen lassen, wohin sie wollte – was immer es war, das sie für sich beanspruchte. Lark kennt jetzt die Wahrheit. Was sie sonst noch wissen muss, wird sie erfahren, und Charlie wird endlich ihr Vater sein.

Zu Charlie sagte ich, wir sollten Gladdy mit dieser kaputten Uhr beerdigen. Wir brauchen sie nicht mehr. Hätte Gladdy Hilfe benötigt, hätte ich Hilfe herbeigeholt, aber sie brauchte weder uns noch sonst was. Die Flut hat sich Zeit gelassen und sie freigeschwemmt, während die Küche über ihr unangetastet blieb, die Teller im Abtropfständer und der Tisch gedeckt. Dass Gladdy in diesem riesigen Haus gelebt hatte, viele Querstraßen vom Überschwemmungsgebiet entfernt, während Elise und ich mitten hineinfuhren, war simple Geografie. Sie ist gestürzt, weil sie so verbissen darauf bestand, zu bekommen, was sie wollte.

Der Morast der alten Geschichten ist fort. Wir sind jetzt alle auf dem Weg woandershin, in Neuland.

Er hört die zottige rote Katze klein auf dem Träger der Verladevorrichtung kauern. Die Katze sitzt und wartet und beobachtet, sie sieht den Zug im Schatten davonfahren, fort vom Schlammgeruch der Stadt. Der torkelnde Hund legt sich nieder und gleitet hinab in den Graben. Termite spürt das Wasser schwappen, eine kleine Welle im Poltern des Zuges, im Rütteln des Güterwagens, das jedes einzelne Brett erzittern lässt. Der Güterwagen klappert mit seinen Eisenrädern, rattert über die Schienenstöße, wirbelt Stahl und wartet auf das Donnern. Solly bewegt das Donnern, und es rast, hält inne, rast. Der Zug wird langsamer und steigt an, und Solly reitet auf dem Donnern, pulsierend, durchdringend. Das Donnern wirft einen Lichtstrahl und springt sie an, ehe es funkensprühend und krachend einschlägt und die Dunkelheit zerfetzt. Weiß strahlt das Licht, und Termite sieht mitten hinein, als das Hämmern beginnt, es hämmert und hämmert, während die Leiber aufgeschlitzt werden und zerplatzen. Reglos fallen sie um und liegen, und eine blaue Luft schwebt zwischen ihnen empor, steigt von diesem und jenem auf, und die Luft ist dünn und verschleiert und wogt in feinen silbrigen Bändern, die sich windend einen Weg ins Freie suchen. Der Mann, der allein steht und die Gestalt hört, liegt still, aber eine Gestalt steht in seiner Gestalt auf. In dem blassen Band seiner selbst breitet er die Hände aus, und Termite sieht, wie seine Finger sich bewegen, sich öffnen. Er wendet sich Termite zu, und sein Gesicht wird klar in dem bewegten Blau. Es verschwimmt, sein Gesicht, und klärt sich und verschwimmt wieder, als wäre es unter Wasser. Er hebt eine Gestalt auf, die an ihm haftet, und eine andere Gestalt bewegt sich neben ihm, kriechend, dann stehend, eine zierliche weibliche Gestalt, die sich neben ihm dreht und bewegt. Der Mann blickt zurück, ehe er kehrtmacht, um mit ihnen die gebänderte Luft des Tunnels zu verlassen. Er blickt Termite an. Die Bänder überall rings um sie sind schleierig wie Rauch und fließen, wie der Fluss fließt, wogend, sich kräuselnd, von der Luft gezogen. Keine Augen, keine Ohren, die Bänder bewegen sich nur und fließen. Dünne silbrige Bänder, die sich durch den Tunnel bewegen. So viele von ihnen, immer mehr und mehr, zum Ausgang hin strebend, wo das Licht groß und strahlend wird. Deutlich sieht er seinen Vater gegen das Licht, und sein Vater dreht sich um und geht. Sein Vater hat einen Jungen wie ihn und ein Mädchen wie Lark, und er nimmt sie mit, hinaus aus dem Tunnel. Er sieht seinen Vater zwischen den Bändern gehen, und die Bänder machen alles blau.

LOUISVILLE, KENTUCKY

31. Juli 1951

Lola Leavitt

Sie sitzt am offenen Fenster und blickt hinaus. Es ist derselbe Raum im zweiten Stock, den sie von der ersten bis zur letzten Nacht mit Bobby geteilt hat. Jetzt ist er fast leer. Sie hat die Einrichtung mitgenommen, als sie mit dem Baby nach Coral Gables gezogen ist. Nur der Stuhl ist noch da, auf dem sie sitzt, ihr Koffer, eine Doppelmatratze auf dem Fußboden, wie in den letzten Wochen, als Bobby ihre Matratze vom Bettgestell gezogen hat, so dass ihre Geräusche die einzigen waren. Lola hört den Club unten, wo man sich aufwärmt und für den Sonntagabendansturm bei Onslow rüstet. Sonntagabende waren immer schleppend, nur Onslows und noch ein paar andere Bars waren voll. Soldaten vom Stützpunkt strömten herein. Besonders seit den Monaten, in denen sie unübersehbar schwanger war, pflegte Onslow sie anzukündigen wie ein religiöses Erlebnis. Den Kirchgang, den sie am Vormittag verpasst hatten. Durch das offene Fenster hört sie ihn jetzt am Klavier. Lola ist die Katze, erzählte er den Soldaten, sie kann schnurren, und sie kann kratzen. Benehmt euch anständig, und sie wird einen Buckel machen, wenn sie nachher für euch singt. Onslow spielt ihre Lieder, ihr Repertoire, als könnte das noch etwas ändern.

Seitdem sie hier ist, fühlt sie sich ruhig, angekommen. Es ist das

Richtige. Das Atmen des Babys ist gut, klar. Bobbys Sohn ist auf seine Weise stark. Er bewegt sich nicht viel, trotzdem stützt sie ihn mit zusammengerollten Decken auf beiden Seiten ab, damit ihm nichts passieren kann und er ruhig bleibt. Sie hat ihn gerade gestillt, hier auf diesem Stuhl, hat ihm leise vorgesungen, und jetzt wird er die Nacht durchschlafen. Er schläft mehr als andere Babys, und er ist ruhig, schreit nicht. So gesehen macht er keine Mühe. Er kann inzwischen den Kopf und die Arme heben. Er bewegt seine Finger. Wenn er aufgeregt ist, bewegt er sie schnell, und seine Haut rötet sich. Wenn er Angst hat, versteift er sich. Dann gibt er keinen Laut von sich, aber jeder, der ihn versorgt, weiß, was nicht stimmt, oder ahnt es. Sie hat eine Liste aufgestellt. Er trinkt auch Säuglingsfertigmilch, und sie hat einen großen Vorrat mitgebracht, aber ihre Milch beruhigt ihn am leichtesten. Es ist das Einzige, das sie ihm mit Bedauern wegnimmt.

Eine Woche war sie hier, lang genug, um den Mädchen zu zeigen, wie man ihn versorgt. Für den Fall, dass Noreen ihn nicht nimmt, oder nicht gleich. Aber sie wird ihn nehmen. Der Brief, die Anweisungen sind im großen Koffer. Noreen wird das alles verrückt vorkommen. Wütend wird sie sein. Hab ich etwa noch nicht genug zu tun, wird sie toben, vor Charlie, aber nicht, wenn Lark mithört. Sie werden sich um ihn kümmern, werden ihn beschützen, auch wenn sie ihn nicht verstehen. Sie kann ihn nicht nehmen, auch wenn sie beschlossen hat, aufzuhören. Bobby wird ihr verzeihen, denkt sie. Sie hat so lang durchgehalten, wie sie konnte, bis sie wusste, was zu tun ist.

Sie nimmt sich eine Zigarette, um ihre Hände zu beruhigen. Zündet sie an und beugt sich zum offenen Fenster, damit der Rauch abzieht.

Sie gibt Acht, was er einatmet, erspart ihm Lärm. Er liebt Musik; manchmal konzentriert er sich auf ein Geräusch, das so leise ist, dass sie selbst es kaum hört. Das Tropfen eines Wasserhahns, das nächtliche Gequake dieser pfenniggroßen Frösche, die in Coral Gables im Gras saßen, das Sprühen der Gischt über die kleine Straße hinweg. Aufruhr macht ihm Angst. Arztbesuche. Fremde. Deshalb war sie immer allein mit ihm, die Tage ausgefüllt mit seiner Betreuung. Onslow hat ihnen Geld geschickt. Charlie schrieb jeden Monat. Dann kam der Soldat mit seiner koreanischen Frau und gab ihr das Bild, das Bobby wie seinen Augapfel hütete und immer bei sich trug. Das Zigarettenpäckchen, das unter das Zellophan geschobene kleine Foto – es schien noch der Kontur von Bobbys Brust oder der Form seiner Hand zu folgen. Die Koreanerin nickte nur und lächelte. Kann kaum Englisch, sagte Tompkins. Ihre Eltern seien gestorben, deshalb habe er sie geheiratet, und die Regierung ließ sie ausreisen. Sie habe sich bemüht zuzunehmen, um älter zu wirken. Trotzdem – seitdem er hinke und am Stock gehe, hielten die Leute sie für seine Pflegerin oder Tochter. Als sie die beiden beobachtete, wurde ihr klar, dass sie noch immer gewartet hatte, aber Bobby würde nie hier sein, mit Stock, in einem Rollstuhl, mit fehlenden Teilen, die der Krieg ihm genommen hat. Sie hatte das Haus in der ruhigen Stadt. Sie hätten bescheiden leben können, von einer Invalidenrente wie die Hälfte der Ruheständler in Coral Gables. Stattdessen bekam sie eine Witwenpension und eine Waisenrente für das Baby. Sie wird dafür sorgen, dass Nonie die Rente bekommt. Der Gedanke kam ihr, als sie in Coral Gables mit der Koreanerin und Tompkins zusammensaß. Sie würde noch einen Monat warten, damit Tompkins sich nicht verantwortlich fühlen musste. Sie würde alles planen. Das konnte sie jetzt schon tun. Sie konnte das Bild ansehen und sich vorstellen, was alles hätte werden können, wäre es nicht Krieg geworden. Und Bobbys Brief lesen, den Tompkins ihr gebracht hatte.

Sie raucht mit geschlossenen Augen, sitzt aufrecht und angespannt auf dem Stuhl. Sie spürt den Faden des davonziehenden Rauchs, sieht ihm nicht nach. Sie weiß, dass er sich kräuselt, blau im Spätnachmittagslicht, und verweht, fort von ihr.

Sie hat das Haus so gelassen, wie es war, hat nur den Mann, der sonst das Gras mäht, beauftragt, den Wagen und den Hochstuhl zu verpacken und mit Frachtpost nach Winfield zu schicken. In etwa einer Woche müsste die Sendung ankommen, etwa so lange, wie Onslow brauchen wird, um sich mit Tompkins und seiner Frau in Verbindung zu setzen, sie herfliegen zu lassen, damit sie den Wagen fahren, um eine Kinderschwester zu besorgen. Und das Baby zu Noreen zu bringen. Mit dem kleinen Koffer, seinen Kleidungsstücken, den Decken, an die er gewöhnt ist, ihrem Parfumfläschchen mit Mondgesicht, das er so gern in der Hand hält. Die Mädchen lächelten, als sie es sahen: Es stammte aus der Parfumkollektion, die sie für ihre Aussteuer gekauft hatten.

Lautlos rückt sie ihren Stuhl näher ans Fenster. Sie kennt diese Hausdächer, diese Stadtsilhouette, und sie beugt sich hinaus, um zu schauen. Hier lagen sie im Bett, diese Fenster standen offen, über ihnen kräuselte sich der Rauch ihrer Zigaretten. Der Atem ihrer Körper zog durch die Luft, strebte der Weite zu.

Sie raucht ihre Zigarette. Es ist dunkel genug, dass die Glut sichtbar glimmt. Jetzt sieht sie hin und folgt dem Rauch mit ihrem Blick. Ein Luftzug weht den dünnen blauen Rauchfaden zum Fenster hinaus in den Abend.

Lola ist die Katze.

Sie brachten ihr das gelbe Telegramm ans Krankenhausbett, wenige Tage nach der Geburt. Sie wusste Bescheid, ehe sie es gelesen hatte. Bobby war verschollen, vermutlich tot. Sie war zu schwach, um das Baby zu halten, aber sie lehnte es ab, sich die Brüste einbinden zu lassen. Sie ließ sich helfen, ihn auf Kissen gestützt zu stillen. Sie redete ihm so lange gut zu, bis er zu saugen anfing. Er begann die Hände zu bewegen. Nie die Beine. Sein Kopf war zu groß für den schmächtigen kleinen Körper. Das Baby hat Probleme, sagten sie ihr. *Sie* haben Probleme, antwortete sie. Sie brauchen Ruhe, sagten sie, Sie haben viel Blut verloren. Immer wieder versuchten sie ihn ihr wegzunehmen, aber sie ließ es nicht zu. Man sollte keine Vermutungen anstellen, sagte sie. Ruhen Sie sich aus, sagten sie. Es will Ihnen niemand Ihr Baby wegnehmen. Gibt es jemanden, den wir anrufen sollen? Niemand, der Sie hören kann, antwortete sie.

Jetzt weiß sie, wie sie ihn spüren kann. Tompkins hat ihr den Brief gebracht, aber sie las ihn erst, als die beiden wieder fort waren. *Wenn du dies liest, heißt das, ich komme nicht zurück.* Ganz einfach, und es stimmte. Es war seine Stimme, und sie glaubte ihm, während sie bis dahin nichts anderes gehabt hatte als die zusammengefaltete Flagge. Sie las die Worte, las sie so lange, bis sie ihn in der Nähe spürte. Und jetzt ist es, als wäre er in den Atem und Geruch seines Sohnes eingegangen, in seine Augen und Hände. In jedem wachen Moment bewegt das Baby langsam, bedächtig die Finger. Auf der Geburtsurkunde, die sie aus Florida mitgebracht hat, steht sein Name, aber sie hat ihn nie mit einem Namen angesprochen. Sie singt ihm vor, wenn sie ihn füttert, badet, wiegt, trägt. Er antwortet mit Tönen, einem Singsang.

Nachts auf dieser Matratze, die auf dem Boden liegt wie ihr gemeinsames Bett, bevor Bobby fortging, schläft sie mit dem Baby im Arm ein. Sie flüstert Bobbys Namen in seine Haut, in das wolkige blasse Haar, an die breite Stirn. An den Schläfen, direkt unter der Haut, sind zarte blaue Adern sichtbar. In den ersten Wochen war sie sicher, dass er zu atmen aufhören würde. Jetzt ist er fast auf den Tag ein Jahr alt. Sie erkennt in ihm eine verzerrte Mischung aus ihnen beiden, eine verwandelte und in seine Existenz geschmetterte Ähnlichkeit. Er ist nicht wie sie oder Bobby. Er ist das, was mit Bobby geschehen ist. Er ist dort, wo Bobby hingegangen ist, wo Bobby ist. Ihr Weg zu ihm. Vielleicht wird sie ihn nicht berühren können, aber sie wird ihn finden. Wissen, wo er ist. Sie denkt, es passiert alles immer noch, existiert in einem Raum, den sie nicht sehen kann. Es endet erst, wenn sie es beendet.

Lola ist die Katze. Sie nimmt einen letzten Zug von der Zigarette und steht auf, sieht, wie der Rauch sich ausbreitet. Der kleine Derringer, den Bobby ihr dagelassen hat, ist in ihrer Handtasche, wie die gefaltete Flagge; vorn steckt das Telegramm. Wir bedauern, Ihnen mitteilen zu müssen. Sie wird zur Polizeistation ein paar Straßen weiter gehen. Sie werden sich um alles kümmern. Sie weiß, dass das Baby gut aufgehoben ist, und sie wird an Bobby denken. Sie wird unterwegs sein.

DANK

Ich danke Yaddo und der MacDowell Colony für Zeit und Raum, die sie mir schenkten, um dieses Buch entstehen zu lassen. Danke der Howard Foundation für ihre wichtige Unterstützung. Danke auch Ann Close, meiner großzügigen Lektorin bei Knopf, Lynn Nesbit, meiner Agentin und langjährigen Freundin, und Tom Jenks, Jo Ann Beard, Mark Stockman, Ivy Goodman, Pamela Rikkers und Jill McCorkle, die erste Entwürfe lasen. Danke dem Reiseschriftsteller Robert Nilson (*Moon Handbook South Korea*), der mir geografische Details und aktuelle Aufnahmen der beiden Tunnel bei No Gun Ri schickte, außerdem Suki Kim und Suji Kwock Kim für koreanische Wörter und Wendungen, Colonel Jeffrey J. Douglass vom Archiv des US Marine Corps, mit dem ich über die KMAG und die Task Force Smith korrespondierte, dem inzwischen verstorbenen David Halberstam für Beratung und Auskünfte über den Koreakrieg sowie Sang-Hun Choe, Charles J. Hanley und Martha Mendoza von Associated Press, die das Massaker von No Gun Ri publik machten.